À PROPOS DE L'AUTRICE

L.J. Shen s'est imposée dès son tout premier roman comme une voix incontournable de la romance New Adult – un succès confirmé dès la parution de *Vicious* qui s'est immédiatement hissé en tête de tous les palmarès de vente. Elle vit en Californie du Nord avec son mari et leur petit garçon.

VICIOUS

L.J. SHEN

VICIOUS

Traduit de l'anglais (États-Unis) par
BARBARA VERSINI

HarperCollins
POCHE

Titre original :
VICIOUS

HARPERCOLLINS FRANCE

83-85, boulevard Vincent-Auriol, 75646 PARIS CEDEX 13
Tél. : 01 42 16 63 63

www.harpercollins.fr

ISBN 979-1-0339-2129-5

Je t'aime comme l'on aime
certaines choses obscures
Secrètement, entre l'ombre et l'âme.

Pablo Neruda, *La Centaine d'amour*

À Karen O'Hara et Josephine McDonnell.

Depuis des siècles, la floraison des cerisiers est un symbole essentiel dans la culture japonaise. Le cerisier en fleur incarne la fragilité et la magnificence de la vie, nous rappelant que son insurpassable beauté tient à sa déchirante brièveté. Tout comme l'amour. C'est pourquoi il est sage de suivre les élans de son cœur et d'aller vers celui qui nous inspire de l'amour.

1
Emilia

Ma grand-mère assurait que l'amour et la haine sont les deux versants d'un même sentiment, car les deux vous emportent pareillement dans les affres de la passion. Je ne la croyais pas. Jusqu'à ce que je rencontre Baron Spencer et qu'il transforme ma vie en cauchemar.

Puis je l'ai perdu de vue pendant dix ans et j'ai eu la naïveté de croire que j'étais libérée de son influence.

Mais quand il a fait de nouveau irruption dans ma vie, je n'ai pas pu résister.

Et tout s'est enchaîné. Inéluctablement.

Dix ans plus tôt

Nous venions d'arriver à Todos Santos, ma famille et moi, quand j'ai découvert le manoir des Spencer pour la première fois. Je suis restée plantée dans l'entrée, sur le plancher de bocoa qui ne craquait jamais.

Ma mère m'a donné un coup de coude dans les côtes.

— Tu as remarqué le parquet ? C'est du « bois de fer », il n'y a pas plus dur.

Elle se trompait. Je n'allais pas tarder à découvrir qu'il y avait plus dur que le bois de ce plancher : le cœur du garçon qui vivait ici.

Je n'arrivais pas à comprendre que des gens aient pu mettre tant d'argent dans une maison aussi déprimante.

Dix chambres. Treize salles de bains. Une salle de gym et un escalier impressionnant. Tout ce qu'il y avait de mieux en matière d'aménagement intérieur, mais à part le court de tennis et la piscine de vingt mètres, rien que des couleurs ternes.

Les portes de fer cloutées à peine franchies, la dominante sombre étouffait en vous toute sensation agréable. Ambiance glaciale, tons froids, lustres en métal : ils avaient dû confier la décoration à un vampire. Le plancher lui-même était si obscur que j'avais l'impression de planer au-dessus d'un gouffre, comme si j'allais plonger dans le néant.

Une maison de dix chambres pour trois personnes – dont deux presque toujours absentes –, et pourtant les Spencer avaient jugé préférable de loger ma famille dans l'appartement attenant au garage, celui qu'ils réservaient aux domestiques. Il était plus grand que le pavillon de bardeaux que nous louions à Richmond, en Virginie, mais sur le moment j'avais été déçue de ne pas habiter la grande maison.

Plus trop, maintenant que je découvrais à quoi elle ressemblait.

Chez les Spencer, tout était fait pour intimider le visiteur. C'était un véritable étalage de richesse et d'opulence, mais il s'en dégageait une impression de désolation. *Ces gens-là ne sont pas heureux*, avais-je pensé.

Le nez baissé vers mes chaussures – des Vans blanches dans un sale état sur lesquelles j'avais dessiné des fleurs de cerisier pour cacher leur décrépitude –, j'ai avalé ma salive. Dans cette maison de riches, je me sentais mal à l'aise, quantité négligeable.

— Où est-ce qu'il peut être ? a chuchoté maman.

L'écho de sa voix entre les murs nus m'a fait frissonner. Elle voulait demander une avance sur salaire pour acheter les médicaments de Rosie, ma petite sœur.

— Il m'a semblé entendre du bruit par là, a-t-elle ajouté en désignant une porte à l'autre bout de l'entrée voûtée. Tu vas aller frapper et lui parler. Je retourne t'attendre dans la cuisine.

— Moi ? Pourquoi *moi* ?

— Parce que, a-t-elle répondu en me lançant un regard aigu qui cherchait à me culpabiliser. Tu lui diras que ta sœur Rosie est malade, que tes parents ne sont pas en ville. Tu as son âge. Il t'écoutera.

J'ai fait ce qu'elle me demandait – pas pour elle, pour Rosie –, sans me douter une seconde que j'allais payer pendant toute mon année de terminale pour les minutes qui allaient suivre. Et que le cours de ma vie allait changer.

Je me souviens de m'être approchée avec appréhension de la porte de bois sombre que m'avait désignée maman. J'allais frapper au battant, quand j'ai entendu une voix grave et rocailleuse.

— Tu sais ce qui t'attend, Baron.

Un homme d'un certain âge. Fumeur, probablement.

— Ma sœur m'a dit que tu faisais encore des tiennes, a-t-il poursuivi d'une voix sourde.

Puis j'ai entendu frapper du plat de la main contre un meuble.

— Je ne supporte plus que tu lui manques de respect.

— Va te faire foutre, a répondu une autre voix masculine, mais plus claire et plus juvénile. Tu n'as rien à faire ici, Daryl. Tu viens encore taxer de l'argent ?

— Fais attention à ce que tu dis, espèce de petit con.

Pan.

— Si ta mère t'endendait…

— Ta gueule ! a hurlé le plus jeune. Un mot de plus sur ma mère et tu auras vraiment besoin des implants dentaires que tu voulais te faire offrir par mon père.

Sa voix était si pleine d'amertume et de haine que je me suis demandé si c'était bien celle du fils de la maison, celui qui avait mon âge.

— Ne t'approche pas, a-t-il repris. Parce que je ne sais pas ce qui me retient de te casser la gueule. J'en meurs d'envie. À. Chaque. Fois. Je ne veux plus te voir ici.

— Et qu'est-ce qui te fait croire que tu pourrais m'empêcher de venir ? a rétorqué l'autre avec un rire cynique.

Leurs voix me pénétraient jusqu'à la moelle, comme si le poison qu'elles portaient attaquait mon squelette.

— Tu es sourd ou quoi ? a rétorqué le jeune homme. Je n'ai plus peur de tes coups. Un de ces jours, tu vas payer, Daryl. Ça, je te le jure. Un jour ou l'autre, je vais te tuer.

J'ai poussé un cri étouffé. Il y a eu un bruit sourd et quelqu'un est tombé en entraînant des objets dans sa chute.

Je n'osais plus frapper à la porte et j'allais partir, mais j'ai été prise de vitesse. Le battant s'est ouvert à la volée et je me suis retrouvée face à un adolescent qui devait en effet avoir à peu près mon âge – dans les dix-sept ou dix-huit ans.

L'autre, le plus âgé, se tenait dans la pièce, courbé sur un bureau auquel il s'appuyait des deux mains. Il y avait des livres à ses pieds. Sa lèvre inférieure était entaillée et saignait abondamment.

Autour de lui, des étagères en noyer chargées de livres couvraient les murs du sol au plafond. Une bibliothèque… J'en ai eu un pincement au cœur, parce que c'était évident que je n'aurais pas le droit d'en profiter.

— Qu'est-ce que tu fous là ? m'a demandé le jeune homme d'un air furieux.

Ses yeux plissés m'ont fait l'effet de deux fusils braqués sur moi.

J'ai baissé la tête. Mes joues étaient tellement brûlantes que j'avais l'impression qu'elles allaient prendre feu.

— Tu écoutes aux portes ? m'a-t-il demandé avec un tic nerveux de la mâchoire.

— Non, je n'ai rien entendu, ai-je répondu d'une voix étranglée. Ma mère travaille ici. Je la cherchais.

Malheureusement pour moi, je n'ai jamais su mentir. Il a tout de suite compris que j'avais tout entendu.

Il a fait un pas vers moi et j'ai reculé. Je n'étais pas une froussarde, mais son regard était tellement méchant que je n'avais plus qu'une envie : prendre la fuite. Seulement j'étais comme clouée au sol, les yeux rivés à ses lèvres rouges et pleines.

Ce mec va me briser le cœur, a susurré une voix dans ma tête – idée qui m'a stupéfiée, parce qu'elle était absurde.

— Comment tu t'appelles ? a-t-il demandé.

Il sentait délicieusement bon, une odeur épicée de jeune homme, avec un léger parfum de linge propre – lavé par ma mère, dont la lessive était une des nombreuses corvées.

— Emilia.

Je me suis éclairci la voix, tout en lui tendant la main.

— Mes amis m'appellent Millie. Vous pouvez m'appeler Millie.

Son visage est resté de marbre.

— Tu vas regretter d'être venue ici, Emilia, a-t-il répondu en imitant mon accent du Sud.

Quant à ma main tendue, il ne lui a même pas accordé un regard.

J'ai laissé retomber mon bras, le visage de nouveau rouge de honte.

— Tu étais au mauvais endroit au mauvais moment. La prochaine fois que tu entres dans cette maison, apporte un sac à cadavre, parce que si je te croise, tu es morte.

J'en ai eu le souffle coupé.

Il est passé devant moi pour sortir de la pièce en me bousculant d'un coup d'épaule.

Mon regard s'est tourné vers l'autre homme et nos yeux se sont rencontrés. Du sang coulait de sa lèvre sur le cuir noir de sa botte, mais il ne faisait pas un geste pour l'essuyer. Il a eu un petit rire méchant.

Je lui ai tourné le dos et j'ai pris mes jambes à mon cou, avec un goût de bile dans la bouche, prête à vomir.

Pas besoin de préciser que Rosie a dû se passer de son médicament pendant le week-end et que mes parents n'ont pas été payés une minute plus tôt que prévu.

Il m'a fallu deux mois avant d'oser à nouveau entrer dans la maison des Spencer – ou plutôt leur caveau –, et encore, c'était parce que je n'avais pas le choix. La peur au ventre, j'ai traversé la cuisine et grimpé l'escalier en pierre à marches suspendues.

La chambre de Vicious se trouvait à l'étage, tout au bout du large couloir, face à l'escalier. Je ne m'en étais jamais approchée et j'aurais préféré ne pas avoir à le faire. Malheureusement, on m'avait volé mon livre de maths. Quelqu'un avait forcé la serrure de mon casier pour le vider de mes affaires et le bourrer de cochonneries. Quand je l'ai ouvert, tout un tas de canettes de soda vides, du papier-toilette et des préservatifs usagés m'étaient tombés dessus.

Je n'avais pas bronché, mais j'avais bien décrypté le message : « Tu n'es qu'un déchet. » J'étais tellement habituée à ce genre de brimades – ça durait depuis deux mois – que je n'avais même pas rougi. Tous ceux qui avaient assisté à la scène avaient ricané, mais je m'étais contentée de rentrer dans ma classe, la tête haute.

Les élèves du lycée All Saints n'étaient pas des saints, plutôt des enfants trop gâtés, pourris de privilèges, méprisants avec ceux qui ne leur ressemblaient pas ou qui ne jouaient pas leur jeu. Rosie s'était plutôt bien adaptée, heureusement pour elle. Mais moi, comme j'étais la bête noire de Vicious Spencer et que j'avais un style à part question vêtements, on ne m'épargnait pas. Tout le monde se moquait de mon accent du Sud et de ma façon de m'habiller. Je n'avais eu aucune chance de m'intégrer.

Le pire, c'était que je n'avais même plus envie d'essayer. Je méprisais ces gamins immatures autant qu'ils me méprisaient. Je ne les trouvais ni sympas ni intelligents. Ils ne possédaient aucune des qualités que je recherchais chez un ami.

J'ai frappé trois coups à la porte d'acajou de Vicious. Tout en me mordillant nerveusement la lèvre inférieure, j'ai inspiré profondément. Mais rien n'aurait pu calmer le pouls que je sentais battre à mon cou.

Faites qu'il ne soit pas là.

Faites qu'il veuille bien être sympa.

Je vous en supplie.

Un léger bruit a filtré de dessous la porte. J'ai retenu mon souffle.

On aurait dit un rire.

Sauf que Vicious ne riait jamais. C'est à peine s'il souriait de temps en temps.

Il a chuchoté d'une voix rauque quelque chose que je n'ai pas compris et on lui a répondu par un gémissement. OK. Il était avec une fille. Ça m'a donné une bouffée de chaleur. Les oreilles en feu, j'ai essuyé mes paumes moites contre mon bermuda jaune – un jean coupé qui m'arrivait au genou.

Cette fille, je la détestais déjà !

En tout cas, il était là et j'avais besoin de son livre de maths pour réviser mon interro.

— Vicious ? ai-je appelé, en m'efforçant d'affermir ma voix. C'est Millie. Je voudrais t'emprunter ton livre de maths. Je n'ai plus le mien et j'ai un contrôle demain.

Ce livre ne va pas te manquer, je n'ai pas l'impression que tu as l'intention de réviser.

Il n'a pas répondu, mais j'ai entendu un soupir étouffé – elle –, un froissement de tissu et le bruit d'une fermeture Éclair. Que l'on faisait descendre, c'était évident.

Le front appuyé contre le bois de la porte, j'ai fermé les yeux.

Allez. Il te faut ce livre. Mets ta fierté de côté.

Dans quelques années, tout ça n'aurait plus aucune importance. J'aurais oublié Vicious et ses frasques depuis longtemps. Quant à Todos Santos, cette ville de snobs, elle ne serait plus qu'un souvenir lointain et poussiéreux.

Quand Josephine Spencer leur avait offert cette place, mes parents avaient accepté avec enthousiasme. Les soins médicaux étaient mieux remboursés en Californie et nous n'aurions pas de loyer à payer. Maman allait s'occuper de la cuisine et du ménage des Spencer ; papa, du jardin et de l'entretien de la maison. Ils s'étaient quand même demandé pourquoi le couple qui était là avant eux avait démissionné, mais de toute façon, une offre pareille ne se refusait pas. Ils avaient eu le travail par ma grand-tante, une amie de la mère de Josephine Spencer : une occasion de ce genre ne se présenterait plus jamais.

Ils s'étaient bien adaptés à leur nouvelle vie. Pas moi. J'avais hâte d'aller à l'université pour oublier cette ville.

Et pour ça, il fallait que je décroche une bourse.

Mais pour décrocher une bourse, il me fallait d'excellentes notes.

Et pour avoir ces excellentes notes, il me fallait un manuel de maths.

— Vicious !

Je trouvais ce surnom ridicule, mais Vicious détestait son prénom et, aussi bizarre que ça paraisse, je n'avais pas envie de lui déplaire.

— Je vais seulement recopier quelques formules. Je ne garderai pas ton livre longtemps. S'il te plaît.

J'ai dégluti pour faire descendre le nœud que j'avais dans la gorge. Ça me pesait de demander un service à Vicious, mais est-ce que j'avais le choix ?

J'ai de nouveau entendu le rire de la fille – un rire idiot, suraigu, qui me perçait les tympans – et j'ai eu brusquement envie de pousser cette porte pour me jeter sur Vicious et le bourrer de coups de poing.

Il a gémi de plaisir. Rien que pour me provoquer, j'en étais sûre. Depuis notre première rencontre sur le seuil de la bibliothèque, il prenait un malin plaisir à me rappeler que je n'étais rien et que je vivais chez lui.

Dans sa maison.

Dans son lycée.

Dans sa ville.

Quand je dis *sa* ville, ce n'est pas une façon de parler : la ville lui appartenait vraiment. Baron Spencer fils

– surnommé Vicious parce qu'il était aussi méchant que pervers – était l'héritier d'une des plus grandes fortunes de Californie. Les Spencer possédaient une société de transport d'hydrocarbures, la moitié du centre-ville de Todos Santos – dont le centre commercial – et trois parcs de bureaux d'entreprises. Vicious avait assez d'argent pour les dix générations de Spencer à venir.

Mon cas était très différent. Ma famille étant pauvre, je n'étais pas une héritière. M'instruire, c'était préparer mon avenir.

Je n'en voulais pas à Vicious de ne pas comprendre ça, mais je refusais de me trouver privée du droit d'étudier parce que des gosses de riches s'étaient amusés à me voler mon livre de maths. Et parce que celui qui se trouvait derrière cette porte ne daignait pas m'ouvrir pour me prêter le sien.

— Vicious !

Il continuait à m'ignorer, c'était insupportable. Je me suis mise à frapper le battant du plat de la main, tellement fort que je me suis fait mal au poignet.

— Allez ! Ouvre !

J'étais sur le point d'abandonner, prête à enfourcher mon vélo et à traverser la ville pour aller emprunter le manuel de Sydney, un élève de ma classe, mon seul ami au lycée All Saints.

Mais j'ai entendu Vicious ricaner et dire :

— J'adore te voir ramper. Supplie-moi, ma chérie, et je te le donnerai.

C'était à moi qu'il s'adressait. Pas à la fille qui était avec lui.

À moi.

Et tout en sachant que c'était exactement ce qu'il attendait, j'ai craqué.

J'ai poussé la porte pour faire irruption dans la chambre, le poing tellement crispé sur la poignée que le sang ne circulait plus dans mes doigts.

C'est à peine si j'ai remarqué l'élégant mobilier sombre et le poster géant représentant quatre chevaux blancs galopant dans l'obscurité. Mon regard s'est dirigé tout droit sur le grand lit qui trônait au milieu de la pièce, avec ses draps de satin noir. Vicious était assis sur le bord du matelas, une fille de mon cours d'éducation physique sur les genoux. Elle s'appelait Georgia et ses grands-parents possédaient des vignobles dans la vallée de Carmel, au nord de l'État. Les longs cheveux blonds de Georgia couvraient l'une de ses épaules comme un voile, et le teint pâle de Vicious faisait ressortir la perfection et la douceur de son bronzage des Caraïbes.

Il l'embrassait en me regardant, ses yeux bleu sombre rivés aux miens, en la léchant comme une barbe à papa – sa langue apparaissant par intermittence. J'aurais dû me détourner mais je n'y arrivais pas. J'étais happée par ce regard, incapable de baisser les yeux. J'ai haussé un sourcil, pour montrer que ça ne me faisait rien.

Sauf que ce n'était pas vrai. Bien au contraire.

Ça me faisait tellement d'effet que je ne pouvais pas me détacher de ce spectacle. Les joues de Vicious se creusaient quand il enfonçait sa langue dans la bouche de Georgia, tandis que son regard brûlant guettait ma réaction. J'étais brusquement traversée par une vibration inconnue, comme envoûtée, piégée dans une sorte de brouillard. C'était sensuel, inapproprié, mais plus fort que tout. J'aurais voulu me libérer, mais ça m'était réellement impossible.

Ma main serrait de plus en plus fort la poignée de la porte et quand Vicious a commencé à caresser la taille de Georgia, j'ai cru que j'allais m'évanouir.

Le voir embrasser cette fille était totalement insupportable, mais fascinant.

Je voulais regarder.

Je ne voulais surtout pas regarder.

Mais ça revenait au même : je ne pouvais pas les ignorer.

Admettant ma défaite, j'ai battu des paupières et détourné les yeux vers une casquette noire Raiders posée sur le dossier de sa chaise de bureau.

— Le manuel de maths, Vicious, ai-je répété. J'en ai besoin et je ne quitterai pas cette chambre tant que tu ne me l'auras pas donné.

— Va te faire foutre, Conchita, a-t-il grommelé tout contre la bouche rieuse de Georgia.

J'ai eu l'impression qu'on me plantait une épine dans le cœur. Je ne comprenais pas ce qui m'arrivait. Pourquoi je ne pouvais plus respirer, pourquoi je tremblais, ce que c'était que cette douleur au creux de mes reins. Vicious était un sale type. Il était dur, sans cœur, plein de haine. J'avais entendu dire que sa mère était morte quand il avait neuf ans, mais il en avait maintenant dix-huit. Sa belle-mère, Josephine, avait l'air plutôt sympa et elle lui laissait faire tout ce qu'il voulait.

Il n'avait donc aucune raison d'être aussi cruel. Et pourtant il l'était avec tout le monde, et en particulier avec moi.

— Le. Livre. De. Maths, ai-je articulé lentement, comme si je m'adressais à un demeuré.

Il ne se gênait pas pour me montrer qu'il me prenait pour une idiote. Je faisais pareil.

— Dis-moi où il est. Je le déposerai devant ta porte quand j'aurai fini. C'est le moyen le plus rapide de te débarrasser de moi et de reprendre tes… activités.

La fermeture Éclair de la robe de Georgia était déjà défaite et elle s'occupait de la braguette de Vicious quand elle s'est finalement écartée de lui, tout en poussant un soupir exaspéré, les yeux au ciel. Elle m'a dévisagée avec une petite moue de reproche.

— Sans déconner, Mindy… Tu es lourde.

Je m'appelais Millie et elle le savait très bien.

— T'as rien trouvé de mieux pour occuper ton temps ? Vous ne jouez pas dans la même cour. Tu n'as pas encore compris ?

Vicious m'observait avec un petit sourire entendu et méprisant. Pour mon malheur, je lui trouvais un charme fou. Il avait des cheveux noirs et brillants, coupés à la mode, courts sur les côtés, plus longs sur le dessus. Des yeux bleu indigo, sans fond, étincelants et froids. Une peau tellement pâle qu'il ressemblait à un fantôme – à un très beau fantôme.

Mon œil de peintre était sensible à la beauté de Vicious. J'admirais les traits anguleux de son visage, sa silhouette sculpturale. Son corps lisse, bien proportionné et harmonieux, était un chef-d'œuvre de la nature.

Mais il inspirait aussi toutes les autres filles du lycée. Une fois, j'avais surpris une conversation entre Georgia et sa copine dans les vestiaires du cours de gym.

— Il est carrément beau ce mec, avait dit la copine.

— Ouais, avait répondu Georgia. Mais à l'intérieur, c'est tout pourri.

Il y avait eu un temps de silence, puis elles avaient éclaté de rire toutes les deux.

— C'est vrai que c'est un salaud, mais ça fait partie de son charme, avait conclu la copine.

Le pire, c'était que j'étais de son avis.

À All Saints, Vicious était une star. C'était le genre de garçon qui savait toujours quoi faire et quoi dire. Rien ne l'impressionnait, mais il impressionnait tout le monde. Il possédait une sorte d'aura mystérieuse et masculine à laquelle personne ne résistait. Il suffisait qu'il entre dans une pièce pour capter l'attention. Il n'avait même pas besoin de parler.

Et il roulait en Mercedes, évidemment. Pour la plupart des filles, ça comptait aussi.

Je me suis appuyée d'une hanche au chambranle, les bras croisés, en prenant un air blasé et en détournant la tête vers la fenêtre – je craignais d'avoir les larmes aux yeux si je regardais encore une fois Vicious ou Georgia.

— Dans la même cour ? ai-je ricané. Je crois surtout qu'on ne joue pas le même jeu. Je n'aime pas les jeux malsains.

— Tu les aimeras quand je t'aurai poussée à bout, a-t-il rétorqué sèchement, sans agressivité, mais sans la moindre trace d'humour.

J'ai eu la sensation qu'il m'avait arraché les tripes pour les piétiner sur son si beau plancher de bocoa, mais j'ai pris un air détaché.

— Le livre de maths ? ai-je répété pour la deux centième fois.

Jugeant sans doute qu'il m'avait suffisamment torturée, il a désigné du menton son sac à dos Givenchy noir. Il était rangé sous le bureau – lequel était installé devant la fenêtre qui donnait sur l'appartement des domestiques et entre autres sur ma chambre. J'avais déjà surpris Vicious à m'observer et je m'étais demandé pourquoi.

Pourquoi ? Pourquoi ? Pourquoi ?

Pourquoi m'espionnait-il, puisqu'il me détestait ? Je n'avais pas cherché à approfondir la question, sans doute parce que j'avais peur de la réponse. Je me suis dirigée vers le sac et je l'ai ouvert en soupirant pour fouiller à l'intérieur. Au moins, comme ça, je tournais le dos à Vicious et à Georgia qui avaient recommencé à se tripoter. Je me suis efforcée de ne pas prêter attention à leurs gémissements et à leurs bruits de succion.

Mais quand j'ai sorti le manuel de maths et que j'ai reconnu les fleurs de cerisier que j'avais dessinées sur la tranche, une rage froide m'a submergée. Je les ai contemplées un instant, interdite, le souffle court, les poings serrés, avec le sang qui affluait à mes tympans.

C'est lui qui a saccagé mon casier.

D'une main tremblante, j'ai sorti le livre du sac à dos.

— Tu m'as volé mon manuel ?

Je me suis tournée vers Vicious, le visage crispé.

Avec ça, il venait de franchir une étape. Jusqu'à présent, il s'était contenté de se moquer de moi ; mais voler mes affaires, puis remplir mon casier de préservatifs usagés et de papier-toilette, c'était une agression caractérisée.

Tout en soutenant mon regard, il a repoussé Georgia pour la faire descendre de ses genoux, comme si elle n'était qu'un chiot excité avec lequel il avait assez joué. Puis il s'est levé. J'ai fait un pas en avant. Nous étions maintenant nez à nez.

— Pourquoi tu me fais ça ? ai-je lâché d'une voix sifflante, en scrutant son visage pâle et défait.

— Pourquoi pas ? a-t-il rétorqué.

Il affichait sa moue habituelle, mais je me souviens avoir été frappée par la tristesse de son regard.

— Il faut croire que ça m'amuse, a-t-il ajouté.

Il a fait signe à Georgia de s'en aller et lui a lancé sa veste en lui accordant à peine un regard. Il ne la traitait pas mieux que moi, au fond.

Ça m'a fait plaisir.

Parce que j'avais beau essayer de résister, il me faisait craquer. Je craquais pour sa mâchoire carrée. Je trouvais ses interventions en classe intelligentes et spirituelles. J'approuvais en secret tout ce qui sortait de sa bouche, même s'il était cynique et matérialiste, tandis que moi j'étais plutôt une incorrigible idéaliste. Et surtout, dès qu'il entrait dans mon champ de vision, mon cœur faisait des bonds.

Et en même temps je le détestais.

Mais je détestais encore plus Georgia, parce que c'était *elle* qu'il avait embrassée.

Mes parents étant ses employés, je ne pouvais pas me permettre d'être ouvertement en conflit avec lui. Aussi je me suis mordu la langue pour ne pas l'insulter, tout en traversant sa chambre comme une furie avec l'intention de sortir. Mais je n'ai pas pu franchir le seuil parce qu'il m'a retenue par le coude. Puis il m'a attirée contre son torse d'acier. J'ai ravalé un gémissement.

— Défends-toi, Conchita, m'a-t-il craché au visage, les narines frémissantes.

Ses lèvres étaient tout près des miennes. Trop près. Encore enflées des baisers d'une autre fille et d'un rouge qui tranchait avec sa peau blanche.

— Pour une fois dans ta vie, défends-toi, merde !

Je me suis dégagée de l'étreinte de sa main, en pressant mon livre contre ma poitrine comme un bouclier, puis je suis sortie en courant et j'ai filé tout droit dans l'appartement réservé aux domestiques, sans même reprendre ma respiration. Une fois dans ma chambre, je me suis jetée sur mon lit en soupirant de soulagement.

Vicious ne méritait pas mes larmes, aussi je n'ai pas pleuré. Mais j'étais en colère, bouleversée et, je l'avoue, plutôt en miettes.

J'ai entendu de la musique qui venait de chez lui. *Stop Crying Your Heart Out*, d'Oasis. Il avait mis le volume à fond pour que j'entende. Il continuait à me provoquer. Je ne pouvais même pas être tranquille chez moi.

Quelques instants plus tard, j'ai entendu rugir la Camaro automatique rouge de Georgia – Vicious se moquait d'elle en disant qu'il fallait être vraiment idiot pour acheter une Camaro automatique. Georgia roulait à fond dans l'allée bordée d'arbres. Elle était furieuse, elle aussi.

Vicious était un être dangereux qui faisait souffrir tous ceux qu'il approchait. Malheureusement, la haine qu'il m'inspirait était prisonnière d'un autre sentiment qui ressemblait à s'y méprendre à de l'amour et que j'avais du mal à étouffer.

Mais il ne me briserait pas, ça, je me l'étais juré.

2
Vicious

Dix ans plus tôt

C'était un week-end pourri comme les autres. J'avais organisé une fête d'enfer, mais je préférais rester enfermé dans la salle multimédia plutôt que de me mêler à tous ceux que j'avais invités.

Je n'avais pas besoin de sortir de ma tanière pour avoir une idée du bordel qui régnait dans la maison. J'entendais les filles glousser et ricaner dans la piscine haricot derrière la maison. Le ruissellement des cascades artificielles que les arches déversaient dans l'eau. Le frottement des peaux nues et mouillées contre le caoutchouc des matelas gonflables. Les gémissements des couples dans les chambres voisines. Les ragots des hypocrites affalés dans les fauteuils et les canapés du salon.

J'entendais aussi de la musique – Limp Bizkit. Mais qui osait passer ces nazes de Limp Bizkit à ma fête ?

J'entendais tout, mais je n'écoutais rien. Écroulé devant la télé dans un fauteuil de relaxation, les jambes écartées, je fumais un pétard devant un porno d'animation japonais.

Il y avait une bière à ma droite, mais je n'y avais pas touché.

Il y avait une fille à genoux sur la moquette devant mon fauteuil, en train de me masser les cuisses. Je n'y avais pas touché non plus.

— Vicious, a-t-elle ronronné en venant se percher sur mes genoux.

C'était une petite brune quelconque, mais elle avait un joli bronzage et sa robe était une véritable invitation au plaisir. Elle devait s'appeler Alicia, ou Lucia, je ne savais plus trop. Elle avait essayé d'entrer dans l'équipe des pom-pom girls au printemps dernier. Échec. À mon avis, cette fête était son premier contact avec la popularité et elle s'était mis en tête de sortir avec moi, ou avec n'importe lequel de mes potes. Elle avait l'air de croire que c'était le moyen le plus rapide et le plus sûr de devenir une star au lycée.

— Elle est cool, ta salle de jeu. Mais on ne pourrait pas aller dans un endroit plus calme ?

J'ai tapoté le bout de mon joint et la cendre est tombée comme un flocon de neige sale dans le cendrier posé sur l'accoudoir de mon fauteuil.

— Non, ai-je répondu avec une grimace.

— C'est dommage. Je te trouve super sympa.

N'importe quoi. Personne ne me trouvait sympa, et pour cause.

— Je n'ai pas envie de m'engager, ai-je répondu machinalement.

— Ben oui, je me doute. Pour qui tu me prends ? Mais ça n'empêche pas de s'éclater un peu.

Elle a eu un rire de gorge qui se voulait sexy, mais qui m'a mis les nerfs. Je ne supportais pas les filles qui insistaient.

Je préférais qu'on me résiste.

J'ai quand même été vaguement tenté par sa proposition. Après tout, je pouvais peut-être la laisser me sucer, même si je ne la croyais pas quand elle disait qu'elle voulait juste s'éclater. Les filles, elles voulaient toutes quelque chose de plus.

— Tu devrais descendre de mes genoux, ai-je dit.

Premier et dernier avertissement. Après tout, je n'étais pas son père. Ce n'était pas à moi de la mettre en garde contre les mecs comme moi.

Avec une adorable moue, elle a noué ses bras autour de mon cou. Son décolleté plongeant s'écrasait maintenant contre mon torse et elle me fixait avec des yeux brûlants de détermination.

— Je ne sortirai pas de cette pièce sans un des Hot Heroes.

Les Four Hot Heroes, c'était mon groupe de potes et moi. On était quatre et on était les héros les plus sexy du lycée, d'où le surnom... J'ai haussé un sourcil, en faisant sortir ma fumée par le nez.

— Tu devrais plutôt tenter ta chance avec Trent ou avec Dean, parce que je ne vais pas coucher avec toi ce soir, ma belle.

J'ai vu à sa tête que cette fois elle avait percuté. Elle s'est levée sans un mot et s'est dirigée vers le bar en se déhanchant, avec un sourire de plus en plus crispé à cause de ses chaussures à talons hauts. Elle s'est servi un cocktail sévère, en mélangeant dans un grand verre des alcools pris au hasard. Puis elle a balayé la pièce du regard, en essayant d'évaluer lequel des Hot Heroes pourrait bien lui servir de ticket de popularité au lycée All Saints.

Trent était à moitié allongé sur le canapé à ma droite, avec une fille à cheval sur lui qui se tortillait, le T-shirt roulé à la taille, seins nus. Il sirotait une bouteille de bière, tout en jouant avec son téléphone d'un air blasé. Dean et Jaime s'étaient installés sur un divan à l'autre bout de la pièce et discutaient tactique pour le match de foot de la semaine suivante. Aucun des deux ne s'intéressait aux filles qu'on avait fait venir dans la pièce pour nous distraire.

Pour Jaime, c'était normal. Il était obsédé par notre prof de littérature, Mme Greene. Cette fascination pour une femme plus âgée me semblait perverse, mais il avait l'air tellement amoureux que je n'osais pas m'en mêler. Dean en revanche n'avait aucune raison de se priver et aurait dû passer à l'action depuis longtemps. Quelque chose ne tournait pas rond chez lui aujourd'hui, mais quoi ? je n'en savais rien.

— Dean, mon pote, tu ne veux pas de fille ?

Trent venait d'exprimer ma pensée. Il avait maintenant pris son iPod et faisait défiler sa playlist sur l'écran, de plus en plus indifférent à celle qui se donnait tant de mal pour le satisfaire.

Et soudain, comme s'il en avait marre, il s'est levé d'un bond en faisant valser la fille sur le canapé. Elle avait encore la bouche ouverte, de plaisir, et aussi de surprise.

— Désolé, s'est-il excusé. Je ne vais pas arriver à jouir ce soir. C'est à cause du plâtre.

Il a montré sa cheville cassée avec le goulot de sa bouteille, en adressant un sourire contrit à sa partenaire.

De nous quatre, Trent était le plus sympa.

Ça en disait long sur les Hot Heroes.

Trent avait des problèmes en ce moment. Ses parents avaient tout juste de quoi payer leur loyer et pas du tout les moyens de financer ses études. Il avait compté sur le foot pour obtenir une bourse universitaire complète, mais avec sa cheville cassée, c'était fichu. Cette blessure allait l'obliger à rester ici, à Todos Santos, et à chercher un petit boulot sans intérêt et mal payé. Après avoir passé quatre ans à fréquenter le lycée All Saints, il allait retourner dans son quartier pourri, il y avait de quoi flipper.

— T'inquiète, mec, a répondu Dean avec un sourire gêné. J'ai un rendez-vous.

Au même instant, la porte de la salle s'est ouverte derrière moi. Tout le monde savait que cette pièce était le territoire des Hot Heroes et qu'on n'y pénétrait que sur invitation. Pourtant, un bouffon venait d'entrer sans frapper.

Les filles ont regardé du côté de l'entrée, mais j'ai continué à fumer mon herbe, tout en surveillant Lucia-Alicia du coin de l'œil. J'attendais qu'elle s'éloigne du bar pour aller me chercher une bière fraîche.

— Waouh, salut !

Dean a fait un signe de la main à la personne qui se trouvait sur le seuil et, sans déconner, on aurait dit que tout son corps souriait.

Jaime a fait un bref signe de tête, en se redressant sur son siège et en me lançant un regard chargé de sous-entendus que j'étais trop défoncé pour décoder. Trent a tourné la tête en grommelant un genre de bonjour.

— Celui qui vient de pousser cette porte a intérêt à apporter une pizza et une super fille s'il ne veut pas ressortir direct à coups de pied.

— Salut tout le monde !

Quand j'ai reconnu *sa* voix, ça m'a fait un drôle de truc dans la poitrine.

Emilia. La fille de la bonne. Qu'est-ce qu'elle foutait là ? Elle ne quittait jamais l'appartement réservé aux domestiques quand j'organisais une fête. En plus, elle m'évitait depuis l'histoire du livre de maths – ça faisait un peu plus d'une semaine.

— Qu'est-ce que tu veux, Conchita ?

J'ai fait pivoter mon fauteuil vers elle en crachant au plafond un nuage de fumée âcre et douce.

Ses yeux bleus ont à peine glissé sur moi et se sont arrêtés sur quelqu'un d'autre. Et pour ce quelqu'un, elle a entrouvert les lèvres en esquissant un sourire timide. Ça m'a fait un choc. Le vacarme de la fête s'est éloigné, je ne voyais plus que son visage.

— Salut, Dean, a-t-elle murmuré en baissant les yeux vers ses Vans.

Ses longs cheveux caramel étaient rassemblés en une natte jetée négligemment sur l'une de ses épaules. Elle portait un jean boyfriend et une chemise Daria dont la couleur jurait délibérément avec sa veste de laine orange. Elle s'habillait comme une ado, elle avait des goûts pourris. Il y avait encore sur sa main le cerisier du Japon qu'elle avait dessiné en cours de littérature. Mais merde ! avec tout ça elle arrivait à être sexy, et cette application qu'elle mettait à se rendre repoussante sans y parvenir, ça me faisait carrément bander.

À part ça, je la détestais.

J'ai réussi à détacher mes yeux de sa silhouette pour regarder Dean : il affichait un sourire de débile qui m'a donné envie de lui casser les dents.

C'était quoi ce délire ?

— Vous couchez ensemble, tous les deux ? a demandé Jaime.

Il a fait une bulle avec son chewing-gum, en ébouriffant ses longs cheveux blonds de surfeur avec son poing. Il se foutait éperdument de la réponse. C'était pour moi qu'il posait la question. Parce qu'il savait que j'en crevais d'envie, mais que mon orgueil me l'interdisait.

— Ne dis pas n'importe quoi, a protesté Dean en se levant de son siège.

Il a filé à Jaime une grande claque sur la nuque. Voilà qu'il jouait les mecs corrects, maintenant ; alors que franchement, il était tout sauf ça. Il avait couché avec tellement de filles sur mon canapé qu'il l'avait définitivement imprégné de son ADN. Aucun de nous n'était correct avec les filles, d'ailleurs. Le genre « petit copain respectueux », ça ne nous ressemblait pas. On ne savait même pas ce que « petit copain » voulait dire et on ne s'en cachait pas. On ne donnait pas dans la monogamie, à part Jaime, qui faisait des plans sur la comète avec Mme Greene.

Je n'en revenais pas que Dean et Emilia sortent ensemble. Elle n'était pas pour nous. Elle venait d'un trou paumé de Virginie. Elle avait un sourire stupide et un accent insupportable.

Cette fille-là était aussi ennuyeuse et molle qu'une chanson de Michael Bublé. Quand elle me surprenait à la mater dans sa chambre par ma fenêtre, elle me faisait un signe de la main.

Ce n'était vraiment pas possible d'être aussi stupide.

J'avais d'autres bonnes raisons de la détester : elle avait surpris une dispute entre Daryl et moi en arrivant chez nous. Et puis elle ressemblait trop à Jo, ma belle-mère. Évidemment, ce n'était pas sa faute, mais ça n'y changeait rien.

— Désolé de t'avoir obligée à venir me chercher dans cette pièce, s'est excusé Dean. Je ne m'étais pas rendu compte qu'il était si tard. Ce n'est pas un endroit pour les dames, a-t-il ajouté.

Il a attrapé sa veste posée sur un accoudoir du canapé, a pris Emilia par les épaules et a calé délicatement derrière son oreille une mèche échappée de sa natte.

Pas de doute, il se comportait comme si elle était sa copine. Ma paupière gauche s'est mise à tressauter nerveusement.

— J'espère que tu as faim, a-t-il dit d'une voix doucereuse. Je connais un super restaurant de poisson du côté de la marina.

Elle a souri.

— Bien sûr. Je suis partante.

Elle était partante, alors ils sont partis.

Ensemble.

Merde.

J'ai remis mon fauteuil face à la télé en tirant sur mon joint comme un malade. Un grand silence était tombé dans la pièce et tout le monde me regardait, comme pour attendre mes instructions. Mais qu'est-ce qu'ils avaient à paraître si paniqués ?

— Hé toi !

La fille que Trent avait dégagée était en train de se recoiffer devant un miroir à côté de ma console de jeux. J'ai tapoté mes cuisses en lui faisant signe d'approcher.

— Viens ici. Et amène ta copine, ai-je ajouté en désignant du regard Lucia-Alicia.

J'avais maintenant une fille en train de frétiller sur chaque genou. J'en ai attrapé une au hasard par les cheveux pour mettre son visage pile devant le mien et je lui ai soufflé dans la bouche la fumée de ma dernière taffe. Elle l'a avalée avec un petit cri de plaisir.

— Fais passer, ai-je ordonné, les paupières mi-closes.

Elle a fait oui de la tête et s'est penchée vers sa copine pour lui recracher la fumée dans la bouche.

Trent et Jaime ne me quittaient pas des yeux.

— Ils sont peut-être seulement copains, a suggéré Trent en caressant son crâne rasé. Dean ne m'en a jamais parlé et il n'est pas plus capable de garder un secret, que moi de garder mon pantalon à une fête au manoir Playboy.

— Ouais, a renchérit Jaime. On parle de Dean, là. Il n'a jamais eu de petite amie. Avec lui, rien n'est jamais sérieux.

Il s'est levé en prenant sa veste de la Navy sur l'épaule.

— Bon, je dois y aller, a-t-il lancé.

Bien sûr. Pauvre mec. Il allait passer une soirée pourrie à raconter sa vie sur un site de rencontres et à envoyer des textos coquins à Mme Greene.

— Ne délire pas trop avec ça, Vicious, a-t-il ajouté. Je ne vois pas du tout Dean en train de se caser. Il va dans une université new-yorkaise. Toi, tu restes dans le coin. Emilia aussi, non ? Elle a été prise nulle part, c'est bien ça ?

C'était bien ça.

Elle n'avait pas encore réussi à décrocher une bourse. Je le savais parce que son courrier arrivait dans la même boîte aux lettres que la mienne et que je vérifiais les enveloppes pour savoir si et où ma petite Emilia LeBlanc allait partir. Mais pour l'instant, elle n'était prise nulle part, comme le disait si bien Dean.

Quant à moi, j'étais censé intégrer une fac de Los Angeles pas trop loin d'ici et je prévoyais de rentrer le week-end.

Ce qui voulait dire qu'on se verrait tous les week-ends. Il n'y aurait plus grand monde dans les parages et j'allais forcément me la faire à un moment ou à un autre.

— J'en ai vraiment rien à foutre de Dean et Emilia, ai-je ricané en agrippant les fesses de mes partenaires pour les rapprocher l'une de l'autre.

— Léchez-vous les seins, ai-je ordonné d'un ton détaché.

Elles ont fait ce que je demandais. On pouvait vraiment obtenir n'importe quoi de ces deux-là, ça m'a complètement déprimé.

— On en était où ? ai-je demandé à mes potes.

Les deux filles se donnaient de grands coups de langue pour me satisfaire. On aurait dit deux chiennes dans un combat clandestin. Franchement, c'était écœurant.

— Tu étais en train de nier l'évidence, a ricané Jaime en secouant la tête.

Il s'est dirigé vers la porte et a pressé l'épaule de Trent au passage.

— Empêche-le d'aller trop loin avec ces filles. Il va se venger sur elles.

— C'est idiot, a répondu Trent en me montrant du pouce. Pourquoi il ne parle pas à Emilia ?

Je l'ai fusillé du regard, mais il venait de la zone et ce n'était pas un petit frimeur comme moi qui allait l'impressionner.

— Vous me fatiguez à parler de moi comme si je n'étais pas là, je vais piquer une tête.

Je me suis levé d'un bond en repoussant les deux filles.

L'une a grogné pour protester, l'autre a crié :

— Qu'est-ce qui te prend ?

— Un mauvais trip, ai-je répliqué en guise d'explication.

C'était vrai, au fond.

— Ça arrive, a-t-elle répondu d'un ton radouci.

J'avais envie de les gifler, elle et sa copine. Leur bonne volonté me dégoûtait.

— Tu m'appelleras ? a demandé Alicia-Lucia en me retenant par ma chemise avec des yeux brillants d'espoir.

Je lui ai répondu en levant le pouce. Elle était pas mal, seulement pas autant qu'elle le pensait. Mais bon, elle voulait vraiment faire plaisir, alors on devait pouvoir en tirer quelque chose au lit.

Je l'avais prévenue que je n'étais pas un tendre.

Tant pis pour elle si elle était dure d'oreille.

— Laisse ton numéro à Trent.

J'ai tourné les talons et je suis sorti.

Ceux qui traînaient dans le couloir m'ont fait de la place en se collant dos au mur, tout sourire, et en levant leurs gobelets rouges Red Solo pour me saluer comme si j'étais le pape en personne. Je n'étais peut-être pas le pape, mais j'étais le roi. Et eux, ils étaient mes sujets, une bande de menteurs et d'hypocrites. De vrais Californiens, tout dans l'apparence, mais ça m'était égal qu'ils s'intéressent à ce que j'avais dans les poches et pas à ce que j'avais dans le cœur ou dans le crâne. Et encore plus qu'ils me jugent à ma voiture ou à la taille de ma maison. J'aimais les Californiens autant que je les méprisais. Donc j'aimais la Californie. J'allais jusqu'à aimer les tremblements de terre et les jus de légumes.

Un murmure a couru dans le couloir. Je me montrais rarement à mes invités et quand c'était le cas, ils savaient ce que ça signifiait : il y avait de l'électricité dans l'air et ça allait saigner.

Fell in Love With a Girl, des White Stripes, résonnait entre les murs sombres.

Je suis passé par la cuisine pour descendre à la cave. J'avais besoin de m'isoler un peu dans un endroit sombre et silencieux. Je me suis adossé au battant, les yeux fermés, en respirant à pleins poumons l'air humide.

Merde, ce truc que Dean avait ramené, c'était du sérieux. Je n'avais menti qu'à moitié en disant que je faisais un *bad trip*.

Ici, je me sentais coupé du reste du monde. De Daryl Ryler. De Josephine. De mon père. De Dean et Emilia. À tâtons, j'ai passé en revue ma collection d'armes : mon pied-de-biche, mon poignard, ma batte de base-ball, mon fouet en cuir. Je ne m'en servais jamais. Autrefois, quand j'avais encore peur de Daryl, ces objets me rassuraient. À présent, je venais de temps en temps les toucher quand j'avais trop envie de me battre. Comme ce soir.

En remontant au rez-de-chaussée, je suis allé m'asseoir au bord de la piscine. Dans le bassin, quelques groupes pataugeaient en faisant les idiots. J'ai cherché Dean du regard, mais il était parti avec Emilia. Alors j'ai retroussé lentement mes manches pour faire savoir que je cherchais un adversaire. On appelait ça « le défi ». C'était un petit jeu courant à All Saints. Il ne me restait plus qu'à attendre que quelqu'un accepte de se battre avec moi.

J'ai patienté, penché sur mon double que le clair de lune projetait dans la piscine.

J'étais un grand spécialiste du défi.

Réglo, mais brutal.

Les combats calmaient mon angoisse, tout en justifiant les marques de coups que je portais sur mon corps.

Je n'ai pas été étonné en entendant le bruit sourd du plâtre de Trent derrière moi. Il savait que j'étais complètement à côté de mes pompes et il se dévouait pour sauver l'ambiance de la soirée.

— Je peux dire à Dean de la laisser tomber, si tu veux, a-t-il murmuré derrière moi.

J'ai secoué la tête en ricanant.

— Pas question. Il est libre. Mais s'il couche avec cette fille, il signe son arrêt de mort.

— Vicious, a lancé Trent sur un ton d'avertissement. Tu ne vas pas te disputer avec lui pour une fille.

Facile à dire pour lui, les filles étaient dingues de sa peau couleur café et il passait de l'une à l'autre sans se prendre la tête. Mais moi je commençais à en avoir marre des coucheries.

— Ces conneries, ça va vous entraîner sur une mauvaise pente, a-t-il insisté.

Il a enlevé son T-shirt en soupirant et je n'ai pas pu m'empêcher d'admirer son torse musclé. C'était un vrai costaud.

Les rires et les bruits d'eau s'étaient arrêtés et tout le monde nous regardait. Ces abrutis avaient besoin d'un sujet de conversation pour remplir le vide de leur existence. J'allais bientôt leur en fournir un.

J'ai serré le poing en faisant craquer ma nuque.

— Waouh, tu te fais du souci pour moi, T-Rex ? ai-je ricané en posant une main sur mon cœur. Je suis touché.

Georgia et sa bande de copines nous observaient en chuchotant. Elles bavaient déjà à l'idée de voir une baston entre deux amis. Je suis passé à côté de Trent en le heurtant au passage avec mon épaule et j'ai pris la direction du court de tennis de la propriété. C'était l'endroit idéal : fermé, isolé, assez grand pour accueillir un public, il nous servait régulièrement de ring.

— Je te conseille de donner tout ce que t'as dans le ventre, Rexroth, ai-je grommelé.

Trent et Jaime avaient raison : Dean et Emilia, ça ne durerait même pas jusqu'à la fin du mois. Je connaissais bien Dean, il n'allait pas tarder à la larguer, et elle à avoir besoin de consolation.

Et là, je lui montrerais à qui elle appartenait.

— Allez, Trent. Bouge-toi jusqu'au terrain de tennis. Et il ne faudra pas saigner sur ma pelouse quand je t'aurai défoncé.

3
Emilia

Les retrouvailles

— Regarde où tu vas, espèce d'idiot ! ai-je hurlé tout en reculant sur le trottoir.

J'attendais pour traverser devant un immeuble de bureaux high-tech de l'Upper East Side. Il y avait maintenant une grosse tache de boue sur ma petite robe à col marin. J'étais trempée, j'avais faim, j'étais épuisée, et ce feu piéton ne voulait pas passer au vert. Pour couronner le tout, j'étais déjà en retard pour prendre mon service au McCoy's, le bar de Midtown où je travaillais le soir comme serveuse – mon deuxième job. Le bruit du trafic et des klaxons du vendredi soir me cassait les oreilles. Le problème, quand on essayait de traverser au rouge à New York, c'est que les taxis aussi étaient new-yorkais et qu'ils étaient prêts à vous écraser pour passer.

Ou à tremper vos vêtements…

— Qu'est-ce qui t'arrive, Millie ?

Rosie a toussé dans mon oreille à l'autre bout de la ligne, avec un bruit de chien asthmatique. Elle n'avait pas quitté son lit de la journée, mais il n'y avait pas de quoi l'envier.

— Un chauffeur de taxi vient de m'éclabousser et il l'a fait exprès, ai-je expliqué.

— Calme-toi, a-t-elle murmuré de ce ton si doux qui parvenait toujours à m'apaiser. Explique-moi plutôt ce qui se passe, a-t-elle repris.

Le feu est enfin passé au vert. La horde de piétons a traversé comme un seul homme en me bousculant, tête baissée. En dépit de mes chaussures à talons hauts, j'ai accéléré le pas pour doubler un groupe d'hommes en caban. En passant devant les comptoirs remplis de bonnes choses à manger, je n'ai pas pu m'empêcher de saliver. Vu l'heure à laquelle j'allais arriver, je n'aurais même pas le temps de grignoter un petit truc en cuisine.

— Ils ont dit qu'ils étaient ravis que je m'intéresse à l'industrie de la pub, mais que j'étais payée pour servir le café et classer des dossiers, pas pour donner mon avis pendant les réunions de l'équipe créatrice. Et encore moins pour lui gâcher le déjeuner avec mes suggestions. Ils ont dit aussi que j'étais surqualifiée pour être secrétaire, mais qu'ils n'avaient pas de poste de stagiaire. En plus, ils ont des restrictions budgétaires et on leur a demandé d'« écrémer » le personnel. D'enlever le gras, tu vois…

Je n'ai pas pu retenir un rire amer, car je n'avais jamais été aussi mince de toute ma vie – étant donné que j'avais tout juste de quoi manger.

— Pour résumer, je suis virée.

J'ai soupiré, laissant échapper un nuage de vapeur blanche. Les hivers new-yorkais étaient si froids qu'on avait envie de partir au travail enroulé dans sa couette. Je me demandais parfois si on n'aurait pas mieux fait de repartir dans le Sud, Rosie et moi – du moment que ce n'était pas en Californie. Pour avoir plus chaud et payer un loyer moins cher.

— Alors il ne te reste plus que ton travail chez McCoy's ? a demandé Rosie d'une voix angoissée.

Elle a soupiré à son tour et ses poumons ont fait un drôle de bruit.

Ce n'était pas sa faute, mais en ce moment je devais travailler pour deux. Je ne gagnais pas grand-chose en tant que secrétaire, mais c'était quand même un deuxième salaire. Et avec les médicaments de Rosie à payer, on ne pouvait pas s'en sortir avec un seul.

— Ne t'en fais pas, ai-je répondu tout en me faufilant au pas de course entre les piétons. On est à New York. Ce n'est pas le travail qui manque. Je trouverai facilement autre chose.

J'avais intérêt.

— Bon, Rosie, si je ne veux pas me faire virer aussi de chez McCoy's, il faut que je te laisse. J'ai déjà trois minutes de retard. Je t'aime. Bye.

J'étais de nouveau arrivée à un carrefour et j'ai dû m'arrêter, en trépignant d'impatience. Il y avait déjà tout un groupe de gens devant moi qui attendaient pour traverser. À ce rythme, je n'étais pas près de me retrouver de l'autre côté. Mes yeux qui fouillaient de tous côtés, à la recherche d'une échappatoire, se sont arrêtés sur une longue ruelle sombre coincée entre deux grands immeubles. Un raccourci. *Trop risqué*, a murmuré une petite voix en moi.

J'étais en retard.

Je venais de perdre ma place de secrétaire.

Rosie était malade.

Il y avait le loyer à payer.

Et puis merde ! Ça sera plus rapide par là.

J'ai piqué un sprint. Chaque fois que mes talons heurtaient le trottoir, ça me faisait un choc qui se répercutait dans toute ma colonne vertébrale. Le vent froid giflait mes joues, cinglant comme un fouet. Je courais si vite que je n'ai pas senti qu'on me retenait par la lanière de ma sacoche. Je suis tombée à la renverse, sur le sol humide et glacé, en atterrissant sur le coccyx.

Mon premier réflexe a été de serrer mon sac contre ma poitrine. Puis j'ai levé les yeux vers mon agresseur. C'était un gamin, un adolescent au visage criblé de boutons, pour être précise. Grand, dégingandé, maigre, et sûrement aussi affamé que moi. Mais c'était mon sac.

Mes affaires. Dans cette jungle de béton qu'était New York, personne n'avait pitié de personne. Il fallait bien survivre.

J'ai plongé la main dans mon sac pour chercher à tâtons mon spray au poivre Mace. Évidemment, je n'avais aucune intention de m'en servir, je voulais juste faire peur au gamin. Lui, il continuait à tirer. Et moi, à agripper mon sac. J'ai trouvé la bombe et je l'ai sortie en la pointant vers ses yeux.

— Au choix, tu recules ou tu deviens aveugle, ai-je menacé d'une voix tremblante. C'est un peu bête de perdre la vue pour un sac, à toi de voir.

Il a levé le bras comme pour me frapper et là, un réflexe, j'ai appuyé sur le spray. Furieux, il m'a violemment tordu le poignet, faisant dévier le jet qui l'a raté de quelques centimètres. Puis il m'a frappée au front du revers de la main. Sous le choc, ma tête s'est mise à tourner, tout est devenu noir.

Et franchement, une partie de moi aurait voulu rester dans ce trou noir.

Quand ma vision est redevenue normale, je n'avais plus mon sac. J'ai tout de suite pensé à tout ce qu'il contenait : mon téléphone, mon portefeuille, mon permis de conduire, deux cents dollars que je devais à mon propriétaire.

Je me suis remise péniblement debout. L'un de mes talons s'était cassé. Je l'ai ramassé. Mon agresseur était déjà au bout de la rue, je n'avais aucune chance de le rattraper.

— Enculé ! ai-je hurlé, tellement fort que ça m'a fait mal à la gorge.

Je crois bien que c'était la première fois que j'employais ce mot.

Il ne me restait plus qu'à repartir, en boitillant sur un talon. Pleurer n'aurait servi à rien, mais j'étais totalement effondrée. Se faire dévaliser et virer le même jour, c'était vraiment le comble. Oui, alors j'allais me consoler en buvant quelques verres en douce quand mon patron, Greg, aurait le dos tourné.

Je suis arrivée chez McCoy's avec vingt minutes de retard. Petite consolation : Greg le Râleur n'était pas là, au moins je ne serais pas virée pour la seconde fois de la journée. Rachelle, la gérante, était une amie. Elle connaissait mes problèmes financiers. Elle était au courant pour la maladie de Rosie. Au courant de tout.

Je l'ai croisée dans le couloir menant à la cuisine. Elle est venue vers moi avec un clin d'œil complice et a écarté de mon front une mèche de mes cheveux mauves – de la couleur des fleurs de cerisier.

— Je ne pense pas que tu te sois envoyée en l'air au bureau, donc tu as eu un problème, a-t-elle déclaré en fronçant gentiment les sourcils.

Dans un soupir, j'ai fermé les yeux pour lutter contre les larmes que je sentais venir.

— Je viens de me faire voler mon sac, ai-je murmuré.

— Oh ! ma chérie, a gémi Rachelle en me serrant dans ses bras.

J'ai posé ma tête sur son épaule. Un peu de chaleur humaine, ça faisait du bien, même si ça ne réglait pas mes problèmes. Et puis, j'avais quand même du bol que Greg ne soit pas là, à me hurler dessus toute la soirée, la bave aux lèvres.

— Il y a pire, Rach. J'ai été renvoyée de R/BS Publicité, ai-je murmuré dans ses cheveux rouge cerise.

Elle s'est écartée pour me dévisager avec une expression horrifiée.

— Millie… Mais qu'est-ce que tu vas faire ?

Je me posais justement la même question.

— Le maximum d'heures ici jusqu'à ce que je retrouve un autre travail en journée ? Sinon, je pourrais aussi vendre un rein.

La deuxième option était évidemment une blague, mais je n'ai pas pu m'empêcher de me demander combien ça rapportait, de vendre un rein…

Rachelle m'a observée d'un air attendri et j'ai lu dans ses yeux ce qu'elle pensait. Rien qu'à mon allure, ça se voyait que je galérais. J'avais encore maigri. J'étais pâle, les traits tirés. Avec ma robe tachée et un talon cassé, le tableau était complet.

Elle a regardé le talon que je tenais toujours dans mon poing crispé.

— Je vais te le recoller, a-t-elle dit. Prends les chaussures qui sont dans mon casier et va travailler. Et essaye de sourire. Tu as besoin de tes pourboires.

J'ai acquiescé, en claquant une grosse bise mouillée sur sa joue. Elle était beaucoup plus petite que moi et j'allais avoir du mal à enfiler ses chaussures, mais c'était mieux que rien. J'ai foncé vers les casiers pour passer mon uniforme – chemisier rouge court et cintré, minijupe noire, tablier rouge avec le nom McCoy's imprimé en lettres noires. C'était complètement kitch, mais le bar était fréquenté par des hommes de Wall Street richissimes que cette tenue minimaliste incitait à laisser de bons pourboires.

J'ai poussé les portes de bois donnant sur la salle en prenant une grande inspiration. Quand j'ai longé les tabourets noirs alignés devant le bar, quelques hommes ont lancé de mon côté des regards intéressés auxquels j'ai répondu par un vague sourire – ma politique étant de me montrer amicale avec les clients, sans pour autant les encourager. À vingt-sept ans, j'étais une valeur bien cotée sur le marché du sexe à New York, mais je travaillais trop pour avoir du temps à consacrer à un petit copain.

— Salut, Millie, m'a lancé Kyle, le barman.

Kyle faisait des études de cinéma à l'université de New York. Il vivait à Williamsburg, s'habillait comme Woody Allen et se teignait les cheveux en blond doré. Tout pour cacher qu'il venait de Caroline du Sud.

Je lui ai souri, en balayant du regard les clients qui se racontaient leur dure journée de travail, tout en consultant leurs messages sur leur téléphone.

— Il y a du monde ?

— Ne panique pas, a-t-il répondu. Dee est furieuse parce que tu es encore en retard, mais elle a assuré. Dépêche-toi de servir les deux qui viennent d'arriver, a-t-il ajouté en désignant une table du côté droit de la salle.

Dee était la serveuse qui travaillait le vendredi soir avec moi. Mes retards répétés la mettaient en rage et je la comprenais : elle n'avait pas à assumer mes problèmes. J'ai acquiescé, tout en levant le pouce du côté de Kyle, mais il s'était déjà replongé dans le livre qu'il lisait derrière le bar.

Je me suis dirigée vers la table qu'il m'avait signalée, au son de *Baby It's You*, des Smith. Elle se trouvait tout au fond de la salle, dans un coin isolé – mon préféré parce que j'y récoltais en général les meilleurs pourboires, allez savoir pourquoi.

Je l'appelais « le coin de la chance ».

Deux hommes y étaient installés, tellement absorbés dans leur conversation qu'ils ne m'ont pas vue arriver. Je leur ai tendu les menus que j'avais emportés sous mon bras, pour tenter d'attirer leur attention.

— Bonjour, je suis Millie, votre serveuse. Est-ce que je peux vous apporter quelque chose en attendant que vous…

Lui. Je me suis arrêtée net. Celui des deux hommes qui avait des cheveux noirs ébouriffés venait de lever la tête.

Vicious.

J'ai battu des paupières. C'était bien Baron Spencer, pas de doute, avec sa silhouette longue et élancée – il mesurait plus d'un mètre quatre-vingt-cinq –, sa façon de s'asseoir en étirant ses longues jambes sur le côté, ses yeux sombres comme son âme, ses cheveux noir corbeau qui bouclaient sur le côté et couvraient des oreilles d'une perfection scandaleuse, sa mâchoire carrée, son nez droit, l'expression glaciale et distante de son visage, tellement sinistre qu'elle vous mettait mal à l'aise.

Seules les rougeurs sur ses joues de porcelaine – le froid lui avait toujours fait ça – confirmaient que j'avais bien devant moi un être de chair et de sang avec un cœur qui battait, et pas une machine programmée pour me détruire.

Il affichait comme toujours un air de défi, qui m'a aussitôt paru familier, comme une vieille chanson que l'on n'a pas écoutée depuis longtemps, mais dont on retrouve les paroles dès qu'on l'entend. Évidemment, il avait changé de style. Il portait un jean bleu foncé, des chaussures Oxford marron, une chemise blanche et une veste cintrée.

Décontracté. Sobre et classe. Suffisamment pour montrer qu'il était plus riche que la plupart des gens.

Je ne savais pas ce qu'il faisait dans la vie, parce que chaque fois que mes parents avaient tenté de me donner des nouvelles de lui, j'avais changé de sujet. Mais, ça crevait les yeux, il roulait sur l'or. Le sien ou celui de papa. Peu importait.

Je me suis sentie minable dans mon uniforme noir et rouge.

Comme je n'osais même pas le regarder, je me suis adressée à l'homme qui partageait sa table. Il était un peu plus vieux – un peu plus de la trentaine, peut-être ? –, trapu, des cheveux blonds, avec le beau costume d'un courtier en Bourse aux dents longues de Wall Street.

— … Quelque chose à boire ? ai-je achevé, la gorge nouée.

Je ne souriais plus. Je ne suis même pas certaine que je respirais.

— Un black russian, a répondu Beau Costume, tout en matant ma poitrine.

— Et vous ? ai-je demandé à Vicious d'une voix faussement gaie.

Je n'avais pas besoin de prendre des notes pour deux boissons, mais j'ai quand même sorti mon carnet et mon stylo pour me donner une contenance. Mes mains tremblaient tellement que j'ai failli lâcher le carnet.

— Un bourbon, sec, a-t-il répondu d'un ton vague.

Ses yeux fixaient mon stylo. Pas moi.

Toujours aussi distant. Glacial. Indifférent.

Il n'a pas changé.

Je suis repartie vers le bar d'une démarche hésitante, en partie à cause de mes chaussures trop petites, mais pas que.

Il ne m'avait peut-être pas reconnue. Après tout, ça faisait dix ans qu'on ne s'était pas vus et je n'avais vécu qu'un an chez les Spencer.

J'ai tapoté le comptoir du bout de mon stylo mâchonné pour attirer l'attention de Kyle. Il n'aimait pas préparer des cocktails et il s'est mis à pester contre Beau Costume et son black russian. Je l'ai observé en silence, en jetant des regards à la dérobée du côté de la table de Vicious.

Il était toujours aussi fin et musclé, ce qui ne l'empêchait pas d'être très viril. Je me suis demandé s'il était ici en voyage d'affaires ou bien s'il vivait à Manhattan – parce que s'il habitait New York, ça ne pouvait être que dans Manhattan.

J'ai décidé qu'il était là pour affaires et qu'il ne resterait probablement pas longtemps. Je n'avais pas envie de le savoir dans la même ville que moi.

— Tes boissons sont prêtes, a annoncé Kyle.

J'ai pris une grande inspiration pour me donner du courage. Il ne me restait plus qu'à mettre les verres sur un plateau, mais j'avais les genoux en coton à l'idée d'affronter à nouveau le regard de Vicious dans cet uniforme aguicheur qui me faisait honte.

J'ai plaqué un grand sourire sur mon visage, en me répétant qu'il ne m'avait pas reconnue, ce qui m'a un peu rassurée. Je n'avais pas envie qu'il sache que j'avais fini comme serveuse, à me nourrir de céréales et de macaronis au fromage.

— Un black russian et un bourbon, ai-je annoncé en disposant des dessous-de-verre rouges sur la table noire.

Tout en posant les verres, j'ai regardé la main gauche de Vicious. Il ne portait pas d'alliance.

— Ce sera tout ? ai-je demandé en plaquant mon plateau contre mon ventre et en essayant d'arborer mon plus beau sourire de professionnelle.

— Oui, merci, a soupiré Beau Costume d'un ton impatient.

Vicious n'a pas daigné répondre et ils ont repris leur conversation à voix basse, comme si je n'existais pas.

Je suis partie en jetant des regards par-dessus mon épaule. Mon pouls battait partout – dans mon cou, au niveau de mes paupières... D'un côté, j'étais un peu déçue. Vicious ne m'avait vraiment pas reconnue... Mais après tout, ça valait mieux. On n'était pas exactement de vieux amis.

En fait, j'avais si peu compté pour lui, qu'on n'était même pas des ennemis.

J'ai continué à servir, en souriant et en riant aux blagues stupides de mes clients. Pour calmer mon angoisse, j'ai bu deux autres verres que Kyle m'a fait discrètement passer par-dessus le bar. J'aurais voulu être totalement indifférente à la présence de Vicious, comme il l'était à la mienne, mais mes yeux ne cessaient de dériver du côté de sa table, où la conversation tournait à la dispute.

Je me suis accoudée au bar pour observer la scène. Ça devenait intéressant.

Vicious avait sorti de sa mallette une liasse de papiers, qu'il a posée sous le nez de Beau Costume dans une attitude victorieuse. Celui-ci a rougi en tapant du poing sur la table, puis il a ramassé la liasse et l'a agitée, en postillonnant de rage. Évidemment, Vicious est resté de marbre, totalement impassible. Plus l'autre s'excitait et s'échauffait, plus Vicious arborait un air détaché et vaguement amusé.

Finalement, Beau Costume a levé les bras en l'air. Son visage était devenu rouge sombre, de la couleur d'une betterave épluchée. Vicious a ri, carrément, en soulignant du bout de l'index une phrase. Beau Costume a accusé le coup sans un mot. Il semblait sur le point de s'évanouir.

Mon cœur s'est mis à battre plus fort. J'avais été tant de fois victime du cynisme de Vicious que j'avais l'impression que c'était moi qui me trouvais en face de lui, à cette table, à me débattre comme un animal pris au piège.

— Millie, j'ai terminé ma pause cigarette, tu peux souffler cinq minutes, a déclaré Dee en me donnant une claque sur les fesses.

Elle n'était pas rancunière, elle m'avait déjà pardonné.

Comme je ne fumais pas, j'utilisais en général ma pause pour appeler Rosie. Mais ce soir, je n'avais pas le cœur à lui parler.

— Merci, ai-je répondu, en filant aux toilettes.

J'avais besoin de me rafraîchir le visage et d'être un peu seule. Entre mes mésaventures de la journée et la présence de Vicious qui me mettait à la torture, je me sentais sur le point de craquer. Sauf que je ne pouvais pas me le permettre. Je devais absolument tenir le coup.

J'ai commencé par aller m'enfermer dans un box des toilettes, où je me suis adossée à la porte pour respirer profondément, tout en essayant de me raisonner.

Je n'avais aucune raison de me mettre dans cet état. Avoir perdu mon travail à l'agence de pub était évidemment un coup dur, mais le comptable pour lequel je travaillais était un pervers sexuel en puissance qui n'aurait pas tardé à me harceler ; alors, d'un côté, j'étais presque soulagée. La présence de Vicious ici me perturbait, mais il allait bientôt partir et je ne le reverrais plus jamais. Il ne se passait rien de grave.

Je devais me reprendre.

J'étais sortie du box et m'apprêtais à me passer de l'eau sur le visage, quand la porte s'est ouverte. Et il est entré.

Lui.

J'ai compris tout de suite qu'il était là pour moi. Il m'avait vue partir aux toilettes et il avait décidé de m'y rejoindre, après avoir fait semblant de ne pas m'avoir reconnue. Ça lui ressemblait bien. Je me suis sentie atrocement humiliée. À côté de lui, qui avait vraiment la classe et un charisme fou, j'avais l'air d'une serveuse de chez Hooters – sans parler de mes cheveux décoiffés et de l'ecchymose qui était en train de gonfler sur mon front.

Ses yeux se sont attardés sur la fresque de fleurs de cerisier derrière moi et il a eu un petit sourire en coin.

Il se souvenait de ma fascination pour les cerisiers en fleur.

Il se souvenait de tout.

Quand son regard a cherché le mien, mon ventre s'est noué. Le silence entre nous est devenu brusquement insupportable.

— Tu es venu me demander pardon ? ai-je lancé.

Les mots étaient sortis de ma bouche avant que j'aie eu le temps de les ravaler.

Il a eu un petit rire, comme si l'idée lui semblait absurde.

— On dirait que la vie n'est pas facile pour toi, a-t-il déclaré posément en me balayant des yeux des pieds à la tête.

— Contente de te voir, moi aussi.

Je me suis adossée au mur, juste sous la frise. Les carreaux frais calmaient un peu le feu qu'il avait allumé en moi.

— Tu n'as pas changé, Vicious. Il te faut toujours quelqu'un à maltraiter.

Il a eu un rire profond qui a résonné jusque dans la moelle de mes os, mais un an à subir sa haine m'avait bien entraînée : j'étais capable d'encaisser le ridicule.

— Qu'est-ce que tu fous ici, Conchita ?

Il n'avait pas oublié non plus ce surnom qui me faisait tellement enrager autrefois. Ça m'a fait mal. D'autant plus que je me sentais pauvre, perdue, abîmée par cette grande ville impitoyable qui vous avalait et vous recrachait après avoir digéré vos espoirs et vos rêves. J'incarnais exactement la personne insignifiante qu'il avait vue en moi dix ans plus tôt. J'étais devenue Conchita.

— Je travaille ici, ai-je répondu enfin.

C'était pourtant évident.

Il s'est approché lentement de moi et j'ai senti les effluves de son odeur – épicée, propre et masculine. Je les ai respirés en frissonnant.

— La dernière fois que j'ai eu de tes nouvelles, tu préparais un diplôme d'art.

Il a haussé un de ses épais sourcils, comme pour dire : « Qu'est-ce qui t'est arrivé ? »

Des tas de problèmes, ai-je songé avec amertume.

— Je ne devrais même pas te répondre parce que ça ne te regarde pas, mais j'ai obtenu ce diplôme, ai-je rétorqué sèchement en me repoussant du mur et en passant devant lui pour me laver les mains.

Il m'a suivie des yeux sans un mot.

— J'avais commencé un stage dans une galerie, mais j'avais trop de problèmes d'argent, alors j'ai dû prendre un emploi de serveuse et un autre de secrétaire. Je me suis fait virer du second il y a trois heures. Je croyais avoir eu ma dose de catastrophes pour la journée, mais…

Je l'ai balayé du regard.

— Apparemment non. Le désastre n'était pas encore complet.

Je ne savais pas pourquoi je lui disais tout ça. Il ne méritait même pas que je lui adresse la parole. Après ce qu'il m'avait fait, j'aurais dû sortir des toilettes, me mettre à hurler, appeler le videur pour le faire jeter dehors. Mais c'était plus fort que moi. Dès qu'il me manifestait un peu d'attention, je ne pouvais pas lui résister.

Il a glissé une main dans sa poche, tout en fourrageant de l'autre dans ses cheveux – un geste que je connaissais bien et qui m'a donné l'impression d'avoir devant moi le Vicious de dix-huit ans, celui qui avait fait battre mon cœur.

J'ai détourné le regard. J'aurais voulu savoir où il vivait, ce qu'il faisait, s'il avait une copine, des enfants. J'avais toujours mis un point d'honneur à ne rien demander à son sujet et à ne pas écouter quand ma famille parlait de lui, mais maintenant qu'il était en face de moi, ma curiosité était piquée et j'aurais eu des tas de questions à lui poser.

Mais bien sûr, je n'en ai posé aucune.

— Je te souhaite bonne continuation, Vicious.

J'ai fait mine de sortir, mais il m'a retenue par le coude et m'a attirée brutalement à lui. Une bouffée de panique et d'excitation m'a traversée. Ça ne servait à rien de chercher à lui échapper. Il était deux fois plus grand que moi.

— Tu as besoin d'aide, Conchita ? m'a-t-il murmuré au visage.

Encore ce surnom...

— Peu importe que j'aie besoin d'aide ou pas, ai-je répondu d'une voix sifflante. Parce que je ne veux rien de toi.

Il m'a paralysée avec son sourire ravageur.

— Ça, c'est à moi de voir, a-t-il dit en lâchant mon bras. Je n'ai encore rien décidé, faut que je réfléchisse à la question.

Je lui ai tourné le dos et je suis sortie des toilettes, avec la sensation de me débarrasser d'un fléau, mais aussi de laisser derrière moi mon grand amour de lycée.

J'ai envisagé un instant de demander à Dee de servir la table du fond à ma place – elle m'aurait probablement dit oui, parce que ces deux clients-là étaient très riches –, mais mon stupide orgueil m'en a empêchée. Je tenais à montrer à Vicious – et à me prouver à moi-même – que ses sarcasmes ne m'avaient pas atteinte.

Environ trois boissons et une heure plus tard, Beau Costume s'est levé. Il avait l'air frustré, mécontent, vaincu. Je comprenais parfaitement ce qu'il ressentait pour l'avoir expérimenté autrefois quand je vivais à la merci de Vicious. Il a tendu sa main par-dessus la table, mais Vicious ne l'a pas prise et a regardé fixement la liasse de papiers devant lui, comme pour lui signifier qu'il ne devait pas oublier de l'emporter.

Je me suis précipitée pour déposer l'addition sur la table, sans dire un mot. Vicious n'a pas cherché à me parler, il a seulement sorti sa carte, sans même m'accorder un regard. Je lui ai tendu son reçu et je suis repartie servir une autre table. Quand je suis revenue, il avait disparu.

Il ne m'avait pas laissé un centime de pourboire, juste le reçu signé, avec un mot écrit au dos :

Pour ton pourboire, passe au croisement de la 125e et de la 2e, vingt-troisième étage.

Black

Un rire hystérique est sorti de ma gorge. J'ai roulé le message en boule et je suis allée le mettre à la poubelle, derrière le bar.

— Un pourboire ridicule ? m'a demandé Kyle en levant les yeux de son livre.

— Pas de pourboire du tout, ai-je répondu en lui faisant signe de me verser un autre verre.

Il a attrapé la bouteille de vodka.

— Quel salaud, dis donc…

Oh oui, Kyle, c'est un salaud. Tu n'as pas idée à quel point.

4
Vicious

Je mentirais en disant que j'avais complètement oublié Emilia LeBlanc, mais elle était sortie de mon radar et je ne m'attendais pas à la revoir. Bien sûr, je savais qu'elle était à New York. Mais New York est une ville gigantesque de plus de huit millions d'habitants. J'avais vraiment peu de chances de tomber sur elle.

J'étais arrivé une semaine plus tôt pour régler un problème avec un type qui voulait traîner notre société devant un tribunal pour détournement de clientèle et je lui avais donné rendez-vous au McCoy's pour l'en dissuader.

Je l'avais mis plus bas que terre en deux secondes. Il avait suffi que je lui montre mes conclusions en réponse pour qu'il s'écrase. Il abandonnait les poursuites.

Une bonne chose de faite.

J'étais vraiment sans pitié en affaires, mais ça ne me posait aucun problème de conscience. Comme tous les avocats, j'étais un criminel en puissance.

Mes associés – Trent, Jaime et Dean – allaient être contents de moi. On avait fondé ensemble trois ans plus tôt une société spécialisée dans les investissements et les fusions à haut risque – Fiscal Heights Holdings. Ils s'occupaient de l'aspect financier et moi des questions légales.

Je n'avais rien contre les chiffres, au contraire, surtout quand ils étaient suivis du mot « dollars ». J'aimais l'argent. Mais je n'étais pas un commercial ; j'étais surtout doué pour parlementer, argumenter, pousser mes adversaires dans leurs retranchements.

Et les terrasser.

Bref, en me déplaçant pour cette petite affaire vite réglée, j'étais tombé sur Emilia. Incroyable !

Ça m'avait ramené des années en arrière. J'avais mûri, j'étais devenu un homme d'affaires, mais ça ne m'empêchait pas d'être encore l'imbécile qui lui avait pourri son année de terminale.

En la voyant, j'avais immédiatement pensé qu'elle pourrait m'être utile pour me venger de Jo, ma salope de belle-mère, et témoigner contre elle au moment où j'en aurais besoin – si ce moment se présentait. J'avais prévu de solliciter mon ex-psy, mais maintenant que j'avais Emilia à portée de main, ça me semblait évident. Elle avait vécu à Todos Santos, elle m'avait connu ado, elle savait ce que Jo et Daryl m'avaient fait endurer. Elle était parfaite pour le rôle.

Ce que je prévoyais de lui demander allait sûrement froisser sa petite âme pure et innocente, mais j'en faisais mon affaire. Elle n'avait pas changé, elle avait même gardé quelques traces de son accent du Sud. Il m'avait suffi de cinq minutes de discussion avec elle dans les toilettes pour me rendre compte qu'elle en pinçait toujours pour moi. Et aussi pour apprendre que sa situation était critique. Elle avait besoin d'argent, ça crevait les yeux, et je comptais là-dessus pour la convaincre de collaborer. J'étais prêt à investir un paquet pour faire taire ses scrupules.

Elle était le fantôme du passé qui allait m'aider à chasser les démons du présent.

Et tant que j'y étais, j'en profiterais pour m'amuser un peu avec elle. Parce qu'elle me plaisait toujours. Je l'avais compris dès que j'avais croisé le regard bleu paon de ses yeux. Je la voulais.

Elle avait peut-être un copain, mais ça, ce n'était pas un problème. Celui-là, je l'avais d'office évacué du tableau : il allait se faire larguer à l'instant où j'entrerais en scène.

Emilia et moi, c'était reparti.

Elle ne s'en doutait pas encore, mais ça n'y changeait rien.

Emilia

Mon cœur était décidément mon pire ennemi. C'était déjà le cas quand j'avais dix-sept ans, et je constatais que ça n'avait pas changé. Tout en courant sous la pluie battante, je pensais à *lui*, au lieu de m'inquiéter parce que j'avais cherché du travail toute la journée sans en trouver.

Ça faisait vingt-quatre heures que je l'avais revu, trois heures qu'*il* occupait mes pensées non-stop et environ une heure que je me demandais si je devais raconter ou non à Rosie que j'avais rencontré au McCoy's mon ancien bourreau.

Une fois chez moi, je me suis changée pour enfiler des vêtements secs. Ensuite, je me suis aperçue que j'avais oublié de prendre les médicaments de Rosie et j'ai dû ressortir en courant. Au retour, j'étais de nouveau trempée.

J'ai vidé le sac de pharmacie sur le comptoir de notre petit appartement. Expectorants. Vitamines. Antibiotiques. Tout y était. Rosie était trop faible pour dévisser les flacons, alors je l'ai fait pour elle.

Ma sœur était atteinte de mucoviscidose. Certaines maladies sont silencieuses et c'était le cas de la sienne. Ma petite Rosie n'avait pas l'air malade, elle était jolie comme un cœur – plus jolie que moi. On avait les mêmes yeux, d'un bleu piqueté de points verts et turquoise. La même bouche aux lèvres charnues. Les mêmes cheveux caramel. Mais tandis que j'avais le visage plutôt rond et en forme de cœur, elle avait les pommettes hautes et sculptées d'un top model.

Sauf que pour être top model, il aurait fallu qu'elle soit capable d'arpenter les podiums. Or, actuellement, elle n'arrivait même pas à quitter notre deuxième étage pour descendre dans la rue.

Heureusement, elle n'était pas tout le temps dans cet état. Sa maladie se manifestait par poussées. Du jour au lendemain, elle se retrouvait alitée et incapable de faire quoi que ce soit. En ce moment, elle avait une pneumonie qui durait depuis trois semaines.

C'était la deuxième en six mois.

— Je t'ai apporté du bouillon, ai-je annoncé.

Elle n'a pas répondu, mais je l'ai entendue remuer dans notre lit.

— Comment tu te sens, petit diable ? ai-je demandé en allumant une plaque pour réchauffer le bouillon.

— Comme une sangsue qui te pique tout ton argent, Millie, a-t-elle déclaré d'une voix encore endormie. Et ça me pèse vraiment.

Notre vieille télévision était allumée et Rosie regardait encore un épisode de *Friends*. Les rires préenregistrés qui résonnaient entre nos murs trop fins et nos quelques meubles mettaient un peu de gaieté dans notre petit appartement de Sunnyside. Rosie connaissait déjà tous les épisodes par cœur, mais elle ne s'en lassait pas.

Elle a roulé sur elle-même pour s'extirper du matelas et s'est levée pour me rejoindre.

— Comment ça s'est passé, ta recherche d'emploi ? a-t-elle demandé en me massant les épaules.

Dans un soupir, j'ai renversé la tête en arrière en fermant les yeux. Elle était douée pour les massages et moi j'étais épuisée. J'avais hâte de sauter sur notre futon à deux places et de regarder la télé avec elle sous la couette.

— Les agences d'intérim sont saturées de demandes. Et de toute façon, personne n'embauche à l'approche de Noël. Il n'y a pas de travail, quoi. On va devoir se serrer la ceinture. Le bon côté des choses, c'est que le style maigrichon addict à l'héroïne est revenu à la mode…

J'ai soupiré.

— N’empêche qu’on va manquer d’argent.

Le silence est tombé sur la pièce. On n’entendait plus que nos respirations laborieuses. Elle a plaqué une main sur sa bouche en faisant la grimace.

— Merde, a-t-elle lâché.

Eh oui. Rosie n’était pas une demoiselle du Sud comme il faut.

— Mais est-ce qu’on a de quoi tenir le coup pendant le mois de décembre ? Parce que en janvier je serai sur pied. On travaillera toutes les deux, ça fera deux salaires.

— D’ici janvier, on sera des sans-abri, ai-je murmuré en mettant une casserole sur la plaque de la cuisinière et en touillant le bouillon.

J’aurais aimé avoir quelque chose à mettre dedans. Des légumes, du poulet, n’importe quoi pour que Rosie reprenne un peu de forces et qu’elle ait l’impression de faire un vrai repas.

— Tu vas aller rendre ces médicaments et te les faire rembourser, a-t-elle déclaré. Je n’en ai pas besoin, je me sens beaucoup mieux.

Mon cœur a explosé. Rosie avait besoin de ces médicaments. Et pas qu’un peu. Il lui fallait des antibios pour éviter une infection des poumons ou des sinus. Elle devait faire des inhalations pour ouvrir ses voies respiratoires. Elle n’avait pas seulement besoin de ses médicaments, elle ne pouvait pas vivre sans eux.

— J’ai jeté le reçu, ai-je menti. Et je vais demander à ma banque d’augmenter mon découvert autorisé.

Deuxième mensonge, car aucun banquier doué de raison n’aurait accepté d’augmenter mon découvert autorisé. J’étais déjà endettée jusqu’au cou.

— Certainement pas, a protesté Rosie en m’obligeant à me tourner vers elle.

Elle a agrippé mes mains. Les siennes étaient tellement glacées que j’ai eu envie de pleurer. J’ai dû tressaillir, parce qu’elle les a lâchées tout de suite.

— J'ai les mains froides, mais c'est la circulation, s'est-elle excusée. Je vais bien, je t'assure. Écoute, Millie, tu en as fait assez pour moi. Tu te sacrifies depuis trop longtemps. Peut-être que je devrais retourner à Todos Santos, avec papa et maman.

Elle a essayé de sourire, mais j'ai bien vu qu'elle avait les larmes aux yeux. Quitter New York l'aurait obligée à renoncer à son projet de devenir infirmière – elle était en formation et on lui avait accordé un trimestre de pause à cause de sa maladie. J'ai repris ses mains dans les miennes pour les réchauffer.

— Pas d'accord, Rosie. Il ne te reste plus que deux ans pour obtenir ton diplôme. En Californie, même si tu trouvais une école abordable, il faudrait que tu reprennes ton cursus depuis le début. Tu restes. Les gens comme nous n'ont aucune chance de s'en sortir à Todos Santos.

Nos parents étaient aussi fauchés que nous et moins combatifs que moi – trop vieux pour assumer le fardeau financier que représentait Rosie. À plus de soixante ans, ils étaient encore obligés de travailler dans le fichu manoir des Spencer pour gagner leur vie et ils joignaient tout juste les deux bouts.

Rosie et moi, on traversait une mauvaise passe, mais notre situation allait s'améliorer. Elle avait trouvé un travail, qu'elle avait dû momentanément abandonner parce que l'automne froid et humide de New York l'avait rendue malade. L'hiver était toujours une période difficile pour nous. On dépensait beaucoup trop en chauffage – on avait déjà du retard sur nos factures. Mais le printemps finirait bien par arriver. Les cerisiers allaient refleurir et notre situation s'améliorer. J'en étais sûre.

En tout cas, je ne voulais plus me prendre la tête ce soir. J'avais besoin de me détendre et Rosie aussi – donc pas question de parler de ma rencontre avec Vicious.

— Il faut que je me change les idées, ai-je murmuré en me frottant le visage.

— Je vois ce qu'il te faut, a-t-elle répondu gaiement en se dirigeant vers mon chevalet.

Elle savait que peindre me mettait toujours du baume à l'âme.

Je travaillais en ce moment à une tempête de sable sur un ciel d'un noir d'encre. C'était une commande d'une collectionneuse de Williamsburg qui avait autrefois travaillé pour la galerie Saatchi. Cette femme connaissait tous les galeristes de la ville et j'espérais un peu qu'elle m'aiderait à mettre un pied dans le milieu.

Rosie a sorti mes tubes, mes brosses et ma palette de bois – comme elle m'avait vue tant de fois le faire. Puis elle est allée allumer notre vieille stéréo pour mettre *Teardrop* de Massive Attack et elle m'a préparé un café.

Elle était adorable. Je ne regrettais pas les sacrifices que je faisais pour elle.

Je me suis donc installée devant mon chevalet, tandis que la pluie froide de décembre battait furieusement les carreaux de la fenêtre. Rosie s'est allongée sur le futon qui nous servait de lit et s'est mise à me parler de tout et de rien, de la vie, des gens. Comme du temps où on échangeait nos impressions le soir en rentrant du lycée.

— Si on te disait que tu peux réaliser un rêve et un seul, tu choisirais quoi ? a-t-elle demandé en calant ses jambes contre le mur.

— Avoir ma propre galerie, ai-je répondu sans hésiter, un sourire béat sur le visage. Et toi ?

Elle a tripoté l'oreiller qu'elle serrait contre sa poitrine.

— Obtenir ce fichu diplôme et devenir infirmière, a-t-elle dit. Non, attends. Oublie ça. Mon rêve, c'est de me marier avec Jared Leto. Et ensuite, comme on aurait une relation passionnelle, je lui donnerais un coup de couteau, il partirait aux urgences et tous les magazines people en parleraient.

Elle a éclaté de rire et je n'ai pas pu m'empêcher de rire aussi.

Ma petite Rosie…

Ces moments entre nous étaient précieux, j'en avais conscience. Ils me redonnaient du courage quand je me sentais écrasée par les difficultés. Grâce à eux, je me souvenais que ma vie était dure, mais pas moche.

Une vie dure, c'était une vie pleine d'obstacles et de défis à relever, mais aussi de gens que l'on aimait et qui comptaient.

Une vie moche, c'était une vie sans personne à aimer et à protéger.

Quand j'ai arrêté de peindre, j'avais les doigts engourdis et un point douloureux dans le dos. On a partagé des macaronis au fromage et le bouillon de poulet, puis on a regardé pour la cent cinquante millième fois *Ceux qui voulaient gagner à la loterie*, un autre épisode de *Friends*. Rosie articulait silencieusement toutes les répliques, sans quitter l'écran des yeux. Elle a fini par s'endormir dans mes bras en ronflant doucement, avec une respiration sifflante.

J'étais tourmentée. Fatiguée. J'avais un peu faim.

Mais c'était quand même un instant béni.

Au bout de quatre jours, je me suis résignée à investir dans un téléphone, instrument indispensable pour trouver du travail. J'ai choisi un modèle de base, un Nokia qui datait de la lointaine époque où le smartphone n'existait pas, mais qui me permettait au moins d'envoyer des textos et de passer ou recevoir des appels. Il proposait aussi des jeux complètement *has been*, comme Snake.

J'avais passé la semaine à frapper aux portes des agences de recrutement le jour et à travailler le soir chez McCoy's. Rachelle suppliait les autres serveuses de me donner leurs heures pour que je puisse payer mon loyer et je lui en étais reconnaissante, même si ça me gênait.

Rosie prenait ses médicaments, mais son état ne s'améliorait pas. Ce studio était trop humide, on ne chauffait pas assez, il faisait plus froid à l'intérieur que dehors. Il m'arrivait de courir sur place pour me réchauffer. Rosie n'avait même pas ce recours, parce qu'elle manquait de souffle.

Je ne savais pas comment sortir du gouffre financier dans lequel je m'enfonçais depuis que je lui avais proposé de venir habiter avec moi. Quand elle était venue étudier à New York, j'avais dû abandonner un stage dans une galerie d'art et prendre deux emplois pour subvenir à nos besoins.

On avait tenu le coup deux ans, tant qu'elle travaillait un peu. Mais là, c'était la catastrophe : un seul salaire au lieu de trois, je crois bien qu'on n'était jamais tombées aussi bas.

Je me sentais complètement coincée et je ne voyais plus aucun moyen de m'en sortir. Rosie n'irait pas mieux avant le printemps et on ne tiendrait pas financièrement jusque-là. À moins d'un miracle.

À propos de miracle : Vicious ne s'était plus montré chez McCoy's.

J'étais plutôt soulagée de ne pas l'avoir revu, mais chaque fois que je pensais à lui ça me faisait un coup au cœur. Je n'en revenais pas qu'il ne m'ait même pas laissé un pourboire. C'était vraiment un salaud.

Il faisait froid cette nuit-là et je venais d'effectuer un double service horaire au bar. Je grimpais péniblement l'escalier de notre immeuble brownstone – tellement typique de Brooklyn – en m'agrippant à la rambarde. Il faisait sombre. La plupart des ampoules de la cage d'escalier avaient claqué et notre radin de propriétaire ne les avait pas remplacées, mais je n'osais pas me plaindre, vu que je payais mon loyer en retard tous les mois. Quand je suis arrivée sur mon palier, un rayon de lune a éclairé la porte de mon appartement et j'ai vu une grande ombre se détacher sur le battant.

J'ai hurlé.

Je plongeais déjà la main dans ma sacoche neuve pour en sortir mon spray au poivre, quand l'écran d'un smartphone s'est allumé, en auréolant d'une lumière bleutée les traits ciselés du visage de Vicious.

C'était bien lui, adossé à ma porte, le manteau plié sur le bras. Il portait un pull bleu marine aux manches retroussées jusqu'au coude, un pantalon noir, d'élégantes chaussures neuves au cuir lisse. Il ressemblait à une publicité Ralph Lauren et moi à une fille qui nettoyait les tables. Je me suis sentie rabaissée, avant même qu'il n'ouvre la bouche.

— Salut, Conchita. Pas la peine de flipper, c'est moi.

Encore ce surnom… Ça commençait mal.

Ses yeux sont tombés sur le spray au poivre, mais ça n'a pas eu l'air de l'impressionner.

— Tu n'es pas venue chercher ton pourboire, a-t-il enchaîné.

Il ne manquait pas de culot de venir me narguer jusqu'ici. J'ai vu rouge.

— Tu as essayé de gâcher ma vie, alors moins je te vois, mieux je me porte. Je n'ai jamais eu l'intention de venir chez toi chercher un pourboire.

Il a accueilli cette annonce avec son indifférence habituelle et s'est repoussé du battant pour s'approcher de moi. Une fois de plus, j'ai été frappée par la force de sa présence. Et quand il s'est arrêté près de moi, son torse contre ma poitrine, tout mon corps a été pris de frissons.

Je me suis écartée en croisant les bras et en haussant un sourcil.

— Comment m'as-tu trouvée ?

— Ton amie Rachelle m'a cru quand je lui ai expliqué que j'étais dingue de toi et que je voulais absolument t'inviter au ciné. Elle n'est pas très futée, mais il faut dire que tu as toujours eu le don d'attirer les grands naïfs.

J'ai détourné les yeux. Comme d'habitude, j'étais incapable de réagir à ses sarcasmes. Je préférais encore fixer la porte qui ouvrait sur cette boîte à chaussures que j'appelais mon appartement, même si la peinture écaillée me rappelait à quel point j'étais pauvre.

— Qu'est-ce que tu es venu faire ici, Vicious ?

— Tu m'as bien dit que tu étais secrétaire, a-t-il répondu en haussant les épaules.

— Et ?

— J'ai besoin d'une assistante.

J'ai eu un rire amer. Il ne manquait pas de toupet.

— Va-t'en, ai-je lâché.

J'ai plongé la main dans mon sac pour en sortir ma clé. J'allais l'introduire dans la serrure, quand il m'a prise par la taille pour me faire pivoter vers lui. Ce contact aurait dû me rebuter, mais ça a été tout le contraire, je me suis sentie incroyablement légère. Dans un sursaut de lucidité, je me suis libérée de son étreinte pour me tourner de nouveau vers la porte, en retenant un rire hystérique. Les clés m'ont glissé des mains, je les ai ramassées. Je n'aimais pas la manière dont mon corps réagissait à cet homme. Ça n'avait jamais été raccord avec l'opinion que j'avais de lui et ça ne l'était toujours pas.

— Donne-moi ton prix, a-t-il grommelé.

Beaucoup trop près de mon oreille.

— La paix dans le monde, un remède pour les maladies pulmonaires, la réunion des White Stripes, ai-je répondu du tac au tac.

Il n'a même pas cillé.

— Cent mille par an.

Le chiffre est entré dans mon oreille comme un poison doucereux. Je me suis figée.

— Je sais que ta sœur est malade. Accepte de travailler pour moi, Emilia, et tu n'auras plus jamais à te demander comment tu vas faire pour payer ses médicaments.

Combien de temps avait duré sa conversation avec Rach ? Et surtout, pourquoi avait-il éprouvé le besoin de la cuisiner à mon sujet ?

Le salaire qu'il me proposait était astronomique, surtout pour une assistante. Je n'ai pas pu m'empêcher de calculer. Avec une somme pareille tous les mois sur mon compte, j'aurais pu quitter mon travail de nuit au

McCoy's et subvenir largement à mes besoins et à ceux de ma sœur. Mais mon orgueil, mon stupide orgueil, un monstre qui ne réclamait à manger que lorsque Vicious s'asseyait à table, a répondu à ma place.

— Non !

— Non ?

Il a incliné la tête, comme s'il n'avait pas bien entendu, et merde ! il était à tomber quand il faisait ça.

— Tu n'es pas sérieux ? ai-je rétorqué en me redressant. Je te déteste. Entre nous, ce n'est pas une question d'argent.

— Cent cinquante, a-t-il dit posément.

Il avait besoin d'un appareil auditif ou quoi ?

Ses yeux étaient d'un bleu si sombre qu'ils brillaient comme des saphirs. S'il croyait pouvoir négocier, il se trompait.

— Ce n'est pas une question de montant, Vicious, ai-je répondu entre mes dents. En quelle langue faut-il que je te le dise ?

Il a eu une sorte de sourire forcé.

— J'avais oublié à quel point c'était drôle de te mettre en colère. Je rajoute dans la balance un appartement qui te permettra d'aller au travail à pied. Meublé, évidemment, et payé par ton employeur.

J'ai senti le sang affluer jusqu'à mon visage.

— Vicious !

Est-ce que je pouvais me permettre de lui coller mon poing dans la figure ?

— Et une infirmière à disposition pour Rosie. Vingt-quatre heures sur vingt-quatre. C'est ma dernière offre.

Il a eu un tic nerveux de la mâchoire.

On se dressait l'un en face de l'autre, comme deux guerriers sur le point de croiser le fer. Un sanglot est monté dans ma gorge, parce que, malheureusement, j'avais envie d'accepter le marché. Est-ce que ça voulait dire que j'étais faible, immorale et complètement folle ? Je suppose que oui.

Ce type m'avait poussée à fuir la Californie et il m'avait rendue à moitié folle de chagrin. Et maintenant il voulait m'embaucher. Il faisait tout pour revenir dans ma vie. Ça n'avait pas de sens. Il n'était pas un ami. Il n'avait aucune intention de m'aider. Sa proposition agitait en moi tout un tas de drapeaux rouges.

J'ai de nouveau tenté de planter ma clé dans la serrure, mais je n'ai pas réussi à trouver le trou dans le noir. Ce qui m'a rappelé que j'avais une facture d'électricité à payer. Trois en fait. Super. Super. Super.

— Où est le piège ? ai-je demandé en me tournant face à lui et en me frottant le front.

Je me sentais complètement dépassée. En vérité, je ne savais plus où j'en étais.

Il m'a effleuré la joue du revers de la main et j'ai vu une lueur amusée danser dans ses yeux.

— Mais pourquoi faudrait-il qu'il y ait un piège, ma jolie Conchita ?

— Parce que ça vient de toi.

Il a ri.

— Disons que ça pourrait impliquer certaines tâches qui ne seraient pas mentionnées dans ton contrat, mais rien de terrible.

J'ai haussé un sourcil. Ce n'était pas rassurant.

Comprenant à quoi je pensais, il s'est empressé de rectifier le tir.

— Rien de sexuel. Je pense que tu seras ravie de savoir que je suis plus consulté qu'un proctologue. Sans payer.

Mon cœur a fait un bond. S'il voyait plein de filles, c'est qu'il n'avait pas de petite amie.

— Et pourquoi moi ?

— Qu'est-ce que ça peut faire ?

— J'ai besoin de savoir, ai-je rétorqué sèchement.

Je cherchais désespérément une bonne raison de refuser.

— Tu veux m'embaucher, mais tu ne sais pas ce que je vaux comme assistante, ai-je poursuivi. Alors, pour info, je suis nulle. Nullissime. Une fois, j'ai envoyé le comptable pour qui je travaillais à une réunion avec le mauvais dossier. J'ai failli réserver pour sa femme un vol pour Saint-Pétersbourg en Russie, au lieu de Saint Petersburg en Floride. Heureusement, les codes aéroport m'ont sauvé la vie, ai-je ajouté en grommelant.

— Tu lui aurais rendu service, à sa femme, a-t-il répondu en riant. La Floride, c'est nul.

Il a soupiré.

— Disons que quand je t'ai vue dans ta tenue de stripteaseuse, je me suis senti coupable.

Menteur, ai-je songé avec amertume. Quand même, c'était un drôle de coup du destin : il me retrouvait au moment où j'étais en train de sombrer financièrement pour me faire miroiter la sécurité financière. Est-ce que j'étais vraiment en position de refuser ?

— Je ne veux pas travailler pour toi, ai-je répété.

On aurait dit un disque rayé.

— Heureusement pour moi, tu n'as apparemment pas le choix. Accepte ton destin et ne fais pas tant d'histoires. Au fait, ton pourboire…

Il a glissé sa main dans la poche de son pantalon et en a sorti un bout de papier plié en deux.

— Il t'attendait, tu aurais quand même pu te déplacer pour venir le chercher. La prochaine fois, je ne serai pas aussi patient.

— Quoi ?

Je n'ai pas pu résister. Tout en le couvant d'un œil méfiant, je lui ai arraché le papier des mains.

Un chèque.

De dix mille dollars.

Mon pouls s'est emballé.

— C'est un mois de salaire d'avance.

Il a baissé les yeux vers le chèque et l'a examiné avec moi, les sourcils froncés. Son épaule frôlait la mienne et une vague de chaleur a envahi ma poitrine.

— Tu as négocié cent cinquante brut, donc en net, ça fait à peu près ça.

— Je ne me souviens pas avoir négocié ni accepté quoi que ce soit.

Mais à ce stade, même moi je ne croyais plus à ce que je disais.

Je croulais sous les dettes et je ne faisais qu'un repas par jour – et pas un gros. Je résistais encore, mais je savais déjà que le besoin d'argent allait gagner. Ce n'était pas de la cupidité, juste une question de survie. Je n'avais pas les moyens de mon orgueil. L'orgueil ne permettait pas de s'acheter à manger, ni de payer les médicaments de Rosie ou les factures d'électricité – pour ne parler que de ça.

D'un seul geste, Vicious a effleuré ma joue et écarté de mes yeux une mèche de cheveux. Son corps était si proche du mien que je sentais la chaleur qui s'en dégageait. Ça m'a renvoyée à la nuit où on s'était embrassés, il y avait bien longtemps. Et ce n'était pas un bon souvenir.

— Est-ce que tu me fais confiance ? a-t-il demandé.

Sa voix me caressait comme du velours, dans des endroits auxquels il n'aurait pas dû avoir accès.

— Non, ai-je répondu franchement, en fermant les yeux.

J'aurais tellement voulu que ce soit quelqu'un d'autre qui m'inspire ce que je ressentais en cet instant.

N'importe qui plutôt que lui.

— Même pas un tout petit peu ? a-t-il insisté.

Dire que Vicious était malin aurait été très en dessous de la vérité. Il était d'une intelligence diabolique et avait toujours une longueur d'avance sur les autres. On ne s'était côtoyés qu'un an, mais je l'avais vu plus d'une fois se tirer de situations inextricables. Autre avantage : il n'avait aucun scrupule. Il avait piraté des ordinateurs de profs pour télécharger les sujets d'examen et les vendre à un prix scandaleux. Il avait brûlé un restaurant de la marina de Todos Santos. Et il avait sûrement fait un tas d'autres choses que je n'avais jamais sues.

J'ai acquiescé. Imperceptiblement. J'avais toujours les yeux fermés.

— Viens demain à mon bureau à 8 heures précises. C'est l'adresse que je t'avais donnée au bar. Et ne me fais pas regretter ma générosité.

Quand je l'ai entendu s'éloigner, j'ai ouvert les yeux, juste à temps pour le voir disparaître dans l'escalier, silencieusement, comme un fantôme. La porte de l'immeuble a claqué.

Il était parti.

Heureusement, je me souvenais de l'adresse qu'il avait griffonnée sur le ticket. Elle s'était imprimée dans ma mémoire, comme tout ce qui le concernait.

Mon problème, avec Vicious, c'était que je n'arrivais pas à l'oublier.

Et travailler avec lui n'allait pas me faciliter la tâche.

En entrant dans l'appartement, j'ai constaté avec soulagement que Rosie dormait et qu'elle n'avait donc pas pu entendre ma conversation avec Vicious dans le couloir. Pour une fois, j'ai béni les médicaments qui l'abrutissaient.

Mais de la voir dans ce lit, tellement faible et démunie, a achevé de me convaincre. On avait besoin de l'argent de Vicious et de son appartement chaud. Tout à coup, je n'ai plus eu peur de lui. Même s'il cherchait à m'humilier, j'étais blindée – il ne pouvait pas me faire pire que ce que j'avais déjà vécu.

J'allais faire semblant de m'incliner, de me soumettre, d'accepter la domination du grand méchant loup. Le temps de trouver un autre travail.

Et ensuite, salut.

Voilà ce que je me suis promis ce soir-là.

Il ne me restait plus qu'à espérer que je serais capable de tenir ma promesse.

5
Vicious

— Je vais la dépouiller, cette salope.

Tout en parlant au téléphone avec Dean, je tripotais machinalement le stylo que j'avais piqué à Emilia au McCoy's.

Elle n'avait rien vu. Toujours aussi distraite et naïve, c'était comme ça que je l'aimais. Le stylo était mâchonné au bout et ça aussi c'était bien elle. Autrefois, elle oubliait tout le temps des stylos mâchonnés sur sa table à la fin du cours de maths.

Je les ramassais pour les garder dans un tiroir de ma chambre – le genre de trucs débiles que peut faire un ado. Ils devaient encore s'y trouver.

J'ai fait pivoter mon fauteuil face à la grande baie vitrée qui donnait sur Manhattan.

La plupart des gens étaient effrayés par le gigantisme de New York. Moi, c'était tout le contraire. Quand je contemplais cette grande ville et ces gratte-ciel, je me sentais fort et puissant.

Il faut dire que je la regardais depuis le vingt-troisième étage d'une tour et que tout l'étage m'appartenait – trente-deux personnes, bientôt trente-trois quand Mlle LeBlanc nous aurait rejoints. Tout ce petit monde m'obéissait et dépendait de moi. On me souriait quand je passais dans le couloir, même si je ne souriais à personne. Parce que j'étais le patron. Comment aurais-je pu me sentir tout petit, quand je tenais New York au creux de ma main ?

Il y avait ceux qui appartenaient à New York et ceux à qui New York appartenait. Je faisais partie de la deuxième catégorie.

À part ça, je détestais cette putain de ville.

— Tu ne vas pas laisser ta belle-mère sans un sou, a répondu Dean d'un ton indulgent.

Sa voix sortait du haut-parleur de mon téléphone.

— Tu regardes un peu trop *Minus et Cortex*, a-t-il poursuivi. Sauf que toi, tu ne cherches pas à dominer le monde, mais à détruire la vie des gens.

— Elle m'a envoyé un texto hier pour me dire qu'elle atterrissait cet après-midi à New York et elle veut que j'annule tous mes rendez-vous pour elle, ai-je fulminé. Mais pour qui elle se prend ?

— Pour ta belle-mère ? a proposé Dean d'un ton amusé.

Il se trouvait sur la côte Ouest, à Los Angeles, dans mon appartement. Là-bas, il était 4 h 15 du matin, mais je m'en foutais. Il devait probablement vivre encore à l'heure new-yorkaise. De toute façon, il prenait tout à la cool et surtout le travail. Les heures de sommeil que je lui volais ne lui manqueraient pas, j'en étais certain.

— Au fait, on ne devait pas échanger aussi longtemps nos postes, a-t-il fait remarquer. Qu'est-ce qui te retient à New York ? Tu reviens quand ?

J'ai entendu une fille protester parce qu'il parlait trop fort. Il était dans *mon* lit avec une fille. J'ai fait tournoyer le stylo mâchonné. Je ne lui avais pas encore parlé d'Emilia. Il ne savait probablement pas qu'elle vivait à New York, ça risquait de lui faire un choc, et quand je lui dirais qu'elle était ma nouvelle assistante, il allait péter un câble. Ça pouvait attendre une semaine. Aujourd'hui, j'avais ma belle-mère à gérer, je préférais éviter un conflit avec Dean.

— Je dois rester encore un peu. Ton personnel est trop mou. Je suis obligé de rattraper le boulot en retard que tu as laissé ici.

— Vicious, a-t-il protesté d'une voix tendue.

Notre société, Fiscal Heights Holdings, n'avait que trois ans, mais elle marchait tellement bien qu'on avait quatre succursales : à New York, Los Angeles, Chicago et Londres. Normalement, Dean s'occupait de New York et moi de Los Angeles. J'étais venu ici uniquement pour régler le problème du procès pour détournement de clientèle. Quand on avait besoin d'amadouer un client, on envoyait Trent. Mais pour les questions juridiques et l'intimidation, j'étais le plus qualifié.

Du coup, Dean était parti à Los Angeles – on avait échangé nos places. Ça n'avait rien d'exceptionnel et ça faisait même partie de notre fonctionnement – ça permettait de voir les choses d'un œil neuf et de changer de décor. Quand c'était le cas, on échangeait aussi nos appartements. On était même copropriétaires de nos quatre appartements, ce qui faisait de nous une sorte de famille. Chez les riches, rien de tel que de partager une affaire et des biens immobiliers pour faire de vous une famille.

Je n'ai donc fait aucun commentaire pour la fille qui dormait dans mon lit. Je savais de toute façon que Trent et Dean en ramenaient des tas chez moi. Ils butinaient tout ce qui se trouvait à des kilomètres à la ronde et ils avaient probablement couché avec la moitié de Los Angeles. Ma femme de ménage nettoyait après leur passage, mon assistante se chargeait de jeter leurs draps avant mon retour – et je suppose qu'ils prenaient les mêmes précautions de leur côté.

Tant mieux si Dean avait trouvé de quoi s'amuser à Los Angeles, parce que de mon côté, j'avais l'intention de m'attarder encore un peu dans la branche de New York.

Premièrement parce qu'il fallait quelqu'un pour redresser la barre. Deuxièmement parce que j'avais besoin de temps pour expliquer à Emilia ce que j'attendais d'elle. Ensuite, évidemment, je retournerais à Los Angeles. Si Emilia croyait avoir trouvé un travail stable ici, elle se trompait. Je comptais la virer avant mon départ. Il n'était pas question qu'elle devienne l'assistante de Dean.

De toute façon, il n'aurait pas voulu d'elle. Il l'avait rayée de la carte. Pour lui, elle n'existait plus.

— Dépêche-toi de tout régler, Vic. Je veux récupérer mon appart et mon bureau. Je veux retrouver ma vie.

— Moi aussi. Qu'est-ce que tu crois ? Je déteste cette ville et je ne supporte plus les taxis new-yorkais. Quand tu leur demandes de t'emmener quelque part, il faut que tu leur expliques l'itinéraire, comme si c'était toi qui bossais pour eux et pas le contraire. Alors ne t'inquiète pas, je ne vais pas m'incruster.

— Tu t'incrustes déjà, mon pote.

Il a ri de nouveau.

J'ai entendu bâiller sa copine.

— On ne pourrait pas se rendormir ? a-t-elle minaudé.

— D'ac. À condition que tu me fasses un massage spécial.

J'ai levé les yeux au ciel.

— Passe une bonne journée, face de rat.

— C'est ça, a-t-il répondu. Toi aussi. Et sois correct avec les demoiselles.

Sur ce, il a raccroché.

Juste à temps, parce que quelqu'un venait d'entrer.

— Bonjour, monsieur Spencer, a dit une petite voix flûtée de femme. Je vous apporte votre café et le petit déjeuner que vous avez commandé. Une omelette avec trois œufs sur une tranche de pain grillé, avec une portion de fraises.

J'ai pivoté face à la porte.

— Vous êtes ?

La femme qui se tenait devant moi avait des cheveux tellement blonds qu'ils semblaient presque aussi blancs que ses dents. Elle était trop grande et trop mince. Et elle portait un tailleur St John provenant de la dernière collection.

Depuis quand les secrétaires pouvaient se payer des vêtements pareils ?

Finalement, le salaire que j'avais proposé à Emilia n'était peut-être pas si extravagant que ça. Après tout, on était à New York, la ville la plus chère des États-Unis.

— Je suis Sue, l'assistante de Dean, a-t-elle répondu d'un ton enjoué. Et ça fera bientôt deux semaines que je travaille pour vous, a-t-elle ajouté sans se départir de son sourire.

Ah oui. Maintenant que je la regardais plus attentivement, il me semblait bien l'avoir déjà vue.

— Ravi de faire votre connaissance, Sue. À part ça, vous êtes virée. Prenez vos affaires et partez.

Son visage s'est figé, comme si elle venait d'être frappée par la foudre, puis elle a pâli sous son maquillage.

— Monsieur, vous ne pouvez pas me licencier.

— Ah non ? ai-je demandé, en arquant un sourcil et en prenant un air intéressé.

J'ai allumé mon Dell – je détestais les MacBook et j'emmerdais Dean et ces frimeurs de hipsters qui ne juraient que par Mac – pour ouvrir le dossier sur lequel je travaillais. Je préparais un rachat délicat et agressif – il s'agissait de doubler une société concurrente – et j'avais besoin de me concentrer. Cette Sue me faisait perdre mon temps. Elle tenait toujours mon plateau de petit déjeuner entre ses longues mains manucurées et j'ai craint un instant qu'elle ne reparte avec, pour se venger.

Je me suis plongé dans la lecture de mon document, comme si elle n'était pas là.

— Donnez-moi une raison de ne pas vous virer, ai-je lâché enfin, vu qu'elle ne faisait pas mine de sortir.

— Ça fait maintenant deux ans que je travaille pour M. Cole. En juin, j'ai été l'employée du mois. Si j'ai commis une faute professionnelle, vous devez me donner un avertissement. Vous ne pouvez pas mettre fin à mon contrat du jour au lendemain. Ce n'est pas légal.

Sa voix paniquée me tapait sur les nerfs. J'avais l'impression de faire un *bad trip*.

J'ai levé les yeux vers elle. Si les regards avaient pu tuer, elle n'aurait plus été un problème.

— Montrez-moi votre contrat, ai-je grondé.

Elle est sortie à grands pas furieux de cette boîte vitrée que j'appelais temporairement mon bureau. C'était habituellement celui de Dean, lequel aimait les cloisons vitrées et les miroirs qui lui permettaient de s'admirer. Sue est revenue au bout de quelques instants avec un exemplaire de son contrat. Il était encore tout chaud, elle venait de l'imprimer.

Merde. Elle ne mentait pas.

Elle avait droit à un préavis de trente jours et à tout un tas de luxueuses précautions. Je connaissais par cœur nos contrats standard que j'avais rédigés moi-même et ils étaient conçus pour nous permettre de virer qui on voulait quand on voulait. Cette assistante-là avait eu droit à un traitement de faveur.

Est-ce que Dean couchait avec elle ?

J'ai balayé du regard son corps sec et trop maigre.

Probablement.

— Vous êtes déjà allée à Los Angeles, Sonia ?

— Sue, a-t-elle corrigé en poussant à nouveau un gros soupir d'exaspération. J'y suis allée une fois. Quand j'avais quatre ans.

— Ça vous dirait de prendre l'avion pour seconder Dean là-bas ?

Son expression contrariée a été remplacée par un air surpris. Puis elle est devenue écarlate.

OK. Dean couchait avec elle.

— Mais il n'a pas votre secrétaire, sur place ?

J'ai secoué la tête, sans la quitter des yeux. Elle a souri. Elle avait du mal à cacher son enthousiasme. Pour un peu elle aurait tapé des mains, tellement elle était emballée. Cette brave petite Sue était une créature un peu simplette, le genre qui plaisait à Dean. Pas étonnant qu'il n'ait pas été capable de retenir Emilia.

— Donc, je garde mon poste ? a-t-elle demandé d'une voix soudain méfiante.

— C'est dans le contrat, ai-je rétorqué en posant la main sur les papiers qu'elle venait d'imprimer.

J'avais hâte d'en finir avec elle. Sa conversation me grillait trop de cellules cérébrales. Si elle passait une minute de plus dans mon bureau, j'allais avoir un court-circuit.

— Dépêchez-vous de partir. Vous avez un avion à prendre.

Elle s'est empressée de sortir et j'ai aussitôt pris mon téléphone pour annoncer à mon assistante de Los Angeles qu'elle dégageait. Les gens étaient pour moi des denrées jetables. Mon père m'avait enseigné cette leçon dès mon plus jeune âge en se débarrassant de ma mère pour la remplacer par Josephine. De plus, comme il ne s'était jamais comporté avec moi comme un père, j'avais craint toute mon enfance qu'il ne me jette d'un jour à l'autre, sans préavis. Il avait bien ancré en moi l'idée que personne n'était vraiment important.

Je n'aurais donc eu aucun scrupule à éjecter qui que ce soit de ma vie, et surtout pas une simple assistante.

— Tiffany ? Oui, c'est moi. En arrivant au bureau vous prendrez vos affaires et vous irez chercher votre dernier chèque. Vous êtes virée. J'envoie par avion quelqu'un pour vous remplacer.

Je ne couchais pas avec elle.

Elle avait un contrat standard.

Au revoir.

Elle a franchi les grandes portes de verre de FHH à 8 heures pile, ce qui m'a étonné, parce que je m'étais attendu à ce qu'elle arrive avec quinze minutes d'avance, scrupuleuse comme elle était. Je l'ai observée depuis l'écran de sécurité installé sur mon bureau.

J'étais quand même un peu ému.

Quand je l'avais vue au McCoy's, ce bar sordide, ça m'avait fichu un coup. D'abord à cause de son accoutrement. Elle était habillée comme si elle allait grimper sur mes genoux et me faire un strip-tease pour vingt dollars. Ses chaussures étaient trop petites, le soutien-gorge qui dépassait de son uniforme était trop grand. J'en avais déduit que les chaussures n'étaient pas à elle et qu'elle avait perdu du poids récemment.

Je n'avais pas pu m'empêcher de me sentir vaguement responsable de sa situation.

Bon, d'accord, totalement responsable.

C'était moi qui l'avais poussée à partir de Todos Santos. Mais enfin, je ne lui avais quand même pas conseillé de s'installer dans la ville la plus chère du pays. Qu'est-ce qu'elle foutait à New York ?

— Réceptionniste, ai-je aboyé en appuyant sur le bouton de l'interphone.

Je ne connaissais pas le nom de la réceptionniste et je n'avais pas besoin de le connaître.

— Faites entrer Mlle LeBlanc dans mon bureau, mais donnez-lui d'abord l'ordinateur ou le carnet de notes de Sylvia.

— Vous voulez dire, Sue, monsieur ? a demandé poliment la vieille femme.

À travers ma vitre, je l'ai vue se lever pour serrer la main d'Emilia.

— Je parle de celle qui m'a apporté mon petit déjeuner, peu importe son nom, ai-je grommelé.

Quand Emilia a frappé à la porte, j'avais de nouveau les yeux rivés à mon écran.

Cent un.

Cent deux.

Cent trois.

J'ai attendu dix secondes de plus, puis je me suis adossé à mon fauteuil en nouant mes deux mains.

— Entre, ai-je dit.

Elle est entrée.

Elle portait une robe à pois rouge et blanche, genre coccinelle – non, ce n'est pas une blague – avec des collants jaunes. J'ai remarqué que le talon d'une de ses chaussures avait été recollé de travers. Mais au moins, cette fois, les chaussures étaient à sa taille.

J'aimais bien sa nouvelle couleur de cheveux – entre le mauve et le rose. Ça lui allait bien et du coup, elle ne me rappelait plus du tout Jo. Elle avait rassemblé sa tignasse en un chignon torsadé, pour faire plus « assistante », je suppose. Elle me regardait d'un air méfiant, elle n'avait même pas dit bonjour.

— Assieds-toi, ai-je ordonné sèchement.

C'était naturel chez moi de me montrer froid et distant. Je crois bien que je ne savais pas faire autrement.

Je n'avais pas connu la douceur ou la tendresse depuis le dernier câlin de ma mère, quand j'étais gosse – peu avant l'accident qui lui avait ôté l'usage de ses membres. Ma belle-mère avait essayé une fois de me cajoler à une vente de charité, pour montrer quelle bonne mère de remplacement elle faisait. Mais vu ma réaction, elle n'avait plus recommencé.

Emilia s'est assise. Elle avait maigri, mais elle avait toujours un joli corps, et surtout de longues jambes bien foutues. Elle tenait un iPad entre les mains, celui de Sue probablement, et me fixait sans un mot avec des yeux pleins de défiance et de mépris.

— Tu sais te servir d'un iPad ? ai-je demandé d'un ton condescendant.

— Tu es capable de parler aux gens sans leur donner envie de vomir ? a-t-elle répondu sur le même ton.

J'ai ravalé un ricanement.

— Je vois que tu prends la mouche pour un rien. Bon. Note, s'il te plaît. Tu dois me prendre un rendez-vous avec Jasper Stephens, tu trouveras son numéro dans les contacts de ma boîte mail, à laquelle tu auras accès à partir de maintenant. Ensuite, réunion avec Irene Clarke. Elle va vouloir me rencontrer en dehors du bureau, mais c'est non, ne cède pas. Je veux qu'elle vienne ici avec Chance Clement, un des P-DG de sa société. Ensuite, pense à envoyer à 16 h 30 un chauffeur à l'aéroport JFK. Ma belle-mère débarque et je lui ai promis de m'occuper de son transfert jusqu'à l'hôtel. Réserve-moi un taxi pour le Fourteen Madison Park pour 19 heures. Je dîne là-bas avec elle.

Elle prenait note en silence. J'ai poursuivi :

— Je veux aussi que tu fasses envoyer un bouquet de fleurs à la mère de Trent, qui a cinquante-huit ans aujourd'hui, avec une carte à mon nom. Trouve son adresse. Elle vit toujours près de San Diego, mais je ne sais pas où exactement. Demande à la réceptionniste d'où venait mon petit déjeuner de ce matin. Tu me serviras la même chose tous les matins à 8 h 30 au plus tard. Avec du café. N'oublie pas le café. Et tu feras aussi des photocopies de ce dossier.

J'ai lancé un épais dossier jaune dans sa direction.

Elle l'a rattrapé au vol, tout en continuant à taper sur son iPad, sans même lever la tête.

— Familiarise-toi avec ce qu'il y a là-dedans. Je veux tout savoir sur les parties en présence. Tu te renseignes sur les types et tu me dis tout sur eux. Ce qu'ils aiment et ce qu'ils n'aiment pas. Où sont leurs faiblesses. Je prépare une fusion avec American Labs Inc. et Martinez Healthcare. Je ne veux pas le moindre faux pas.

Je me suis frotté le menton en la balayant du regard avec insistance, de la tête aux pieds, sans la moindre retenue.

— Je pense que c'est bon pour l'instant. Oh ! attends…

Elle m'a jeté un regard par-dessus le bureau et je lui ai fait mon sourire le plus arrogant, la tête inclinée de côté.

— Tu n'as pas l'impression que la boucle est bouclée ? La fille des domestiques qui devient…

Je me suis humecté la lèvre inférieure du bout de la langue.

— La domestique du fils… Marrant, non ?

C'était plus fort que moi, j'avais besoin de la provoquer, de la bousculer. Sa présence me mettait sur les nerfs. Je me suis demandé si j'avais si bien fait que ça de l'embaucher. D'accord, j'avais besoin d'elle pour Jo, mais elle me perturbait quand même un peu trop.

Elle a relevé fièrement la tête et s'est levée de son siège en me regardant fixement d'un air dégoûté. Je savais que ma chemise était sans une tache et sans un faux pli. Blanche, bien repassée, impeccable. J'étais plutôt beau mec.

Alors qu'est-ce qu'elle avait à me mater comme si j'étais un monstre ?

— Tu es toujours là ? ai-je marmonné en reportant mon regard sur l'écran de mon ordinateur et en cliquant sur la souris.

Il était temps qu'elle parte, j'avais besoin de me concentrer sur cette fusion qui représentait des millions.

— Je voudrais te demander quelque chose…

Elle a désigné du menton le sigle de la société au-dessus de la tête de la réceptionniste – FHH en lettres dorées à l'intérieur d'un cercle de bronze –, avec une moue qui m'a donné envie de lui demander de passer sous mon bureau pour occuper sainement sa jolie bouche.

— FHH ? a-t-elle demandé en plissant le nez d'une manière que la plupart des hommes devaient probablement juger adorable.

— Fiscal Heights Holdings, ai-je répondu d'un ton sec et formel.

— Ah bon, je croyais que ça voulait dire « Four Hot Heroes ». C'est bien comme ça qu'on vous appelait, au lycée, non ? Il y avait Dean, Trent, Jaime et toi.

— Je ne vois pas de quoi tu parles.

Ça m'a mis en rage de l'entendre prononcer le nom de Dean. Et aussi qu'elle ait deviné ce que cachait le sigle de notre société. Oui, on avait pris les initiales de notre petit groupe d'ados, mais c'était notre secret et ça ne la regardait pas. Quand on se retrouvait tous les quatre pour parler affaires en se sifflant des bières, ça nous faisait bien rire que nos clients placent leurs millions dans une société dont le nom désignait quatre passionnés de foot, dont trois nantis qui avaient toujours été pleins aux as.

Mais Emilia avait tout de suite compris et en plus elle s'était permis de s'en moquer. Contrairement aux autres filles, elle n'avait jamais été à mes pieds sous prétexte que j'avais une grande maison et une voiture de luxe. Elle se nourrissait probablement de pâtes au fromage et elle s'habillait comme une fillette de quatre ans, mais elle me tenait tête. Son indépendance d'esprit m'avait toujours attiré… et aussi impressionné, je dois l'avouer.

J'éprouvais pour elle des sentiments contradictoires, un mélange d'attraction et de répulsion. De répulsion, surtout. Elle avait surpris une conversation explicite entre Daryl et moi, donc elle savait ce que j'avais vécu pendant mon enfance et elle devait me considérer comme un minable. En plus, elle ressemblait physiquement à Jo, en plus jeune, évidemment. Mêmes yeux. Mêmes lèvres. Mêmes dents de devant qui se chevauchaient légèrement. Même côté lolita. Même accent du Sud, sauf qu'Emilia l'avait quand même pas mal perdu depuis qu'elle avait quitté Todos Santos.

Et puis sans doute que je lui en voulais de ne pas plier devant moi comme tout le monde.

J'ai défait mes boutons de manchette pour retrousser lentement mes manches.

— Tu peux sortir de mon bureau maintenant, Conchita, ai-je lancé. J'ai du travail.

— Mon chéri, que Dieu te bénisse, tu es vraiment superbe ! s'est exclamée Jo en me pinçant les joues.

Elle avait les mains glacées et j'ai senti ses ongles se planter dans ma peau. Ça m'a fait mal et elle l'avait probablement fait exprès, mais j'ai souri et l'ai laissée m'embrasser sur le front. C'était le seul contact physique

que je lui autorisais et elle avait l'intelligence de ne pas tenter d'aller plus loin. Elle sentait comme toujours le chocolat et le parfum de luxe – un mélange que d'autres auraient pu trouver agréable, mais qui me donnait envie de vomir depuis que je l'avais associé à sa personne.

Elle m'a enfin lâché pour me dévisager. J'en ai fait autant. Elle avait une vague trace bleutée autour des yeux, signe qu'elle était encore passée sur le billard pour essayer de rajeunir. Elle avait été belle, avec un physique à la James Bond Girl. Je croyais même me souvenir qu'elle avait ressemblé à Brigitte Bardot, mais bon, c'était avant. Elle essayait de lutter contre la décrépitude à coups de Botox et d'opérations, mais la nature était plus forte que la chirurgie et ça se voyait vraiment qu'elle avait plus de plastique dans le visage qu'un récipient tupperware.

Elle avait beau se teindre les cheveux, se faire tirer la peau, se maquiller, multiplier les soins de beauté, se balader dans des vêtements et des chaussures hyper chers ou exhiber ses sacs Hermès et tout le reste : elle était sur la pente descendante.

Quand je regardais son visage de vieille sorcière, je pensais à celui de ma mère, Marie, morte à trente-cinq ans, éternellement jeune dans mon souvenir, avec ses cheveux noirs comme la nuit et sa peau blanche comme la neige. Comme la Blanche-Neige du conte de fées, sauf qu'aucun prince n'avait pu la réveiller d'un baiser quand elle s'était endormie. Mon père n'avait rien d'un prince : il avait autorisé la sorcière à empoisonner la pomme et à envoyer son frangin pour la livrer.

Mais ça, je ne l'avais malheureusement compris que trop tard.

— J'adore ce restaurant ! s'est exclamée Jo.

Elle a glissé une main dans ses cheveux pour arranger sa coiffure et a emboîté le pas au maître d'hôtel qui nous conduisait à notre table, tout en s'extasiant sur le décor huppé et avant-gardiste du restaurant – murs végétalisés, doubles portes vitrées, étagères noires rétroéclairées, moulures murales.

Je suppose que c'était à moi qu'elle s'adressait, mais je ne l'écoutais pas.

J'ai remarqué qu'elle portait la robe grise Alexander Wang que je lui avais offerte pour son anniversaire – ça m'avait pris un certain temps de trouver quelque chose de tape-à-l'œil, mais bon marché, qui ferait d'elle la risée de ses riches copines. Elle avait mis comme d'habitude un rouge à lèvres d'un ton plus sombre que son vin rouge préféré, pour être certaine d'être encore impeccable après le repas.

Elle me dégoûtait. J'en aurais presque voulu à Emilia de ne pas avoir oublié d'envoyer un chauffeur à l'aéroport. J'avais l'impression d'être redevenu un enfant et de suivre ma vilaine marâtre pour subir un châtiment.

Mais c'était tout le contraire, j'allais prendre ma revanche.

On s'est installés face à face et on a bu de l'eau en silence, dans des verres tellement alambiqués et peu pratiques qu'ils en devenaient grotesques.

Puis on a consulté le menu, en évitant de se regarder et en échangeant des banalités sur les mérites respectifs de la syrah et du merlot.

J'attendais de voir comment elle allait s'y prendre pour aborder le sujet qui la préoccupait, car elle n'avait sûrement pas fait ce long voyage juste pour le plaisir de dîner avec moi. J'en rigolais d'avance. Elle ne savait pas encore que son destin était scellé.

Elle a attendu que la serveuse apporte nos plats pour se décider à parler.

— Ton père va de plus en plus mal. Il ne va pas tarder à mourir, ça me fait peur.

Elle contemplait son assiette en tripotant sa nourriture, comme si elle n'avait pas faim.

— Mon pauvre mari…

Je n'ai fait aucun commentaire. J'ai attaqué mon steak avec une expression indéchiffrable.

— C'est vraiment désolant, ai-je enfin déclaré d'une voix dénuée d'émotion.

Je haïssais mon père et elle devait s'en douter, mais elle ne m'a pas repris parce qu'elle jouait la comédie autant que moi.

Son regard a cherché le mien et elle a frissonné.

— Je ne sais pas combien de temps il tiendra encore.

Elle a aligné l'argenterie sur la serviette de table à laquelle elle n'avait pas touché.

— Pourquoi tu ne craches pas tout de suite le morceau, Jo, ai-je déclaré brusquement avec un sourire poli.

Puis j'ai vidé mon verre de scotch – merde au vin –, et je me suis adossé à mon siège pour me mettre à l'aise. Ça allait être génial.

Regarde bien ça, maman... C'est pour toi...

Jo a pris un mouchoir dans son sac pour éponger la sueur qui couvrait son front cireux. Il ne faisait pourtant pas chaud dans ce restaurant.

Elle était angoissée.

Mais quel pied !

— Baron..., a-t-elle soupiré.

J'ai fermé les yeux, les narines frémissantes.

Je détestais ce prénom qui était aussi celui de mon père. Si je n'avais pas demandé à en changer légalement, c'était uniquement pour ne pas avouer qu'il me pesait.

— Tu possèdes une société à toi qui vaut des millions de dollars, tu n'as pas besoin de tout son argent, a-t-elle achevé. Bien sûr, je n'ai pas d'exigences précises quant à la somme. J'ai simplement besoin d'un endroit où habiter et d'un peu d'argent pour vivre. Tout cela est arrivé si vite, je n'ai pas eu le temps de me préparer.

Jo n'était pas l'héritière de papa. Il avait beau être fou d'elle, il avait insisté pour rédiger un contrat de mariage qui protégeait son patrimoine. En cas de divorce, par exemple, elle n'aurait pas eu droit au moindre centime.

La mort, ce n'était pas un divorce, mais il était probable que mon père m'avait tout légué, parce que j'étais son fils unique et que j'étais le mieux placé pour perpétuer son œuvre. J'allais donc bientôt me retrouver à la tête d'un empire. Entre Jo et moi, cela n'avait jamais été le grand amour, loin de là. Elle savait à quel point j'étais rancunier et elle craignait que je ne lui coupe les vivres.

Elle n'avait pas tort.

J'ai soupiré, en haussant les sourcils et en regardant de tous côtés, comme si je ne m'attendais pas à ce qu'elle parle de ça. Puis j'ai bu tranquillement une gorgée de scotch. Je faisais durer le plaisir parce que c'était vraiment trop bon de l'avoir à ma merci.

— Si on découvre dans le testament que…

Elle n'a pas terminé sa phrase.

— Qu'il te laisse sans un sou ? ai-je achevé pour elle.

— Je compte sur toi pour me donner au moins le manoir avec une petite rente.

Le ton était pincé et – ô, surprise ! – elle en oubliait de jouer les belles-mères affectueuses.

— Je ne te demanderai rien d'autre.

J'ai eu un mal fou à ne pas lui éclater de rire au nez. Elle avait la tête d'une petite fille à qui on menace d'enlever son jouet préféré. C'était vraiment tordant.

— Désolé, Jo. J'ai d'autres projets pour le manoir.

— Quels projets ? a-t-elle rétorqué en s'efforçant de maîtriser sa colère.

Elle en avait presque la bave aux lèvres.

— C'est chez moi. Tu n'y as pas mis les pieds depuis dix ans.

— Je n'ai pas dit que je voulais y vivre, ai-je rétorqué en tirant sur ma cravate. Mon intention est de le brûler jusqu'à la dernière pierre.

Ses yeux bleus ont lancé des éclairs et elle a eu une moue dubitative.

— Si j'ai bien compris, tu ne me donnerais rien ? Même pas le manoir.

— Même pas le saladier à fruits de la cuisine, ai-je confirmé en hochant la tête. C'était sympa ce dîner, Jo. On devrait faire ça plus souvent. Autour d'un bon vin.

J'ai réclamé l'addition en souriant. Je jubilais. Une serveuse nous l'a apportée avant de repartir avec ma carte American Express. Je l'ai suivie des yeux d'un air rêveur tandis qu'elle disparaissait derrière une porte noire, au bout de la salle bondée.

— On ne sait pas encore ce qu'il y a dans ce testament, a déclaré Jo en secouant la tête, le regard dur. Et il n'y aura pas de pitié pour ceux qui n'en ont manifesté aucune.

Jo citant la Bible ! Je n'y croyais pas !

Pas mal. Je me souvenais aussi que cela disait quelque chose comme : « Tu ne tueras point », mais elle avait dû oublier ce passage…

— J'ai comme l'impression que tu me lances un défi. Tu sais que je ne peux pas résister aux défis, Jo.

Tout en lui adressant un clin d'œil, j'ai tiré sur mon col de chemise pour le desserrer un peu. J'étais dans ce costume depuis trop longtemps. J'avais envie de m'en débarrasser et de finir cette journée pourrie. Mais j'ai continué à afficher une expression ironique.

— Est-ce que je dois chercher un avocat, Baron ? a-t-elle demandé en se penchant en avant, les coudes sur la table.

Les coudes sur la table ? Autrefois, elle m'aurait donné une claque si j'avais osé approcher mes coudes de la table. Et son frère aurait fini le travail à la ceinture, dans la bibliothèque.

J'ai fait craquer ma nuque en pinçant les lèvres, comme si je réfléchissais à la question. De mon côté, je n'avais pas besoin de faire appel à un avocat puisque j'étais moi-même le plus infâme des fils de pute d'avocats.

J'avais quand même mis le père de Dean sur le coup et il était d'accord pour me représenter si mon père laissait quoi que ce soit à cette salope. Je voulais qu'elle se retrouve sans le sou. Ce n'était pas une question d'argent, mais une question de justice.

La serveuse est revenue avec ma carte. Je lui ai laissé un pourboire énorme et me suis levé, en abandonnant ma belle-mère devant son assiette à moitié pleine. La mienne était bien propre. Tout comme ma conscience.

— Ne te gêne pas pour engager un avocat, *Mère*, ai-je lancé en enfilant mon caban de cachemire. C'est vraiment une très bonne idée.

6
Emilia

Dix ans plus tôt

— Tu es sûr que tu ne veux pas aller à la fête ? ai-je demandé à Dean entre deux baisers.

Il a enfoui son nez dans mon décolleté. Ça faisait une demi-heure qu'on se caressait et qu'on s'embrassait sur mon petit lit, au point d'en avoir mal aux lèvres. Je crois qu'on s'était arrêtés parce qu'on n'avait plus de salive. J'adorais ses baisers. Ils étaient peut-être un peu trop mouillés, mais ils me plaisaient quand même. On était encore maladroits, mais avec le temps ça allait s'améliorer, j'en étais sûre.

— Quelle fête ?

Il s'est massé la nuque en fronçant les sourcils.

— Ne dis pas n'importe quoi, Millie, a-t-il murmuré d'une voix enrouée. Je me fous de cette fête. Je suis trop occupé avec une fille qui a un goût de glace à la vanille et qui peint comme Picasso.

Ma peinture n'avait rien à voir avec celle de Picasso, mais je n'ai pas relevé, parce qu'il avait cru me faire un compliment. Il n'avait d'ailleurs probablement jamais vu une toile de Picasso.

Je m'en fichais, parce que entre Dean et moi, ce n'était pas une question d'attirance intellectuelle. Je le trouvais sympa et super mignon. J'adorais son chignon et ses yeux verts. J'ai caressé ses biceps saillants en gémissant de désir. On n'avait pas encore couché ensemble, mais on en prenait le chemin. Pour un Four Hot Heroes, il s'était déjà montré très patient.

Et moi j'étais prête à lui donner ma virginité.

Ça faisait déjà plusieurs mois qu'on sortait ensemble. La première fois qu'il avait essayé de m'embrasser, je l'avais gentiment repoussé. Il n'avait pas insisté sur le moment, mais ensuite, je n'avais pas arrêté de le trouver sur mon chemin : à côté de mon casier, devant mon vélo, devant l'appartement de mes parents. Il avait promis de ne pas me brusquer et d'attendre que je me sente prête à sortir avec lui, ce qui ne l'avait pas empêché de me glisser, l'air de rien, que son sexe mesurait vingt-cinq centimètres. Ce jour-là, je lui avais donné une tape sur le bras pour le faire taire. De toute façon, franchement, je ne savais même pas si c'était beaucoup ou peu, vingt-cinq centimètres.

Au début, je m'étais demandé s'il ne se moquait pas de moi, puis j'avais appris à le connaître. Il était plutôt gentil, au fond. En tout cas ce n'était pas un pourri comme Vicious. Et depuis qu'on sortait ensemble, j'avais pu me rendre compte qu'il était sincère. Il n'arrêtait pas de m'envoyer des petits messages. Il m'offrait un café tous les matins quand on arrivait au lycée. Il m'appelait tard le soir parce que je lui manquais. Et quand il m'embrassait, je sentais qu'il avait sincèrement envie de moi.

Il était vraiment adorable avec moi. Et puis c'était sympa d'avoir un petit copain.

Il m'arrivait quand même encore de me demander si je n'avais pas eu tort, parce que les Hot Heroes avaient la réputation de jeter les filles comme de vieilles chaussettes et, encore pire, parce que mon cœur se mettait à battre dès que je voyais apparaître Vicious, son meilleur ami – un salaud que je méprisais, mais quand même…

Comme s'il avait deviné mes pensées, Dean s'est penché sur moi pour m'embrasser tendrement la tempe.

— Tu me plais vraiment, Millie.

— Toi aussi, tu me plais, ai-je soupiré, en lui caressant la joue.

C'était la vérité. Avec lui, j'étais bien, même si ce n'était pas le grand amour. Il ne me rendait pas complètement dingue, mais d'un côté ça m'arrangeait. C'était plus simple à gérer.

— Tous tes amis sont à cette fête et je suis sûre que tu aimerais les rejoindre, ai-je murmuré en le repoussant doucement. Je ne veux pas t'obliger à choisir entre une fête et moi.

Je savais qu'il n'osait pas me proposer d'aller à la fête parce que je lui avais dit tout le mal que je pensais de Vicious.

— Je préfère rester avec toi, a-t-il assuré en entrelaçant ses doigts aux miens.

On a contemplé nos mains en silence. On venait de franchir un pas… L'atmosphère de la pièce avait changé : elle était plus lourde, quelque chose pesait sur ma poitrine, j'avais du mal à respirer.

— Je peux venir avec toi, ai-je murmuré avec un sourire contrit.

Je n'appréciais pas trop l'ambiance de ces fêtes, mais je voulais bien faire un effort pour Dean. Et puis j'aimais bien me montrer à ses côtés, parce qu'on me laissait tranquille depuis que je sortais avec lui. Plus personne ne forçait mon casier pour le remplir de cochonneries. On ne m'insultait plus quand je passais dans les couloirs.

Dean me facilitait la vie. Grâce à lui, je n'étais plus confrontée à la violence et au mépris de mes camarades, et ça me faisait du bien. Mais je ne l'utilisais pas pour autant, ça non. Il me plaisait vraiment. Je l'aidais à faire ses devoirs, je déposais des messages dans son casier avant les matchs de foot, je souriais comme une idiote quand on se croisait dans les couloirs.

— Tu ferais ça pour moi ? a-t-il demandé d'un ton plein d'espoir. Je savais bien que tu étais parfaite !

Il s'est levé d'un bond, en me tirant par la main.

— Dépêche-toi, bébé. Je meurs d'envie de boire une bière et j'ai une herbe de tueur. Trent et Vicious vont halluciner.

Des quatre, Dean était celui qui fumait le plus de pétards. Il était toujours plus ou moins défoncé. C'était entre autres ce qui le rendait si cool, probablement.

Tout en me recoiffant devant le miroir, je lui ai adressé un faible sourire. Je ne voulais pas arriver à la fête complètement échevelée. J'avais besoin de plaire, envie qu'on m'aime.

Je portais un jean que j'avais coupé en short, avec un pull crème trop large qui m'arrivait à la taille et dont l'encolure dénudait une de mes épaules. J'ai enfilé mes bottes noires à fleurs roses. Dean m'a tirée vers lui et m'a embrassée.

Je me suis écartée de lui, en essuyant mes lèvres couvertes de salive.

— Après toi, ai-je dit.

Il s'est arrêté, les sourcils froncés, une expression sérieuse sur le visage.

— Je suis bien avec toi, Millie. Tu me rends heureux. Je ne veux pas être séparé de toi l'année prochaine à cause de la fac. Il faut que tu viennes avec moi. On en parlera plus tard, mais je suis sérieux…

Il m'a regardée comme si j'étais le soleil de sa vie.

Je me suis sentie incroyablement bien.

— D'accord, homme des cavernes, ai-je répondu en levant les yeux au ciel. La femelle doit suivre son mâle. J'ai compris.

Il m'a de nouveau embrassée en riant et m'a donné une tape sur les fesses.

— Très bien. Allons-y.

Je me suis sentie soudain vraiment aimée et c'était agréable. À cet instant, il aurait pu me demander n'importe quoi, j'aurais dit oui à tout.

Quand on est arrivés à la fête, tout le monde était déjà ivre et les haut-parleurs crachaient *Last Nite* des Strokes à plein volume. Dans le salon, ça dansait et ça se pelotait dans tous les coins. Quand ma famille avait commencé à travailler ici, les fêtes de Vicious m'avaient choquée. Je ne comprenais pas comment ses parents pouvaient lui laisser autant de liberté. Ensuite j'ai compris qu'ils le laissaient tout court. Ils ne s'occupaient pas de leur fils.

Baron père et sa femme Jo étaient rarement au manoir et jamais le week-end. J'avais la nette impression que Vicious vivait tout seul soixante-dix pour cent du temps. En une année scolaire, c'est à peine si je l'avais vu échanger trois mots avec son père.

Quant à sa belle-mère : zéro. Ils s'ignoraient.

Je trouvais ça triste et je n'aurais pas voulu d'une vie comme ça. Mais Vicious n'aurait pas voulu non plus de ma vie.

Dean et moi, on a passé un moment dans la cuisine et il en a profité pour prendre quelques verres – au moins cinq ou six, en fait –, avant de me faire signe de monter à l'étage avec lui. Je l'ai suivi sans discuter. Premièrement, parce que ça me faisait drôle de traîner dans la cuisine où travaillait maman. Et deuxièmement, parce que je n'avais pas repéré Rosie au rez-de-chaussée et que j'espérais la trouver quelque part à l'étage. Avec un peu de chance, pas dans une chambre et pas avec la langue de quelqu'un dans sa bouche. Je n'en aurais pas fait une affaire d'État. Rosie était déjà sortie plusieurs fois avec des garçons qu'elle connaissait à peine et elle était assez grande pour savoir ce qu'elle faisait. Mais elle était ma petite sœur et j'avais tendance à me comporter avec elle en maman ourse.

Une fois en haut, Dean est allé droit à la porte donnant sur la salle multimédia, mais moi je suis restée en retrait, sous prétexte de chercher Rosie.

Pour être franche, je n'avais pas très envie d'entrer dans la tanière des Hot Heroes. Dire qu'ils ne m'aimaient pas restait très en dessous de la vérité – un peu comme de dire que le Pacifique est plutôt humide. Ils me détestaient. Pourquoi ? Je me le demandais, justement.

— Jaime, mon pote !

Jaime, Trent et Vicious étaient en train de discuter à côté du bar, une bière à la main. Vu le ton passionné, ils parlaient sport, et plus précisément foot. Dean les a rejoints et s'est mêlé à la conversation. Il n'avait pas besoin de moi, j'ai reculé dans le couloir, au moins ça m'éviterait de me faire agresser par Vicious. Là, j'ai repéré Madison, une fille qui allait comme moi à vélo au lycée. Elle, c'était pour rester mince. Moi j'étais trop pauvre pour m'acheter une voiture. N'empêche, ça nous faisait un point commun.

Au bout de quelques minutes, Dean a passé la tête à la porte et m'a fait signe d'approcher.

— Qu'est-ce que tu fais là, bébé ? m'a-t-il susurré dans un hoquet. Dépêche-toi de te ramener.

Madison s'est tue et m'a regardée bouche bée, comme si on venait de m'appeler sur scène pour recevoir un prix Nobel. Du coup, je l'ai trouvée nettement moins cool.

J'ai secoué la tête.

— Je suis très bien ici, merci, ai-je répondu en souriant derrière ma bouteille de bière.

J'aurais voulu disparaître. J'ai prié pour que Vicious ne remarque pas ma présence.

— Dean, qu'est-ce que tu fous ?

C'était Trent, le beau Trent Rexroth, celui qui était sympa avec tout le monde sauf avec moi. Il est sorti de la pièce en marmonnant. En me voyant, il a eu la tête de quelqu'un qui vient d'être frappé par la foudre.

— Merde, Cole ! s'est-il exclamé. T'es vraiment un débile.

Du coup, Jaime est venu voir ce qui se passait.

— Cole, t'es vraiment stupide ! a-t-il renchéri. Tu n'as pas pu t'en empêcher, hein ? Pourquoi tu l'as emmenée ?

Comme je m'étais approchée de la porte, j'ai aperçu Vicious, appuyé contre un bureau, avec à côté de lui une fille que je ne connaissais pas. Ça m'a fait un coup au cœur. Nos regards se sont croisés et j'ai vu qu'il était furieux que je sois là.

— C'est ma petite copine, a bafouillé Dean en s'adressant à Trent et en décidant d'ignorer Jaime. Et tu ferais mieux de la boucler, si tu ne veux pas que je te défonce.

Il lui a tourné le dos et s'est approché de moi d'un pas chancelant, en me lançant un regard d'alcoolique amoureux. C'est là que je me suis rendu compte qu'il était complètement ivre.

— Millie, s'te plaît, entre avec moi.

Il est tombé à genoux les mains jointes et s'est traîné vers moi avec son sourire qui creusait ses fossettes. Vraiment, il ne faisait rien pour m'épargner la honte.

Je suis devenue rouge comme une tomate, mais j'ai essayé de sourire aussi, pour ne pas perdre complètement la face.

— Dean, ai-je gémi en fermant les yeux. Lève-toi. Arrête.

— Ce n'est pas ce que tu disais il y a vingt minutes, bébé. Il me semble me souvenir que c'était plutôt : « Dean, ça t'arrive de débander ? »

Il a ricané.

Là, je ne pouvais même plus sourire.

Tout ivre qu'il était, Dean avait dû se rendre compte qu'il était allé trop loin, parce qu'il s'est tu. Derrière lui, Vicious m'a lancé un regard de tueur. Sa mâchoire était agitée d'un tic nerveux qui suivait le rythme des battements de mon cœur.

Tic, tic, tic, tic.

Il avait la bouche tellement pincée qu'on ne voyait pratiquement plus ses lèvres. Puis, soudain, il est sorti de la pièce comme un fou, a pris Dean par le col pour le remettre debout et l'a plaqué contre un mur.

— Je t'avais dit de ne pas venir avec elle, a-t-il murmuré d'un air sombre, en remuant à peine les lèvres.

Mon cœur a eu un raté.

— C'est quoi ton problème ? a protesté Dean en le repoussant.

Ils se sont défiés du regard et j'ai cru que ça allait dégénérer, mais Jaime et Trent se sont interposés. Trent a tiré Dean d'un côté, pendant que Jaime poussait Vicious de l'autre.

— Arrêtez vos conneries ! a hurlé Trent.

Jaime avait bloqué le bras de Vicious dans son dos, mais il s'est dégagé d'un coup sec.

— On va continuer ça sur le court de tennis, a-t-il lancé d'un ton haineux en montrant Dean du doigt. Et cette fois, essaye de ne pas pleurer quand je te défoncerai, Cole.

Ils dégageaient à eux deux une telle charge de violence que l'air était devenu irrespirable sur le palier. Épais comme de la fumée.

Vicious avait la réputation de se battre jusqu'au sang et si je me fiais à ses bras couverts de cicatrices, c'était sûrement vrai.

Je ne voulais pas qu'il se batte avec Dean. Je me suis placée entre eux.

Trent s'est avancé vers moi en me fixant avec ses yeux gris.

— Toi, fous le camp, a-t-il ordonné.

Il avait les yeux mi-clos et semblait vraiment hors de lui.

J'ai compris brusquement que ce qui se jouait entre Dean et Vicious était une affaire strictement privée dans laquelle je n'avais aucune part.

— Pourquoi vous me traitez comme une pestiférée ? ai-je demandé à voix basse, en croisant les bras. Dean est mon petit ami, mais vous n'avez jamais un mot sympa pour moi. Pourquoi vous me détestez ?

Trent a secoué la tête en laissant échapper un petit rire.

— Merde alors. Tu n'en as vraiment aucune idée ?

Bon, je passais en plus pour une idiote parce que je n'avais pas compris quelque chose qu'il trouvait soi-disant évident.

— Non, aucune idée.

Il s'est penché vers moi pour mettre son visage à hauteur du mien.

— Si tu crois que tu peux nous séparer, tu te trompes. Fous la paix à Vicious.

Foutre la paix à Vicious ?

Mon sang s'est mis à bouillir, j'étais sur le point d'exploser. Ce n'était pas ma faute si Baron Spencer habitait en face de mon appartement et s'il fréquentait le même lycée que moi. Il ne m'aimait pas ? Je n'y pouvais rien non plus. Moi, je faisais de mon mieux pour l'ignorer. Mais lui, il me traitait comme une moins que rien et m'écrasait de son mépris chaque fois qu'il en avait l'occasion. C'était plutôt lui qui aurait dû me laisser tranquille.

Il était toujours là, comme une ombre, à me guetter pour me prendre à la gorge dès que je passais à sa portée.

— Je me fous de Vicious et si je pouvais éviter de le croiser tous les jours, ça m'arrangerait, ai-je lâché.

J'ai fait volte-face et je suis descendue au rez-de-chaussée pour sortir par la cuisine. J'aurais aimé parler à Rosie, mais je ne l'ai pas vue.

J'en voulais à Dean de cette vanne grossière devant tous ses amis. Il ne m'avait pas habituée à ça.

J'étais furieuse contre Vicious, contre Jaime et encore plus contre Trent. OK, ils me détestaient tous les trois, mais ce n'était pas une raison pour m'accuser de chercher à les séparer. D'où sortaient-ils ça ? Je n'étais pas Yoko Ono.

Je commençais à croire que je ne pouvais pas continuer avec Dean.

Les Hot Heroes étaient trop présents dans sa vie. Ils allaient en cours ensemble, ils jouaient au foot ensemble, ils faisaient la fête ensemble. Et si trois d'entre eux étaient totalement allergiques à la petite amie du quatrième, ça posait un sérieux problème. J'en avais marre de les faire fuir comme si j'étais une MST.

Je méritais mieux que ça.

J'avais droit au respect et à un peu de gentillesse.

Comme tout le monde.

J'ai ouvert à la volée la porte de notre appartement. Le petit salon était aussi sombre et froid que mon humeur. Papa et maman dormaient déjà. La chambre de Rosie, je l'ai trouvée vide, ce qui m'a encore mis un coup au moral. Elle était donc restée à la fête. Elle avait sûrement retrouvé des gens de sa classe. Elle n'était pas aussi seule que moi dans ce lycée.

Après avoir fermé la porte de ma chambre derrière moi, j'ai enlevé mes bottes et je me suis couchée tout habillée, la tête sous la couette. J'avais hâte que la nuit se termine, hâte d'oublier cette journée.

Mais les cris et la musique qui me parvenaient depuis l'extérieur m'empêchaient de fermer l'œil. Franchement, je ne sais pas comment faisaient mes parents pour dormir le week-end, avec ces fichues fêtes.

J'ai commencé à penser à Dean, mais mes pensées ont vite dévié vers Vicious.

Vicious. Celui qui s'employait à me pourrir la vie et me mettait sens dessus dessous. J'aurais bien voulu l'oublier, celui-là, mais je n'y arrivais pas.

Soudain, j'ai entendu grincer la porte de ma chambre. Mon cœur s'est arrêté. Quelqu'un venait d'entrer et je savais qui. Rosie aurait frappé à la porte. Dean aussi. Celui qui était capable de pénétrer sur mon territoire sans s'annoncer parce qu'il se considérait partout chez lui sur cette propriété, y compris dans l'appartement de mes parents, c'était Vicious. Ici, tout lui appartenait. Y compris moi, sans doute.

Mon pouls s'est affolé. J'avais l'impression que mon cœur faisait du trampoline – ou des autos tamponneuses.

— Tu vas arrêter tes conneries, a-t-il lâché.

Sa voix a résonné dans la petite pièce.

J'étais seule avec *lui*. La nuit. Dans ma chambre.

C'était magique. Mais dangereux. Et j'avais peur.

J'entendais *Superstar* des Sonic Youth qui filtrait depuis la fête et j'ai eu soudain le vertige à l'idée que Vicious était venu jusqu'ici. Il se montrait en général distant et indifférent avec les filles. Et surtout, il ne se déplaçait jamais chez elles, c'était elles qui venaient à lui, tout le monde au lycée le savait.

Et pourtant il était là, devant mon lit.

Ça voulait forcément dire que…

Je comptais pour lui.

— Qu'est-ce qui me vaut ce plaisir, Vicious ? ai-je demandé.

Je n'aurais pas été capable de faire de l'ironie méchante quelques mois plus tôt, mais ce que j'endurais depuis mon arrivée à Todos Santos avait forgé mon caractère.

Vicious s'était tourné vers le cerisier en fleur que j'avais peint sur mon mur – ou plutôt sur *son* mur – et il le contemplait sans bouger, comme hypnotisé. J'avais envie de le secouer pour le réveiller.

Puis il s'est brusquement animé et a fermé la porte de la chambre d'un coup de pied.

— Si tu cherchais à attirer mon attention, bravo, c'est fait. Maintenant arrête tes conneries et laisse tomber Dean.

Je me suis levée d'un bond en balançant ma couette par terre. Mon pull a glissé de l'une de mes épaules, en découvrant une partie de mon soutien-gorge blanc, mais j'étais trop énervée pour m'en inquiéter. J'ai marché vers Vicious et je l'ai poussé de toutes mes forces. Son large dos a cogné contre le mur, mais il est resté calme, avec un visage de marbre, et a continué à observer mon cerisier en fleur, comme hypnotisé.

— C'est quoi ton problème, Vicious ? Qu'est-ce que j'ai fait pour mériter que tu me traites comme ça ? Je n'entre jamais dans ta maison. J'évite de te regarder quand je te croise au lycée. Je ne t'adresse jamais la parole. Qu'est-ce qu'il te faut de plus ? Écoute, j'aimerais mieux être ailleurs, d'accord ? Ce n'est pas moi qui ai décidé de venir à Todos Santos, je vis avec mes parents et ils ne sont pas près de repartir. J'aimerais bien que tu arrêtes de me harceler. Qu'est-ce que je dois faire ? Qu'est-ce que tu veux ?

Je ne sais pas à quel moment précis j'avais commencé à pleurer, mais de grosses larmes roulaient maintenant sur mes joues. La coupe était pleine, elle avait débordé. Ça me déplaisait d'avoir craqué devant Vicious, mais je me suis consolée en me disant que si je lui faisais pitié, il serait moins agressif.

Ses yeux sont passés lentement du cerisier à moi.

— Laisse-le tomber, a-t-il répété sèchement.

— Et pourquoi je ferais ça ? ai-je demandé en fronçant les sourcils.

Il a fermé les yeux.

— Pour ne pas avoir d'ennuis, Emilia.

Quels ennuis ? Il me menaçait, maintenant ? En tout cas, il m'avait appelée Emilia…

— Je m'entends bien avec Dean, ai-je protesté.

À cet instant précis, Dean ne comptait plus du tout, mais je ne voulais pas céder, parce que ce n'était pas à Vicious de décider avec qui j'allais sortir.

— Tu pourrais bien t'entendre avec quelqu'un d'autre.

Il a ouvert les yeux et s'est repoussé du mur. Puis il a fait un pas vers moi.

J'étais en transe et je savais parfaitement ce qui aurait pu apaiser le feu qui me dévorait de l'intérieur. Quelque chose était en train d'enfler en moi, qui n'allait pas tarder à me dépasser – une sorte d'étrange euphorie que je n'avais jamais ressentie.

Depuis qu'il était entré dans ma chambre et que j'avais compris qu'il avait envie de coucher avec moi, j'avais l'impression d'être comme dans un rêve. Je ne maîtrisais plus très bien ce qui se passait.

— Redemande-moi ce que je veux, a-t-il murmuré d'une voix caressante.

Il avait complètement changé de ton, mais ça ne m'a pas rassurée.

— Non, ai-je répondu en reculant.

Il a continué à avancer sans me quitter du regard, comme un prédateur qui approche sa proie. Il allait me dévorer, ça ne faisait plus aucun doute dans mon esprit. Je me sentais dominée physiquement et incapable de fuir.

— Allez, demande, a-t-il répété dans un souffle.

J'étais maintenant acculée contre le mur et il a posé ses paumes de chaque côté de ma tête. J'étais piégée. Je ne pouvais plus m'échapper. Je crois bien que je n'aurais pas bougé même s'il s'était écarté.

— Qu'est-ce que tu veux ? ai-je demandé en avalant ma salive.

Il y avait entre nous quelque chose de puissant auquel je ne pouvais pas résister.

— Je veux te baiser en te regardant droit dans les yeux.

J'ai levé ma main pour le gifler, mais il m'a arrêtée en plein élan en me saisissant le poignet.

— Le droit de me gifler, il faut le gagner, *Rose*, a-t-il murmuré en secouant la tête. Et tu n'as pas encore fait ce qu'il faut pour ça.

Rose. Mon cœur a fait un bond.

On était l'un contre l'autre, brûlants. Son parfum me rendait dingue, le simple fait de le regarder me rendait dingue, et on n'avait encore rien fait, mais j'avais déjà l'impression de tromper Dean. J'ai eu soudain honte et j'ai voulu libérer mon poignet, mais pas moyen.

— Demande-moi ce que je veux, a murmuré Vicious.

Ses pupilles étaient tellement dilatées que ses iris étaient presque noirs. Je me déplaçais pour m'éloigner de lui, mais il me suivait, en serrant mon poignet de plus en plus fort. Une partie de moi aurait voulu lui échapper, mais l'autre avait envie de savoir comment c'était de tomber entre ses griffes.

L'arrière de mes genoux a heurté le lit. Cette fois, c'était fichu, j'étais vraiment prise au piège.

— Qu'est-ce que tu veux ? ai-je bredouillé.

C'était plus fort que moi. J'avais envie de savoir. C'est à cet instant que j'ai compris que je n'étais pas amoureuse de Dean et que je n'aurais jamais dû accepter de sortir avec lui.

— Je veux que tu m'embrasses, a-t-il murmuré, sa bouche tout contre ma joue.

— Mais tu me…

Il m'a fait taire en collant ses lèvres sur les miennes. Elles étaient chaudes et douces. Parfaites. Ni trop humides ni trop sèches. C'était un baiser à peine appuyé, mais désespéré, qui m'a donné le vertige. Puis il a essayé de glisser sa langue et, comme je résistais, il s'est appuyé sur moi de tout son poids.

Quand j'ai senti que j'allais basculer sur le matelas, j'ai eu un sursaut…

Je n'allais quand même pas coucher avec lui alors que je sortais avec Dean, ça non, ce n'était pas mon genre. J'ai détourné la tête pour soustraire ma bouche à celle de Vicious, et je l'ai même couverte d'une main, pour être sûre qu'il ne l'atteindrait plus.

— Sors de ma chambre, ai-je murmuré à travers mes doigts.

Je me sentais forte à nouveau. J'étais redevenue moi-même.

Il m'a fixée intensément pendant quelques instants. Du coin de l'œil, j'ai observé l'expression de son visage. Il avait l'air mécontent et… vaincu ? J'ai eu l'impression qu'il était malheureux.

Mais je ne me suis pas laissé attendrir. Je ne pouvais pas sortir avec le meilleur ami de Dean.

Il lui a fallu quelques secondes pour encaisser le choc, puis il a eu un sourire méchant.

— OK. Je sors. À condition que tu me poses encore une question.

J'ai fait non de la tête. J'en avais marre de son jeu de tordu.

— Demande-moi quel goût avait la bouche de ta sœur Rosie quand je l'ai embrassée, tout à l'heure, après ton départ.

Il a embrassé Rosie… ?

Je savais que c'était vrai. Qu'il en était capable.

— Tu ne le demandes pas ? a-t-il ricané. Je vais te le dire quand même. Elle avait le même goût que toi. En plus sucré.

7
Vicious

— C'est ouvert, entrez.

Emilia est entrée d'un pas désinvolte, mais, merde, qu'est-ce que c'était que cet accoutrement ?

On aurait dit qu'elle s'était égarée dans le dressing de Keith Richards et qu'elle s'était servie au hasard. Elle portait un legging léopard déchiré aux genoux, un T-shirt Black Justice (le groupe de musique, pas le mouvement), un imper à carreaux, des bottes de cow-boy. Ses cheveux mauves dépassaient d'un bonnet et elle tenait deux cafés Starbucks – celui qu'elle était en train de boire devait être pour elle et l'autre pour moi, je suppose.

Si elle était assistante du P-DG d'une société qui valait des millions de dollars, alors moi j'étais danseuse classique. Elle voulait sans doute me montrer qu'elle n'avait pas l'intention de faire des efforts vestimentaires pour rentrer dans le moule. Message reçu.

— Salut, a-t-elle lancé en poussant un gobelet vers moi, tout contre mon avant-bras.

Je l'ai légèrement écarté, avant de me replonger dans le document que j'étudiais sur mon ordinateur.

— Qu'est-ce que c'est que ça ? ai-je demandé.

La question pouvait viser sa tenue ou le café, mais je n'ai pas jugé bon de préciser parce que je la posais pour les deux. Je n'avais pas demandé de café. Quant à ses vêtements… Ce n'était pourtant pas Halloween ? J'ai quand même jeté un coup d'œil sur mon calendrier pour vérifier. Non. On était en plein mois de décembre.

— C'est ton café. Le reste de ton petit déjeuner t'attend dans la cuisine.

Elle a lancé sa sacoche Harley Quinn sur le canapé en cuir marron installé dans un coin du bureau.

J'ai été tenté de jeter son fichu gobelet contre un mur et de la renvoyer à son statut de chômeuse, mais je me suis souvenu à temps que je ne l'avais pas embauchée pour ses talents de secrétaire, ni pour son sens de l'élégance. J'avais besoin d'elle. Elle était un des maillons essentiels de mon projet de vengeance. *Comme témoin, avec ses grands yeux innocents, elle sera bien plus crédible que mon ex-psychiatre.*

Elle allait bientôt mériter son salaire mirobolant et son appartement de luxe.

Merde ! L'appartement !

J'avais mis un appartement dans la balance pour la convaincre d'accepter ce boulot…

Encore quelque chose dont j'allais devoir m'occuper. Comme si je n'avais pas assez à faire comme ça !

— Va me chercher ce petit déjeuner, ai-je déclaré sèchement.

Elle s'est éclairci la voix.

— Non, a-t-elle répondu d'un ton dégagé en inclinant la tête de côté. Votre Majesté va devoir se déplacer jusqu'à la cuisine pour petit-déjeuner avec ses loyaux sujets. C'est important de nouer des relations avec ses collaborateurs, Vicious. Je suppose que tu ne sais même pas que c'est le jour du pain perdu et que la moitié de l'étage est en ce moment réuni dans la cuisine.

Elle a encore incliné la tête un peu plus, tout en me dévisageant intensément.

Évidemment, que je n'étais pas au courant… La simple idée de quitter mon bureau pour perdre mon temps avec une bande de nazes que je connaissais à peine de vue me donnait d'avance de l'urticaire.

Emilia continuait à me dévisager et je me suis demandé ce qui pouvait bien se passer dans son petit crâne mauve.

D'ailleurs, pourquoi avait-elle choisi cette drôle de couleur ? Bon, ça allait bien avec son visage rond et son style excentrique. Elle ne faisait toujours aucun effort pour être sexy. Pas de jolies robes. Pas de maquillage. Toujours plus ou moins décoiffée. En fait, elle avait tout de la New-Yorkaise branchée qui se la joue artiste et se déplace avec son appareil photo de pro pour poster sur Pinterest des photos de son petit déjeuner.

Sauf qu'elle ne se la jouait pas artiste. Elle *était* une artiste.

— Vicious ?

J'ai rabattu l'écran de mon portable en levant les yeux vers elle.

— Va me chercher ce petit déjeuner, si tu ne veux pas retourner nettoyer les tables dans ton uniforme de soubrette, ai-je ordonné d'un ton glacial.

Ça m'a un peu calmé les nerfs de la remettre à sa place. Elle ne l'avait pas volé.

Elle a battu des paupières, mais elle n'a pas bougé d'un millimètre.

J'avais oublié à quel point elle était difficile à dompter et à quel point ça m'excitait.

— Tu ne vas pas me virer, a-t-elle enfin lâché. Tu as besoin de moi pour quelque chose, je ne vois pas quoi, mais si tu as tant insisté pour me donner ce travail, ce n'est sûrement pas par pure générosité. Alors je ne vais pas me gêner pour en profiter.

Elle a fait danser ses sourcils en laissant échapper un petit rire de gorge.

— Allez viens, a-t-elle insisté. Je t'assure que ce sera sympa de faire la connaissance des gens avec qui tu travailles.

OK. Comme d'habitude, elle avait tout compris et elle savait qu'elle avait l'avantage sur moi. Mais puisqu'elle savait, j'en ai profité pour enfoncer le clou et aussi pour tempérer un peu son enthousiasme, parce que je n'étais pas disposé à ramper.

— On va mettre tout de suite les choses au point entre nous. Ça me déplairait de te virer le deuxième jour, mais s'il le faut, je n'hésiterai pas. Alors n'exagère pas. Tu es mon employée, c'est moi qui fixe les règles. Au moment où tu as signé ce contrat, tu es devenue ma propriété. À part ça, tu as raison. J'ai besoin de toi. Et quand le moment sera venu, tu feras ce que je te demanderai, en fermant ta grande bouche. C'est compris ?

On s'est défiés du regard. Ce jour-là, ses yeux étaient d'un bleu… fumé… L'adjectif était un peu étrange pour qualifier la couleur d'un iris, mais c'est le seul qui m'est venu à l'esprit. La nuance de ses yeux changeait selon son humeur, j'adorais ça.

Elle a haussé un sourcil.

— Tu peux me jurer que ça ne sera pas illégal ?

— Rien d'illégal.

C'était vrai… Ce que j'allais lui demander n'était pas franchement illégal, mais pas franchement clean non plus. En fait, ça revenait à une sorte de chantage. Je me suis bien gardé de le préciser.

— Ni sexuel ? a-t-elle poursuivi.

Je lui ai jeté un regard condescendant. Cette question était totalement déplacée et je ne me suis même pas donné la peine d'y répondre. Elle allait coucher avec moi, évidemment, mais de son plein gré. Rien à voir avec notre accord.

Elle a battu des paupières. Et là, j'ai compris qu'elle était encore sacrément mordue.

— Pour le petit déjeuner, j'accepte, ai-je dit. Mais je te préviens, je déteste le pain perdu.

Ce petit déjeuner en compagnie de tous les employés qui travaillaient pour moi me confirmait que les humains étaient des créatures minables et que j'avais raison de fuir leur compagnie.

On était réunis autour d'une table ronde et toute blanche. Je contemplais sans enthousiasme ma tranche de pain perdu et ma portion d'omelette au blanc d'œuf en poudre qui refroidissaient. Emilia montrait quelque chose sur l'écran de son iPad à la réceptionniste, une vieille à moitié sénile, tout en riant d'un rire joyeux que je ne lui connaissais pas. J'aurais voulu savoir ce qui la mettait en joie à ce point, mais je n'ai pas demandé. La vieille a annoncé qu'elle prenait sa retraite à la fin du mois de janvier et, bien sûr, Emilia a tout de suite proposé d'organiser un pot de départ.

Si elle s'imaginait qu'elle serait encore là fin janvier, elle se faisait des illusions. Évidemment, je n'ai rien dit. Je n'allais quand même pas lui gâcher sa joie, non ?

Les employés discutaient entre eux, et ils faisaient à peine attention à moi. Je crois que je leur faisais peur. Ils étaient habitués à Dean, lequel était une petite ordure dans la vie, mais un patron correct. Moi j'étais distant et je criais au moindre problème – à en faire trembler les parois vitrées des bureaux.

On me traitait donc comme une bombe à retardement et on me posait prudemment des questions polies, histoire de me faire participer à la conversation.

— Est-ce que New York vous plaît ? C'est très différent de la Californie.

Sans déc'. T'as trouvé ça tout seul ?

— Vous avez essayé le patinage à Central Park ? Il faut absolument voir l'arbre de Noël du Rockefeller Center.

Oui, bouffon. J'ai aussi pris un selfie où je tiens la statue de la Liberté dans le creux de ma main et je l'ai collé sur mon frigo avec un magnet I Love New York.

— Il y a beaucoup d'employés, dans la branche de Los Angeles ?

Suffisamment pour que je n'aie pas besoin de les côtoyer.

J'avais toujours été un antisocial. Ma popularité au lycée, je la devais surtout aux trois autres Hot Heroes. Eux avaient besoin de se sentir entourés et cherchaient à se faire des amis. Moi, je préférais la solitude et le silence. À Los Angeles, je restais la plupart du temps enfermé dans mon luxueux appart de Los Feliz quand je ne travaillais pas au bureau. Le bourdonnement de mon ordi et celui de ma console de jeux me suffisaient comme compagnie. J'appréciais aussi de temps en temps celui d'une fille que je convoquais pour me sucer. *Tiens, je pourrais en faire venir une ce soir... Une avec des cheveux mauves, comme Emilia. Ça devrait se trouver.*

Le bavardage sans intérêt de tous ces gens était donc pour moi une nuisance qui m'irritait les tympans.

Au bout de quinze minutes, j'ai craqué.

— Bon, ça suffit pour moi, ai-je annoncé à Emilia en me levant de ma chaise.

Elle était maintenant en pleine conversation avec le chef comptable, un type bon chic bon genre de la Nouvelle-Angleterre, probablement diplômé d'une Ivy League. Un peu jeune pour ce poste. Un privilégié. Comme moi.

— Emilia..., ai-je appelé en faisant claquer mes doigts, comme si elle était mon animal de compagnie.

Elle a tourné la tête et m'a jeté un regard distrait, puis elle a repris sa conversation, mais le comptable est devenu muet et super angoissé.

Lui, au moins, il avait compris à qui il avait affaire.

J'étais vraiment très jeune pour être P-DG d'une telle société. Peu de gens arrivaient à ce niveau à vingt-huit ans. Les Hot Heroes et moi, on avait pris un raccourci grâce aux dix millions qu'on avait pu investir dès la première année. L'argent attirant l'argent, on avait décollé beaucoup plus vite qu'un entrepreneur moyen.

Ça faisait de moi une sorte de prodige des affaires et ce petit comptable en avait parfaitement conscience : je l'impressionnais.

— Si tu n'es pas dans mon bureau dans une minute, j'en déduirai que tu as démissionné, ai-je lancé d'un ton détaché.

Puis je me suis levé pour rejoindre mon bureau, en faisant un détour par celui de la RH.

— Le chef comptable, il est compétent ? ai-je demandé sans même la saluer.

— Floyd ? Oui. Ça fait deux ans qu'il travaille ici et M. Cole est très satisfait de lui.

Elle m'a jeté un regard désapprobateur, comme si elle aurait préféré que je sois ailleurs. Moi aussi, j'aurais préféré être ailleurs.

— Je veux le voir. Tout de suite.

— Il y a un problème ?

J'ai refermé la porte sans lui répondre. Emilia m'attendait déjà dans mon bureau. Parfait. Elle avait fini par comprendre que ma patience avait des limites, même si j'avais besoin de sa coopération.

— Réserve un vol pour San Diego cet après-midi, ai-je aboyé. Et fais venir la limousine de mon père pour nous conduire jusqu'à Todos Santos.

Sans même lui accorder un regard, je me suis laissé tomber dans mon fauteuil, que j'ai fait rouler jusqu'à mon ordinateur en retroussant mes manches.

— Nous ? Il me faut le nom de la personne qui va t'accompagner, pour réserver.

Elle s'est mise à taper sur son appareil, avec un léger sourire aux lèvres.

— C'est toi, l'autre personne, ai-je répondu d'un ton égal.

Elle a relevé la tête, le regard droit sur moi.

— Je ne peux pas laisser ma sœur.

— Je crois me souvenir que tu étais d'accord pour ne pas discuter mes ordres, Emilia. Ne commence pas à me déclarer la guerre. Je suis bien armé.

— Mais je ne pensais pas que tes ordres m'obligeraient à laisser ma sœur toute seule. Elle est malade et…

— Ta sœur aura une infirmière pour s'occuper d'elle, l'ai-je interrompue. Et je vais aussi demander à quelqu'un de l'installer aujourd'hui dans votre nouvel appartement.

J'ai griffonné l'adresse de l'appartement, qui se trouvait dans le même immeuble que le mien, quelques étages plus bas. Il appartenait à la société et nous servait parfois à loger des employés en déplacement. En ce moment, personne ne l'occupait. Pour Emilia et sa sœur, il était largement assez grand.

— Un appartement bien chauffé, pour ton information, ai-je ajouté, en me souvenant du couloir glacial de son immeuble brownstone.

Elle était coincée, la petite Emilia. Obligée de m'obéir. Eh oui…

Elle a fourragé dans ses boucles mauves. Elle avait l'air complètement stressée et, sérieusement, ça m'a fait bander. Heureusement que j'étais planqué derrière le bureau.

— Je vais appeler Rosie pour en parler avec elle, a-t-elle murmuré en me fusillant du regard.

Putain, ces yeux…

Cette fille, on avait forcément envie de coucher avec elle. Entre ses yeux bleus, ses cheveux mauves et ses fringues multicolores, elle ressemblait à un petit arc-en-ciel.

— Je te rappelle que ta sœur n'est pas ton patron. Moi, oui. Tu ferais mieux de ne pas revenir avec la mauvaise réponse.

Je venais de me pencher de nouveau sur mon ordinateur, quand on a frappé à ma porte.

— Oui, ai-je crié.

Floyd est entré, avec son look Brooks Brothers.

— Vous vouliez me voir, monsieur Spencer, a-t-il bégayé tout en lissant nerveusement sa chemise blanche amidonnée.

Il avait la tête de quelqu'un qui a fait sur lui.

— Je vous laisse, a annoncé Emilia en se détournant.

— Reste, ai-je ordonné sèchement tout en me repoussant du bureau pour allonger les jambes.

Je m'étais toujours senti à l'aise devant les gens sans défense.

— Fermez la porte et asseyez-vous, Floyd. Vous aussi, mademoiselle LeBlanc.

Ils ont fait ce que je leur demandais et j'ai pris une profonde inspiration. Je sentais que j'allais bien m'amuser. Le moment était venu de rappeler à ce Floyd qu'on n'empiétait pas sur le territoire de son patron.

— Qui suis-je ? lui ai-je demandé.

Il s'est agité sur son siège en se massant la nuque et en jetant un regard inquiet du côté d'Emilia.

— Le P-DG de Fiscal Heights Holdings, a-t-il déclaré.

— Mauvaise réponse.

J'ai noué mes deux mains en me renversant sur le dossier de mon fauteuil et en me tapotant les lèvres du bout de mes index.

— Mademoiselle LeBlanc, qui suis-je ?

— Un sadique ? a-t-elle répondu tout en contemplant ses ongles.

Floyd a ouvert une bouche horrifiée. J'ai senti mon sang bouillonner dans mes veines, mais je me suis forcé à sourire. Au fond, je jubilais. J'adorais quand elle faisait sa peste.

— Faux, mademoiselle.

Je me suis tourné vers Floyd.

— À vous.

— Baron Spencer, a-t-il répondu.

— Mademoiselle LeBlanc ?

Elle allait sûrement m'envoyer paître, mais ça ne me dérangeait pas. Je savais où je voulais en venir et j'étais sûr d'y arriver.

— Le pire voisin du monde ?

Ce jeu commençait vraiment à me plaire.

— Floyd ? Dernière chance pour vous…

Le pauvre Floyd s'était mis à transpirer. Il avait l'air paniqué, abattu. Je savais que si Jaime, Dean et Trent apprenaient que je m'étais amusé à terroriser un comptable, ils allaient me le faire regretter. Mais ça n'aurait pas été la première fois qu'ils me tomberaient dessus pour avoir maltraité psychologiquement un employé.

— Vous êtes mon patron, a déclaré Floyd.

Enfin ! Ce n'était pas trop tôt.

Devant mon regard approbateur, il a cru bon de répéter, avec plus d'assurance :

— Vous êtes mon patron, monsieur Spencer.

— En effet, ai-je acquiescé en frappant mon bureau du plat de la main. Je suis votre patron.

Floyd a sursauté. Emilia n'a même pas tressailli.

— J'ai investi pas mal d'énergie et d'argent dans cette société, voyez-vous. Alors je ne permets pas à mes employés de flirter pendant les heures de bureau.

L'expression de Floyd a changé et j'ai vu passer dans son regard une lueur d'intelligence. Bon. Il avait compris où je voulais en venir : pas de coucheries entre employés.

Évidemment, ça ne valait pas pour les P-DG. Trent s'était même causé plusieurs fois des ennuis avec trois plaintes pour harcèlement sexuel en trois ans. Harcèlement sexuel… Tu parles… Les filles étaient toutes d'accord, seulement elles n'avaient pas apprécié de se faire larguer. Résultat : ça nous avait coûté très cher.

Pour en revenir à ce Floyd avec ses lunettes de hipster et son costume d'occasion Brooks Brothers : je voulais qu'il se tienne à distance d'Emilia, parce qu'il n'était pas question qu'il compromette mes projets avec elle.

— Est-ce qu'on se comprend ? ai-je demandé en les regardant l'un après l'autre. On ne mélange pas le travail et le plaisir.

— Monsieur ! s'est exclamé Floyd en prenant un air horrifié, comme si la simple idée de draguer au boulot lui paraissait scandaleuse. On ne faisait que discuter. C'est un malentendu. Millie me racontait qu'elle avait travaillé pour un comptable. Je lui parlais d'une série que je regarde en ce moment… *Arrow*… On sympathisait, c'est tout. En plus, j'ai quelqu'un dans ma vie.

Bien sûr qu'il avait quelqu'un dans sa vie. Et maintenant, Emilia était au courant. Parfait.

Elle ne disait pas un mot, mais j'ai bien vu que mon intervention l'avait agacée. Elle pinçait la bouche et serrait ses petits poings sous ses cuisses, comme pour se retenir de nous frapper tous les deux. Elle était très excitante. Si elle continuait à jouer les rebelles, j'allais la renverser sur mon bureau et la prendre, là, sur le plateau de verre.

— Bien, ai-je répondu à Floyd. Puisque vous avez l'air de comprendre mon point de vue.

Je l'avais suffisamment martyrisé pour aujourd'hui.

— Vous pouvez retourner dans votre bureau, monsieur…

— Hanningham, a répondu Floyd en hochant la tête avec empressement, comme un chien bien dressé. Je comprends parfaitement votre point de vue et ça ne se reproduira plus.

Il s'est dépêché de se lever et de sortir, comme s'il avait peur que je change d'avis et que je décide finalement de le virer.

Après son départ, je me suis penché sur mon ordinateur pour me remettre à travailler. Emilia était toujours là et regardait fixement l'agrafeuse, comme si elle était tentée de me planter des agrafes dans la poitrine. J'ai retenu un sourire.

Elle allait passer le week-end avec moi à Todos Santos et j'allais probablement la mettre dans mon lit.

— Tu as le don de me mettre hors de moi, a-t-elle déclaré brusquement.

— Oui, je sais, ai-je rétorqué d'une voix égale. Et ça m'excite. Tu ferais mieux de maîtriser tes regards assassins, si tu ne veux pas que je te prenne sur ce bureau avec les stores ouverts.

Je regardais toujours mon écran – j'aurais quand même voulu me remettre sérieusement à ce fameux rachat que je tenais à signer avant la fin du mois –, mais j'avais Emilia dans ma vision périphérique. Je l'ai vue pâlir. Elle était dingue de moi, le week-end s'annonçait bien !

— Tu es vraiment dégoûtant, a-t-elle murmuré en continuant à me dévisager avec une expression pas du tout dégoûtée.

Tout en faisant craquer ma nuque, j'ai ouvert mon navigateur pour vérifier les cours de la Bourse. Les tableaux de chiffres, ça avait le don de m'apaiser.

— C'est possible, ai-je répondu. Mais tu m'as dans la peau, et tu n'y peux rien.

Ses yeux ont brûlé de rage, et je me suis remis à bander encore plus, parce qu'elle était trop belle. J'allais bientôt coucher avec l'ex-petite amie de Dean, l'utiliser pour mes besoins personnels, et la jeter quand j'en aurais terminé. Elle l'avait bien mérité. Je ne lui avais pas encore pardonné d'avoir choisi Dean quand on était au lycée.

— Il me semble que tu viens de rappeler à Floyd qu'il ne fallait pas draguer au boulot, ni mélanger le travail et le plaisir, a-t-elle fait remarquer en se penchant vers moi par-dessus le bureau.

Mais quand son coude a accidentellement touché ma main, elle a reculé.

Je me suis penché aussi, pour la retrouver à mi-chemin au-dessus du plateau.

— Pour le plaisir, ce n'était pas la peine de t'adresser à Floyd, un type comme lui ne t'en aurait pas donné. Pense plutôt à t'adresser à moi. En plus, c'est un fan de *Arrow*, ai-je ajouté d'un ton méprisant, comme si c'était une raison suffisante de le virer.

Et à mes yeux, ça l'était.

— Tu sais ce que c'est ton problème, Vicious ? Avec moi, tu hésites entre la haine et l'amour. C'est pour ça que tu ne supportes pas qu'un homme m'approche.

Son aplomb m'a surpris. Elle avait pris de l'assurance, depuis le lycée…

À part ça, elle se trompait. Je savais exactement où j'en étais avec elle.

Je la méprisais et elle m'attirait physiquement. C'était pourtant simple…

— Mademoiselle LeBlanc, vous devriez aller faire votre valise et prévenir votre sœur. Je vous rappelle que vous prenez l'avion pour la Californie dans quelques heures.

8
Emilia

— Ce n'est pas une bonne idée de travailler pour Vicious, a commenté Rosie entre deux quintes de toux. Je trouve ça glauque. Il va sûrement te demander quelque chose en échange.

J'étais en train d'emballer nos affaires – ou plutôt de les entasser dans des sacs-poubelles.

Cet appartement allait me manquer. Le matelas se trouvait à moins de trente centimètres de la cuisinière et il y avait un creux de mon côté. On rangeait nos vêtements dans les placards du haut de la cuisine et il fallait sauter pour les atteindre.

Mais ça me faisait quelque chose de quitter l'endroit où j'avais vécu deux ans avec Rosie.

On y avait des tas de souvenirs plus ou moins heureux. On avait dansé en écoutant de la musique à fond, pleuré en regardant des séries B pourries et en se gavant de cochonneries jusqu'à l'écœurement. J'y avais peint plusieurs toiles que j'avais vendues. Rosie avait révisé les examens de sa première année d'école d'infirmière et j'avais passé des nuits entières à lui faire réciter les pavés qu'elle devait apprendre pratiquement par cœur.

À part ça, c'était petit, moche, sombre et humide. On quittait un trou à rat pour s'installer dans un immeuble de riches dans Manhattan, mais je n'arrivais pas à m'en réjouir vraiment. En échange de ce bel appartement et de mon gros salaire, Vicious attendait quelque chose de moi. Je n'étais pas tranquille.

Mais il n'était pas question que je l'admette devant Rosie.

— Ne t'en fais pas, Rosie… Il ne va pas me vendre pour la traite des blanches ni me demander de tuer quelqu'un.

J'ai ponctué cette déclaration d'un rire forcé, tout en roulant en boule une de mes robes pour la fourrer dans mon sac de voyage.

La limousine de Vicious n'allait pas tarder à arriver pour m'emmener à l'aéroport et j'avais intérêt à me dépêcher de finir mes bagages. Je m'étais déjà changée en enfilant à la hâte un legging noir en similicuir et un pull rose pom-pom girl – tenue destinée à montrer à mon patron que je ne faisais pas d'efforts pour lui et qu'il n'avait aucune chance avec moi. Parce que j'avais bien compris qu'il avait l'intention de profiter de ce week-end pour coucher avec moi. Eh bien c'était raté. Il aurait pu avoir sa chance dix ans plus tôt, mais à présent j'avais mûri et je savais à qui j'avais affaire.

Vicious ne cherchait pas une relation sérieuse, surtout pas avec moi. Il cherchait juste à détruire. À *me* détruire. Comme autrefois.

Mon sac de voyage étant terminé, j'ai continué à vider les placards de la cuisine en attendant l'arrivée de la limousine. J'avais décidé d'emporter les denrées non périssables – conserves, café, sucre. Pas de gaspillage. Vicious m'avait fait une avance sur salaire et il me payait bien, mais je me méfiais de lui. Il était capable de me virer sans préavis.

Contrairement à ce qu'il croyait, je n'étais ni naïve ni stupide. Tout en travaillant pour lui, j'allais chercher un autre emploi et quitter sa société le plus vite possible. Je gagnerais probablement moins que ce qu'il m'offrait, mais tant pis. Au moins, je n'aurais pas l'impression d'être enfermée dans une cage dorée avec un tigre affamé.

Rosie me suivait du regard, allongée sur notre matelas, tout en toussant dans du papier-toilette – elle toussait beaucoup.

— Franchement, Emilia, tu n'as pas peur ? a-t-elle repris. Je n'arrive pas à croire que tu aies accepté de travailler pour ce pourri après ce qu'il t'a fait. C'est la deuxième fois que tu te laisses acheter par lui. Tu n'as pas encore compris qu'il était dangereux ?

Je ne cachais rien à Rosie, elle était au courant de tout ce qui s'était passé dix ans plus tôt. D'un côté, elle n'avait pas tort, mais ça commençait à m'énerver qu'elle me fasse la morale. Après tout, si j'avais accepté ce travail, c'était en grande partie pour qu'elle puisse se soigner, se reposer, vivre dans un appartement sain et bien chauffé.

— Si tu as une meilleure idée pour régler nos problèmes d'argent, je t'écoute, ai-je marmonné.

— Peu importe notre situation financière, jamais je n'aurais accepté de travailler pour Baron Spencer, a répondu Rosie d'un ton buté.

— Tu dis ça, mais tu n'as pas refusé de l'embrasser quand il te l'a demandé, ai-je rétorqué en mettant un pot de confiture de fraises et un paquet de gâteaux dans le sac des sucreries.

C'était un coup bas, mais je n'avais pas pu m'en empêcher.

Rosie s'est remise à tousser.

— C'est une vieille histoire, a-t-elle protesté après avoir repris son souffle. Tu devrais arrêter de me jeter ça à la figure. J'avais quinze ans et il était super mignon.

Il est toujours super mignon. Et tu n'aurais jamais dû embrasser mon homme.

Oui, enfin, ça, je n'ai pas osé le dire à Rosie, parce qu'elle m'aurait fait remarquer que, justement, mon petit ami, c'était Dean à l'époque, et qu'elle ne pouvait pas deviner ce que je ressentais pour Vicious. Après cette soirée, elle l'avait poursuivi quelques jours comme un petit chiot affectueux – jusqu'à ce qu'il la jette en lui expliquant qu'il se souvenait à peine d'elle ce soir-là parce qu'il était complètement ivre.

Mais il n'était pas ivre. Il avait embrassé ma sœur pour me punir d'être sortie avec Dean. N'empêche qu'elle s'était bien amusée.

Je me suis sentie tout à coup moins coupable de l'abandonner tout le week-end avec une infirmière inconnue. Puis elle s'est remise à tousser et mon instinct protecteur a repris le dessus.

— Rosie, tu tousses quand même beaucoup. Tu es sûre que ça va aller ?

Elle m'a jeté un regard en biais, puis a levé les yeux au ciel.

— Oui, maman.

Elle était vraiment pâle, elle avait les yeux rougis, son nez et sa lèvre supérieure pelaient. Ce n'était pas raisonnable de l'abandonner à New York avec une inconnue. D'accord, elle avait vingt-cinq ans et elle était dégourdie, mais elle avait une infection pulmonaire sérieuse. Et aussi mauvais caractère. Je la savais capable de se disputer avec l'infirmière et de lui demander de partir.

— C'est gentil d'emballer mes affaires, a-t-elle murmuré en désignant d'un geste vague les sacs-poubelle et les cartons qui envahissaient la pièce.

Je l'ai rejointe sur le futon pour la prendre dans mes bras et elle a enfoui son visage dans mon cou.

— Hé, Millie…

— Quoi ?

— Ne retombe pas amoureuse de lui. Il t'a déjà fait beaucoup souffrir… Garde tes distances. Tu vaux mieux que lui, il ne te mérite pas.

J'allais lui répondre, quand l'interphone a sonné. Mon cœur a fait un bond, pourtant je savais que ce n'était pas Vicious qui m'attendait en bas, seulement son chauffeur.

— Je descends tout de suite, ai-je répondu dans l'interphone.

Mais quand j'ai regardé par la fenêtre et que j'ai aperçu l'homme en livrée posté devant une voiture noire luisante de propreté, j'ai eu le vertige. Tout allait beaucoup trop vite. Je venais à peine de commencer à travailler pour Vicious et je m'apprêtais déjà à passer un week-end avec lui à Todos Santos.

De plus, ce chauffeur me rappelait qu'on n'était pas du même monde. Il avait l'habitude d'être servi. J'étais fille de domestiques et ex-serveuse. Il m'appelait Conchita. Il me méprisait et ne s'en cachait pas.

J'ai ramassé mon sac de voyage en soupirant.

— Les déménageurs ne devraient pas tarder à arriver, ai-je lancé à Rosie. Tu n'auras à t'occuper de rien, ils savent déjà ce qu'ils doivent emporter. Ils mettront nos meubles dans un box.

J'avais pensé à protéger nos arrières : si on devait quitter précipitamment l'appartement où nous logeait Vicious, on ne serait pas obligées de se racheter des meubles.

— L'infirmière t'attendra dans le nouvel appartement. J'ai réservé un taxi qui viendra te chercher dans une heure. Tu trouveras tes médicaments dans le sac à dos.

J'ai désigné du menton le sac que j'avais préparé.

Rosie m'a jeté un drôle de regard, puis elle m'a lancé un oreiller à la tête.

— Essaye d'être un peu docile avec l'infirmière, ai-je recommandé.

— Désolée. Ce que tu me demandes est impossible. Je suis totalement indocile. Je suis programmée comme ça.

— N'oublie pas de prendre tes médicaments. Je t'ai laissé une liste de restaurants pour que tu puisses te commander à manger. J'ai mis du liquide dans ton porte-monnaie.

— C'est bon, Emilia. Arrête un peu. Tu vas bientôt me dire de ne pas oublier d'aller aux toilettes avant de me coucher.

Oui, j'étais surprotectrice, mais ça m'était égal qu'elle se moque de moi, je voulais être certaine que tout se passerait bien pour elle.

— Dis à maman que je suis devenue obèse et que je sors avec un motard qui s'appelle Rat, a déclaré Rosie en reniflant.

J'avais prévu de dormir chez nos parents et je me réjouissais d'avance de passer du temps avec eux. Je ne les avais pas vus depuis deux ans. Ils me manquaient.

— Pas de problème. Je lui annoncerai d'abord que j'attends des jumeaux et que je ne sais pas qui est le père, comme ça le motard passera comme une lettre à la poste.

Elle a ri, mais ça l'a fait tousser.

— Tu sais, je crois qu'elle serait ravie de devenir grand-mère, a-t-elle commenté en soufflant pour écarter une mèche de cheveux qui lui retombait sur les yeux. En tout cas, amuse-toi bien.

— Je pars avec Vicious. Avec lui, c'est amusement garanti.

— N'importe quoi. Avec lui, ce qui est garanti, ce sont les problèmes. C'est un con.

On a ri toutes les deux.

Après avoir attrapé mon sac de voyage, j'ai dévalé l'escalier en souriant aux anges. Je me sentais étrangement euphorique et j'ai tenté de me persuader que j'étais simplement ravie de changer d'air. Je n'avais plus peur de Vicious. Je me sentais de taille à le tenir à distance.

Grâce à ce travail, mes problèmes financiers étaient momentanément réglés.

J'avais toutes les raisons de me réjouir.

Je l'ai rejoint à l'aéroport.

Il m'attendait en faisant les cent pas sur le trottoir, dans son long manteau gris foncé ouvert sur un pantalon gris anthracite et un pull en cachemire assorti. Le froid glacial de New York teintait ses pommettes d'une nuance rose sombre et il tirait sur un joint.

Ça m'a un peu étonnée de voir qu'il fumait encore de l'herbe. Pour moi, c'était un truc d'ados et il avait vingt-huit ans… Et surtout, ça ne cadrait pas avec l'idée que je me faisais du P-DG d'une grosse entreprise. Mais bon.

En sortant de la limousine, j'ai été saisie par le froid. Je portais une veste de l'armée achetée aux fripes qui n'était pas assez chaude pour les hivers de la côte Est. Je me suis frictionné les bras en trépignant sur place pour me réchauffer. Vicious l'a remarqué, mais il ne m'a pas proposé son manteau.

— Tu n'es pas un peu vieux, pour ça ? ai-je demandé en fixant le joint avec insistance.

— Oui, je sais, tu n'approuves pas, mais je me fiche complètement de ce que tu penses, a-t-il répondu en recrachant un gros nuage de fumée.

Il m'avait toujours considérée comme une petite campagnarde naïve. Il y avait de ça, je dois l'avouer, et les années passées à New York n'avaient pas réussi à me pervertir. Je ne touchais pas à l'herbe ni à aucune autre drogue, je ne ponctuais pas toutes mes phrases de « putain » et de « merde ». Je rougissais quand on parlait explicitement de sexe en ma présence.

— C'est illégal, ai-je insisté. Tu pourrais te faire arrêter.

Je savais que la remarque l'agacerait, mais justement, j'adorais le provoquer. Ça me donnait l'impression – fausse – d'avoir sur lui une sorte de pouvoir.

— Toi aussi tu pourrais te faire arrêter, a-t-il rétorqué.

— Moi ? Ce n'est pas moi qui fume un pétard. Pourquoi on m'arrêterait ?

Il a éteint son mégot contre une poubelle – il avait les doigts bleus de froid – et l'a jeté sur le trottoir. Un chariot à bagages a roulé dessus en écrasant les restes d'herbe sur le béton. Vicious s'est penché vers moi, son corps tout près du mien, et j'ai retenu mon souffle pour ne pas respirer son odeur addictive. Et tant pis si j'étais au bord de l'asphyxie.

— Pour attentat à la pudeur, par exemple. Parce que tu m'excites. Et je parie que si je te saute dessus, tu ne pourras pas résister à mon charme.

Dingue… Il remettait ça… J'avais oublié que j'avais tout le temps envie de le gifler quand on était au lycée. Mais là, ça me revenait…

— Tu es avocat, Vicious… Tu devrais savoir que je pourrais te poursuivre pour harcèlement sexuel, avec ce genre de remarques. Tu joues avec le feu. Pourquoi ?

— Je n'en sais rien, a-t-il murmuré les sourcils froncés, tout en entrant dans le terminal.

Je lui ai emboîté le pas.

— Tu n'aurais jamais le courage de me poursuivre, Conchita, a-t-il lâché quand je suis arrivée à sa hauteur.

Pas de doute, c'était vraiment reparti comme au lycée. Franchement, ça ne m'étonnait qu'à moitié.

Après avoir passé les contrôles de sécurité, on s'est dirigés vers le salon privé de la classe business – évidemment on voyageait en classe business. Je portais mon gros sac et Vicious n'avait pas de bagages, rien que la sacoche de son ordinateur. J'essayais de ne pas me laisser distancer, mais entre ses grandes enjambées et le poids de mon bagage qui me ralentissait, j'avais du mal à suivre le rythme.

Il a jeté un coup d'œil à mon sac, puis il me l'a pris des mains avec un soupir exaspéré.

Ce n'était pas par galanterie. Il avait simplement peur qu'on rate l'avion.

L'aéroport JFK était bondé. La neige avait ralenti le trafic aérien et les tableaux électroniques autour de nous ne cessaient d'annoncer de nouveaux retards qui s'affichaient en lettres blanches. Avec cette foule compacte, le personnel de sécurité était sur les dents, mais quelque chose de l'esprit de Noël flottait dans l'atmosphère.

J'ai jeté un regard en biais du côté de Vicious.

— Je crois que c'est le moment de se mettre d'accord sur quelques règles de base, ai-je déclaré fermement. Je n'ai pas l'intention de sortir avec toi et j'aimerais que tu cesses de menacer les hommes qui m'adressent la parole. Floyd, par exemple.

— Moi non plus, je n'ai pas l'intention de sortir avec toi, Conchita. J'ai envie de te baiser et je sais que c'est réciproque, alors garde ton cinéma pour toi. Deuxièmement, en ce qui concerne Floyd, je ne regrette rien. Vous êtes tous les deux mes employés, alors si vous vous tripotez dans les toilettes, ça me regarde.

On venait d'arriver dans le salon qui devait nous tenir lieu de salle d'attente et je suis entrée sans un mot, la tête haute. Mais j'avais les joues en feu – de rage et de honte. Je ne supportais plus la grossièreté de Vicious. Et plus il voyait qu'il me perturbait, plus il en rajoutait, bien sûr.

— Troisièmement : je t'ai rendu un grand service en écartant Floyd, parce que ce type est une petite merde.

Il s'est dirigé vers deux fauteuils inclinables disposés face à face et on s'est assis. L'endroit était très classe. On servait du café, de quoi manger, de l'alcool. C'était la première fois que je mettais les pieds dans un lounge d'aéroport et tout était nouveau pour moi. J'avais l'impression de me retrouver dans un univers dont je ne connaissais ni la langue ni les codes. J'aurais voulu manger quelque chose, mais je n'ai pas osé demander. Quant à Vicious, il regardait tout ça d'un air blasé.

— Quatrièmement, tu ne voudrais quand même pas t'appeler Hanningham, a-t-il conclu.

C'était tellement grotesque que j'ai éclaté d'un rire nerveux. Je crois que je commençais à stresser à l'idée d'aller à Todos Santos. J'étais ravie de rendre visite à mes parents, mais il y avait des tas d'autres personnes que je redoutais de croiser.

Et une, en particulier…

— Est-ce que Dean sera là ? Il vit toujours à Todos Santos ?

Vicious a eu ce tressaillement nerveux de la mâchoire qui trahissait chez lui une contrariété. J'ai vu ses mains se crisper sur les accoudoirs de son fauteuil.

— Dean est à Los Angeles, a-t-il répondu en jetant un coup d'œil à sa Rolex.

Un peu soulagée, je me suis calée dans mon fauteuil en fermant les yeux. J'avais gardé un pied chez McCoy's pour ne pas dépendre uniquement de Vicious et j'y avais travaillé la veille au soir, aussi j'étais épuisée et espérais dormir un peu dans l'avion – pour me reposer autant que pour éviter de faire la conversation à mon désagréable compagnon.

Je sentais en ce moment son regard sur moi et ça me donnait chaud. Il avait raison. J'avais envie de coucher avec lui. Mais il y avait bien pire. En sa présence, j'avais une drôle de sensation au niveau du ventre, comme si de petits papillons voletaient là-dedans. Mais je n'allais pas craquer pour autant. Je n'aurais jamais pu me satisfaire d'un coup d'un soir, et surtout pas avec Vicious – non et cent fois non.

On avait un passif trop lourd, tous les deux. J'avais été amoureuse de lui. Je l'avais détesté. J'avais souffert. Je n'avais pas envie que ça recommence.

— Où sont les deux autres, Jaime et Trent ? ai-je demandé sans ouvrir les yeux.

J'avais fait mes recherches : je savais que les Hot Heroes étaient partenaires de FHH, que la compagnie possédait quatre succursales, que Vicious s'occupait de celle de New York, puisqu'il m'y avait engagée, que Dean était à Los Angeles – ça, je venais de l'apprendre et ça m'avait d'ailleurs étonnée parce que Dean adorait New York et parlait déjà de s'y installer quand nous étions adolescents. C'était Vicious, qui avait toujours préféré les paillettes et les faux-semblants de Los Angeles. Étant totalement cynique, il fuyait l'honnêteté sans fard d'une ville comme Manhattan.

— Dean était à New York il y a encore deux semaines, je le relaie provisoirement, m'a répondu Vicious. Je ne sais pas encore quand on reprendra nos postes d'origine, mais quand ce sera le cas, je retournerai à Los Angeles. Trent est à Chicago et Jaime à Londres.

OK. Là, je comprenais mieux…

— Vous échangez souvent vos affectations ?

Il a haussé les épaules.

— Environ deux fois par an.

— Ce n'est pas très pratique, ai-je marmonné.

— J'apprécie cette critique argumentée, surtout venant d'une personne qui gagnait sa vie en servant de la bière.

Bon. Il n'y avait vraiment pas moyen de discuter avec lui sans se faire rembarrer, aussi je me suis enfermée dans un silence boudeur. Pour m'occuper l'esprit, je me suis mise à observer les passagers qui nous entouraient – rien que des femmes élégantes et des hommes en costume. Des riches.

Pas comme moi.

— En général, on n'échange pas nos places plus d'une semaine, a soudain lancé Vicious. Ce sont des circonstances particulières qui m'ont retenu à New York.

Au lieu de répondre, j'ai haussé les épaules.

— Ça fait longtemps que tu soutiens ta sœur financièrement ?

Il n'y avait plus l'ombre d'un sarcasme dans sa voix et ça m'a frappée, parce que c'était très inhabituel chez lui. Apparemment, il essayait de se faire pardonner sa dernière pique. J'ai donc fait un effort moi aussi et répondu du bout des lèvres, sans le regarder :

— Trop longtemps. Est-ce que Jaime est toujours avec cette prof, Mme Greene ?

J'ai aussitôt regretté ma question, parce que après tout, ça ne me regardait pas. En fin de terminale, Jaime était sorti avec notre professeure de littérature. Leur relation avait créé un véritable tsunami dans le lycée, qu'ils avaient dû quitter tous les deux.

Vicious a soupiré bruyamment et je n'ai pas eu besoin d'ouvrir les yeux pour savoir que c'était un oui.

— Ils se sont mariés. Ils ont une petite fille, Daria. Elle ressemble à sa mère, heureusement.

Cette remarque m'a fait sourire.

— Comment va-t-il ? ai-je demandé.

Mieux valait parler de Jaime que de Dean.

— Plutôt bien. Dans notre groupe, il joue le rôle de l'adulte responsable. Il nous fait la morale quand on déconne trop.

Sa franchise m'a radoucie, j'ai tourné la tête vers lui.

— Vous vous êtes toujours très bien entendus, tous les quatre.

Il a eu un sourire amer et a haussé les épaules.

— Jusqu'à ce que tu t'en mêles.

Ça ne sonnait pas comme un reproche, plutôt comme une simple constatation. Une foule de questions me brûlaient les lèvres. *Pourquoi moi ? Pourquoi tu t'intéressais tant à moi ? Qu'est-ce que ça pouvait te faire que je sorte avec Dean ?* Au lycée All Saints, Vicious était un dieu parmi les dieux. Il était beau, riche, il jouait dans l'équipe de foot du lycée. Jamais je n'aurais dû apparaître sur son radar. Dean était plus facile à vivre, plus joyeux, et je comprenais pourquoi il avait eu besoin de fréquenter quelqu'un comme moi. Mais Vicious m'avait toujours méprisée.

J'ai été soulagée quand on nous a appelés pour embarquer et encore plus quand j'ai vu qu'on nous faisait monter dans l'avion avant tout le monde. On devait atterrir à San Diego, à une demi-heure de voiture de Todos Santos, ce qui, avec le décalage horaire, nous ferait arriver en fin d'après-midi.

Dès que je me suis assise dans mon fauteuil, je me suis calée contre l'appui-tête. C'était très confortable, j'ai fermé les yeux.

Peu après le décollage, j'ai soulevé une seconde les paupières pour observer Vicious. Il regardait l'écran de son ordinateur, mais je sentais toute son attention portée vers moi.

— Merci pour l'appartement, ai-je murmuré. C'est génial, pour Rosie. Le nôtre était très humide.

Sa mâchoire a tressailli, mais son regard n'a pas quitté le document qu'il était en train d'éplucher.

— Rendors-toi, Conchita.

Ça tombait bien, j'avais sommeil.

9
Vicious

Ma voisine aux cheveux mauves dormait profondément. Pas moi.

Depuis l'âge de treize ans, j'étais complètement insomniaque.

À vingt-deux ans, j'avais consulté un psy pour tenter de régler le problème. D'après lui, je refusais inconsciemment de dormir pour ne pas affronter des rêves se rapportant à mon passé. Il m'avait proposé une thérapie à raison de deux séances par semaine. Deux mois m'avaient suffi pour comprendre que je perdais mon temps. J'avais aussitôt cessé de le voir.

Depuis, je m'étais résigné. L'insomnie faisait partie de ma vie et je la gérais comme je pouvais. Pour occuper mes nuits blanches, je travaillais tard le soir au bureau. Ensuite, plutôt que de rentrer chez moi avec la perspective de m'agiter dans mon lit comme un junkie en manque, je filais dans un gymnase ouvert vingt-quatre heures sur vingt-quatre pour faire de l'exercice. Quand je n'en pouvais plus, je rentrais chez moi, la mort dans l'âme.

Parfois je lisais un roman policier – en général le dernier best-seller – ou bien l'autobiographie d'un personnage public qui m'intéressait.

D'autres fois, j'invitais une femme chez moi. On baisait, puis je la congédiais. Quand elle était sympa, on parlait un peu. Le minimum.

En ce qui concernait mes relations avec les femmes, j'appliquais des règles strictes.

Pas de dîners. Pas de rendez-vous. Je ne me déplaçais pas. On faisait à ma manière, ou pas du tout. Celles que ça intéressait savaient où me trouver. Les autres allaient voir ailleurs.

Le matin, je me douchais et me rasais comme quelqu'un qui sort du lit après une bonne nuit de sommeil. J'arrivais au boulot avec un air faussement reposé. Le soir, je reprenais mes rituels.

Quand j'avais passé plusieurs nuits d'affilée sans fermer l'œil, je passais par ce que j'appelais le « stade zombie », une sorte d'état second plus ou moins long durant lequel je marchais au radar. Puis je tombais comme une masse et je dormais, parfois pendant vingt-quatre heures.

Je n'avais jamais parlé à personne de mes insomnies. Mes failles, je les gardais pour moi.

Comme mes sentiments. Car contrairement à ma réputation, je n'étais ni un monstre ni un psychopathe indifférent à tout. J'aimais des tas de choses. Mes amis. Les Raiders. Mon métier d'avocat. Conclure des affaires lucratives. Voyager. Faire de l'exercice. Et baiser.

Oh oui, baiser, j'aimais vraiment ça.

J'ai jeté un regard du côté d'Emilia qui continuait à dormir profondément dans son fauteuil. Merde… Ce qu'elle pouvait être belle… J'ai profité de ce qu'elle dormait pour l'observer tranquillement. J'adorais ses lèvres. Et son corps.

J'ai essayé de m'intéresser à cette putain de fusion pharmaceutique, mais impossible de me concentrer, mon regard revenait sans cesse sur Emilia.

À un moment donné, j'ai remarqué qu'elle avait la chair de poule et j'ai demandé à l'hôtesse une couverture.

Ensuite, je suis encore resté un bon moment à la regarder dormir. Merde, pourquoi je me comportais en amoureux transi, puisque je n'étais pas amoureux d'elle ? De plus, c'était contraire à toutes mes règles.

C'était sûrement parce que je mourais d'envie depuis longtemps de la mettre dans mon lit et qu'avec ce qu'elle m'avait dit dans le lounge, j'avais compris que ce ne serait pas si simple. Je l'avais un peu trop bousculée et ça lui avait rappelé de mauvais souvenirs. J'avais peut-être gâché mes chances avec mes conneries…

Sans compter que les filles de Virginie ne couchaient pas facilement, d'après ce qu'on disait. Emilia vivait depuis longtemps à New York, mais elle était restée une fille de la campagne, toute simple et naïve ; c'était d'ailleurs ça qui me plaisait chez elle. Pas le genre à s'inscrire sur le site de rencontres Tinder pour enchaîner les amants…

Arrête un peu ton cinéma. Tu as des trucs plus importants à régler.

Je m'apprêtais à livrer une bataille sanglante avec Jo. Emilia était là pour m'aider, pas pour me distraire de mon objectif premier.

Donc…

Nous avons atterri au coucher du soleil, en coupant à travers un ciel violacé, un peu de la même couleur que les cheveux d'Emilia. En sortant de l'aéroport, j'ai eu un moment d'euphorie. L'heure de la vengeance avait sonné.

Cliff, le chauffeur de la famille, nous attendait déjà devant la sortie du terminal, adossé à sa limousine noire. Il s'est précipité pour décharger Emilia de son gros sac qu'il a mis dans le coffre – mes bagages à moi étaient partis la veille à Todos Santos. Dans la voiture, il n'a pas arrêté de parler en débitant des plaisanteries auxquelles je n'ai pas prêté la moindre attention. Près de moi, Emilia demeurait silencieuse, mais jetait les yeux de tous côtés, comme si elle avait besoin de se rassasier du paysage.

Pauvre comme elle était, elle ne devait pas venir souvent rendre visite à ses parents.

Se souvenant sans doute que je n'étais pas un moulin à paroles comme ma belle-mère, le chauffeur a fini par se taire et je n'ai même pas eu besoin de relever la vitre entre nous. J'ai profité du trajet pour réfléchir, tandis qu'Emilia continuait à regarder le paysage, comme si je n'étais pas là. En se réveillant avec la couverture sur elle, elle n'avait pas fait de commentaire – pas même un vague merci. Elle avait visiblement décidé de garder ses distances avec moi.

Mais j'avais des soucis plus importants. J'allais enfin dévoiler mes projets à mon père.

Cliff s'est arrêté devant le garage – un garage immense, démesuré, avec de la place pour huit voitures – et a sorti du coffre le sac d'Emilia.

— Bon, je vais m'installer chez mes parents, a-t-elle déclaré en montrant du pouce l'appartement des domestiques. Ils vont être contents de me voir, ça fait longtemps que je ne suis pas venue.

Le ton accusateur laissait entendre que j'avais ma part de responsabilité dans l'affaire.

— J'espère que ma mère n'est pas dans votre cuisine, a-t-elle soupiré. Mais si c'est le cas, serai-je autorisée à entrer dans la grande demeure des maîtres ?

Elle se moquait de moi ou quoi ? Qu'est-ce que c'était que ce ton ironique ? Ce n'était pas moi qui leur avais attribué l'appartement des domestiques et j'aurais même préféré qu'ils habitent le manoir, vu que j'étais tout le temps seul. Mais Josephine, avec son snobisme ridicule, n'aurait jamais accepté. Bien sûr, si je l'avais dit à Emilia, elle ne m'aurait pas cru. Jo passait pour quelqu'un de sympa, elle avait bien travaillé son personnage.

— Je viendrai te chercher à 8 heures, ai-je déclaré.

— Demain matin ?

— Ce soir. J'ai un rendez-vous important avec mon avocat et j'ai besoin de toi pour prendre des notes.

C'était un peu plus compliqué que ça et j'aurais voulu tout lui expliquer en détail dans l'avion, mais elle avait dormi du début à la fin.

En tout cas, elle n'a pas tiqué. Un rendez-vous avec mon avocat, ça devait lui sembler plausible. Elle m'a adressé un sourire poli.

Elle commençait à se sentir en confiance avec moi. J'ai eu pitié d'elle.

— Je vais dîner avec mes parents, a-t-elle déclaré. On se retrouve après.

Elle a serré son sac contre sa poitrine et s'est éloignée sur le chemin pavé menant au bâtiment réservé aux domestiques, tandis que je me dirigeais vers la double porte en fer de la froide demeure dans laquelle j'avais autrefois vécu.

Avant de disparaître au coin, j'ai tourné la tête pour la regarder.

Quand sa mère lui a ouvert la porte, elle s'est jetée dans ses bras en poussant des cris de joie. Son père est arrivé en riant de plaisir. Puis ils se sont mis tous les trois à pleurer et à rire en même temps.

Quand j'ai poussé la porte du manoir, elle s'est ouverte sur le silence. Il n'y avait apparemment personne pour m'accueillir. Mais ce n'était pas nouveau.

Ma belle-mère était probablement retournée à Cabo avec ses amies. Tant mieux. Quant à mon père, il devait être en haut, dans son lit, en train de mourir lentement des séquelles de sa dernière crise cardiaque, la troisième en cinq ans.

Cette fois, son cœur froid et méchant allait perdre la bataille.

On était tous destinés à mourir et ça m'avait toujours surpris de constater à quel point certains se démenaient pour retarder l'ultime instant. En ce qui concernait mon père, j'étais tranquille, il n'allait pas le retarder encore longtemps. Raison pour laquelle il était urgent que je lui parle.

Je n'avais pas pitié de lui. Pas plus qu'il n'avait eu autrefois pitié de ma mère.

Mon père avait eu une santé de fer jusqu'à ses soixante-huit ans et ensuite il avait fait ce qu'il fallait pour durer le plus longtemps possible. Après sa première crise cardiaque, il avait arrêté le tennis et le golf, réduit les cigares.

Mais ses péchés le rattrapaient.

Il allait bientôt être puni pour la mort de Marie Spencer. Comme les autres.

Daryl Ryler était mort depuis longtemps.

Baron Spencer père ne tarderait pas à le rejoindre.

Josephine Ryler Spencer n'aurait pas un sou pour vivre. Rien.

— Papa ? ai-je appelé depuis le hall d'entrée.

C'était plutôt pour m'annoncer qu'autre chose, puisqu'il avait perdu l'usage de la parole depuis un AVC – après sa deuxième crise cardiaque. Deux infirmiers se relayaient pour s'occuper de lui, car il était paralysé. C'est à peine s'il pouvait remuer un doigt pour montrer ce qu'il voulait ou ce dont il avait besoin. Juste retour des choses... Quand ma mère était devenue tétraplégique, il s'était plaint d'être marié à un légume. À présent, c'était lui le légume.

J'ai lâché ma sacoche dans l'entrée. Il faisait sombre, comme si tous les rideaux du rez-de-chaussée étaient tirés. C'était vraiment lugubre.

— Je monte, papa, ai-je lancé en grimpant l'escalier.

Quand je suis entré dans sa chambre, il n'y était pas. Je suis redescendu pour aller voir dans la bibliothèque, laquelle était déserte. Devant le bureau en chêne, je me suis arrêté pour caresser le plateau. Cette pièce avait été autrefois la préférée de ma mère et je venais souvent l'y rejoindre. Je m'asseyais près d'elle sur le canapé et on se regardait en souriant, sans dire un mot. Puis elle me lisait une histoire.

Après l'accident de voiture qui l'avait rendue tétraplégique, le rituel avait changé. On se souriait toujours en silence, mais elle restait dans son fauteuil et c'était moi ensuite qui la distrayais en lui lisant à voix haute *Les Quatre Filles du docteur March* ou *Les Hauts de Hurlevent*.

Quand elle était morte, Jo et papa avaient délaissé cette pièce. Mais ensuite Daryl Ryler, le frère jumeau de Jo, l'avait à nouveau investie, mais pour un tout autre usage.

Pour me punir.

Après tout ce qu'il m'avait fait subir dans cette bibliothèque, j'aurais dû la haïr. Mais pour moi, elle restait imprégnée du sourire de ma mère et c'était à ça que je pensais quand j'y entrais.

Pas à Daryl qui me cognait avec sa main couverte de bagues, jusqu'à ce que mon torse soit couvert d'entailles et d'ecchymoses. Ni aux mensonges de Jo pour justifier mes jambes en sang.

La tête baissée, j'ai contemplé mes mains posées sur ce bureau. Cette position, je ne la connaissais que trop bien. C'était celle que m'imposait Daryl quand il me punissait.

J'ai eu un vertige, signe que le sommeil allait bientôt me rattraper – probablement ce soir ou demain matin. Il fallait en tout cas que je tienne jusqu'au rendez-vous de ce soir avec mon avocat…

Et au fait… je devais absolument annoncer à Dean que j'avais embauché Emilia, avant qu'il ne l'apprenne de la bouche de son père. J'ai composé son numéro en soupirant. Il allait mal le prendre…

— Pourquoi tu m'as envoyé Sue ici ? a-t-il demandé en guise de bonjour, d'un ton exaspéré.

Je me suis adossé à mon fauteuil.

— J'ai pensé que ça te ferait plaisir. Tu ne la sautes pas ?

— Si, je la saute. Mais tu aurais dû me prévenir. Elle m'a surpris avec une fille et j'ai eu droit à une scène.

Quand il me racontait des choses pareilles, je me sentais un peu moins coupable d'avoir provoqué sa rupture avec Emilia. Franchement, elle n'avait rien à faire avec Dean. D'un autre côté, je ne valais pas mieux que lui. À part Jaime, les Hot Heroes n'étaient pas des mecs recommandables pour une jeune femme sérieuse.

— Tu lui as fait signer un contrat plein d'avenants sans me consulter, ai-je rétorqué. Qu'est-ce qui t'a pris, espèce de pervers sexuel ? Qu'est-ce qui t'es passé par la tête ?

— Je me souviens surtout de ce qui se passait dans mon caleçon.

Il a ri. Il n'y avait vraiment rien à en tirer dès qu'il s'agissait de sexe.

J'ai soupiré, en secouant la tête.

— On en reparlera pendant notre prochaine réunion mensuelle, ai-je promis.

Il a ri encore plus fort.

— J'ai tellement peur que je fais dans mon froc. Mais du coup tu as qui, comme secrétaire, à New York ? Tu as viré la peste qui travaillait ici, je l'ai vue emballer ses affaires.

Il avait raison à propos de Tiffany, mon ancienne secrétaire. C'était vraiment une peste, un véritable poison – pas avec moi, bien entendu, mais avec ses collègues. Au bureau, elle avait toujours été détestée. Personne n'avait dû la regretter.

— J'ai embauché une nouvelle secrétaire, ai-je répondu.

— Je m'en doute, a ricané Dean. Laisse-moi deviner. Une vieille, avec beaucoup d'expérience, des cheveux gris et des photos de ses petits-enfants partout sur le bureau ?

J'ai entendu un bruit de chasse d'eau, puis de fermeture Éclair. Il venait d'aller aux toilettes, tout en me parlant. C'était tout Dean.

— J'ai bien une nouvelle secrétaire, mais elle n'a pas les cheveux gris. Ses cheveux, ils sont mauves.

J'ai marqué un temps de pause.

— C'est Emilia LeBlanc, ai-je enfin lâché.

Puis j'ai attendu sa réaction.

Il n'en a eu aucune.

Au bout de vingt secondes de silence total, j'ai craqué.

— Allô ?

J'ai entendu la tonalité. Il m'avait raccroché au nez.

Le salaud.

10
Emilia

J'avais tenu à inviter mes parents à manger et ils avaient choisi un restaurant de la marina, La Belle, qui se trouvait sur un bateau. Il était un peu trop huppé à mon goût et surtout il me rappelait Vicious – parce que ce malade y avait mis le feu, tous les élèves du lycée l'avaient su.

Le décor n'était pas trop mal, les nappes encore plus blanches que dans la pub pour la lessive Tide et la carte avait l'air sympa. J'ai décidé de ne pas penser à Vicious et de profiter de ce moment en famille.

On a commandé une bouteille de vin et des entrées, luxes que je pouvais maintenant m'offrir avec mon nouveau salaire. Ils m'ont parlé des changements au manoir. Deux infirmiers s'occupaient du vieux M. Spencer qui était très malade, pour ne pas dire mourant. Quant à Josephine, elle était de plus en plus rarement à la maison car elle voyageait la plupart du temps. Mes parents avaient moins de travail qu'autrefois, surtout maman qui s'occupait de l'intérieur de la maison. Elle avait d'ailleurs pris de l'embonpoint, signe qu'elle se démenait moins. Papa, lui, était l'homme à tout faire. Il nettoyait la piscine, s'occupait du jardin, réparait ce qui était cassé, changeait ce qui n'était pas réparable. Il avait la peau burinée par le soleil de ceux qui travaillent en plein air, le corps sec et musclé de quelqu'un qui se dépense physiquement. Mais en l'absence de Josephine, son rythme était quand même plus tranquille.

Ils avaient l'air heureux.

Puis, évidemment, on en est venus à évoquer ma toute nouvelle situation.

— Alors tu travailles avec le fils Spencer, maintenant ? a brusquement demandé maman avec un sourire plein de sous-entendus qui m'a déplu. Raconte-nous un peu ce que tu fais.

— Il n'y a pas grand-chose à raconter. Il avait besoin d'une assistante et moi d'un travail. On s'est rencontrés par hasard et il a trouvé tout naturel de m'embaucher.

Je n'ai pas été jusqu'à dire qu'il était un vieux copain. Je n'allais pas mentir à ce point-là.

J'ai omis également de mentionner qu'il avait besoin de moi pour une tâche particulière et vaguement louche, mais qu'il n'avait pas encore daigné me dire quoi exactement.

Ni qu'il avait déjà menacé deux fois de me virer.

Et surtout, je ne leur ai pas raconté qu'il parlait de me « sauter » dans son bureau.

— C'est un garçon distingué, a déclaré ma mère avec un claquement de langue approbateur.

Elle n'avait pas été élève du lycée All Saints en même temps que lui, sinon elle n'aurait pas dit ça. Et ce n'était pas elle non plus qui avait dû supporter son mépris.

— Je suis étonnée qu'il ne soit pas encore marié. Mais je suppose que c'est normal. Quand on est jeune et aussi riche que lui, on n'a que l'embarras du choix. Il ne se presse pas, il a raison.

Elle s'est interrompue pour boire une grande gorgée de vin.

— Moi, il ne m'a jamais plu, ce garçon, a soudain commenté papa.

C'était la première fois qu'il exprimait à voix haute son opinion sur Vicious.

— Ah bon ? Pourquoi ? ai-je demandé d'un air détaché, tout en me versant un autre verre pour calmer mon stress.

J'allais être soûle en rentrant, mais ça m'était égal.

— C'est un garçon à problèmes. Et il méprise tout le monde.

Il a pincé les lèvres avec une moue désapprobatrice.

Mon père disait rarement du mal des gens et s'il émettait un jugement aussi catégorique et négatif, il avait forcément une bonne raison de le faire. Vicious avait dû se montrer grossier avec lui. J'aurais voulu creuser le sujet, mais je savais que je n'avais pratiquement aucune chance d'obtenir des réponses. Papa n'était pas du genre à se laisser aller à des ragots.

J'ai payé l'addition sans tenir compte des protestations de mes parents et on est rentrés à la maison. Je ne pouvais pas me coucher puisque je devais aller avec Vicious chez son avocat, mais je me suis quand même allongée pour me reposer.

Ma chambre était telle que je l'avais laissée dix ans plus tôt. Décorée de posters d'Interpol et de Donnie Darko. Et d'une fresque de cerisiers en fleur dont les couleurs avaient légèrement terni – c'était ce que j'aimais avec les peintures à l'huile, elles vieillissaient avec vous. Il y avait aussi quelques photos de moi et de Rosie. Cette chambre reflétait assez fidèlement mes années d'adolescence. Il n'y manquait qu'une immense photo de Vicious en train de me broyer le cœur jusqu'à le faire saigner.

Je me suis jetée sur le boutis rose à fleurs qui couvrait mon lit – celui que ma grand-mère avait cousu pour moi. Assommée par le vin, je n'ai pas tardé à m'endormir.

Quand je me suis réveillée, Vicious était debout sur le seuil de ma chambre. Ça m'a fichu une peur bleue, je ne m'attendais pas à le voir. Il n'avait apparemment toujours pas appris à frapper aux portes.

Moi, je devais demander la permission de pénétrer dans son espace, mais lui, il faisait irruption dans le mien sans s'annoncer – comme quand il avait débarqué au McCoy's.

En plus de ça, il était énervé.

Il croyait vraiment que tout lui était dû.

— C'est l'heure, a-t-il déclaré, les mains dans les poches, en me montrant son profil.

Il avait l'air sur les nerfs. Pour de bon. Ce n'était pas le moment de faire de la provocation.

Je me suis levée en attrapant mon sac sur la table de nuit, encore à demi endormie. J'avais la bouche sèche à cause de l'alcool. Vicious m'a observée approcher avec son expression glaciale de psychopathe et un drôle de regard qui m'a donné l'impression de me retrouver devant le lycéen arrogant et prétentieux qui me considérait comme une proie potentielle, mais n'avait pas encore décidé si j'étais assez bonne pour lui servir de repas.

Je me retrouvais dans la peau de la fille des domestiques, celle qui l'aimait en secret, tout en le détestant ; celle qui aurait voulu qu'il l'aime, ou au moins qu'il la laisse en paix et qu'il cesse de la faire souffrir.

Je me suis arrêtée sur le seuil et j'ai attendu. Je voulais qu'il s'écarte, pour ne pas risquer de l'effleurer.

— Tu me laisses passer ? ai-je demandé.

Il m'a balayée des pieds à la tête d'un regard indolent avant de me fixer droit dans les yeux. Puis il a eu un petit sourire provocateur, comme pour me mettre au défi de l'obliger à bouger de là.

Mais moi, j'avais décidé d'attendre.

— Tu te souviens d'Eli Cole ? a-t-il demandé.

Bien sûr que je m'en souvenais. C'était le père de Dean. Un avocat spécialisé dans le divorce, qui ne prenait que des clients fortunés, mais aussi un homme qui avait toujours posé sur moi un regard bienveillant quand je sortais avec Dean. Eli Cole était un être doux et chaleureux, comme son fils.

J'ai fait signe que oui de la tête.

— Pourquoi ?

— C'est avec lui qu'on a rendez-vous. J'ai besoin que tu aies l'esprit clair. Est-ce que tu es soûle ?

La question était vexante, mais je me suis contentée de hausser un sourcil et de lui offrir un sourire crispé.

— Vicious ! Pas devant les enfants, voyons !

Il n'a pas eu l'air d'apprécier la plaisanterie. Son visage s'est fermé et il s'est écarté pour me laisser passer. J'ai senti son regard me brûler le dos quand il a murmuré :

— Rien à foutre des gosses. Ce qui m'intéresse, c'est ton cul.

Dans la voiture, Vicious a demandé au chauffeur de remonter la vitre qui nous isolait à l'arrière. J'en ai déduit qu'il avait l'intention de me parler du rendez-vous, mais je n'ai rien demandé. J'ai regardé défiler les boutiques, les galeries d'art et les spas de la rue principale. Tout était noyé dans le brouillard coloré des guirlandes lumineuses de Noël. J'avais trop de souvenirs tristes et vides dans cette ville. Du bout des doigts, j'ai essuyé la condensation sur ma vitre en esquissant les traits d'un visage de femme. Avec les gouttes de pluie qui coulaient sur la vitre, on aurait dit qu'elle pleurait.

Je me suis tournée vers Vicious et sa beauté m'a frappée. Il avait comme toujours une classe folle, surtout dans cette belle limousine. Je m'étais changée avant d'aller au restaurant pour faire honneur à mes parents, mais ma robe rétro en velours bleu, mes collants argentés et mes bottes de cow-boy détonnaient dans ce décor.

Il pleuvait de plus en plus fort, le trafic était dense, les pauvres piétons qui essayaient de faire leurs courses de Noël couraient d'auvent en auvent sous la pluie.

Le silence commençait à me peser et j'avais besoin de savoir ce qu'on allait faire chez un avocat spécialiste du divorce.

— Tu es en train de divorcer ? ai-je demandé.

— En quelque sorte, a-t-il répondu d'un ton vague tout en continuant à fixer le paysage d'un air dur et méprisant.

Il détestait cette ville autant que moi, ça se lisait sur son visage. Je me suis demandé pourquoi. Moi j'avais souffert, on s'était moqué de moi, j'avais été mise à l'écart. Mais lui, il avait vécu comme un roi au lycée et dans sa belle maison.

— Tu veux me parler de ta femme ? ai-je demandé posément.

J'essayais de cacher mon trouble, mais j'avais le cœur serré. Il était marié…

Il s'est mis à rire en secouant la tête et j'ai fermé les yeux. Il allait encore me briser le cœur.

Non…

— Il s'agit bien d'une femme, mais pas de *ma* femme. Je vais divorcer de Josephine. Mon père va mourir d'un jour à l'autre. Je dois protéger mon patrimoine de cette aventurière.

J'en suis restée bouche bée.

— Je ne comprends pas, ai-je murmuré.

J'avais le pénible pressentiment qu'il voulait me mêler à sa guerre avec Josephine. Sauf que je ne pouvais pas me permettre de faire la guerre à la femme qui employait mes parents. Il avait réfléchi à ça ?

— Personne ne sait ce que contient le testament de mon père. Jo voudrait une partie de la fortune des Spencer. Elle va avoir un réveil difficile, parce que testament ou pas, je compte la dépouiller de tout.

— Qu'est-ce qu'elle voudrait ?

Il a haussé les épaules.

— Elle dit qu'elle se contenterait du manoir et d'une rente, mais elle va essayer de ramasser le maximum, c'est certain. Le manoir, évidemment. Quelques appartements à New York. Le pavillon en bord de mer à Cabo. Et des comptes d'investissement avec lesquels mon père a boursicoté.

Il a énuméré tout ça d'un ton détaché, comme si ce n'était pas grand-chose. Pour moi, ça représentait une fortune. Beaucoup plus que je ne posséderais jamais.

— Mais tu es déjà riche, non ? Qu'est-ce que ça peut te faire, qu'il y ait cinquante millions de moins sur ton compte en banque ?

Ma question sonnait un peu comme une provocation, pourtant elle était innocente et sans arrière-pensées.

Il m'a jeté un regard condescendant, puis il a fermé les yeux, comme s'il faisait un effort pour ne pas perdre son calme.

— Ça ferait beaucoup plus que cinquante millions, mais même si ce n'était que cinquante cents, elle ne les mérite pas. Et ça m'amène à la raison de ta présence ici.

Il venait de prononcer cette phrase quand la limousine a tourné dans une allée qui ne m'était que trop familière.

Comme celle de Vicious, la demeure où Dean avait passé son enfance était un petit manoir, beaucoup moins vaste et luxueux que celui des Spencer, mais avec plus de charme et de caractère. En y entrant, on se sentait tout de suite dans un foyer. Il était plein de couleurs, d'objets d'art, de lumière. Aujourd'hui, en particulier, avec les décorations de Noël, il y avait des lumières partout, y compris à l'extérieur, où des lampes LED éclairaient un sapin et un renne disposés sur un tapis neigeux.

Nous sommes restés silencieux un instant, assis dans la voiture, à contempler la maison et cette charmante scène.

J'ignore à quoi pensait Vicious, mais moi je pensais à Dean. C'était quelqu'un de bien. Un peu gaffeur, toujours à faire le clown, probablement pour masquer un malaise intérieur. Dean se cachait derrière un personnage. On avait du mal à savoir s'il était triste ou joyeux et je m'étais souvent demandé s'il était très intelligent ou complètement stupide. Il ne s'était jamais dévoilé. Même après être sortie avec lui plusieurs mois, je n'aurais pas pu dire qui il était vraiment.

Mais aujourd'hui, Dean était à L.A. et je n'avais pas à craindre de tomber sur lui.

Je me suis tournée vers Vicious. Il me scrutait intensément, à tel point que j'ai éprouvé le besoin de croiser les jambes. Il y avait une interrogation dans son regard. Je crois qu'il se demandait si je regrettais Dean. C'était flatteur. Mais embarrassant.

— Si nous en venons au procès, je voudrais que tu témoignes devant une cour que Josephine a tout fait pour nuire à mes relations avec mon père. Qu'elle m'a envoyé dans un internat en Virginie pour se débarrasser de moi, qu'elle a payé un de mes profs pour qu'il atteste que j'étais violent et incontrôlable. Et surtout, qu'elle demandait à son frère Daryl de me corriger. Que pour justifier les traces de coups, elle a prétendu que je me mutilais. Et que tout ça a duré des années. Tu devras simplement dire que je t'en avais parlé à l'époque, quand on était ensemble en terminale.

Je me suis sentie pâlir.

— Est-ce que tout ça est vrai ? ai-je demandé en déglutissant.

— D'après toi ? a-t-il rétorqué sèchement.

À l'époque, j'avais souvent repensé à la conversation que j'avais surprise entre Vicious et Daryl dans la bibliothèque, mais je n'avais jamais réussi à lui trouver un sens. J'avais du mal à imaginer Vicious en victime de maltraitances. Est-ce qu'il avait vraiment été battu ?

— On n'était pas proches, ai-je fait remarquer. Personne ne croira que tu t'étais confié à moi.

— Tu diras que Black s'était confié à Rose.

Il m'a jeté un regard dur.

— La directrice de Followhill a gardé les registres des correspondances entre lycéens. Elle pourra témoigner qu'on s'écrivait.

Black et Rose… C'était la première fois qu'il admettait clairement avoir été Black, mon correspondant secret en terminale. Ça m'a déplu qu'il se serve de *ça* – la seule chose positive qu'il y ait jamais eue entre nous – pour faire plonger sa belle-mère. Il avait vraiment le don de salir tout ce qu'il touchait.

— Mais je vais devoir jurer devant une cour, Vicious. Et le parjure, c'est illégal.

— Parce que tu t'y connais en droit, maintenant ?

— Rosie et moi, on est fans de *New York, police judiciaire*, ai-je rétorqué entre mes dents. Je m'y connais suffisamment pour savoir que le parjure est sévèrement puni.

Il a poussé un gros soupir.

— Avec ce que je te paye, tu peux accepter de prendre quelques risques, a-t-il murmuré.

La tristesse de son regard m'a frappée. Ça me faisait mal physiquement de voir ces yeux brûlants de douleur. C'était presque insupportable.

— Et puis on n'ira sûrement pas jusqu'au procès, a-t-il repris. Il suffira probablement de convaincre Jo que tu es prête à témoigner. Elle ne contestera pas le testament quand tu lui auras dit ce que tu sais. Tu peux me croire.

C'était donc pour ça qu'il m'avait embauchée comme assistante. Moi et personne d'autre. Ce salaire de malade, c'était pour que j'accepte de faire peur à Josephine.

Sauf que je n'étais au courant de rien et qu'il me demandait de mentir.

J'ai secoué la tête, tout en refermant la main sur la poignée de ma portière.

— Qu'est-ce qui te fait croire que je serais prête à mentir pour toi ?

Il a battu des paupières en souriant et il est sorti de la voiture.

Il n'y avait plus aucune tristesse dans son regard. Plus rien. Il était de nouveau indifférent, comme absent.

— Je te le demande. Donc tu vas le faire.

11
Emilia

La maison de Dean était toujours aussi chaleureuse et accueillante qu'autrefois. Dans l'entrée, il y avait un deuxième arbre de Noël, immense – aussi grand que mon petit studio new-yorkais – et une guirlande lumineuse sous laquelle il fallait passer après avoir franchi le seuil. Eli nous a conduits directement jusqu'à une porte de chêne au bout du couloir, celle de son bureau. J'ignorais ce qu'il savait de la rupture entre son fils et moi, mais le fait qu'il aurait pu être au courant des détails ne rendait pas ma position confortable. Eli était un homme âgé, qui portait des bretelles et un nœud papillon, avec un côté vieille Angleterre. Il m'avait toujours fait penser à un professeur d'université, ou à un des enseignants de l'école Poudlard des films Harry Potter. Il était gentil avec tout le monde, tout le temps. Il n'était jamais grossier ni condescendant, comme la plupart des nantis de cette ville.

Je l'avais tout de suite apprécié.

Il nous a fait asseoir dans de confortables fauteuils rétro en cuir, face à un bureau en bois sombre. Il n'avait pas d'ordinateur, juste une pile de papiers bien nette sur le côté et une énorme bibliothèque de livres de droit derrière lui – de vieux exemplaires qui avaient dû appartenir à son père, probablement.

J'avais les paumes moites et je n'arrêtais pas de penser aux derniers mots que Vicious avait prononcés en sortant de la limousine.

« Je te le demande. Donc tu vas le faire. »

Face à lui, je n'avais plus de volonté et il le savait. Autrefois je m'étais laissé embrasser alors que je sortais avec Dean. Aujourd'hui, j'envisageais de porter un faux témoignage.

Parce qu'il me le demandait.

J'écoutais d'une oreille distraite sa conversation avec Eli. Ils parlaient contrat de mariage, influence indue et testament. Eli a pris un livre sur les étagères et ils ont continué à discuter, penchés sur le bureau, tout en commentant un jugement qui avait fait jurisprudence. J'avais un terrible mal de tête, mais Vicious semblait trop absorbé par le sujet pour se rendre compte que j'étais en train de craquer.

Je commençais à comprendre qu'il y avait plusieurs Vicious et j'aurais bien voulu savoir lequel était le vrai, mais tout devenait confus dans ma tête dès qu'il s'agissait de lui.

— Millie ?

La voix d'Eli m'a tirée de mes pensées.

J'ai battu des paupières avec un sourire poli.

— Oui, monsieur Cole ?

— Avez-vous des questions ? a-t-il demandé en nouant ses deux mains et en m'adressant un sourire encourageant.

J'ai secoué la tête. Non. Je n'avais aucune question et surtout je n'avais pas envie d'être mêlée à ça. Quand Vicious m'avait annoncé dans la voiture ce qu'il attendait de moi, j'avais été prise au dépourvu. Mais plus le temps passait, plus je me sentais incapable de piétiner tous mes principes pour lui faire plaisir.

— Tout est bien clair pour vous ? a insisté Eli.

Je me suis humecté les lèvres.

— Oui.

— Tant mieux. De toute façon, si vous avez des questions plus tard, vous pourrez les poser à Baron. C'est un brillant avocat, vous savez… Si cette affaire est portée devant un tribunal, il vous expliquera tout ce que vous avez à savoir. Votre témoignage est son plus gros atout. Cette femme ne risque plus d'être condamnée pour les faits puisqu'il y a prescription, mais elle peut perdre ses droits à l'héritage. Et pour elle, se retrouver sans argent serait pire que la prison. Je suis vraiment content que vous ayez spontanément proposé à Baron de témoigner, Millie.

Spontanément proposé ? Non seulement Vicious lui avait présenté mon témoignage comme acquis avant même de m'en parler, mais il lui avait raconté que je m'étais portée volontaire. J'ai essayé de me rassurer en me disant que si Eli avait accepté de défendre Vicious, ça voulait dire que Jo avait vraiment maltraité son beau-fils. Puis je me suis souvenue qu'il s'était occupé de pas mal de divorces sordides à Hollywood. Avec de gros intérêts en jeu.

L'avocat Eli Cole, je ne le connaissais pas.

Au moment de partir, la mère de Dean, Helen, est venue embrasser Vicious. Moi, elle m'a superbement ignorée. Sans doute en savait-elle plus qu'Eli à propos de ma rupture avec son fils. Ou peut-être qu'elle était simplement moins indulgente que son mari.

Nous retournions à la voiture, en gardant nos distances, quand Vicious a soudain déclaré :

— Quand je pense qu'elle s'imaginait que tu serais un jour sa belle-fille…

Sa voix était douce et détachée, mais les mots charriaient du venin.

— On dirait que tu es fier de nous avoir poussés à la rupture, ai-je commenté d'un ton amer.

Il pleuvait légèrement, mais il a pris le temps de tenir ma portière. Je me suis réfugiée tout au bout de la banquette arrière pour mettre le plus d'espace possible entre nous, mais il est venu se coller à moi. Entièrement. Nos cuisses se touchaient.

Je venais à peine de m'habituer à cette proximité physique quand il m'a pris la main.

— Est-ce que tu t'es déjà sentie avec Dean comme tu te sens en ce moment ? a-t-il demandé en soufflant son haleine tiède sur l'intérieur de mon poignet.

Ses yeux plongeaient dans les miens, y cherchant quelque chose. Quoi ? je l'ignorais, mais j'aurais voulu qu'il le trouve. Mon regard est tombé sur ses lèvres et j'ai avalé ma salive. Je me souvenais de leur goût. Je savais qu'elles étaient douces et tièdes. Parfaites. Faites pour moi.

— Est-ce que Dean t'a déjà fait trembler comme ça, même quand vous faisiez l'amour ? Est-ce qu'il te déstabilisait à ce point ? Tu aurais pu ignorer ta morale et tes scrupules pour lui ?

Ses lèvres bougeaient contre le pouls qui battait si fort à mon poignet. Un frisson m'a parcouru le dos, quelque chose a explosé dans mon ventre.

L'atmosphère de l'habitacle m'a soudain paru étouffante. Je n'arrivais plus à respirer.

— En t'obligeant à rompre avec Dean, je t'ai rendu service et tu verras que tu me remercieras un jour. Dans un lit. Toute nue. Mais pour le moment…

Il a appuyé sur le bouton de l'interphone pour s'adresser au chauffeur.

— Cliff, ramenez-nous à la maison, a-t-il sèchement ordonné.

Pour lui, l'affaire était réglée, j'étais prête à témoigner contre Jo. Mais il se trompait, je n'avais encore rien décidé.

12
Vicious

Dix ans plus tôt

Emilia a rompu avec Dean. Je ne supportais plus de les voir ensemble. Chaque fois que je pensais qu'elle se laissait toucher par un de mes meilleurs amis, ça me rendait carrément malade. Je mourais vraiment de jalousie, c'était totalement stupide, mais je n'y pouvais rien. Maintenant je respire…

Au début, Dean en a pris un coup et comme il croisait Emilia tous les jours au lycée, il a mis quelque temps à remonter la pente. Heureusement, Trent et Jaime l'ont bien soutenu. Ils ne le lâchaient plus et chaque fois qu'il devenait blême en la voyant passer dans les couloirs, ils lui filaient de grandes claques dans le dos en lui rappelant que ça valait mieux comme ça, qu'elle n'était pas une fille pour lui. Ils avaient raison, elle n'était pas pour lui. Emilia l'avait soi-disant quitté pour ne pas nuire aux Hot Heroes.

Tu parles…

En tout cas, moi, ça m'arrangeait.

On avait enlevé son plâtre à Trent, il faisait de la rééducation. Un nouveau jeu *Gears of War* était sorti. Mon père et Jo étaient à l'étranger – Autriche ou Australie, je ne m'en souvenais plus et ça m'était complètement égal du moment qu'ils n'étaient pas là. Emilia se retrouvait célibataire et donc à ma merci. Dean se défonçait encore plus que d'habitude, mais j'avais l'impression qu'il avait réussi à tirer un trait sur Emilia et qu'il était passé à autre chose.

Je me trompais.

Je l'ai compris à l'entraînement de foot de 16 heures du mardi après-midi. On allait passer notre diplôme de fin d'études secondaires dans quelques mois et on n'avait plus de match, mais on s'entraînait quand même avec les élèves de première et de seconde. Je faisais des assouplissements sur un boudin en mousse avec une douzaine de gros baraqués de seconde qui n'arrêtaient pas de gémir et de se plaindre que c'était trop dur, quand Dean est venu s'installer près de moi.

Depuis la fameuse fête où j'avais failli le démolir, on s'était à peine adressé la parole. Je ne m'étais pas gêné pour lui raconter que j'avais rejoint Emilia dans sa chambre et tout le reste. OK, j'en avais un peu rajouté rien que pour le faire enrager.

Mais je n'avais menti qu'à moitié, parce que j'avais bien senti qu'Emilia mourait d'envie de m'embrasser. À ses cuisses tendues, à la chaleur que son corps avait irradiée contre le mien, à ses lèvres entrouvertes qui avaient laissé échapper un petit gémissement, à ses seins durs qui se pressaient contre mon torse.

Elle avait envie de coucher avec moi, j'en étais sûr.

Maintenant que Dean n'était plus dans le circuit, entre nous deux, ce n'était plus qu'une question de temps.

Dean a pris un rouleau de mousse et s'est installé dans l'herbe à côté de moi, en faisant semblant de s'étirer – avec un sourire idiot plaqué sur le visage. Je l'ai ignoré. Ça ne me plaisait pas beaucoup qu'il vienne se mêler à mon groupe. C'était encore un peu tendu entre nous. Je préférais l'éviter quand il n'y avait pas Trent ou Jaime pour faire tampon. Au cas où…

— Salut, petit con, quoi de neuf ? a-t-il lancé.

Il avait l'air complètement défoncé, comme d'habitude. On fumait tous des pétards, mais lui, il forçait un peu sur la dose. Avec sa tête de clown et son chignon négligé, il avait vraiment l'allure d'un marginal sorti tout droit d'un film de Woody Harrelson.

J'ai haussé les épaules, en le regardant de travers.

— Tu penses que l'équipe aura de bons résultats l'année prochaine, quand on ne sera plus là ? a-t-il repris en me filant un coup de coude un peu trop violent pour être simplement un geste complice entre amis.

— Je n'ai pas envie de discuter avec toi, Dean, ai-je rétorqué en arrachant les touffes d'herbe sous mes mains. Alors si tu as quelque chose à me dire, vas-y.

Ça crevait les yeux qu'il avait quelque chose à me dire, et encore plus qu'il se moquait de moi.

— T'as raison, mec, a-t-il répondu. J'ai quelque chose à te dire. Je suis passé chez toi hier pour te rendre l'équipement de foot que tu avais prêté à Trent.

J'avais en effet prêté des affaires à Trent quelques mois plus tôt, avant qu'il ne se blesse, mais à moins d'un miracle, il n'était pas près de s'en servir, avec sa cheville. Quand même, ça m'a étonné qu'il envoie Dean me rendre mes affaires d'urgence. C'était plutôt ce petit salaud qui s'était servi de cette excuse pour approcher Emilia. J'ai vu rouge.

— Tu n'étais pas chez toi, a poursuivi Dean. Alors j'ai voulu déposer le matériel près du garage. Et là je suis tombé sur Millie. Elle réparait sa bicyclette devant l'appartement de ses parents. Elle m'a dit salut. J'ai répondu salut. Et puisqu'elle était là, j'ai voulu en profiter pour régler mes comptes avec elle et lui dire qu'elle était une sacrée salope de t'avoir embrassé le jour de la fête.

J'ai tellement serré les mâchoires que ça m'a fait grincer des dents.

Il m'a lancé un sourire victorieux et m'a tapoté l'épaule, comme s'il voulait enlever des brins d'herbe de mon T-shirt. J'ai repoussé sa main.

— Et en fait, elle avait une autre version, a-t-il poursuivi. D'après elle, c'est toi qui l'as embrassée. Et elle, elle t'a repoussé. Et du coup, elle m'a avoué qu'elle avait rompu pour ne pas avoir d'histoires avec toi, espèce de petit con…

OK.

Je ne lui ai même pas laissé le temps de finir sa phrase. Je me suis jeté sur lui pour balancer mon poing en plein dans sa sale gueule. La rage m'aveuglait, me consumait, j'étais en feu. Je ne voulais pas entendre la suite.

Quand j'ai senti le bras de Jaime qui me tirait en arrière, c'était trop tard. Dean avait déjà la lèvre fendue et son nez était tout bizarre, comme s'il n'était plus à sa place. Je me suis débattu, je n'avais pas fini, je voulais le terminer. Matt, le deuxième quart-arrière de l'équipe, est venu aider Jaime qui essayait de me plaquer sur l'herbe, mais même à deux, ils n'ont pas réussi à m'immobiliser, tellement j'avais la rage. J'ai attrapé Dean par sa chemise et j'ai collé mon nez contre le sien.

— Tu ressors avec elle ?

Il a souri, malgré la douleur, tout en essuyant du revers de la main sa bouche qui pissait le sang.

— Figure-toi qu'elle n'était pas ravie que tu t'amuses à raconter que c'était elle qui t'avait embrassé. Donc, Vicious, voilà le deal…

Il s'est relevé en crachant du sang sur l'herbe, mais il n'a pas fait un geste pour me rendre les coups.

— Millie, c'est ma copine. Tu ferais bien de t'y habituer. Tu aurais pu avoir ta chance quand elle est arrivée, mais tu l'as traitée comme une merde. Elle ne veut pas de toi. Elle est sexy et sympa, elle s'est trouvé quelqu'un d'autre. Et ce quelqu'un, c'est moi. Je comprends que ça te fasse péter les plombs et je ne t'en veux même pas, parce que t'es mon ami. Mais va falloir t'y habituer.

Il a cligné de l'œil.

— Parce que mon nez ira mieux demain matin, mais toi, si tu ne veux pas comprendre, tu vas en baver chaque fois que tu vas nous voir nous peloter dans les couloirs du lycée.

J'ai foncé sur lui pour la troisième fois, en pilote automatique.

— Ferme-la un peu, Dean ! a hurlé Jaime en m'entraînant vers les gradins.

Cette fois, je n'ai pas cherché à résister. Ça ne servait à rien. Dean avait gagné. Et moi j'avais perdu.

— Fous le camp avant que je termine ce que Vicious a commencé, a hurlé Jaime.

J'ai entendu Dean rire derrière nous.

Il n'est pas venu à ma fête le week-end suivant et j'en ai déduit qu'il était avec Emilia. Pour me défouler, je me suis planté au bord de la piscine avec mes manches retroussées. Un mec de première a relevé le défi. Je crois qu'il cherchait à épater une fille de l'équipe des pom-pom girls.

Un défi réglo, quoi.

Et plus brutal que jamais.

Mais qui n'a pas suffi à me calmer.

À partir de ce jour-là, l'ambiance a complètement changé entre les Four Hot Heroes. Dean et moi, on ne s'adressait plus la parole. Plus du tout.

J'ai été tenté de lui interdire l'accès à ma propriété – après tout, c'était mon droit –, mais j'ai eu peur de passer pour un con aux yeux de son père. De toute façon, même si Dean ne pouvait plus venir chez Emilia, elle irait chez lui, ce qui était encore pire. Dans son grand manoir, ils pouvaient faire ce qu'ils voulaient sans que personne ne se doute de rien. Tandis que l'appartement des domestiques était tout petit, pas du tout pratique pour coucher tranquille.

En tout cas, ils étaient de nouveau en couple et je les croisais partout. Au lycée, au parc, dans le centre commercial qui appartenait à mon père, parfois devant l'appartement des domestiques. Pour être juste, je dois reconnaître qu'ils ne se pelotaient pas en public. Je ne les ai même pas vus s'embrasser une fois. Au pire, ils se tenaient par la main. Et ça suffisait à me donner des envies de meurtre.

J'ai commencé à haïr Dean pour de bon.

Trent et Jaime faisaient des efforts de dingues pour maintenir notre groupe soudé. On n'était qu'une bande de petits frimeurs, mais ensemble, on était invincibles – les Four Hot Heroes, les rois du lycée. Je le savais, alors j'ai essayé de faire comme si de rien n'était. On mangeait tous les quatre à la cafétéria, on sortait ensemble. Mais quand je croisais Dean tout seul dans un couloir, je détournais la tête. Le sujet « Emilia LeBlanc » était devenu tabou. On ne prononçait pas son nom, un peu comme Voldemort. Dean faisait comme si elle n'était pas dans sa vie. Et moi, je faisais comme si elle n'existait pas.

Ou plutôt, j'essayais, parce que en vérité je n'arrêtais pas de penser à elle. Je pensais à elle à l'entraînement. Je pensais à elle avec mes potes. Je pensais à elle devant ma console de jeux. Et aussi quand j'étudiais, quand je baisais… Surtout quand je baisais, merde, parce que ça me rappelait que ce salaud de Dean allait la baiser un de ces jours, si ce n'était pas déjà fait.

Et ça, je ne pouvais pas le supporter. Je ne pouvais pas, c'était comme ça. Je la voulais. Elle m'appartenait, même si je n'avais pas écrit mon nom sur son front. Jaime et Trent l'avaient compris depuis le début, parce que je m'acharnais un peu trop sur elle – ce qui était chez moi une manifestation d'intérêt. Elle aussi, elle me voulait. Chaque fois que je passais à côté d'elle, elle rougissait, elle détournait les yeux. Je la troublais et elle n'arrivait pas à le cacher.

Mais Dean faisait semblant de ne rien voir. Ce petit salaud s'en moquait.

C'était évident que ça se terminerait mal entre nous deux.

Emilia allait fêter son anniversaire dans une semaine et je savais que ce naze de Dean avait prévu de lui offrir un week-end dans un spa de luxe sur la côte. C'était une idée totalement stupide. Emilia n'était pas une fille à fréquenter les spas. Il aurait dû le savoir.

Moi, si j'avais été son petit ami, je l'aurais emmenée voir des cerisiers en fleur. Ou je lui aurais offert du matériel de peinture parce que cette fille, elle voulait vraiment être une artiste, ou ouvrir une galerie, quelque chose comme ça. Je ne l'avais pas espionnée ni rien, pas comme Jaime avec Mme Greene, mais ça crevait les yeux qu'elle avait une âme d'artiste : à sa façon de s'habiller, à ses mains couvertes de peinture, aux fleurs de cerisiers qu'elle dessinait partout.

Dean la voyait comme une fille de la campagne : gentille, naïve et innocente. Il était trop bête pour se rendre compte qu'elle avait quelque chose de spécial.

Ça m'énervait encore plus.

J'étais dans la salle de musculation quand Dean et moi on a eu notre deuxième conversation au sujet d'Emilia. Ça faisait des semaines que je lui avais collé mon poing dans la figure, mais quand je le voyais, mes doigts me démangeaient encore. Je suivais le cours de musculation avancé, ouvert seulement aux élèves de terminale, et lui aussi. On est arrivés en retard tous les deux et il ne restait plus que deux bancs, l'un à côté de l'autre – ce qui voulait dire qu'on allait devoir bosser en tandem. Je l'ai regardé régler ses poids. Il avait pris plus lourd que d'habitude, pour frimer, mais comme il était défoncé, j'ai ri d'avance : il n'allait pas y arriver.

À chaque fois qu'il soulevait, il poussait des grognements de bête. Je gardais les doigts sous la barre, au cas où il lâcherait, tout en me demandant s'il avait compris qu'Emilia ne pouvait pas aimer les gros bourrins trop musclés avec des veines saillantes.

— Alors, comme ça, tu l'invites dans un spa ? ai-je soudain déclaré.

C'était sorti tout seul.

Il a levé les yeux au ciel en soupirant. Il avait le visage écarlate et couvert de sueur.

— C'est son anniversaire. Tu veux vraiment qu'on en parle ?

— Je veux vraiment que tu la laisses tomber, ai-je répondu posément.

Il savait que je ne supportais pas de les voir ensemble, ce n'était pas la peine que j'enrobe les choses.

— Sois raisonnable, a-t-il murmuré tout en continuant à soulever sa barre.

Il était nettement moins concentré et en plus, il commençait à fatiguer. Ses bras tremblaient.

— Je ne suis pas quelqu'un de raisonnable, ai-je rétorqué. Arrête ces conneries, Dean. Tu vas dans une université à New York. Elle reste ici. Romps, avant de…

Je n'ai pas terminé ma phrase, mais ce que je pensais, c'était « avant de lui prendre sa virginité ». Ce n'était pas que je voulais avoir Emilia avant tout le monde. J'avais envie d'elle, mais ça ne m'aurait pas dérangé qu'elle couche avec tous les mecs du lycée. Je trouvais simplement que Dean, comme première expérience, c'était vraiment dommage. J'étais sûr qu'elle le regretterait.

Bon, d'accord. Je ne voulais pas qu'il la touche avant moi. Et les autres non plus.

Merde. Je déconnais vraiment. Ce n'était pourtant pas mon genre de me demander avec qui avaient couché les filles que je ramenais chez moi.

— Avant que je couche avec elle, c'est ça ? a ricané Dean. Et si c'était déjà fait ?

Son ricanement m'a chatouillé les nerfs, au point que j'en ai eu des frissons dans le dos. De son côté, il a essayé de reposer la barre sur son support, mais il n'avait plus de force. J'ai remarqué que ses mains étaient blanches et son front couvert de sueur. Mais je n'ai pas fait un geste pour l'aider.

Au contraire, j'ai attrapé la barre et je l'ai appuyée contre sa gorge. Il a ouvert des yeux affolés.

— À ta place, je ne chercherais pas les ennuis avec moi, Cole, l'ai-je averti à voix basse. Ce n'est pas pour rien qu'on m'appelle Vicious.

— On ira à l'université ensemble. Je resterai ici avec elle s'il le faut. Elle est à moi.

J'ai appuyé la barre un peu plus fort. Qu'est-ce qu'il racontait, avec son histoire de rester ici ? Il n'allait quand même pas renoncer à ses études pour Emilia ?

— Menteur, ai-je craché d'un ton mauvais. Ne me mens pas, Cole.

J'ai poussé encore un peu contre sa gorge et il a émis un gargouillis. Autour de nous, les gens commençaient à nous regarder, mais alors là, franchement, ça m'était complètement égal. Je l'ai fusillé du regard.

— Dean…

Maintenant, tout le monde s'était arrêté. J'ai vu du coin de l'œil Jaime et Trent qui venaient vers nous, je n'avais plus beaucoup de temps.

— C'est comme ça, Vicious, a ricané Dean avec un grand sourire.

Quand Jaime est arrivé à côté de nous, j'ai tout lâché et je suis parti, en laissant Dean avec cette barre qui lui écrasait la gorge. Quelqu'un allait l'aider, mais ce ne serait pas moi.

Je ne le supportais plus.

Plus du tout.

Ils l'avaient fait.

Ça s'était passé pendant le week-end au spa. Putain ! J'aurais dû me douter qu'il en profiterait. Il lui avait sorti le grand jeu, avec bougies, chocolat et tout le cinéma. J'étais au courant parce que Dean l'avait raconté le jour même à Jaime et à Trent au téléphone, en leur faisant jurer de ne rien me dire.

Dean était très proche de Trent, mais Jaime, c'était mon pote à moi.

Et en plus, j'avais un moyen de pression sur lui.

Quand j'ai menacé de dire à sa mère – qui était aussi Mme Followhill, la directrice du lycée – qu'il couchait avec la prof de littérature, il s'est mis à pleurer comme un bébé et il m'a tout raconté.

C'est là que j'ai pris ma décision : Emilia ne pouvait plus vivre à Todos Santos. Il fallait qu'elle disparaisse et qu'elle se tienne à distance de mes amis.

Je savais que c'était totalement injuste de la séparer de sa sœur et de ses parents, mais j'allais la bannir de mon territoire.

Même si ça signifiait l'éloigner de tout ce qui lui était familier.

Je devais agir avant qu'elle ne fasse à Dean toute une ribambelle d'enfants aux yeux bleus.

Et tant pis si ça foutait sa vie en l'air.

Ça me rendait trop malade de la voir avec Dean, il fallait que ça s'arrête. J'avais honte d'être jaloux à ce point, mais je n'y pouvais rien : j'étais en train de devenir fou de jalousie.

Aussi, le jour où ils sont revenus de leur super week-end au spa, je suis allé attendre Emilia dans sa chambre. Je me suis assis sur son lit, les coudes sur les genoux, en essayant d'oublier que son odeur était partout – un mélange entêtant de cannelle et de beurre, légèrement sucré. Cette odeur, elle devait disparaître de mes narines, de ma maison, de ma putain de vie.

En me découvrant dans sa chambre, Emilia a poussé un petit cri de surprise. Je l'ai dévisagée attentivement, en cherchant à voir si ça se lisait sur son visage qu'elle n'était plus vierge. Pas vraiment. Mais elle m'a semblé quand même légèrement différente.

Hors de portée. Plus que jamais.

— Le rose te va bien, a-t-elle fait remarquer sèchement, en montrant le boutis à fleurs qui recouvrait le lit. Qui t'a fait entrer, Vic. Et qu'est-ce que tu fais dans ma chambre ?

Elle m'avait appelé Vic et ça m'avait fait plaisir, mais elle m'avait à peine regardé.

Et à part ça, personne ne m'avait fait entrer. Rosie et ses parents étaient allés à une foire agricole, ou une connerie dans le genre. J'avais une clé. Je m'en étais servi.

Elle a lâché son sac à dos près de la porte et a marché vers l'armoire. J'aimais bien comment elle était habillée ce jour-là. Elle portait un petit haut court avec le nom d'un groupe qu'elle était seule à connaître et une paire de Daisy Dukes. Elle était bronzée et son tour de cou doré faisait ressortir la couleur de sa peau.

— Il faut que tu partes, ai-je dit.

— J'ai besoin de prendre une douche et de manger un sandwich. Alors tes délires, tu te les gardes.

— Je suis sérieux, Emilia. Je veux que tu quittes cette ville, cet État. Et si possible, la planète.

La planète, j'exagérais un peu, parce que je ne souhaitais quand même pas sa mort. Je voulais seulement qu'elle sorte de ma vie.

Elle a refermé un tiroir d'un coup de hanche avant de retourner chercher sa brosse à dents dans son sac.

— Est-ce que tu sais que tu es fou, ou bien est-ce que tu te crois normal ? a-t-elle répondu posément. C'est une question sérieuse, tu sais, j'ai vraiment envie de savoir.

Elle a agité le manche de la brosse à dents dans ma direction, puis a sorti du sac des vêtements qu'elle a roulés en boule avant de les fourrer dans son panier de linge sale.

— Je te donne dix mille dollars si tu disparais.

Elle a levé les yeux au ciel, persuadée que je plaisantais.

— T'es malade, a-t-elle murmuré.

Exactement. Son cher Dean avait pris le téléphone pour raconter leur première nuit d'amour à ses potes et ça m'avait rendu malade – mais ça, elle ne le savait pas.

— Crois-moi, j'aimerais bien partir et ne plus te voir, mais je suis coincée ici.

— Vingt mille dollars, ai-je rétorqué, en plissant les yeux.

J'avais l'intention de prendre cette somme sur mon compte en banque. Mon père ne s'en apercevrait même pas, et s'il s'en apercevait, tant pis, j'étais prêt à en assumer les conséquences. Parce que si cette fille restait là, j'étais bon pour l'asile.

— Non, a-t-elle ricané d'un ton résolu. T'es quand même gonflé de me demander un truc pareil. Et complètement fou de penser que je pourrais accepter.

Je me doutais bien qu'elle ne partirait pas uniquement parce que je le lui demandais, aussi j'ai haussé les épaules et j'ai pris mon portable, tout en lui lançant un regard méprisant.

— Si tu refuses, je vire tes parents. Vous retournerez dans votre trou paumé en Virginie et la pauvre petite Rosie n'aura plus la couverture sociale que lui paye mon père. Tu vois, je ne suis pas si fou que ça de penser que tu vas accepter.

Elle m'a fusillé du regard, la bouche pincée. *Elle me déteste*. Moi aussi, je me détestais. Je me détestais d'être jaloux. Je me détestais d'avoir envie d'elle. Mais qu'est-ce que ça changeait ?

— Tu ne peux pas virer mes parents, a-t-elle murmuré, en serrant ses vêtements et sa brosse à dents contre sa poitrine.

Elle aimait beaucoup sa famille, et surtout Rosie.

— Mes parents travaillent pour tes parents. Pas pour toi.

Elle essayait de s'en convaincre, mais elle était morte de peur.

— Tu crois ? ai-je demandé en haussant des sourcils étonnés. Tu les as vus souvent ici, mes parents ? Si tu veux, j'appelle mon père, pour tester ta théorie.

Tout le monde savait que mon père ne me refusait rien. Pour lui, tout allait bien du moment que je ne causais pas de problèmes et qu'il pouvait accompagner Jo à New York, à Cabo et dans tous les endroits où elle décidait d'aller bronzer.

Je crois aussi qu'il me fuyait parce qu'il se sentait coupable à cause de ce qu'il avait fait à ma mère.

— Salut, papa, c'est moi.

J'ai mis le haut-parleur pour qu'Emilia puisse entendre et j'ai allongé mes jambes sur le lit, chevilles croisées – avec mes baskets couvertes de boue.

— Qu'est-ce que tu veux, Baron ? a-t-il demandé.

Le ton était clairement agacé. Je dérangeais.

Emilia a ouvert la bouche.

J'ai fait une bulle avec mon chewing-gum à la menthe, en prenant un air blasé.

— Je voulais juste tirer quelque chose au clair. Comme vous n'êtes presque jamais là, je suppose que c'est moi qui supervise le personnel. Je veux dire… Je peux engager ou virer qui je veux, pas vrai ?

J'ai reconnu derrière lui un clapotis de vagues contre une coque de bateau. Il était sur son yacht – le *Marie*, du nom de ma mère. J'entendais aussi des glaçons cliqueter dans un verre. Il buvait un scotch.

— Oui, a-t-il répondu. Tu supposes bien. Pourquoi ? Il y a un problème ?

J'ai adressé à Emilia un sourire triomphant.

Sous son bronzage doré, elle est devenue toute pâle. Elle semblait bouleversée. Horrifiée. Elle avait compris que j'avais les moyens de l'obliger à partir. Parce que si elle refusait, toute sa famille se retrouverait à la rue.

— Non, tout va bien, ai-je répondu sans la quitter des yeux. À bientôt, papa.

J'ai raccroché au nez de mon salaud de père qui paierait un jour pour ce qu'il m'avait fait – avec Jo et Daryl, que je ne risquais pas d'oublier. Mais pour l'instant, j'avais d'autres problèmes.

J'ai cherché le regard d'Emilia.

Elle n'a pas détourné le sien. Je sentais son mépris affluer vers moi, par vagues.

Le silence était étouffant. J'avais conscience de gâcher sa vie pour me protéger et je n'en étais pas fier. Mais c'était moi, j'étais comme ça. Je ne pouvais pas supporter qu'on me résiste.

— Est-ce que je peux au moins terminer l'année scolaire ? a-t-elle demandé.

Elle était totalement calme et digne.

Merde. Je n'ai pas pu m'empêcher de l'admirer. Ce qu'elle était belle quand elle était forte.

J'ai acquiescé.

— Tu partiras après la fin des cours, ai-je conclu.

C'était fini, on n'avait plus rien à se dire. J'ai quitté à regret le lit imprégné de son odeur.

— Mais entre Dean et toi, c'est tout de suite. Pas après la fin des cours. Sinon c'est toute ta famille qui dégage. Tu lui diras que tu as rencontré quelqu'un d'autre sur Internet et qu'il ne doit plus s'approcher de toi. Un seul faux pas, Emilia, et je te jure que tes parents perdront ce boulot et que je m'arrangerai pour qu'ils n'en retrouvent nulle part.

Elle n'a pas répondu, mais je savais qu'elle avait compris le message. Et j'étais bien tranquille, elle n'était pas du genre à jouer avec le feu si sa famille était en jeu. Ses parents et sa sœur étaient tout pour elle.

J'ai quitté l'appartement des domestiques avec un poids sur la poitrine. Jamais Emilia ne me pardonnerait ce que je venais de faire. Je me suis vu, rampant devant elle pour la supplier de me pardonner.

Sauf que c'était un fantasme, parce que je n'étais pas du genre à ramper.

Il n'y aurait jamais rien entre nous.

Mais ce n'était pas grave, du moment qu'il n'y avait plus rien entre Dean et elle.

13
Emilia

Allongée dans mon lit, je réfléchissais. Vicious m'avait demandé de faire pression sur Jo pour qu'elle abandonne sa part d'héritage. Il voulait que je lui fasse croire que je savais depuis longtemps qu'elle avait chargé son frère de le maltraiter et que j'étais prête à le jurer dans un tribunal.

Sauf que je ne l'avais appris qu'aujourd'hui et que je n'étais pas certaine que ce soit vrai. Et même si c'était vrai… Si Jo et Daryl avaient vraiment maltraité Vicious, il pouvait sûrement trouver quelqu'un d'autre pour témoigner. Pourquoi moi ? Pourquoi fallait-il qu'il m'implique dans sa vengeance ?

Je refusais de mentir pour Vicious ou pour qui que ce soit. OK, il m'avait fourni un travail et un appartement, mais j'étais prête à tout lâcher. L'argent n'avait jamais été le moteur de ma vie et ça n'allait pas commencer maintenant. En fait, je m'en fichais complètement. Évidemment, je devais survivre, comme tout le monde, et ça m'aurait arrangée de combler mes découverts et de ne plus m'inquiéter des fins de mois. Mais pas à n'importe quel prix.

Je n'allais ruiner la vie de personne avec un mensonge. Pas question. Je n'étais pas comme Vicious.

Je refusais de céder à son chantage. Cette fois, l'argent ne gagnerait pas.

À 4 heures du matin, j'ai repoussé ma couette et enfilé mes savates. Maintenant que j'avais décidé de ne pas accepter le deal de Vicious, je me demandais comment j'allais faire en rentrant à New York. Il me faudrait trouver un travail, déménager… Impossible de fermer l'œil avec tous ces soucis, j'avais besoin d'un bon livre pour me changer les idées. Je me suis souvenue de la bibliothèque, cette pièce que j'avais tant rêvé de visiter autrefois.

Je n'aurais probablement plus l'occasion d'y mettre les pieds car cette maison me serait bientôt interdite, alors autant en profiter.

Je suis entrée dans le manoir par la cuisine, en me servant du code. C'était encore le même, après toutes ces années.

J'ai traversé le couloir sur la pointe des pieds, vêtue d'un immense T-shirt Libertines qui me servait de pyjama. Puis l'entrée, avec ce plancher de bois dur qui m'avait tant impressionnée la première fois. La maison était silencieuse. Vicious devait dormir à l'étage, dans sa chambre. J'avais l'intention de lire un moment en respirant l'odeur des vieux livres et de retourner me coucher avant le lever du jour, ni vu ni connu.

Je crois bien que le cri que j'ai poussé en le trouvant dans la bibliothèque a fait trembler les murs. Il était installé dans un coin, devant une table en bois sculpté entourée de quatre chaises à haut dossier – le genre de table que l'on trouve dans les bibliothèques publiques, mais en plus chic.

Il a levé les yeux de l'écran de son ordinateur et m'a fixée d'un regard dur qui m'a semblé durer une éternité. Puis, sans un mot, il a repoussé du pied la chaise en face de la sienne, comme une invitation silencieuse à le rejoindre. Je n'ai pas bougé.

— Qu'est-ce que tu fais debout, à cette heure-ci ? ai-je demandé.

Ma voix tremblait.

— Qu'est-ce qui t'a pris d'entrer chez moi sans autorisation en pleine nuit ? a-t-il rétorqué d'un ton las.

Il portait un T-shirt blanc à col en V, avec un jean noir. Ça m'a étonnée qu'il ne soit pas en pyjama.

— Je n'arrivais pas à dormir, alors j'ai eu envie de lire un peu. Je ne pensais pas te trouver là… Je suis désolée…

J'allais sortir en fermant la porte derrière moi, quand il m'a rappelée.

— Emilia !

Je me suis arrêtée net, mais je suis restée de dos.

— Prends un livre. Je ne te ferai pas la conversation, je te laisserai lire. Promis.

J'ai essuyé mes paumes moites sur mes cuisses. Je n'avais aucune intention de m'installer à cette table avec lui, je trouvais même l'idée grotesque. Surtout après la façon dont il s'était comporté dans la voiture.

— Je démissionne, ai-je annoncé.

C'était plus facile de le lui annoncer le dos tourné. Dès qu'il me regardait dans les yeux, je perdais mes moyens et je lui cédais.

— Je ne peux pas faire ce que tu me demandes, Vicious. Et pas la peine d'essayer de me convaincre en me faisant chanter avec le travail de mes parents ou la maladie de Rosie. Même si tu me menaçais de la Troisième Guerre mondiale, ce serait non. J'ai pris ma décision. Je refuse de mentir pour toi.

J'ai entendu grincer sa chaise quand il s'est levé et j'ai fermé les yeux. Je savais que chaque pas qu'il ferait dans ma direction mettrait en péril ma résolution. Je n'y pouvais rien, c'était totalement idiot, mais j'avais encore des sentiments pour lui.

Il s'est arrêté devant moi et je me suis sentie brusquement enveloppée par sa chaleur. C'était bon. En dépit de tout ce qu'il m'avait fait, mon corps l'accueillait.

— Ouvre les yeux, a-t-il ordonné.

J'ai obéi. Nous nous sommes défiés du regard l'espace d'un instant, puis il a lentement soulevé son T-shirt. Je gardais les yeux sur ses pupilles noires, pour ne pas regarder son torse.

Le T-shirt a atterri par terre sans un bruit. J'étais étrangement consciente de sa présence près de mes pieds nus.

— Regarde-moi, a-t-il dit doucement.

Alors j'ai regardé, admirant au passage la peau de porcelaine de son cou et de ses épaules. Puis je suis descendue plus bas. Il était très musclé, mais ce n'est pas ce que j'ai remarqué en premier. J'ai vu d'abord les cicatrices. Il en était couvert. Elles étaient blanches ou rosacées, plus ou moins grandes et boursouflées. Mais nombreuses. On aurait dit que quelqu'un avait griffonné sur son torse avec un couteau suisse.

J'ai eu un goût de bile dans la bouche et j'ai serré les lèvres, mais ça n'a pas empêché mon menton de trembler.

— Tu te souviens quand je lançais des défis pour aller me battre sur le court de tennis ? a-t-il demandé d'une voix tranquille. C'était en partie pour le fun et pour me défouler, mais ça me donnait aussi un alibi pour les marques que j'avais sur les bras, celles que je ne pouvais pas cacher complètement.

Il a levé ses deux bras pour me montrer l'intérieur de ses poignets et de ses avant-bras.

Eux aussi couverts de cicatrices.

Je les avais déjà remarquées, bien sûr, mais j'avais cru, comme tout le monde, que c'étaient des séquelles de ses bagarres.

J'ai essayé d'avaler ma salive, mais je n'ai pas pu. J'avais l'impression de sentir ces cicatrices sur moi. Elles me brûlaient.

— C'est Jo qui t'a fait ça ?

— Non.

Il s'est passé la langue sur les dents.

— C'est son frère, Daryl Ryler, le type que tu as vu dans la bibliothèque le jour de ton arrivée. Jo n'est jamais allée plus loin que des gifles. Mais l'année de mes douze ans, Daryl est venu s'installer ici.

Son visage n'exprimait toujours aucune émotion et sa voix restait ferme. Je me suis demandé comment il faisait pour parler de tout ça si tranquillement.

— Elle m'enfermait dans la bibliothèque avec lui et il avait pour consigne de me punir.

Une bouffée de haine m'a submergée. Dire qu'elle jouait les gentilles belles-mères et qu'elle avait réussi à tromper tout le monde. C'était vraiment infect.

— Mais… Et ton père ? Il ne savait pas ? Pourquoi tu ne lui as rien dit ?

— Mon père n'était pas souvent là. Et quand je lui en ai parlé, Jo a réussi à le convaincre que je me mutilais. Ils m'ont envoyé consulter un psychiatre. Choisi par elle, évidemment. Il a même été question de me faire soigner dans un établissement. Alors j'ai préféré la fermer. J'ai attendu d'être assez grand et assez fort physiquement pour me défendre. Quand j'ai eu seize ans, Daryl n'avait plus le dessus, il a dû arrêter.

Je ne pouvais pas détacher mes yeux de son torse, mon regard passait frénétiquement d'une cicatrice à l'autre. J'avais pitié du pauvre petit garçon qu'il avait été. Mais l'homme qui était en face de moi ne m'inspirait pas la pitié. Pas du tout. Même avec ces cicatrices. Au contraire, il me semblait qu'elles le rendaient encore plus désirable. Je le trouvais magnifique.

— Tu n'en as jamais parlé à personne ? À la police ? À un prof ?

Il a cligné des yeux.

— Quand j'ai eu l'âge de vraiment en parler, ça ne servait plus à grand-chose. Mon père et Jo voyageaient tout le temps. Daryl ne venait pratiquement plus ici. Il se droguait.

Il a haussé les épaules.

— Il est mort peu après que tu as quitté la ville. Il était défoncé, il s'est noyé dans son jacuzzi.

Il a incliné la tête.

— Quel dommage…

Un frisson m'a parcouru le dos. J'avais repensé tant de fois à cette mystérieuse conversation entre Daryl et Vicious dans la bibliothèque. Vicious avait promis à Daryl de le tuer. Est-ce que… ? Je me suis empressée de repousser cette idée. Vicious était un être complexe et perturbé, mais ça ne faisait pas de lui un assassin. J'aurais pu lui demander s'il avait aidé Daryl à se noyer, mais j'ai eu peur de sa réponse. C'était déjà suffisamment compliqué pour moi comme ça.

— Vicious…

J'avais du mal à respirer. Il a fait un pas vers moi. Nos corps se touchaient, à présent. J'aurais voulu me fondre en lui, mais je savais qu'il valait mieux ne pas céder à cette tentation. Il était trop torturé. Et puis il me méprisait. S'il s'était confié à moi aujourd'hui, s'il me montrait ses cicatrices, c'était uniquement pour m'attendrir.

Je n'étais pas dupe. Il continuait à m'appeler Conchita, tout de même !

Mais la tiédeur de son corps contre le mien était étrangement réconfortante et je n'ai pas trouvé la force de le repousser. Nous étions tous les deux écarlates, en feu. Il n'a pas posé les mains sur moi et je suppose que c'était sa façon à lui de se mentir, de se faire croire qu'il ne se passait rien entre nous.

— Tout ça est sordide, Emilia, a-t-il soudain déclaré. Je le sais. Je veux me venger de Jo, mais jamais je ne t'entraînerais devant un tribunal. Si ça devait aller jusque-là, ce qui m'étonnerait, je ne te demanderais pas de témoigner.

Son regard s'est posé sur ma bouche. Il était si près de moi que j'avais le goût salé de sa chaleur, de sa peau nue, de son haleine tiède.

— Tu sortiras de là sans une égratignure. Je sais que tu penses que je ne vaux pas grand-chose, mais je ne vais pas te demander de te parjurer. J'ai seulement besoin que tu m'aides à faire peur à Jo pour l'obliger à se tenir tranquille s'il y a un problème avec le testament.

J'ai secoué la tête. Il m'avait eue, je me sentais déchirée. Je ne voulais pas mentir, mais il me semblait que c'était injuste de lui refuser ça.

— Je suis sûre que tes amis pourraient t'aider aussi bien que moi. Même plus.

— Ils ne sont pas au courant, a-t-il avoué. Je ne leur ai jamais parlé de rien. Ni de Daryl Ryler ni de Jo. Tout ça me fait honte, Emilia. Je me suis laissé faire pendant des années et ça ne me plaît pas de me présenter comme une victime. À part toi, Eli Cole et un psy que j'ai consulté il y a quelques années, personne ne sait.

J'aurais pu lui répondre que ce n'était pas sa faute, qu'il n'avait pas à avoir honte, que c'était arrivé à d'autres, mais je le connaissais suffisamment pour savoir que ce n'était pas ce qu'il avait envie d'entendre. Ce qu'il voulait, c'était ma coopération.

— Pourquoi tu ne demandes pas à ton psychiatre de témoigner ? ai-je demandé.

— Ça ferait trop de vagues, si un psy s'en mêlait. Je veux régler son compte à Jo discrètement. Je te le demande à toi, parce que je sais que tu peux garder un secret.

Il pensait à Black et à Rose, j'en étais sûre…

— Comment je peux savoir que tu ne mens pas ? ai-je demandé froidement.

— Je n'ai pas d'autres preuves que ces cicatrices. Tu es obligée de me faire confiance.

— Figure-toi que je n'ai pas trop envie de te faire confiance. J'ai vraiment besoin de t'expliquer pourquoi ?

Je me suis écartée de lui. J'en avais besoin pour pouvoir réfléchir correctement.

Il a effleuré ma joue du revers de la main et mon cœur a fait un bond. J'ai encore reculé.

— Je me suis comporté comme un idiot avec toi, Emilia, mais réfléchis bien : je ne t'ai jamais menti, pas une seule fois. Josephine et son frère en avaient après l'argent de mon père et ils ont fait pas mal de choses infectes pour l'obtenir. Tout ce que je veux, c'est rétribuer cette salope comme elle le mérite.

J'ai fermé les yeux en secouant la tête. Au fond, je le croyais. À la lumière de ce qu'il venait de me raconter, sa conversation dans la bibliothèque avec Daryl devenait limpide. Il disait la vérité.

Mais quand même, il me demandait de menacer sa belle-mère et de mentir. Pourquoi aurais-je fait ça pour lui ?

Comme je ne répondais pas, il a pris ma main et m'a guidée vers un fauteuil. Il était près de 5 heures, à présent, et je n'avais plus aucune envie de lire.

— Reste, a-t-il murmuré.

— Pour quoi faire ?

— Parce que je te l'ordonne.

— Non.

Il a soupiré.

— Merde, Emilia. Alors fais-le parce que ça me fait plaisir. La journée a été longue. Pour Jo, tu n'es pas obligée de te décider tout de suite. Ce soir, je te demande juste de rester ici, à lire ou à me regarder travailler. Je n'essayerai plus de te convaincre. Je te demande seulement de réfléchir à ce qui est juste, Emilia. Juste et légal, ce n'est pas forcément la même chose.

Je me suis installée dans le fauteuil en face du sien, mais c'était surtout parce que j'étais trop choquée pour tenir debout. Les confidences de Vicious, mes doutes sur la mort de Ryler… Tout cela me tétanisait.

J'ai tendu le bras pour attraper un livre relié de cuir posé sur le coin de la table. En lisant le titre sur la tranche, je n'ai pas pu m'empêcher de sourire.

— *Les Quatre Filles du docteur March* ?

Il s'est contenté de hausser les épaules.

J'ai ouvert le livre, mais je n'arrivais pas à me concentrer sur les mots. Toutes les deux secondes, mes yeux revenaient vers Vicious.

— J'ai l'impression que quelque chose te tracasse, Conchita, a-t-il déclaré au bout d'un moment, sans quitter son écran des yeux.

Il remettait ça avec Conchita, et il avait repris le ton glacial et condescendant d'avant sa confession. J'ai joué le jeu.

— Peut-être que Conchita se trouve vraiment trop stupide d'être assise ici avec toi, ai-je répondu.

J'étais curieuse de savoir où il voulait en venir.

L'ombre d'un sourire est passé sur son visage.

— Tu es pas mal de choses, mais tu n'es pas stupide, ça non.

— Ah oui ? Et je suis quoi ?

— Tu es…

Il a levé les yeux pour me dévisager. Parfois, un regard peut en dire très long et le sien disait : « Tu es à moi. » Mais sa bouche a dit :

— Compliquée. Complexe. Mais ce n'est pas un défaut.

J'aurais voulu lui répondre que je le détestais et que je refusais de l'aider à écraser sa belle-mère, mais je ne le détestais pas et je ne savais pas encore ce que je ferais pour Jo. Aussi je me suis tue.

Sans quitter son écran des yeux, il a enveloppé mes jambes avec les siennes, sous la table, en les serrant fort, comme pour me mettre au défi de me dégager. Mais je n'ai même pas essayé, parce que j'aimais la sensation que me procuraient ses longues cuisses musclées qui enserraient les miennes. Du coup, il ne s'est pas gêné, il a écarté mes cuisses avec ses genoux.

Pendant toute la manœuvre, il ne m'a pas accordé un regard et moi j'ai fait mine de continuer à lire. Il s'est mis à tapoter la table avec son stylo et quand j'ai regardé ce stylo, mon cœur a fait un bond. Il était tout mâchonné et il y avait écrit McCoy's dessus. C'était le mien. Celui dont je m'étais servie pour noter sa commande.

Il a levé les yeux, en me décochant son plus beau sourire.

— Au fait, j'ai pris sur moi de prévenir ta copine Rachelle que tu ne travaillerais plus au bar. Le salaire que je te verse est suffisant pour ta sœur et toi. Tu vas pouvoir te consacrer entièrement à moi, Emilia. Et ne me remercie pas de tout ce que je fais pour toi, c'est de bon cœur.

14
Vicious

Il s'est produit ce qui devait finir par arriver. Je suis tombé comme une masse.

Après plusieurs jours de veille non-stop, mon corps a lâché. Le soleil venait de se lever quand nous avons quitté la bibliothèque, Emilia et moi – elle à faire semblant de lire, et moi de travailler. J'ai grimpé dans un état second l'escalier menant à l'étage, en me demandant ce qu'elle penserait en ne me voyant pas de la journée. Mais je n'ai pas pu résister. Une fois dans ma chambre, j'ai tout juste eu le temps d'arriver jusqu'à mon lit.

Quand j'ai refait surface treize heures plus tard, il faisait nuit de nouveau. J'entendais des voix d'hommes dans le couloir. Les deux infirmiers de mon père, Josh et Slade, discutaient des mérites respectifs des Raiders et des Patriots. Ces idiots m'avaient réveillé.

Mon père était rentré. Il avait dû sortir de l'hôpital pendant que je dormais.

J'ai enfilé à la hâte un T-shirt propre et je suis sorti dans le couloir. Quand je suis passé devant les infirmiers, ils ont eu l'air un peu étonnés de me voir, mais je n'ai pas daigné leur donner la moindre explication. Mon père était seul dans sa chambre. Jo devait être à Cabo. Elle préférait bronzer et se payer du bon temps avec ses copines, plutôt que de rester auprès de son vieux mari impotent et mourant.

En attendant, ça m'arrangeait. J'allais enfin régler mes comptes avec mon père. C'était un grand moment pour moi, l'angoisse me nouait l'estomac. Mais pas question de reculer. J'attendais quand même depuis que j'avais douze ans.

L'heure était enfin venue.

Daryl était mort.

Papa était mourant.

Et Josephine serait bientôt hors circuit.

Je n'ai pas refermé la porte derrière moi. Les infirmiers, qui m'avaient suivi des yeux, sont restés dans le couloir à parler foot en gesticulant.

— Salut, papa.

Je me suis adossé au mur, les mains dans les poches, à côté d'un tableau de Charles-Edouard DuBois – pas trop mal, mais je préférais ceux d'Emilia.

L'homme qui avait gâché ma vie n'était plus que l'ombre de lui-même. J'avais devant moi un vieillard entièrement chauve, au visage exsangue, au cou de lézard, aux veines saillantes. Bien loin de celui que j'avais admiré quand j'étais enfant. Je ne lui avais jamais ressemblé – étant plutôt le portrait craché de ma mère, ce qui expliquait en partie pourquoi Jo avait toujours eu pour moi une haine viscérale.

« Tu dis n'importe quoi, Baron. Jo et Daryl ne feraient jamais une chose pareille, avait déclaré mon père quand je lui avais montré mes cicatrices.

— Papa, elle m'enferme avec lui dans la bibliothèque et il me bat, avais-je répondu pour la centième fois.

— La version de Jo, c'est que tu te fais ça tout seul. Tu es perturbé, Baron. Tu cherches à attirer mon attention ? C'est ça ? »

Non, je ne cherchais pas à attirer *son* attention. J'aurais plutôt eu besoin d'un autre père.

— Tu es rentré de l'hôpital, papa ? ai-je demandé d'un ton doucereux.

Il a battu des paupières pour dire oui, puisqu'il ne pouvait pas parler. Moi, par contre, j'avais l'usage de la parole et beaucoup à dire. Je savais que mes mots pouvaient le tuer, mais ça m'était égal.

Il ne se doutait de rien, parce que je n'avais jamais manifesté la moindre animosité à son égard. Pendant toutes ces années, j'avais rongé mon frein en silence, en attendant mon heure. La dernière fois que je l'avais vu, j'avais fait mine de m'intéresser à ses affaires et à sa santé, comme d'habitude, mais à présent, le temps de la revanche était venu.

— Désolé de ne pas avoir prévenu de mon arrivée. Je suis venu rencontrer Eli Cole, à propos de ton testament.

J'ai traversé la chambre d'un pas décidé pour aller m'asseoir sur le bord de son lit.

— Je suis vraiment curieux de savoir combien tu vas laisser à Jo, parce que tu n'as jamais voulu dévoiler ton jeu. Tu t'es servi de ton argent pour l'obliger à rester, ça, c'était bien joué.

Je lui ai adressé un clin d'œil complice, avec un sourire ironique.

Il n'a pas répondu, mais sa respiration s'est accélérée. Il m'avait parfaitement entendu et dans sa tête ça devait se traduire par : « Je vais bientôt mourir, alors il pense au pactole. »

Ce en quoi il se trompait, parce que le véritable enjeu n'était pas l'argent pour moi.

— Mais bon… Le contrat de mariage, c'est de la vieille histoire. Ce que je voudrais savoir, c'est si tu lui as laissé quelque chose. Parce que si c'est le cas, je compte m'y opposer. Vous avez tué maman, tous les deux. Il va falloir qu'elle paye pour ça.

J'ai attendu sa réaction avec une petite moue amusée.

Il a écarquillé les yeux, puis il a jeté un regard éperdu du côté du couloir, comme pour quêter de l'aide, mais c'était inutile. Pour les infirmiers, il ne se passait rien de spécial : j'étais le bon fils qui rendait visite à son père malade.

« Tu es sûre que ton frère saura se taire ? Je ne veux pas prendre de risques.

— Personne ne se doutera de rien, mon chéri. Je te le promets.

— Ce n'est pas une décision facile à prendre, Josephine… Mais c'est vrai que je n'en peux plus de ce fardeau. »

C'était un an après l'accident de voiture qui avait rendu ma mère tétraplégique. J'avais neuf ans et j'étais trop jeune pour saisir les sous-entendus de cette conversation, mais j'en avais gardé chaque mot en mémoire, précieusement, parce que je sentais que c'était important et je pouvais réciter tout le dialogue.

« Fais-moi confiance, Daryl va t'aider. Je te promets que personne n'en saura rien. Et de toute façon, les gens n'ont pas le droit de juger. C'est comme si tu étais marié à un légume.

— Je ne sais pas, Jo. Je ne sais pas.

— Chéri. Tu ne peux même pas divorcer. C'est terrible. Tu lui rendrais service. Elle ne peut même plus se gratter le nez toute seule, ce n'est pas une vie.

— Et mon fils ? C'est tout de même sa mère…

— Ton fils ? Tu crois que ça lui fait du bien, d'avoir une mère dans cet état ? Il vaut mieux la remplacer le plus vite possible. Je serai une bonne mère, pour lui. Il l'oubliera. Les enfants oublient vite. »

Quelques jours plus tard, j'étais rentré plus tôt de l'école parce que j'étais malade. Notre domestique de l'époque était venue me chercher. En arrivant, j'avais eu envie de passer voir ma mère. Elle occupait une chambre médicalisée, un peu à l'écart des autres. Je voulais lui lire le dernier poème que j'avais écrit en classe. Ensuite je l'aurais scotché sur son mur. Elle en avait toute une collection.

Je me dirigeais vers sa chambre, quand j'ai vu un étranger en sortir. J'allais lui demander s'il était un nouvel infirmier, mais la domestique m'a appelé : « Viens te coucher, Baron. Tu as de la fièvre et il ne vaut mieux pas aller voir ta mère, tu risquerais de lui passer tes microbes. »

Ce dernier poème, ma mère ne l'a jamais entendu. Vingt minutes plus tard, son infirmière appelait d'urgence une ambulance : le respirateur s'était bouché et ma mère était en train de s'étouffer.

Quant à l'homme que j'avais vu sortir de sa chambre, mon père me l'a présenté plus tard, quand il a épousé Jo. C'était Daryl Ryler.

Une coïncidence ? Je n'y ai jamais cru.

— Eh oui, papa. Je sais que tu as chargé Daryl Ryler de tuer maman.

Il jetait maintenant des regards affolés de tous côtés. J'ai pensé à ma mère, qui avait sans doute vu Daryl trafiquer son respirateur sans rien pouvoir faire, pas même appeler au secours. Mais je n'allais pas tuer mon père, ce n'était pas nécessaire.

— À propos de Daryl…

J'ai esquissé un sourire, tout en lissant du plat de la main les draps de coton blanc du lit.

— C'est vraiment trop bête qu'il se soit noyé dans son jacuzzi…

J'ai marqué un temps de pause, en le regardant droit dans les yeux. Une lueur de compréhension est passée dans son regard.

— Mais bon, je mentirais en te disant que ça m'a attristé. C'est tout le contraire, en fait. Il m'a semblé qu'il l'avait bien mérité. Sa mort, c'était une œuvre de salut public, quand on y réfléchit. Une fois mort, il ne pouvait plus tuer personne.

J'en avais dit assez pour le faire douter. Exactement ce que je voulais. Le doute, c'était la pire des tortures. Il était en train de se demander s'il n'avait pas fait de son fils un assassin.

Il tremblait maintenant de tout son corps et a émis une sorte de borborygme, en jetant des regards suppliants en direction du couloir, mais je parlais tout bas et les infirmiers étaient trop occupés par le foot pour s'intéresser à ce qui se passait dans la chambre.

— T'inquiète, papa, je ne vais pas t'étouffer. Je ne suis pas Daryl, quand même. De toute façon, tu n'en as plus pour longtemps. Tu sais que les médecins n'en reviennent pas que tu sois encore en vie ? Mais pourquoi tu t'accroches comme ça ? Tu es un fardeau, pour Jo. C'est comme si elle était mariée à un légume.

J'avais dû élever la voix sans m'en rendre compte, parce que les infirmiers se sont tus brusquement. Je leur ai fait mon plus beau sourire et ils ont repris leur conversation. Mon père tremblait de plus en plus, au point que j'ai cru qu'il allait vraiment avoir une attaque.

— Je ne sais pas ce qu'on va trouver dans ton testament, mais au cas où tu aurais laissé quelque chose à Jo, j'ai tout prévu. Fais-moi confiance, elle va se retrouver sans rien. Je tenais à ce que tu le saches.

J'ai ri. Merde, c'était dingue ce que je prenais mon pied.

— Quant à toi… Je vais détruire tout ce que tu as fondé. Ta société. Tes biens. Ton manoir.

Il ouvrait des yeux si énormes qu'on avait l'impression qu'ils allaient jaillir de leurs orbites. Il était pitoyable, avec ses tuyaux dans le nez, ses cathéters aux poignets et ce grognement incohérent qui sortait de sa gorge. Il n'était plus qu'un zombie, mais je n'ai pas eu pitié de lui. Il avait commandité la mort de ma mère.

— Je suis venu pour te dire au revoir, papa, ai-je dit en me penchant sur lui et en écrasant ses jambes paralysées.

Son regard transmettait des appels au secours que j'étais seul à voir. Il était sans défense, à ma merci, prisonnier de son corps malade. Ça m'a fait un bien fou de penser qu'il vivait exactement ce que ma mère avait vécu.

— Je repars à New York m'occuper de ma société. Je reviendrai ici pour ton enterrement. Et là, je m'occuperai de Jo.

J'ai collé mes lèvres à son oreille, comme si je l'embrassais, pour achever de déverser mon venin.

— Je vais m'amuser à détruire tout ce que tu vas me laisser, papa. Je commencerai par cette maison glaciale que je n'ai jamais aimée. Ensuite, je liquiderai la société que tu as créée de tes mains et j'investirai l'argent ailleurs.

Maintenant que je lui avais donné le coup de grâce, je n'avais plus rien à lui dire. Je me suis écarté de lui en lui adressant un clin d'œil complice. Il était tout congestionné, presque bleu. J'allais garder de lui cette dernière image : celle d'un homme impotent et vaincu.

Parfait.

— Au revoir, papa.

En passant dans le couloir, j'ai souri aux infirmiers.

Je suis rentré à New York avec Emilia le lundi matin. Je lui ai donné sa journée pour lui laisser le temps de s'installer chez elle, un geste qui ne me ressemblait pas et qui visait surtout à la mettre de mon côté. J'avais gagné des points en lui montrant mes cicatrices. Restait maintenant à conserver mon avance.

Elle n'a pas tiqué quand je lui ai appris que je vivais à quelques étages au-dessus d'elle, mais je me suis bien gardé de lui dire que j'occupais l'appartement de Dean, vu que je ne supportais pas de prononcer devant elle le nom de cet imbécile. De toute façon, c'était un détail.

De mon côté, j'ai filé au travail après une rapide douche, parce que je devais absolument faire avancer la fusion. FHH était sur le point d'absorber deux des plus gros laboratoires pharmaceutiques des États-Unis – dont celui qui avait failli me coûter un procès pour détournement de clientèle.

Je n'avais pas employé que des procédés légaux, mais dans le monde des affaires, c'était le résultat qui comptait. N'importe qui aurait fait la même chose à ma place.

Dean m'appelait tous les jours, soi-disant pour me demander où j'en étais avec cette transaction qui devait changer le profil de notre société et établir définitivement notre réputation. Mais je savais qu'il allait en profiter pour me parler d'Emilia et réclamer son bureau de New York. Alors je ne décrochais pas.

Il m'avait piqué Emilia quand on était au lycée, il méritait une petite leçon. Il faudrait bien que je parte un jour ou l'autre, évidemment, mais le plus tard possible. Noël approchait et les Noëls de Californie craignaient. J'avais décidé de passer le mien ici, d'autant plus que je n'avais pas de famille. Au moins, à New York, je serais une âme solitaire parmi tant d'autres. Dean partait évidemment à Todos Santos pour les fêtes, donc, franchement, je ne le lésais en rien.

Pour une fois, je suis arrivé au boulot de très bonne humeur. Je n'ai pas crié, j'ai été sympa avec les secrétaires et les réceptionnistes. Quand je suis reparti, un homme a essayé de me piquer mon taxi, et je ne l'ai même pas insulté. Je lui ai quand même écrasé le pied avant de monter en voiture, l'air de rien. Les vieilles habitudes ont la vie dure.

À l'instant précis où le taxi s'est arrêté devant mon immeuble, mon téléphone a bipé. Je venais de recevoir l'e-mail avec le contrat de la fusion signé par les deux labos. Opération réussie… Dans une heure, la nouvelle serait diffusée sur tous les sites financiers d'Amérique du Nord.

J'avais remporté le jackpot ! Je n'avais même pas eu le temps de contempler les signatures au bas du contrat que Jaime appelait. J'ai décroché aussitôt.

— Merde, mec, on est riches ! s'est-il exclamé en riant.

— On l'était déjà, ai-je fait remarquer. Et ne me remercie pas, je t'en prie.

— On l'était déjà, mais on l'est encore plus. Tu les as bien eus, t'es le roi.

— Ce n'est pas nouveau, ai-je répondu en riant avec lui.

J'entendais Mel, sa femme, qui chantait une berceuse à leur bébé.

— Bon, je vais annoncer ça à Mel et on va le fêter dignement, a-t-il dit. Je te rappelle demain, enfoiré.

Il a raccroché, mais le téléphone a sonné de nouveau. Cette fois, c'était Trent.

— Putain de merde ! a-t-il hurlé. J'ai du mal à y croire ! C'est bien vrai ?

— On dirait que c'est vrai, oui.

— Écoute, je suis chez mes parents. On va dîner avec les parents de Dean… Une sorte de repas de Noël en avance. Mais je te rappelle demain pour te remercier, Vic. Tâche de t'amuser ce soir pour fêter ça. Salut.

— Ouais, salut, ai-je répondu en raccrochant.

J'aurais bien voulu fêter ça, sauf que j'étais seul. J'allais passer la soirée dans un appartement vide qui n'était même pas le mien, me faire livrer à manger et peut-être inviter une fille dont j'aurais oublié le nom quelques heures plus tard.

Ça m'a déprimé.

Et j'ai tout naturellement pensé à Emilia pour me remonter le moral.

Sans trop savoir comment, je me suis retrouvé devant sa porte. En principe, je n'avais rien à faire chez elle en dehors des heures de bureau, puisqu'elle était mon assistante. Mais je me suis dit que ce serait une occasion de la mettre dans mon lit.

J'ai frappé à sa porte en espérant ne pas me retrouver nez à nez avec cette grande gueule de Rosie.

Comme personne ne venait, j'ai tambouriné avec mon poing, et cette fois j'ai entendu des pas. Emilia a ouvert. Elle portait un legging à motifs géométriques et un T-shirt trop grand maculé de peinture. Elle avait aussi de la peinture sur le visage et des mèches de cheveux collées à son front couvert de sueur. Elle était pieds nus.

Au naturel.

Magnifique.

J'ai eu envie de la prendre dans mes bras et de l'embrasser direct. Mais évidemment, je me suis retenu.

— Salut, a-t-elle lancé.

Elle avait encore ses écouteurs sur les épaules.

— Désolée, je n'avais pas entendu, j'écoutais de la musique. J'ai vu l'e-mail pour la fusion. Félicitations. Tu as besoin de moi ?

Ouais. Je t'inviterais bien dans mon lit.

— Je voudrais t'inviter à dîner, ai-je dit à la place.

Vicious ! Pas de dîner avec une fille !

Je venais de briser une de mes sacro-saintes règles. J'en ai eu le vertige.

Mais j'avais trop envie d'elle et elle était tellement coriace que je devais lui sortir le grand jeu si je voulais avoir une chance d'en tirer quelque chose. Je pouvais bien, pour une fois, oublier mes règles.

Elle a battu des paupières, puis elle a lâché :

— Non.

Le ton était sec, mais elle semblait surtout étonnée et même un peu déboussolée. Elle s'est agrippée à la porte, sans s'inquiéter du fait qu'elle avait les doigts pleins de peinture.

— Ce n'est pas une bonne idée, a-t-elle soupiré. Et tu le sais.

— Et pourquoi ça ?

— Ça prendrait trop de temps de t'énumérer toutes mes raisons, mais je vais te donner les deux plus évidentes : tu es mon patron et tu m'appelles Conchita.

— C'est un petit surnom affectueux, ai-je protesté. Mais si ça te déplaît, je peux le laisser tomber. Quoi d'autre ?

Elle a eu un petit rire.

— Quand tu m'as embauchée, tu m'as promis qu'on aurait des relations strictement professionnelles.

— Ah ouais ? J'ai promis ça ?

Je commençais à m'impatienter. Est-ce qu'elle se rendait compte qu'elle était en train de refuser quelque chose que je n'avais jamais proposé à aucune fille ?

— Mais je veux juste manger un steak. Pas ta chatte.

Là, j'étais allé un peu trop loin, parce qu'elle a essayé de me claquer la porte au nez. J'ai tout juste eu le temps de glisser mon pied entre le cadre et le battant. Elle l'a écrasé, mais ce n'était pas grave.

— On peut se faire livrer quelque chose, si tu préfères, ai-je insisté. Tu peux être tranquille, je ne vais pas te violer devant ta sœur.

Elle m'a jeté un drôle de regard qui semblait dire que oui, elle m'en croyait capable.

J'ai sorti trois doigts en redressant le menton.

— Parole de scout !

Elle a entrouvert un peu plus la porte. À peine.

— D'accord, a-t-elle murmuré. Comme ça, c'est d'accord.

Elle a fait un pas de côté en ouvrant le battant en grand. Elle me laissait entrer dans son petit univers.

J'ai eu l'impression d'entrer dans sa vie.

L'appartement n'était pas mal, mais vraiment trop impersonnel. Rien que des murs blancs, un plancher clair, une cuisine toute blanche – un décor d'hôpital plutôt déprimant. J'ai tout de suite remarqué le chevalet dans un coin de la pièce, près de la fenêtre qui donnait sur la ville, avec une grande toile en cours, représentant un cerisier en fleur donnant sur un lac. Ça faisait drôle de voir ce petit arbre se découper sur le paysage de gratte-ciel de la fenêtre.

J'avais toujours pensé qu'Emilia avait du talent, mais ce tableau me le confirmait. Son travail était vivant et original, coloré, vaguement provocateur, mais très structuré. Un peu comme elle, en fait.

— Pourquoi cette obsession des cerisiers en fleur ? ai-je demandé.

Je me posais cette question depuis dix ans. Des cerisiers en fleur, ou des fleurs de cerisiers, elle en avait toujours mis partout. Sur ses manuels, sur son sac à dos, sur ses vêtements, sur ses chaussures, sur ses mains et sur ses bras. Ce n'était d'ailleurs pas un hasard si la nuance de ses cheveux rappelait celle des cerisiers du Japon.

— Ils symbolisent pour moi la beauté éphémère… Et je les rattache aussi à l'un de mes plus beaux souvenirs d'enfance.

Elle a eu un sourire rêveur et attendri.

— Quand j'étais petite, ma grand-mère m'emmenait chaque printemps à Washington D.C. pour le festival des cerisiers en fleur. J'attendais ce moment toute l'année. On n'avait pas assez d'argent pour passer une nuit à l'hôtel, ni pour aller dans un restaurant de barbecue, mais quand même, c'était génial.

Elle a soupiré.

— L'année de mes sept ans, elle a eu le cancer. Elle a beaucoup souffert. Avant de mourir, pour m'expliquer qu'elle ne reviendrait plus, elle m'a parlé du sakura du Japon. Là-bas, la floraison des cerisiers est très courte, mais d'une beauté à couper le souffle. Et quand la pluie et le vent font tomber les fleurs, le sol est couvert d'un tapis de pétales roses, et c'est encore plus beau. Ma grand-mère disait que la vie est comme la floraison des cerisiers. D'une beauté à couper le souffle, mais éphémère. C'est avec elle que j'ai compris qu'il fallait profiter des joies de l'amour et de la vie. Et surtout de la présence de ceux que l'on aime, parce qu'elle n'est pas éternelle.

Elle a fermé les yeux et elle s'est tue.

Mais j'ai compris qu'elle pensait au moment où je l'avais éloignée de ceux qu'elle aimait.

— Désolée, je suis vraiment une rabat-joie, a-t-elle soupiré avec un petit rire.

— Non, ne t'excuse pas, ai-je répondu en venant me placer à côté d'elle, face au tableau. C'est terrible de perdre quelqu'un qu'on aime. Ma mère est morte quand j'avais neuf ans.

— Je sais, a-t-elle répondu d'un ton grave.

Elle n'a pas eu l'air gênée que j'aborde ce sujet et ça m'a étonné, parce que en général les gens n'aiment pas qu'on leur parle de deuil et de chagrin.

— Ça n'a pas dû être facile pour toi, a-t-elle ajouté.

— Non, mais c'est loin, maintenant, ai-je répondu en haussant les épaules. En fait, comme tu m'as parlé de ta grand-mère, j'ai voulu faire mieux en mettant ma mère dans la balance. Tu connais mon esprit de compétition.

— Vicious ! s'est-elle exclamée en riant.

— Quoi ? ai-je protesté. Perdre sa mère, c'est plus grave que perdre sa grand-mère, tu ne peux pas le nier.

Elle m'a donné une petite tape sur l'épaule, en essayant de retenir un sourire.

— T'es vraiment horrible.

— Horriblement sexy, oui, je sais.

On a commandé vietnamien et on s'est assis sur la bâche posée devant le chevalet. J'aurais préféré m'installer plus confortablement, mais Emilia était couverte de peinture, ce qui lui interdisait le canapé. J'ai continué à parler de ma mère, le sujet idéal pour l'amadouer et l'inciter à me soutenir contre Jo. Oui, c'était de la manipulation.

J'ai donc raconté l'accident de voiture, la paralysie, les poèmes, en insistant sur les détails attendrissants. Évidemment, je n'ai pas dit que mon père et Jo avaient envoyé Daryl pour achever la paralytique, j'ai simplement parlé de la bonne qui m'avait annoncé en hoquetant et en reniflant que je ne verrais plus ma maman.

Je m'étais toujours senti coupable de n'avoir parlé à personne de la conversation entre Jo et papa, et aujourd'hui encore, j'avais honte de ne pas les avoir dénoncés le jour où j'avais compris.

Mais qui m'aurait cru ?

Et même si on m'avait cru, ça n'aurait pas ressuscité ma mère. Envoyer mon père en prison n'aurait pas amélioré ma situation. Je ne m'étais pas senti capable d'assumer la honte, la pitié, les ragots. Avoir pour père un type qui avait envoyé le frère de sa maîtresse assassiner sa femme tétraplégique, non franchement, c'était trop sordide. J'aurais définitivement été pour tout le monde le « pauvre gosse ». Or, je n'étais pas un pauvre gosse, mais Vicious, le mec qui n'avait peur de rien, qui se battait, qui faisait cavaler les filles.

Et aujourd'hui j'étais Baron Spencer, le P-DG riche et puissant.

En tout cas, mon histoire avait produit son petit effet parce que Emilia avait maintenant les larmes aux yeux. Je n'ai pas regretté de m'être assis avec elle sur cette bâche pleine de peinture – et d'avoir sacrifié un pantalon à neuf cents dollars.

— J'aurais pu être là pour toi quand je vivais là-bas, si tu avais été un peu moins infect, a-t-elle murmuré d'un ton ému.

Elle pouvait être là pour moi aujourd'hui. En venant dans mon lit, par exemple. J'avais de plus en plus envie d'elle et je sentais que j'étais sur la bonne voie. Bon sang, quand je l'aurais entre mes bras, j'allais l'user jusqu'à la corde.

J'ai cherché un sujet de conversation plus neutre. Si je voulais arriver à mes fins ce soir, mieux valait éviter d'évoquer mon comportement passé.

— Mais au fait, où est Rosie ? ai-je demandé.

Elle a marmonné un truc à propos de la livraison d'un tableau qui n'aurait pas dû prendre autant de temps et s'est levée exactement au moment où on a sonné à la porte. Elle a tourné la tête vers moi, en haussant un sourcil amusé pour souligner la coïncidence, puis elle s'est dépêchée d'aller ouvrir.

C'était le livreur. Elle l'a accueilli très gentiment, fidèle à elle-même, et lui a fait la conversation cinq minutes. Mais moi je mourais de faim ! L'odeur de la nourriture chaude et épicée me faisait déjà saliver.

Emilia a quand même fini par revenir et a disposé des assiettes sur sa foutue bâche pleine de peinture. Le dîner m'a paru délicieux et je l'ai vraiment apprécié, même si le vin était de la piquette. Je mangeais trop souvent seul et c'était agréable de partager un repas avec quelqu'un de sympa. Nous avons dégusté sans un mot, et ça aussi, c'était super.

Emilia n'était pas du genre à parler pour ne rien dire, comme tant de filles. Comme moi, elle aimait le silence.

— Parle-moi d'un truc perso que tu fais et dont tu as honte, ai-je soudain demandé.

Elle m'a jeté un regard surpris, a bu une gorgée de vin au goulot, et a réfléchi un instant, avec une moue songeuse.

— Un truc qui change un peu de Mlle Parfaite qui aide sa sœur malade, ai-je insisté.

Elle a levé les yeux au ciel, mais elle a souri, tout en continuant à réfléchir. Elle avait visiblement du mal à trouver quelque chose à dire. Puis soudain, elle s'est exclamée :

— Je peins à l'huile !

Je n'ai pas pu m'empêcher de rire.

— Ah oui, dis donc, ça craint.

Elle m'a donné une tape sur l'épaule et tout à coup, j'ai eu la certitude qu'elle m'aimait bien et qu'on avait des points communs, tous les deux. Je suis revenu dix ans en arrière, quand je l'espionnais depuis la fenêtre de ma chambre et qu'elle occupait toutes mes pensées.

Sauf que je ne voulais pas que ça recommence.

Pas ici. Pas maintenant. J'avais déjà suffisamment d'incendies dans ma vie personnelle, sans rajouter cette tempête.

— Mais laisse-moi finir ! a-t-elle protesté. Tu ne sais pas ce que je vais dire. L'huile, c'est toxique et c'est long à sécher, il faut aérer, ça refroidit l'atmosphère. C'est très mauvais pour les poumons de Rosie. Mais chaque fois que je pense à passer à l'acrylique, je me dis que c'est moins noble, moins lumineux… Je n'y arrive pas.

Elle a soupiré en rougissant légèrement.

Merde. Elle m'avait vraiment avoué quelque chose qui pesait sur sa conscience.

J'ai pris ma tête entre mes mains en feignant d'être horriblement choqué.

— C'est complètement dingue, Emilia. Tu es un monstre ! Bientôt tu vas me dire que tu payes tes impôts en retard.

— Comme tu peux voir…

Elle s'est interrompue pour aspirer une nouille qu'elle tenait entre ses baguettes.

Sa façon de manger n'avait rien de sexy – en fait, elle mangeait plutôt salement –, mais la vue de cette nouille aspirée par ses lèvres m'a fait un tel effet que j'ai cru que j'allais la prendre sur la bâche, là, tout de suite. C'était vraiment moins une, mais je ne l'ai pas fait.

N'empêche, je n'allais plus pouvoir me maîtriser longtemps.

— … je ne suis pas sans tache, a-t-elle achevé.

— Personne n'est sans tache, ai-je fait souligné, en me passant la langue sur les lèvres. Et personne n'est tout noir non plus.

Elle a posé ses baguettes et m'a jeté un regard interrogateur. J'ai continué à manger, comme si je n'avais rien remarqué.

— Des fois, j'ai l'impression que tu es tout noir, a-t-elle rétorqué. Je me demande si on peut se sentir bien avec toi.

Mais je savais qu'elle ne le pensait pas vraiment. Elle faisait partie de ces gens qui cherchent la bonté chez les autres. Même chez un petit salaud comme moi.

— Tu veux tester cette théorie ? ai-je demandé en avalant une nouille et en lui adressant un clin d'œil. Je pourrais essayer de te faire du bien. Il suffirait que tu me le demandes.

Elle a éclaté de rire et une vague de chaleur s'est propagée dans ma poitrine.

— Si c'est comme ça que tu dragues, tu ne dois pas avoir autant d'expérience qu'on le dit. Tu ne serais pas puceau, par hasard ?

Elle a plissé le nez en prenant un air dégoûté.

OK. Compris. Elle était totalement sous le charme. Elle voulait ma bouche sur la sienne, mes mains dans ses cheveux de la couleur des cerisiers en fleur, mon corps contre le sien. C'était quelque chose que j'étais capable de déceler à des kilomètres, comme un requin renifle le sang.

J'ai écarté mon bol de nouilles pour me rapprocher d'elle et elle n'a pas fait mine de s'écarter.

Je me suis penché vers elle et elle a retenu son souffle, les yeux baissés, en attente… Il m'a fallu tout mon self-control pour lever doucement la main et caresser son cou délicat, au lieu de la clouer au sol comme une brute pour lui arracher son foutu legging.

Elle a soupiré en inclinant la tête.

— Je vais le regretter, a-t-elle murmuré d'une toute petite voix.

— Il y a des chances, oui… Mais ça vaut le coup quand même.

Mes lèvres sont passées de son cou à sa bouche. Son souffle chaud me chatouillait, j'aurais voulu qu'elle m'étouffe de baisers. Je me suis senti brusquement emporté. Je n'étais plus en train de me demander comment j'allais passer à l'étape supérieure, juste en train d'explorer les délicieuses petites stries de ses lèvres.

Malheureusement, c'est le moment qu'a choisi Rosie pour entrer.

Emilia a sursauté et s'est mise à ramasser les boîtes en carton autour de nous. Merde ! Je n'avais même pas eu le temps de mettre ma langue dans sa bouche.

— Rosie ! s'est exclamée Emilia d'une voix suraiguë. Pourquoi tu rentres si tard ? J'ai de la soupe aux nouilles pour toi. Je vais te la réchauffer tout de suite.

Elle s'est empressée de disparaître derrière le long mur blanc de la cuisine. Je me suis allongé à demi, appuyé sur mes avant-bras, en lançant un regard hostile à la nouvelle Rosie adulte que je ne connaissais pas. Elle m'a dévisagé d'un air insolent et, pour la deuxième fois de la soirée, j'ai eu l'impression d'être renvoyé dix ans en arrière.

— Si tu lui fais du mal, je te tue, a-t-elle dit en me montrant du doigt.

Sérieusement… Ce gnome se prenait pour Rambo ou quoi ?

— Tu arrives au plus mauvais moment et c'est toi qui menaces de me tuer ? ai-je ricané. Tu n'es pas sympa. Je te rappelle que c'est grâce à ma générosité que tu ne vis pas dans un taudis.

Je lui ai décoché mon sourire arrogant, celui qui rendait les mecs fous de rage et les femmes folles d'amour.

Mais Rosie était insensible à mon charme. Je m'étais servi d'elle dix ans plus tôt pour me venger de sa sœur : elle ne me l'avait pas pardonné. Depuis, elle avait de moi une opinion déplorable.

— Ta générosité, je me la mets où je pense, a-t-elle répondu en avançant dans la pièce.

Franchement, pour quelqu'un qui souffrait d'une maladie des poumons, elle était plutôt en forme.

— Je ne sais pas ce que tu as en tête, mais si c'est un truc tordu, je te préviens que je ne te laisserai pas faire.

Il fallait que cette conversation s'arrête avant qu'Emilia ne revienne dans le salon, parce que sinon Rosie allait réduire à néant tous mes progrès avec elle. Les deux sœurs avaient du caractère, mais Emilia était plus diplomate et moins agressive. Rosie était du genre à vous menacer de vous poignarder pendant votre sommeil. Elles se ressemblaient beaucoup, mais elles dégageaient quelque chose de totalement différent.

— Mes intentions sont pures, ai-je menti.

— Je ne te crois pas, a répondu Rosie du tac au tac.

— C'est bien dommage, parce qu'il va falloir t'habituer à moi.

Je me suis levé. J'étais un peu vaseux, à cause du vin et du manque de sommeil, mais totalement conscient de ce qui était en jeu.

Emilia est revenue dans le salon avec un bol de soupe, un sourire d'excuse sur le visage.

— Vic allait partir, a-t-elle dit à sa sœur. Sa société a signé un très gros contrat aujourd'hui. Il avait des choses importantes à me dire pour demain matin.

Ça m'a agacé qu'elle se sente tenue de justifier ma présence.

— À demain au bureau, ai-je marmonné en lissant ma chemise du plat de la main.

Elle a acquiescé. Le charme était rompu. Clairement, la présence de sa sœur lui avait rappelé le petit salaud je pouvais être.

— Et encore toutes…

Elle s'est éclairci la voix, avant d'achever d'un ton froid et professionnel :

— … mes félicitations pour la fusion.

Je suis parti, avec ma queue qui essayait de sortir de mon pantalon. Il ne me restait plus qu'à faire venir une pute de luxe. Façon de parler, parce que je n'en connaissais pas. Et de toute façon, il me fallait Emilia et pas une autre.

Pour la première fois de ma vie, j'avais la sensation de savoir ce que je désirais vraiment et ça n'avait rien à voir avec ma carrière, l'argent, où le fait de détruire Jo et mon père.

Je voulais Emilia.

Je voulais pouvoir l'embrasser chaque fois que j'en avais envie.

Tant que j'étais à New York, je veux dire…

Dans l'ascenseur qui montait vers mon appartement du dernier étage, mon téléphone a bipé. C'était un message de Dean.

Je ne vais pas tarder à rentrer à NY, alors un conseil d'ami : casse-toi avant mon retour.

Je ne me suis même pas donné la peine de répondre. Une fois dans l'appartement, j'ai emballé les beaux costumes de Dean dans leur housse.

On n'allait pas reprendre nos places tout de suite. Pas tant que je n'aurais pas mis Emilia dans mon lit.

Il restait à L.A.

Que ça lui plaise ou non.

15

Emilia

Rosie m'observait depuis la table du salon en secouant la tête d'un air désapprobateur. Elle ne disait rien, mais j'avais l'impression de l'entendre penser. Elle n'avait pas touché à son bol de soupe.

— Pas de commentaire, ai-je averti tout en rangeant mon matériel de peinture.

Je ne regrettais pas ce qui s'était passé avec Vicious. Oui, j'avais failli l'embrasser. Et après ? Pour la première fois de ma vie, je n'avais pas joué la prudence. Je ne savais pas où ça me mènerait, mais j'avais décidé de prendre tout ce qui se présenterait.

— Très bien, a lâché Rosie. Je t'aurai prévenue, n'en parlons plus.

Elle a sorti de son sac une enveloppe kraft et l'a posée sur la table. L'argent du tableau ! J'étais tellement perturbée que je l'avais presque oublié. J'ai compté les billets sans un mot. J'aurais dû être folle de joie d'avoir vendu un de mes tableaux, mais mon esprit était ailleurs.

Me laisser approcher par Vicious était probablement une erreur et j'allais le regretter.

Tant pis.

Le lendemain matin, je suis partie en avance au boulot. J'avais décidé d'être une assistante parfaite, je ne savais pas trop pourquoi.

Quand Vicious est arrivé, son café et son petit déjeuner l'attendaient.

Je me suis enfermée dans mon bureau – à deux portes du sien –, et j'ai réservé un vol pour San Diego au nom de Rosie. Je l'aurais bien accompagnée, pour qu'on passe tous un vrai Noël en famille, mais les billets de dernière minute étaient affreusement chers et je devais faire attention à ne pas trop dépenser. De toute façon, Vicious ne m'aurait pas accordé une semaine de vacances.

Je me suis quand même demandé si je ne me débarrassais pas de Rosie pour avoir le champ libre avec lui. Mais non. Pas du tout. Je voulais juste faire plaisir à ma petite sœur.

Une fois cette BA accomplie, je lui ai envoyé un texto pour lui dire de préparer ses bagages et je me suis mise au travail. J'ai commencé par m'occuper des e-mails de Vicious. J'ai répondu à des demandes d'organisateurs de ventes de charité, j'ai vidé la poubelle de sa boîte de réception, je lui ai signalé les investisseurs auxquels il devait répondre. Son courrier se limitait à des messages professionnels, c'était triste à pleurer. Rien de personnel, à part quelques vannes avec Jaime et Trent, et une question de Dean à propos de la fusion. Je ne cherchais pas à l'espionner. C'était mon rôle de mettre de l'ordre dans son courrier.

Aller sur sa page Facebook pour lire des messages de filles ne faisait pas partie de mes attributions, mais j'ai pris la liberté de le faire parce que… Parce que j'étais une assistante scrupuleuse.

Je me suis redressée d'un bond en poussant un cri de surprise quand il est apparu sur le seuil de ma porte.

— Encore en train de regarder du porno ? a-t-il demandé, comme je rougissais.

— Les sites pornos ne sont pas accessibles depuis nos ordinateurs, ai-je fait remarquer.

Il a eu un rire nerveux. J'ai repoussé les mèches de cheveux qui me barraient le front. On était tous les deux troublés, ça se voyait.

Moi, en tout cas, je craquais complètement. Dès qu'il était devant moi, j'oubliais tout ce qu'il m'avait fait.

Ce matin, il était particulièrement beau. Il portait un costume sombre, comme toujours pour venir travailler, mais il avait laissé la veste dans son bureau et retroussé ses manches de chemise, exposant des avant-bras musclés bronzés par le soleil de L.A. et constellés de ces cicatrices qui me donnaient de la tachycardie.

En le regardant, je n'arrêtais pas de penser qu'on se serait embrassés la veille sans l'arrivée de Rosie. Pauvre Rosie... Je l'avais maudite en silence, tout en lui réchauffant sa soupe.

J'ai haussé un sourcil, en me renversant sur le dossier de mon fauteuil.

— Tes informaticiens sont vraiment nuls. J'ai regardé des vidéos de mort en direct toute la matinée.

Il a eu un rire joyeux, événement aussi rare et précieux chez lui que la floraison des cerisiers au printemps. Mais tout comme cette floraison, il a été très bref.

— Je ne t'imaginais pas aussi vicieuse, Emilia, a-t-il commenté en fourrant les mains dans ses poches. Mais tous les goûts sont dans la nature et je serais ravi de partager les tiens.

— T'es vraiment bizarre, ai-je rétorqué en faisant mine d'avoir envie de vomir. Tu te comportes comme un puceau qui ne sait pas quoi faire pour intéresser les filles.

Depuis qu'il m'avait parlé de son enfance, il m'attendrissait. Je lui trouvais des excuses. Il était perturbé, mais qui ne l'aurait pas été à sa place ? Pour autant, je n'étais pas prête à tout lui pardonner. Mais puisque je devais le côtoyer le temps de me remettre à flot financièrement, pourquoi ne pas m'amuser un peu avec lui. Après tout, pourquoi je me serais gênée ? Lui aussi m'utilisait, non ?

Il m'a lentement balayée d'un regard gourmand et provocateur, des pieds à la tête, puis il s'est arrêté sur mon visage.

— Je te veux dans mon bureau dans dix minutes pour régler des détails à propos de la fusion.

Puis il est sorti en fermant la porte derrière lui. J'étais en train d'essayer de reprendre mon souffle, quand mon téléphone a sonné. J'ai répondu, le sourire aux lèvres.

— S'il te plaît, dis-moi que tu viens avec moi ! s'est exclamée Rosie.

Sa joie m'a mis du baume au cœur.

— Désolée, ma petite Rosie. J'ai une tonne de travail et j'ai hâte de profiter seule de l'appartement. J'en rêve depuis que j'y ai mis les pieds. Je vais me déchaîner, écouter du disco à fond, danser toute nue, me gaver de pizzas et peindre toute la nuit.

J'avais quand même un petit pincement au cœur à l'idée de passer Noël seule, mais la perspective d'avoir du temps pour peindre me consolait largement.

— Hors de question que je parte sans toi et que je te laisse seule à Noël, a protesté Rosie. Tu délires ou quoi ?

Elle était adorable, mais je n'allais pas céder. Je ne voulais pas pour Rosie d'un réveillon triste à pleurer comme celui de l'année dernière : on avait mangé des pâtes et je lui avais offert un parfum à moi, déjà entamé.

— Rosie, sois raisonnable…

Tout en continuant à parler, j'ai filé dans les toilettes. Je voulais me recoiffer avant d'aller dans le bureau de Vicious. Il m'avait donné dix minutes pour me présenter devant lui et il n'aimait pas attendre.

J'ai passé les neuf minutes suivantes à convaincre Rosie de partir seule, tout en me servant de mes doigts pour tenter de discipliner mes cheveux.

— … Je viens de passer un week-end avec papa et maman. Tu ne les as pas vus depuis deux ans. Ils seront tellement contents de…

— Viens avec moi, a-t-elle insisté.

— On ne peut pas se permettre de payer deux billets.

— Mais tu gagnes beaucoup d'argent !

— En ce moment. Mais je ne sais pas combien de temps ça va durer.

Vicious ne vivait pas à New York toute l'année. C'était Dean qui dirigeait ici et il n'allait sûrement pas me garder. Rosie était au courant de tout ça et elle m'encourageait d'ailleurs à chercher autre chose.

— Rosie, ça fait combien de temps que je n'ai pas eu un appart pour moi toute seule ? Et j'ai payé ce billet, il n'est pas remboursable, tu ne vas quand même pas gaspiller tout cet argent ? Pars et puis c'est tout.

— Je t'aime, a-t-elle répondu avec un petit rire contrit.

— Je t'aime aussi, petite sœur, ai-je répondu, le sourire aux lèvres. Fais tes bagages. Tu as un avion à prendre dans quelques heures.

— D'accord. Tu as parlé de mon petit copain motard à maman ? Et tu lui as dit aussi qu'on voulait un serpent comme animal de compagnie ?

J'ai ri.

— Oui, elle est au courant. Le petit copain, elle serait ravie de le rencontrer. Et le serpent, elle dit qu'il sera utile pour s'occuper des rats.

Après avoir raccroché, j'ai pris la direction du bureau de Vicious, en tentant désespérément de maîtriser les battements de mon cœur. Un ultime sursaut de lucidité m'a assaillie : ce type avait failli détruire ma vie et je m'apprêtais à lui tomber dans les bras. Je savais à quoi je m'exposais, je n'avais aucune excuse.

J'ai frappé à sa porte, puis j'ai essuyé discrètement mes paumes moites sur mes cuisses. Patty a dû remarquer que j'étais particulièrement stressée parce qu'elle m'a adressé un sourire encourageant. Elle devait probablement penser que j'avais peur de me faire sermonner par le dragon qui terrorisait tout l'étage. Je lui ai souri en retour.

— Entre, a grommelé Vicious.

Debout, les deux mains bien à plat sur le plateau en verre de son bureau, il fixait l'écran de son ordinateur.

— C'est à propos de la fusion, je suppose, ai-je déclaré d'un ton professionnel. Tu as des détails à régler ?

Je n'en revenais pas d'avoir aligné deux phrases cohérentes, avec l'effet qu'il me faisait. J'ai serré mon iPad contre ma poitrine.

— Tourne-toi face à la porte, a-t-il ordonné, en ignorant ma question.

J'ai froncé les sourcils.

— Euh... Pourquoi ?

— Parce que je suis ton patron et que je te le demande.

Il a levé la tête de l'écran et son regard brûlant a achevé de pulvériser le peu de bon sens qui me restait.

Il me déshabillait littéralement du regard et ça me donnait envie de me jeter à son cou, comme toutes les filles du lycée qui lui couraient après autrefois. Je me suis tournée lentement face à la porte, avec mon cœur qui battait la chamade et emplissait mes oreilles de ses violentes pulsations. Son bureau ne comportait qu'un seul panneau vitré, face au couloir et contre la porte en bois qui le coupait en deux, on était un peu protégés des regards, mais quand même...

— C'est la suite d'hier soir ? ai-je demandé.

— Non.

Il s'est approché lentement et chacun de ses pas envoyait une vibration dans mon ventre. Une vague de désir s'est abattue sur moi. Déjà son corps était tout contre le mien et la première chose qui m'est venue à l'esprit, c'est qu'il était beaucoup plus grand et plus chaud que dans mon souvenir. Ses lèvres ont effleuré ma nuque à l'endroit le plus sensible, sans appuyer, en me laissant sur ma faim.

— Tu as couché avec Dean, alors que c'était moi que tu voulais. Maintenant, tu as dix ans de plus, il est temps d'arrêter de te mentir à toi-même, Emilia LeBlanc.

Il m'a attirée à lui, la tête contre son torse, et ses lèvres se sont posées sur ma tempe. Elles sentaient le café, le désir, son odeur.

— J'en ai assez de jouer avec toi, a-t-il déclaré d'une voix rauque et basse.

Sa bouche chaude s'est déplacée sur ma peau.

— On est célibataires tous les deux. On a envie l'un de l'autre. Faut arrêter de déconner. On va coucher ensemble. Dis oui.

— Vicious…

Il m'a fait taire en m'attrapant d'une main par les cheveux pour m'obliger à tourner la tête vers lui, tandis que l'autre écrasait mes fesses contre son pubis. Il ne mentait pas. Il avait envie de moi.

Moi aussi, j'avais envie de lui. Mes jambes tremblaient. J'étais brûlante. J'étais tentée de mordre dans le fruit défendu, même si je sentais déjà le mal qu'il allait me faire.

— Dis oui, a-t-il répété.

J'aurais dû partir en courant ou au moins répondre non, mais j'avais trop envie de dire oui, alors j'ai opté pour un léger hochement de tête.

— C'est bien, a-t-il soupiré. Je savais que tu céderais si tu n'étais pas obligée de me regarder dans les yeux.

Il m'a fait faire volte-face et avant que j'aie eu le temps de dire quoi que ce soit, sa bouche était sur la mienne. Tous mes doutes se sont subitement envolés. Sa langue a écarté mes lèvres et je me suis alors souvenue que je ne l'avais pas laissé faire la première fois. Mais aujourd'hui, rien ne me retenait. Je ne sortais pas avec Dean. Il n'y avait plus de Hot Heroes, plus de Todos Santos. Nous étions juste deux adultes affamés l'un de l'autre et prêts à se dévorer.

Je voulais me dissoudre en fumée, m'insinuer en lui et ne plus jamais ressortir. C'était dingue, mais j'avais envie de lui à ce point-là.

Ses lèvres étaient chaudes et exigeantes, sa langue me sondait comme s'il cherchait à imprimer sa marque dans chaque recoin de ma bouche, à effacer toute trace de ceux qui m'avaient goûtée avant lui – à un rythme effréné qui me donnait des coups au cœur. J'étais tellement excitée que j'ai eu l'impression que j'allais mourir là, sur-le-champ, si je n'enlevais pas tout de suite mes vêtements. J'ai quand même fait un effort pour revenir sur terre. Il était 9 heures du matin et on était dans son bureau ! Mais lorsqu'il m'a soulevée de terre et que j'ai d'instinct noué mes jambes autour de sa taille, j'ai su qu'on était à deux doigts de faire contre sa porte quelque chose qui ne se faisait pas du tout dans un bureau.

— On pourrait nous voir, ai-je murmuré tout contre ses lèvres.

— Et alors ?

Ses dents ont mordillé doucement ma lèvre inférieure, puis il l'a aspirée dans sa bouche et l'a sucée violemment. Je le mettais dans un état pas possible, c'était clair, et ça a fait chavirer mon cœur.

— Ce n'est pas du tout professionnel, ai-je poursuivi, mais il ne s'est pas écarté.

Il avait raison quand il disait que c'était avec lui que j'aurais dû sortir, pas avec Dean.

On n'avait pas d'avenir ensemble, je ne me faisais pas d'illusions à ce sujet, mais on pouvait au moins profiter du temps qu'il lui restait à passer à New York.

— Emilia…

Il ne m'appelait toujours pas Millie, mais au moins il avait laissé tomber Conchita.

— Je m'en fous que ça ne soit pas professionnel. Et si tout le monde est au courant, ce n'est pas plus mal non plus. Je veux que tous les hommes de cet étage sachent qu'il ne faut pas t'approcher parce que tu es à moi.

— Et que fais-tu des règles de la société que tu rappelais si sévèrement à Floyd il y a quelques jours ?

— La société, elle est à moi. Je change les règles quand ça me chante.

J'ai trouvé la force de poser mes mains à plat sur son torse pour le repousser.

— On ne peut pas faire ça ici, ai-je protesté.

Il est retourné vers son bureau en soupirant pour ramasser ses clés et son téléphone, puis il a appuyé sur le bouton de l'interphone sans me quitter des yeux.

— Réceptionniste, a-t-il grondé. Annulez tous mes rendez-vous pour aujourd'hui. Vous avez accès à l'ordinateur de Mlle LeBlanc, vous y trouverez tout ce dont vous avez besoin.

— Tout va bien, monsieur ? a demandé la douce voix de Patty d'un ton vaguement inquiet.

— Je suis malade, je prends ma journée. Et j'emmène mon assistante pour me soigner.

Après avoir raccroché, il a rassemblé ses dossiers. Mon cœur s'est emballé.

— Alors comme ça, tu es malade ? ai-je commenté en me prenant le menton.

— Oui.

Il n'a même pas levé la tête.

— Je suis malade du désir de te prendre. Et ça fait un certain temps que ça dure. Allons-y, maintenant.

Nous avons traversé le couloir presque au pas de course pour rejoindre l'ascenseur. Il me tenait par le coude, comme un gardien de prison escortant une détenue. Tout le monde nous regardait à travers les cloisons vitrées des bureaux. Patty avait les yeux hors de la tête.

J'étais gênée, mais au fond pas tant que ça. Ces gens-là ne pouvaient pas savoir qu'entre Vicious et moi c'était une vieille histoire. Avant d'être son assistante – temporaire –, je l'avais connu au lycée. J'avais envie de lui depuis toujours. On allait bientôt se perdre à nouveau de vue. C'était normal que je profite de sa présence.

Quand on est entrés dans l'ascenseur, un homme en costume a voulu nous suivre.

— Vous prendrez le prochain, a ordonné Vicious.

Le type est sorti sans même un battement de paupières.

J'en suis restée bouche bée. Dès que la porte s'est refermée, Vicious m'a plaquée contre la paroi.

— On en était où ? a-t-il murmuré.

Quand l'ascenseur s'est ouvert sur le rez-de-chaussée, j'avais la lèvre entaillée par nos baisers et je saignais. OK, c'était moi qui avais mordu la première, mais délicatement. Tandis que lui, il m'avait mordue comme un sauvage, il n'y avait pas d'autre mot.

La raison pour laquelle on partait se voyait comme le nez au milieu de la figure.

Vicious me tenait toujours par le coude, un geste qui aurait pu passer pour galant, mais qui était surtout motivé par la peur de me voir m'envoler. Parce que Vicious était tout sauf galant. Et il avait autant de romantisme et de délicatesse qu'un marteau-piqueur.

Quand nous sommes sortis par la grande porte à tambour, nous nous sommes mis à courir dans le froid hivernal, au milieu de la foule des piétons qui faisaient leurs courses de Noël. L'immeuble qu'on habitait ne se trouvait qu'à dix minutes à pied de là, mais on était tellement excités que je me suis demandé si on n'aurait pas mieux fait de prendre un taxi. Ma culotte était trempée et j'avais peur que ça se voie à travers mon legging – heureusement, il était en grosse laine. Je n'ai pas pu m'empêcher de laisser échapper un éclat de rire. On marchait comme si on était en feu.

— Je peux savoir ce que tu trouves drôle ? a-t-il demandé.

Son air crispé était presque comique. Dix ans de désir refoulé, de frustration, de jalousie et de haine, ça faisait un cocktail détonant. Et puis on formait un drôle de couple. Moi, avec mon legging imprimé de Rudolph le renne aux naseaux rouges, du sang sur la lèvre. Lui, en érection, avec son air grave, comme s'il m'emmenait aux urgences et pas dans son lit.

J'ai refréné une furieuse envie de rire.

— On dirait deux lycéens qui se retrouvent pour la première fois seuls dans une maison, ai-je pouffé.

Il m'a pressé le coude sans un mot en accélérant le pas.

J'ai cessé de rire au moment où nous avons franchi les portes de verre de notre immeuble. Vicious a appuyé trois fois sur le bouton de l'ascenseur et s'est mis à faire les cent pas devant la porte, tout en fourrageant dans ses cheveux noirs.

— Rosie est là, ai-je murmuré en avalant ma salive.

Il s'est retourné pour me regarder et vraiment, je n'exagère pas, on aurait dit que son sexe allait faire exploser sa fermeture Éclair, ou bien le contraire, je ne sais pas, en tout cas ça allait faire du dégât.

— On va chez moi, a-t-il répondu tout en fourrageant encore plus nerveusement dans ses cheveux.

— Oui, mais on pourrait la croiser dans l'ascenseur, ou ici, dans le hall. En arrivant ou en partant, et...

Honnêtement, je n'avais pas peur que Rosie nous surprenne. Il nous était déjà arrivé, à l'une comme à l'autre, d'emmener un petit ami dans notre studio et je me moquais de ce qu'elle pensait. La vérité, c'est que j'étais nerveuse tout à coup et je cherchais à retarder l'échéance avec Vicious.

— Bon, on va aller au Mandarin, a-t-il soupiré. En taxi. Ce n'est pas loin. Il ne reste plus qu'à espérer qu'il leur reste une chambre. Sinon on devra se rabattre sur les toilettes du Starbucks.

Il s'est détourné pour repartir vers la sortie.

Je l'ai retenu par la main.

— Vicious... On attend depuis dix ans et tu voudrais m'emmener dans un hôtel, en plein milieu de la matinée ?

— Merde, t'es vraiment compliquée, a-t-il soupiré en fermant les yeux. Dans un hôtel ou chez moi, quelle différence ? Tu croyais quoi ? Qu'on regarderait ensemble un film de Jennifer Lawrence, bien au chaud sous les couvertures ?

Il avait l'air vraiment à bout. J'ai posé ma main à plat contre le devant de sa belle chemise et ça a eu l'air de le calmer un peu.

— J'ai acheté un billet d'avion pour Rosie, elle part ce soir pour Todos Santos. Elle doit passer à la pharmacie chercher ses médicaments vers 18 heures et de là, elle filera directement à l'aéroport. On pourrait retourner au bureau et revenir après son départ.

— Hors de question ! a-t-il protesté. Cette journée est pour nous. Je refuse de retourner au bureau.

J'ai pris sa main pour entrelacer mes doigts aux siens.

— Je pourrais te montrer New York, ai-je proposé.

— Quoi ? a-t-il demandé en fronçant les sourcils.

— Te montrer New York, ai-je répété en détachant bien les syllabes. Les endroits où j'aime aller, ceux où j'aime manger. Je voudrais te faire apprécier cette ville. Te faire comprendre pourquoi Frank Sinatra, Woody Allen et Scorsese trouvent que c'est une ville magique, même s'il fait souvent trop chaud ou trop froid.

— Du calme. Tu es en train de me proposer une balade en amoureux, c'est ça ?

Il avait pris un air incrédule, comme si je venais de lui annoncer que les eaux de l'océan allaient s'écarter pour nous laisser le passage.

— Pas du tout, ai-je protesté en me sentant devenir écarlate. Mais si je me souviens bien, tu tenais absolument à dîner avec moi hier soir. Alors on peut bien se promener dans New York.

— J'avais faim et pas envie de manger tout seul.

— Eh bien, moi, puisque je ne travaille pas aujourd'hui, j'ai envie de me promener. Qu'est-ce qui te fait croire que je pourrais avoir envie d'une balade en amoureux avec un type aussi haineux et glacial que toi ?

J'ai incliné la tête de côté en posant sur lui un regard brûlant.

— Je ne sais pas et je m'en fous, a-t-il marmonné en reculant. Tout ce que je sais, c'est que ce genre de promenade, c'est contraire à mes règles.

Il avait les joues rosées et cette fois le froid n'y était pour rien. Je commençais à en avoir assez de lui obéir au doigt et à l'œil. Dès que ça ne se passait pas comme il voulait, il gâchait tout.

Moi aussi, je pouvais tout gâcher. Mais j'ai préféré me montrer diplomate.

— C'est contraire à tes règles ?

— C'est ça.

— Même si je te dis que si tu acceptes de faire du patin à glace avec moi au Rockefeller Center, je te laisserai atteindre la deuxième base[1] ? ai-je minaudé en l'embrassant dans le cou.

Il a retenu sa respiration…

— Et que si tu m'invites à manger au P.J. Clarke's tu pourras passer à la troisième base[2] dans les toilettes.

J'ai cherché son regard.

— Je serais même prête à finir la journée en beauté, avec un spectacle à Broadway. Et là, je passerai à genoux devant ton fauteuil, si tu vois ce que je veux dire.

Comme je me collais à lui, j'ai nettement senti le renflement de son pantalon grossir contre mon bas-ventre.

— Tu dirais vraiment non à tout ça ?

Son air à la fois ravi et incrédule était presque comique.

— Merde, a-t-il marmonné tout en se frottant contre moi.

Vu de l'extérieur, on devait vraiment avoir l'air de deux obsédés.

1. Dans le langage familier, métaphore empruntée au vocabulaire du base-ball et désignant les caresses des parties intimes à travers les vêtements (N.D.T.)

2. Métaphore désignant les rapports bucco-génitaux (N.D.T.)

— D'accord pour le patin à glace et la deuxième base.

— Tu vois que tu peux faire une balade en amoureux, ai-je plaisanté.

Il a levé les yeux au ciel, tout en boutonnant soigneusement son caban pour masquer son érection.

— Je te suis, a-t-il murmuré.

Je n'avais aucune intention de l'emmener faire du patin à glace, mais je ne le lui ai pas dit tout de suite. J'étais ravie de le voir assis en face de moi dans le métro. La mâchoire crispée, les sourcils froncés, il ne me quittait pas des yeux. Il semblait tout aussi indifférent que moi au bruit ambiant, à l'odeur humide des manteaux, aux gens plongés dans leur Kindle ou leur livre de poche, aux sacs de nourriture à emporter qui sentaient les épices et qu'on nous poussait dans les côtes. Il n'y avait plus que nous deux.

Je ne me souvenais pas de la dernière fois où j'étais sortie en ville pour m'amuser – sans être en train de me dépêcher pour aller au travail ou pour faire des courses.

Ni de la dernière fois où j'avais passé la journée avec un homme qui me faisait tellement d'effet que j'en avais les genoux en coton et le cœur tout chaviré.

— J'accepte de visiter New York avec toi, mais ça ne veut rien dire, a-t-il brusquement déclaré.

Il éprouvait encore le besoin de se justifier, donc ça le tracassait, ce qui était déjà en soi une victoire.

— Je te propose seulement de faire du patin à glace. Je n'ai jamais dit que ça ferait fondre la glace qui enveloppe ton cœur, ai-je rétorqué.

Il a eu un vrai sourire. Encore.

— D'autant plus qu'on n'a pas pris le chemin pour aller au Rockefeller Center, a-t-il fait remarquer. Tu m'emmènes où ?

— Toujours aussi perspicace, monsieur Spencer.

On arrivait justement à notre station, dans la 77e Rue. Je me suis levée pour m'accrocher à la barre.

— On va au MET, ai-je déclaré tranquillement.

En ce moment, il y avait une exposition temporaire au MET, « L'Anatomie dans l'art », très réaliste et un peu gore, que j'avais justement envie de voir. Tout en faisant la queue pour prendre nos tickets, on a évoqué des souvenirs d'expositions. J'ai avoué à Vicious que j'avais failli m'évanouir en voyant une momie. Pour ne pas être en reste, il m'a raconté comment il avait vomi au musée Mütter de Philadelphie – lors d'un voyage scolaire – devant le cerveau d'Einstein.

— Je te comprends, ai-je approuvé. C'est le genre de choses qu'on préfère voir en photo ou en peinture. Et encore… Je ne me vois pas peindre le cerveau d'Einstein.

On s'est d'abord arrêtés devant le tableau d'un cœur rouge posé sur un cube blanc – on aurait dit qu'il palpitait encore. C'était tellement simple et émouvant que j'ai presque eu envie de rentrer chez moi pour le peindre sur-le-champ.

— Non mais je te jure que ça m'avait vraiment choqué, a poursuivi Vicious qui n'en avait pas fini avec Einstein. Le cerveau, pour moi, c'était la partie la plus intime et la plus importante du corps humain. Peut-être parce que c'était tout ce qui restait de ma mère après son accident : un cerveau intact.

Comme je l'écoutais sans détacher mon regard du tableau, il a ajouté :

— J'aime ta façon d'affronter la réalité sans détourner le regard. Tu es une fille courageuse, Emilia.

J'ai acquiescé.

— Je pourrais te retourner le compliment. Tu es tordu, mais courageux.

Nous avons fait lentement le tour de l'exposition. Je m'attardais un long moment devant chaque œuvre, et au bout de quatre heures on y était toujours. À mon grand étonnement, Vicious ne s'est pas plaint de ma lenteur.

Pour une fois, il me laissait décider… Quand j'ai eu faim, j'ai proposé d'aller manger quelque part. Il a répondu oui sans discuter. Nous marchions vers la sortie, quand il m'a brusquement saisie par le col de mon manteau pour me faire reculer derrière un pan de mur qui cachait l'entrée des toilettes – un coin tranquille et isolé, où il n'y avait pas beaucoup de passage.

Il a cherché mes lèvres, tout en murmurant :

— Et cette deuxième base, c'est pour quand ?

Je me suis agrippée à sa nuque, mais j'ai attendu qu'il m'embrasse. C'était lui le badass. Moi j'étais une gentille fille qui se laissait faire.

Et il l'a fait. Longuement, en prenant son temps. Puis il s'est écarté de moi pour me regarder avec des yeux de prédateur. Il y avait vraiment de l'électricité entre nous.

— C'est rafraîchissant, a-t-il commenté d'une voix rauque.

J'ai acquiescé. Oui. Ce long baiser, c'était bien mieux qu'un coup tiré à la va-vite. Il s'est de nouveau penché vers moi et cette fois il m'a embrassée en saisissant fermement mes fesses d'une main et en caressant doucement ma gorge du pouce.

— Ça fait longtemps que tu penses à m'embrasser comme ça ? ai-je demandé.

— Ça fait surtout longtemps que je pense à tes petites fesses, Emilia.

Il a agrippé mes fesses pour me plaquer contre son sexe – tout en couvrant mes lèvres de petits baisers.

J'avais envie de fuir et de rester. Je ne savais plus où j'en étais.

— À tes petits seins…

Il a caressé mon sein droit à travers mes vêtements – tout en déposant des baisers sur mon menton.

— Et à tes lèvres… Et ça me rendait fou que tu donnes tout ça à mon meilleur ami…

Je n'ai pas relevé l'allusion à Dean. D'après sa page Facebook, il enchaînait les conquêtes, ce qui avait grandement soulagé ma culpabilité.

Dean m'avait complètement oubliée.

Tandis que Vicious… Il avait prétendu me détester, mais d'après ce qu'il me disait, je l'avais toujours obsédé et je l'obsédais encore.

— Alors pourquoi tu étais si agressif avec moi ?

Au lieu de répondre, il a pris mon autre sein dans sa bouche à travers mon soutien-gorge. Son sexe en érection continuait à pousser contre mon legging. Je le sentais pulser contre mon pubis et ça me donnait envie de le prendre en moi. Tout de suite. Entièrement.

— Emilia, tu devrais éviter de poser certaines questions, a murmuré Vicious sur un ton d'avertissement.

— Non, dis-moi… Tu peux me le dire maintenant. J'ai le droit de savoir pourquoi tu m'as fait souffrir comme ça.

Dans un soupir, il s'est écarté en posant ses deux mains contre le mur pour me retenir prisonnière entre ses bras. Mais il a baissé les yeux, comme s'il n'osait pas me regarder.

— J'étais complètement brisé. Détruit physiquement et moralement par tous ces coups que j'avais pris. Quand j'allais à la plage, je ne pouvais pas enlever mon T-shirt. Quand je couchais avec une fille, c'était dans le noir. J'avais l'impression d'être monstrueux, au propre et au figuré. Et puis tu as débarqué dans ma vie, si pure, sans la moindre cicatrice, avec tes grands yeux doux et ton sourire honnête… J'ai eu envie de te salir…

Il a soupiré.

— Sans parler de l'épisode de la bibliothèque. J'étais persuadé que tu avais compris que je m'étais laissé maltraiter. Je ne voulais surtout pas que tu en parles à quelqu'un, alors je me suis arrangé pour que tu aies peur de moi. Je suis dingue, Emilia. Je le sais. Je ne te demande pas de me réparer. On va coucher ensemble. Se faire un peu de bien. C'est tout.

Il s'est écarté de moi et nous avons pris la direction de la sortie.

Très bien. Il ne voulait pas qu'on s'implique émotionnellement. J'étais d'accord. Je l'ai suivi sans un mot, avec la sensation de suivre une lumière dans un épais brouillard. Oui, je m'étais déjà brûlée en m'approchant trop près, mais cette fois, j'allais faire attention. Lui, de son côté, ne risquait pas grand-chose. Il était incapable de s'attacher.

— Tu es déjà sorti sérieusement avec quelqu'un ? ai-je demandé, tout bas.

— Jamais, a-t-il répondu d'un ton dénué d'émotion. Et toi ? À part avec…

Je lui ai précipitamment coupé la parole avant qu'il ne prononce le nom qu'aucun de nous deux n'avait envie d'entendre. Mon histoire avec Dean l'avait fait souffrir. Je le comprenais, à présent.

— J'ai eu deux petits amis, ici, à New York, ai-je acquiescé.

— Ah, a-t-il seulement répondu.

On s'est engouffrés dans le métro et on a eu la chance de pouvoir grimper dans une rame à peine arrivés sur le quai. Il y avait un monde fou. Vicious en a profité pour me plaquer contre la paroi en s'appuyant sur moi de tout son poids.

— Et tu étais amoureuse, de ces deux-là ? a-t-il murmuré tout près de mes lèvres.

J'ai haussé les épaules.

— Comment savoir, si on est amoureux ou pas ? Ils étaient gentils.

— Je vois.

Il a plaqué un sourire arrogant sur son visage. Voilà, il s'était encore retranché derrière ses barrières, je n'avais plus qu'à attendre qu'elles tombent de nouveau.

On s'est arrêtés place Rockefeller. Je tenais à montrer à Vicious les gens qui patinaient au pied du célèbre arbre de Noël et aussi à le tester. Je dois reconnaître qu'il s'est montré très patient, beaucoup plus qu'il ne l'avait jamais été avec une fille, ce qui a évidemment flatté mon ego.

Notre arrêt suivant a été pour le Thin Crushed Ice, dans East Village, un bar dans lequel je n'étais jamais entrée, mais qui m'avait toujours attirée quand je passais devant pour aller à The Paint Store, le magasin où je me fournissais en matériel de peinture. Il y avait une vieille cabine dans l'entrée, j'ai tout de suite adoré. Les murs étaient en briques apparentes et la déco complètement loufoque, avec des animaux empaillés affublés de lunettes de soleil et de cravates. Les plafonds de bois donnaient l'impression d'être dans un chalet de montagne. L'endroit était visiblement un repaire de hipsters et il était bondé, même si nous étions en semaine et qu'il était à peine plus de 18 heures.

Vicious s'est installé sur l'un des canapés en cuir noir des box et a tapoté la place à côté de lui. Je me suis assise, il a passé un bras autour de mes épaules. J'ai fermé les yeux en respirant son odeur à pleins poumons. C'était bon de l'avoir rien que pour moi.

Quand j'ai ouvert les yeux, il m'a fait remarquer qu'on n'était pas un vrai couple et que je n'étais pas censée rêvasser sur son épaule. Toujours aussi doué pour gâcher l'ambiance.

— Commande quelque chose à boire, a-t-il ordonné en me tendant la carte des cocktails. Fais attention quand même, il faut que tu sois en état de coucher avec moi.

Cette remarque aurait fait fuir la plupart des filles, mais pas moi, pas venant de lui. Je savais maintenant que ce comportement odieux et provocateur servait à le protéger.

— D'un autre côté, si je suis trop sobre, ça risque d'être moins drôle, ai-je observé.

La carte m'a fait saliver. Ils ne servaient que des plats hyper sophistiqués, un genre de *fusion food* mélangeant cuisine asiatique et cuisine méditerranéenne. Je ne connaissais pas la moitié des aliments, mais c'était sûrement très bon.

Quand j'ai levé la tête du menu pour demander à Vicious ce qu'il voulait, je l'ai surpris en train de me regarder bizarrement.

— Qu'est-ce qu'il y a, Vic ?

— La troisième base, c'est bien oral, c'est ça ?

J'ai levé les yeux au ciel. J'allais répondre, mais la serveuse s'est approchée de notre table. Elle avait des cheveux mauves, comme moi, et suffisamment de piercings au visage pour que sa peau puisse servir de passoire si elle les enlevait. Elle a ouvert la bouche pour nous saluer, mais il lui a coupé la parole.

— Apportez un peu de tout, a-t-il lancé sans même la regarder. À boire et à manger. N'importe quoi. Mais partez.

Non, cette fois, il allait trop loin. Je ne supportais pas qu'on traite les gens comme ça et l'ex-serveuse en moi s'est révoltée. Mais quand j'ai voulu me lever, il m'a retenue brutalement.

— Si tu veux que je reste, il va falloir être un peu plus poli avec le personnel.

— Comme tu voudras… Mais toi, réponds à ma question : ça comprend quoi, la troisième base ? J'ai le droit de lécher ta chatte et de me faire sucer ?

Oh là là…

Je n'arrivais pas à croire que j'avais craqué pour ce mec-là quand j'avais dix-sept ans. Tout bien réfléchi, il n'avait aucune chance de me briser le cœur aujourd'hui. Il était ignoble.

— Vic, ai-je murmuré entre mes dents. Ne fais pas semblant de ne pas savoir ce que c'est que la troisième base.

— Je ne suis pas un fan de base-ball, tu sais. Mon truc, c'est plutôt le foot. Mais base-ball ou foot, ce soir, je sens que je vais marquer.

— Comme c'est fin et délicat, ai-je commenté sans l'ombre d'un sourire.

J'ai une fois de plus songé à me lever, mais la serveuse est arrivée avec une dizaine de verres sur son plateau. Au lieu de partir, j'ai descendu deux cocktails pratiquement cul sec en m'essuyant la bouche à la fin du revers de la main. Ce n'était pas très distingué, mais j'étais en train de discuter sexe oral avec mon patron et j'avais besoin de quelque chose pour me donner du courage. Avec l'alcool, ça passerait plus facilement.

Vicious a opté pour une bière qu'il a bue lentement. De son côté, tout était sous contrôle. J'ai eu brusquement la sensation d'avoir en face de moi un prédateur qui épuisait sa proie avant de l'attaquer.

— Pourquoi tu n'essayes pas de vivre de ta peinture ? a-t-il demandé.

Ça sonnait plus comme une accusation que comme une question. Les plats sont arrivés et j'ai picoré au hasard avec ma fourchette, goûtant un peu de tout.

— J'ai essayé. Seule, ou en collaborant avec d'autres artistes. J'avais même trouvé un stage dans une galerie de Manhattan après avoir obtenu mon diplôme. Mais ensuite Rosie est venue à New York et j'ai dû gagner plus d'argent. La galerie, ça ne payait pas assez. Et toi, pourquoi tu es devenu avocat ?

— Parce que j'adore le conflit.

La réponse m'a fait rire. Je n'allais pas le contredire.

— Si c'est ça, pourquoi tu as choisi d'être avocat d'affaires dans le domaine des fusions-acquisitions ?

Il a pris une olive et l'a approchée de mes lèvres.

— Ouvre la bouche, a-t-il ordonné.

J'ai obéi.

— Maintenant, avale.

J'ai souri, l'olive entre les dents, en le défiant du regard. Il a plongé vers moi et m'a embrassée brusquement, en poussant l'olive dans ma bouche avec sa langue. J'avais le choix entre avaler ou m'étrangler, j'ai préféré avaler.

Il s'est écarté de moi, mais son regard n'a pas quitté ma bouche.

— C'est un bon entraînement, pour ce qu'on va faire tout à l'heure, a-t-il commenté d'un ton pince-sans-rire. Et pour en revenir à mon choix de travailler dans les affaires… Je crois que je n'avais pas envie de passer ma vie à aider des pauvres types à sortir des problèmes qu'ils s'étaient eux-mêmes créés. Je préfère m'occuper de clients qui doublent et triplent leurs investissements… et aussi les miens. J'ai fait une fac de merde à L.A. et en droit criminel, j'aurais plaidé pour de petits délits genre poursuite d'ambulance ou vente frauduleuse. Là, on me paye pour faire de l'argent et, crois-moi, j'en fais un paquet.

— Pourquoi une telle fascination pour l'argent ? Tu es déjà très riche, mais on dirait que tu veux gagner toujours plus.

Il s'est penché en avant et a pris entre ses doigts une mèche de mes cheveux.

— L'argent, c'est comme les chattes. On n'en a jamais assez.

— Et puis ça rend heureux, ai-je commenté d'un ton ironique. Est-ce que tu te rends compte que tu es vraiment la caricature de l'homme plein aux as ? Un vrai cliché sur pattes.

— J'aime ce que je fais, Emilia. Je suis heureux.

Une lueur diabolique a brillé dans ses yeux.

— Surtout en ce moment, parce qu'il est 19 heures. Rosie est sûrement partie depuis longtemps. On devrait y aller, avant que je passe à la troisième base, ici, sur la table.

— J'ai un autre endroit à te montrer, ai-je protesté.

— Putain ! s'est-il exclamé. Et quand est-ce que tu vas remplir ta part du deal ?

— T'inquiète pas, ça va venir. Patience.

— Y en a marre, de la patience. Je ne sais pas où tu m’emmènes, mais y a intérêt à ce que ce soit confortable, parce que je compte bien atteindre la troisième base là-bas.

16

Vicious

Mettre Emilia dans mon lit : je n'avais plus que cette idée en tête. J'avais été suffisamment patient comme ça. Je l'avais suivie partout sans une plainte, j'avais fait semblant de m'intéresser à une expo, à l'arbre de Noël, aux patineurs. J'avais enfreint pratiquement toutes mes règles. J'en avais marre de raconter ma vie et de l'écouter raconter la sienne. Mais elle ne voulait pas s'arrêter de parler. Plus je me montrais grossier, plus elle me bombardait de questions sur ma profession, mes goûts, mes loisirs.

Cet intérêt non dissimulé pour ma personne me mettait mal à l'aise, mais elle n'avait pas l'air de s'en rendre compte.

Quand on est sortis du bar, elle a voulu aller à Broadway. On s'est bien mis d'accord sur le fait que c'était notre dernier détour et que j'aurais droit à la troisième base sur place, mais je la soupçonnais de vouloir m'entraîner au spectacle et si c'était ça, on en avait encore pour au moins deux heures.

L'ambiance de Broadway était plutôt sympa et très animée, mais moi j'avais tout simplement envie de brûler toute cette putain de rue. Parce que ça nous aurait permis de partir en courant. Je calculais déjà dans ma tête. Mettre le feu à un immeuble entraînerait au moins deux chefs d'inculpation : incendie volontaire, plus tentative de meurtre. À New York, État réputé pour ses peines sévères, ça irait chercher dans les quinze ans minimum.

J'étais prêt à prendre le risque.

— Vicious !

La voix d'Emilia m'a tiré de ma rêverie. Je m'étais mis à marcher devant elle, tellement j'étais pressé d'arriver. Et de repartir.

— Quoi ? ai-je marmonné.

— Tu as écouté ce que je viens de te dire ?

Non. Je n'avais rien écouté.

— Bien sûr.

— Vraiment ?

Elle s'est arrêtée net en croisant les bras.

— Qu'est-ce que j'ai dit ? On va où ?

Il était déjà plus de 19 heures et elle se mettait à jouer aux devinettes ? On avait mieux à faire !

Puis j'ai aperçu au-dessus de sa tête l'enseigne au néon d'un salon de tatouage. OK. Facile.

— Dans un salon de tatouage.

J'ai compris à son expression surprise que j'avais vu juste.

— Me faire tatouer quoi ? a-t-elle insisté.

— Te faire tatouer…

J'ai fait semblant de réfléchir, mais la réponse était évidente.

— Un cerisier en fleur.

— Exact, comment tu as deviné ?

— Je te connais mieux que tu ne le penses, ai-je répondu avec un petit air malin. Tu vas le faire où, ce tatouage ? Je ne voudrais pas que ça compromette nos plans pour ce soir.

— Dans la nuque, a-t-elle répondu. T'inquiète pas, il sera tout petit.

J'ai acquiescé. Avec un tatouage, elle serait encore plus sexy.

— Allons-y, ai-je dit.

Une chance, le salon de tatouage était presque vide, pourtant c'était l'un des plus réputés de la ville. Je ne voyais pas trop pourquoi Emilia me demandait de l'accompagner dans un moment aussi solennel – se faire tatouer un cerisier en fleur, pour elle, c'était tout un symbole. Mais si ça lui faisait plaisir…

Elle a dessiné sur un papier de transfert le motif qu'elle voulait, en pointant sa jolie langue rouge et en plissant le nez sous l'effet de la concentration. La gothique hyper maquillée qui nous avait accueillis nous regardait d'un air intrigué, accoudée à un tabouret : elle devait se demander ce qu'on faisait ensemble et si j'étais un gentil grand frère accompagnant sa sœur un peu folle. En tout cas, notre couple était franchement improbable. Limite comique. Avec mon manteau super classe, j'avais l'air de ce que j'étais, à savoir un riche homme d'affaires. Emilia portait un pull bordeaux avec une veste achetée aux fripes, par-dessus ce legging ridicule imprimé avec Rudolph le renne – un personnage de Noël pour les enfants. Sans parler de ses cheveux mauves qui dépassaient de son bonnet.

Quand la gothique a disparu dans l'arrière-boutique avec le dessin terminé et colorié, Emilia s'est mise à mâchonner nerveusement son crayon. Je le lui ai pris des mains et l'ai fourré dans ma poche avec l'intention de le rajouter à ma collection de stylos mâchonnés par Emilia.

— Hé, il n'est même pas à toi, a-t-elle protesté.

— Tu as mis ta salive dessus, ils ne peuvent plus le garder, ai-je tranché.

— Tandis que toi, oui ? a-t-elle demandé avec un grand sourire.

C'était quoi, ce sourire ? Je n'ai pas répondu. J'étais un collectionneur maniaque, point. Si elle tirait des plans sur la comète, tant pis pour elle.

Un grand type barbu et chevelu, tatoué des pieds à la tête, a soulevé le rideau noir en vinyle qui nous séparait de l'arrière-boutique et nous a fait signe d'entrer.

— Salut, moi c'est Shakespeare.

On a échangé des poignées de main, puis il a expliqué à Emilia comment ça allait se passer. Comme c'était son premier tatouage, ça a pris longtemps : il n'arrêtait pas de donner des détails et des recommandations d'hygiène, c'était insupportable. Putain, mais ça allait durer encore combien de temps, ce bordel ? J'avais l'impression que plusieurs jours s'étaient écoulés depuis qu'on avait décidé de coucher ensemble.

Shakespeare – nom qui lui allait plutôt bien parce qu'il ressemblait vraiment à un dramaturge élisabéthain avec son bouc – a demandé à Emilia si elle voulait que j'entre avec eux dans la cabine.

— Euh…, a-t-elle bafouillé.

Ce n'était pas la bonne réponse, aussi j'ai rectifié.

— Je viens.

Shakespeare m'a jeté un regard méfiant.

— Si t'as pas envie qu'il entre, il n'entre pas, a-t-il déclaré à Emilia.

Mais qu'il aille se faire foutre ! On aurait dit qu'il s'adressait à une femme battue.

— Ça m'est égal qu'il vienne ou pas, a-t-elle répondu. Je peux bien lui accorder ce petit plaisir… Il adooore me voir souffrir.

Elle m'a adressé un clin d'œil complice, mais elle ne souriait pas et quelque chose s'est noué dans ma poitrine.

Je n'appréciais pas du tout son trait d'humour.

On est entrés dans la cabine. Le sol était noir et blanc, avec des meubles rouges et des photos encadrées de tatouages réalisés par Shakespeare. Il était plutôt doué. J'ai pris le temps d'apprécier.

Il a posé son iPhone sur son bureau et s'est laissé tomber dans un fauteuil pivotant installé face à la table réglable en hauteur sur laquelle Emilia était déjà perchée.

— C'est quoi, ta musique préférée ? a-t-il demandé en lui adressant un clin d'œil.

Je vais lui couper son bouc et le lui faire avaler.

Emilia a choisi *Nightcall* de Kavinsky. Il a branché un câble USB à son iPhone et les enceintes disposées aux quatre coins de la pièce se sont mises à cracher de la musique à un volume limite supportable. Shakespeare a demandé à Emilia de se mettre torse nu et de s'allonger à plat ventre sur la table en écartant bien ses cheveux pour dégager sa nuque. Elle a enlevé son pull et pour la première fois j'ai vu la peau mate et lisse de son buste. Évidemment, ça m'a fait immédiatement bander.

La troisième base, merde !

Quand elle a posé les mains sur l'attache de son soutien-gorge pour le défaire, j'ai craqué.

J'ai sorti mon portefeuille de ma poche.

— Voilà ma carte de crédit, ai-je déclaré tout en tendant la carte à Shakespeare entre deux doigts et en l'agitant, comme si c'était un gros pourboire. Disparais avec pendant dix minutes et paye-toi tout ce qui te fait envie.

Il a ouvert la bouche, sans prendre la carte, en nous regardant tour à tour Emilia et moi. Elle avait l'air aussi choquée que lui, sinon plus. Mais c'était trop tard pour revenir en arrière, et de toute façon je n'en avais pas envie.

Allez Petit Bouc. Barre-toi.

— Tout ce que tu veux, ai-je insisté en conservant un air impassible. Tu peux rééquiper ton salon à neuf si ça te chante : nouveau fauteuil, nouvelle table, encres. C'est cadeau. Tu peux aussi commander à manger pour tout l'immeuble, si tu préfères. Ou acheter au chat de gouttière qui traîne en face un lit pour qu'il pisse dessus. Ma carte est à toi pendant dix minutes si tu me laisses seul avec elle dans cette cabine. Compris ?

— Il est toujours aussi agressif, ton petit copain ?

Il a haussé un sourcil en direction d'Emilia et lui a jeté un regard interrogateur qui semblait demander : « Je te laisse seule avec ce gros con, je le mets dehors, ou j'appelle la police ? »

Elle a eu son rire sirupeux de belle du Sud, celui qui me prenait aux tripes.

— Ce n'est pas mon petit copain, a-t-elle répondu.

— Tu devrais le lui expliquer, parce qu'il n'a pas l'air d'avoir percuté.

J'ai fourré la carte de crédit dans sa paume en refermant dessus ses doigts moites et dodus.

— Allez, vas-y. Tu vois bien qu'elle est d'accord. Va faire tes achats.

Cette fois il ne s'est pas fait prier et il a disparu. On est restés seuls, Emilia et moi. Elle serrait son pull contre ses seins nus, assise sur la table, en me souriant.

— Troisième base ? a-t-elle demandé en se mordillant la lèvre.

J'ai hoché la tête, en m'approchant d'elle à pas mesurés. J'avais envie de lui sauter dessus comme un sauvage, mais je n'osais pas. C'était idiot, mais je me sentais intimidé.

Quelque chose avait changé entre nous depuis ce matin. On avait trop parlé… Et le plus inquiétant, c'est que je ne le regrettais pas. Enfin, à peine…

Avant de la rejoindre, je suis allé régler l'iPhone de Shakespeare.

— Pas question que je te mange au son de Kavinsky, ai-je déclaré.

Elle n'a pas répondu et s'est contentée de rire.

J'ai mis *Superstar*, de Sonic Youth, le morceau qui passait à ma fête quand j'avais essayé de l'embrasser la première fois, dix ans plus tôt. Quand je me suis retourné vers elle, j'ai vu dans ses yeux qu'elle aussi s'en souvenait.

— Excuse-toi, ai-je ordonné en marchant vers elle.

— Que je m'excuse pour quoi ?

Son regard avait changé. On aurait dit qu'elle avait envie de me frapper.

— Pour m'avoir repoussé ce soir-là. Pour avoir couché avec un de mes meilleurs amis. Pour avoir pourri mon année de terminale.

J'ai incliné la tête de côté.

— J'attends.

— Je m'excuserai si tu t'excuses aussi. Pour avoir volé mon livre de maths… Pour m'avoir traitée comme une moins que rien.

Elle a soupiré en fermant les yeux.

— Pour m'avoir fait partir de Todos Santos.

Je me suis calé entre ses jambes et je lui ai arraché le pull qu'elle tenait contre sa poitrine en la regardant droit dans les yeux.

— Je m'excuse de t'avoir fait tout ça quand on était au lycée. À toi.

— Je m'excuse d'être tellement irrésistible que ça t'a rendu à moitié fou, a-t-elle lâché en levant les yeux au ciel. Putain, Vicious, tu me soûles.

Je n'avais jamais entendu de telles grossièretés sortir de sa bouche, mais j'ai trouvé qu'elle les assumait bien. Je suis resté là, à contempler son visage pendant quelques secondes, avant de baisser les yeux vers ses seins – plus petits que je ne l'aurais cru, en forme de poire, avec des tétons bien roses.

Ils étaient parfaits.

Mon pouls s'est accéléré et le sang a afflué à mon sexe.

— Est-ce que je peux ?

Depuis quand je demandais à une fille la permission de la toucher ?

— Tu peux.

Je me suis incliné vers son sein droit pour caresser le téton d'un coup de langue. Elle a soupiré en glissant ses doigts dans mes cheveux, déclenchant une vague de frissons qui a traversé mon dos. J'ai aspiré ce téton, sans le serrer, tandis que ma main descendait vers l'élastique du legging Rudolph le renne. Ma paume s'est glissée dessous et j'ai allongé mes doigts sur la culotte en coton.

J'étais dans la place. Ce n'était pas trop tôt.

— Oh là là, Vic, a-t-elle soupiré en appuyant sa tête contre mon torse.

Elle avait l'air d'apprécier, ça commençait bien.

Je suis passé au sein droit, que j'ai sucé avec plus de vigueur que le premier, et elle a réagi comme je l'espérais en gémissant plus fort. C'était le signal que j'attendais pour repousser sa culotte sur le côté et plonger un doigt en elle.

Elle était étroite.

Chaude.

Prête pour moi.

— Emilia, ai-je murmuré dans sa bouche avant de l'embrasser à nouveau. Avoue que quand tu venais me regarder à l'entraînement de foot, tu fantasmais que je te caressais comme ça.

On était quand même un peu ivres à cause des verres qu'on avait bus dans le bar de hipsters. Entre la musique, les caresses et l'alcool, on n'allait pas tarder à quitter la planète.

Emilia a pris mon visage entre ses mains en me dévisageant avec des yeux étincelants. Je n'aurais pas su dire si je devais cet élan à l'alcool ou à une montée d'hormones, mais ça m'était égal. Elle était totalement réceptive. À ma merci.

— Non, s'il te plaît, a-t-elle gémi. Ne me demande pas ça.

— Réponds-moi, ai-je insisté en glissant un autre doigt.

C'était dingue à quel point elle mouillait. Ça me donnait envie de déchirer ce putain de legging et de la chevaucher sur la table.

— Tout le temps, a-t-elle répondu d'une voix étranglée. J'y pensais tout le temps et je m'en voulais.

Le morceau s'est terminé. Il ne nous restait plus que cinq minutes, peut-être moins. Pas assez en tout cas pour faire ce que j'avais en tête. Donc au lieu de passer à la troisième base, je me suis contenté de remuer mes doigts plus vite et plus profondément. Elle a défait ma braguette et a plongé la main dans mon caleçon pour presser mon gland et étaler avec son pouce les gouttes qui y perlaient. Je lui ai dévoré la bouche en gémissant.

Qui aurait cru un truc pareil ? J'étais en train de me faire branler devant une table de tatouage par la petite Emilia LeBlanc, de Richmond, en Virginie.

On se caressait mutuellement tout en murmurant nos prénoms dans la bouche l'un de l'autre – avec une sorte de désespoir, comme pour s'assurer que tout ça était bien réel.

Quand je me suis rendu compte que j'étais sur le point d'éjaculer sur les naseaux rouges de Rudolph le renne, j'ai arrêté sa main, mais en continuant à caresser son clitoris avec la mienne.

— Arrête, ai-je crié. Je vais jouir.

— Et alors ? a-t-elle murmuré en souriant, sans cesser de m'embrasser.

— Je ne vais quand même pas éjaculer dans ta main comme un gamin de douze ans.

— Demande-le plus gentiment, sinon je continue.

Je rêve, elle me menaçait !

— Tu vas le regretter…, ai-je commencé.

Mais elle a accéléré la cadence.

— S'il te plaît…, ai-je gémi.

— S'il te plaît quoi ?

— S'il te plaît…

Je me suis éclairci la voix.

— … arrête avec ta main.

C'est à ce moment-là qu'elle a sauté de la table avec un sourire coquin pour se mettre à genoux devant moi et qu'elle a pris mon gland entre ses lèvres, en continuant à me branler avec sa main.

— Vas-y, a-t-elle murmuré.

Et j'y suis allé, j'ai joui. À l'instant même où elle me l'ordonnait.

C'était dingue. Le meilleur truc que j'aie jamais fait avec une femme.

Trois heures plus tard, on sortait du salon de tatouage. Elle avait son cerisier en fleur sur la nuque. Il n'était pas si petit que ça. Il prenait racine sur ses omoplates, le tronc brun grimpait le long de sa nuque mince et délicate, des fleurs roses et violettes caressaient la racine de ses cheveux.

Je ne le savais pas encore, mais j'étais totalement pris au piège.

Complètement.

J'avais très souvent emmené des filles chez Dean. On faisait l'amour dans la cuisine, dans le jacuzzi, dans la baignoire, sur la grande terrasse donnant sur Manhattan. J'avais même réussi à prendre une danseuse super souple sur le minibar. Où l'occasion se présentait, en fait… Je faisais pareil chez moi, à L.A. Et les trois autres ne se gênaient pas pour occuper mon appartement de la même manière. Mais ce soir-là, quand on est entrés dans l'immeuble, aux alentours de minuit, je savais exactement où j'allais faire ça avec Emilia LeBlanc.

Dans le lit de son ex-petit copain.

Ce n'était pas par esprit de vengeance. Simplement, elle avait raison, c'était trop important pour qu'on se contente d'une chambre d'hôtel, des toilettes d'un Starbucks ou d'un balcon d'appartement. Il nous fallait un lit. Elle n'était pas un coup d'un soir dont je connaissais tout juste le prénom. Elle était mon fantasme d'adolescent et en tant que tel, elle méritait un traitement à part.

Emilia ignorait qu'il s'agissait du lit de Dean, bien entendu, sinon elle aurait refusé de s'y allonger. Quant à moi, ça m'était vraiment égal. Un lit était un lit, point barre.

Dans l'ascenseur, elle m'a paru un peu éteinte, alors j'ai décidé de la ranimer en lui suçotant le cou, à quelques centimètres du pansement qui couvrait les fleurs de cerisier. Puis je l'ai plaquée contre la paroi de la cabine et j'ai attrapé l'arrière de ses genoux pour la soulever en enroulant ses jambes autour de ma taille.

— Ça te fait mal ? ai-je demandé en caressant le pansement d'un doigt léger.

Au lieu de répondre, elle a gémi contre ma bouche en me léchant la lèvre. Je me suis rendu compte que j'aurais préféré qu'elle me réponde, comme si j'avais besoin de parler. C'était bien la première fois que ça m'arrivait.

J'ai bougé contre elle jusqu'à ce que les portes s'ouvrent, puis je l'ai portée devant l'entrée de Dean, dans la même position. À regret, je l'ai lâchée pour ouvrir la porte. Et au moment où je poussais le battant, quelque chose m'est revenu à l'esprit.

Mais quel con je suis !

— Ferme les yeux, ai-je ordonné.

— Pourquoi ? a-t-elle demandé avec un petit rire ravi.

Merde. Elle devait croire que je lui préparais une surprise, mais ce n'était pas du tout le cas, j'avais plutôt un petit problème.

— Parce que je te le demande, ai-je rétorqué sèchement.

— Essaye encore, mais cette fois avec la version gentil garçon, a-t-elle répliqué.

Bon sang, cette fille, c'était pire qu'un camp de redressement. J'ai pris une profonde inspiration.

— Je voudrais que tout soit parfait, ai-je expliqué d'une voix nettement plus douce.

Elle a fermé les yeux en glissant sa main dans la mienne – je lui tenais la main, ça aussi c'était une première pour moi –, et je l'ai guidée jusqu'à la chambre de maître, en passant devant les photos de Dean et de sa nombreuse famille qui nous souriaient depuis les différents coins de la pièce.

Dean avait une vie de famille idéale. Des parents sympas, deux sœurs qui avaient très bien réussi. La totale. Mais sa famille avait beau être géniale, je n'aurais pas pu faire avaler à Emilia que je vivais au milieu des photos de ses parents et de ses sœurs. Il ne fallait surtout pas qu'elle les voie, sinon elle allait en déduire que je l'emmenais ici pour me venger de Dean, ce qui était totalement faux.

Je l'ai allongée sur le lit en lui ordonnant de ne pas ouvrir les yeux, et je suis parti ramasser toutes les putains de photos pour les planquer dans un placard. Il y en avait partout. Dans le salon, dans le couloir, dans l'espace cuisine.

L'appartement de ce type était plus dédié à la famille qu'un restaurant Chuck E. Cheese's ! Il ne pouvait pas avoir comme moi une famille de merde ? On aurait pu faire entrer dans mon appart toute une unité du FBI, cinquante agents de la CIA et Nancy Drew elle-même, personne n'aurait trouvé le moindre indice sur l'identité de mes proches.

Ça m'a pris cinq bonnes minutes de me débarrasser de toutes les foutues photos et quand je suis revenu dans la chambre, à bout de souffle, Emilia était allongée sur le dos, les bras en croix. Elle dormait comme un ange.

Ou plutôt, elle ronflait.

Elle pionçait. Elle en écrasait.

Bref, elle s'était endormie.

Nooon !

— Je te remercie, Cole, ai-je grommelé en mordant mon poing pour ne pas hurler de frustration.

Tout ça pour rien ! On n'allait pas coucher ensemble. En tout cas, pas ce soir. Pour être franc, la journée n'avait pas été une torture, loin de là, j'avais même passé un moment plutôt agréable, mais si j'avais accepté de courir tout New York, c'était uniquement pour la récompense qui venait de me passer sous le nez.

L'espace d'un instant, j'ai envisagé de casser quelque chose ou de mettre la musique à fond pour réveiller Emilia – genre, « je ne savais pas que tu dormais » –, mais ma connerie avait apparemment des limites, parce que je n'ai pas osé.

Je me suis donc contenté de couvrir cette belle endormie. Je n'avais pas sommeil, évidemment, et j'avais donc une longue nuit d'insomnie devant moi.

Je suis descendu faire un peu d'exercice dans la salle de gym de la résidence. Quand je suis remonté, Emilia dormait toujours. J'ai pris une douche, enfilé un jean et un T-shirt noir, puis je suis allé dans le salon sur la pointe des pieds, avec l'intention d'étudier des dossiers. J'avais deux contrats à rédiger avant le 31 du mois. Vu que je n'étais pas tenu de passer du temps en famille et que j'avais aussi mes nuits pour travailler, ça ne me posait aucun problème.

À 4 heures du matin, j'étais sur le canapé en train d'éplucher un dossier, quand j'ai senti des bras envelopper mes épaules.

— Tu es insomniaque ? m'a-t-elle demandé tout en soufflant sur mon oreille. Ça fait deux fois que je te trouve réveillé et tout habillé en pleine nuit. Tu ne dors jamais ? C'est bizarre. Je vais commencer à croire que tu n'es pas humain.

— C'est l'avis de ma belle-mère.

J'ai posé mon ordinateur sur la table basse et je me suis levé. Elle avait l'air aussi épuisée que moi.

— Tu es insomniaque ou pas ? a-t-elle insisté.

— Non, ai-je menti. Retourne te coucher, il est 4 heures du matin.

— Je ne suis plus du tout fatiguée, a-t-elle protesté. Et mon tatouage me brûle.

— C'est normal. Tu as voulu un tatouage, maintenant faut supporter la douleur. Bon, je te préviens, pas question de discuter ou de se raconter nos vies. Tu as le choix entre dormir ou coucher avec moi.

— Tu sais quoi, Vicious ? J'essaye vraiment de te prendre comme tu es, mais il y a vraiment des fois où je me dis que ça ne va pas le faire.

Elle m'a tourné le dos pour repartir dans la chambre. Je l'ai regardée disparaître dans le couloir, puis elle est revenue avec sa sacoche en bandoulière. Elle avait ses chaussures aux pieds. Pourquoi avait-elle mis ses chaussures ?

— Merci pour cette médiocre journée, a-t-elle déclaré en rassemblant ses cheveux en un vague chignon. On se voit demain au bureau.

Elle partait ?

Je me suis senti comme une fille qu'on abandonne en pleine nuit. En fait, c'était vraiment ce qui m'arrivait, sauf que je n'avais même pas couché. Emilia m'avait fait attendre toute la journée et elle voulait partir ?

Sérieusement ?

Je l'ai attrapée par les fesses pour la coller à moi, jusqu'à ce que nos nez se touchent.

— Et où tu crois aller, comme ça ? ai-je demandé en lui haletant au visage.

— Chez moi, Vicious. Je rentre chez moi.

— J'ai l'impression de m'être fait un peu avoir, aujourd'hui, Emilia. Tu vois pourquoi ?

Elle a battu des paupières.

— Je t'ai fait jouir, a-t-elle protesté.

— Moi aussi. Égalité.

Elle a renversé la tête en arrière en éclatant de rire, ce qui m'a permis d'admirer l'alignement parfait de ses dents.

Puis elle a soupiré :

— Je suis trop fatiguée, je vais dormir chez moi. Bonne nuit.

Puisqu'elle le prenait comme ça, il ne me restait plus qu'à lui faire le coup de la prise du pompier. Sans même réfléchir, j'ai plié les genoux, je l'ai soulevée pour la mettre en travers de mes épaules et je l'ai embarquée dans la chambre. Je ne pouvais pas la laisser filer. Je me suis souvenu de toutes les fois où je la voyais sur les gradins pendant l'entraînement de foot : ça m'excitait tellement que je me jetais comme un fou sur mes adversaires pour les tacler. Mais en vérité, c'était elle que j'aurais voulu tacler et traîner par les cheveux jusque dans mon lit.

Elle ne partirait pas d'ici tant qu'on ne serait pas passés à l'acte.

— Laisse-moi, Vic, a-t-elle protesté.

Elle n'avait pas la moindre intention de partir et on le savait tous les deux. Je n'ai même pas répondu.

— Je ne dormirai pas dans ta chambre.

C'est celle de Dean.

Je l'ai balancée sur le matelas.

— Aïe, mon tatouage, a-t-elle protesté.

Elle a porté les mains à son pansement, puis elle s'est souvenue qu'elle n'avait pas le droit d'y toucher.

— Déshabille-toi, ai-je ordonné d'une voix rauque.

— Et version gentil garçon, ça donnerait quoi ?

Elle recommençait avec ça !

— Je t'en prie, enlève tes vêtements, ai-je demandé plus doucement.

J'étais prêt à me mettre à genoux s'il le fallait. Je ne voulais pas la déshabiller, je tenais à ce qu'elle s'offre. À ce qu'elle me supplie de la prendre.

Pour une fois, je n'allais pas faire irruption sur son territoire, mais attendre qu'elle m'invite à entrer.

— Non, a-t-elle répondu, en faisant voler mon fantasme en éclats.

— Non ? ai-je répété en haussant un sourcil. Tu veux que je le fasse, alors ?

— Fais attention à ma nuque, a-t-elle dit seulement.

Elle commençait à me prendre la tête, avec ce tatouage.

Je me suis penché sur le lit, j'ai attrapé le bord de son pull rouge et je l'ai fait remonter lentement. À chaque centimètre de peau que je découvrais, je me sentais un peu plus léger. C'était aussi bon qu'un joint après une semaine stressante.

Cette fille, j'allais la savourer.

Quand son pull est tombé par terre et que j'ai attaqué son nombril à coups de langue, elle a poussé un gémissement rauque. Pour lui enlever ce legging ridicule et sa petite culotte, je me suis servi uniquement de ma bouche et de mes dents. Ça l'a fait rire. Puis j'ai défait son soutien-gorge, avec les mains cette fois, tout en couvrant ses épaules de baisers.

Elle était enfin nue.

À moi.

Je suis resté un instant à genoux sur le lit, à l'admirer. J'allais prendre cette merveille jusqu'à ce qu'il ne reste plus rien pour le mec qui passerait après moi.

Il ne valait mieux pas que je pense à mon successeur, ça me donnait des envies de meurtre.

J'ai rampé sur le lit entre ses cuisses et je me suis allongé sur elle en calant bien mon pubis contre le sien. Là, j'ai commencé à remuer le bassin pour faire grimper la pression, tout en l'embrassant, en lui léchant le cou, les épaules, le creux de la gorge. Elle a agrippé mes fesses en soupirant et les a caressées un moment, avant de déboutonner ma braguette et de faire descendre mon jean en même temps que mon caleçon. Ma peau était maintenant tout contre sa peau tiède et douce – encore plus douce que ce que j'avais imaginé. Elle a voulu attraper mon T-shirt, mais je lui ai bloqué la main en mordillant l'intérieur de son poignet.

— Pas torse nu, ai-je murmuré.

Ça faisait partie de mes règles, au même titre que pas de rendez-vous, pas de dîner, et tout le reste. Tout ce que je piétinais depuis ce matin.

Mais pour ça, je n'allais pas lâcher.

— Si tu veux m'avoir, il faut enlever ce T-shirt, a-t-elle rétorqué sèchement.

Je n'ai pas bougé. Je n'osais pas l'envoyer promener, parce qu'elle aurait été capable de partir. N'empêche, je ne voulais pas non plus enlever ce T-shirt.

— Je me fiche de tes cicatrices, Vic, a-t-elle insisté en cherchant mon regard. Elles font partie de toi.

Quelques secondes se sont écoulées. J'ai pris une profonde inspiration. Quand j'avais commencé à avoir des relations sexuelles, ma peau était déjà très abîmée par les coups de Daryl et j'avais honte. Je détestais mes cicatrices. Leur couleur rose tranchait sur ma peau blanche, impossible de ne pas les voir, elles juraient atrocement.

Je n'avais jamais fait l'amour sans un T-shirt ou une chemise.

Emilia ne se rendait pas compte de ce qu'elle me demandait. D'accord, elle avait déjà vu mes cicatrices, mais elle ne les avait pas touchées. Je ne voulais pas qu'elle les touche.

— Non.

— Si, a-t-elle insisté en prenant mon visage entre ses mains et en pressant ses lèvres sur les miennes.

J'ai fermé les yeux. Il ne me restait plus qu'à attendre qu'elle renonce d'elle-même à cette idée saugrenue. Mais elle a continué.

— On a attendu longtemps. Je ne me contenterai pas de demi-mesures. Je veux tout de toi. Je te veux tel que tu es.

Merde ! Elle me disait ça maintenant, alors que mon sexe cherchait déjà l'entrée du sien et que je ne pouvais plus lui refuser ce qu'il attendait depuis ce matin. C'était déloyal.

Mais mon désir de pénétrer Emilia a finalement été plus fort que ma réticence. Avec un grognement animal, j'ai fait passer d'un seul geste le T-shirt par-dessus ma tête – un peu comme si j'avais enlevé un sparadrap.

— Un préservatif, a-t-elle dit.

Le préservatif. Oui. Bien sûr.

J'ai tendu la main pour en chercher un à tâtons dans le tiroir de la table de nuit, là où Dean rangeait les siens. C'était la première fois de ma vie que j'oubliais d'enfiler un préservatif et ça ne m'a pas rassuré du tout. Quand il s'agissait d'Emilia, je perdais la tête. Après avoir déchiré l'enveloppe et enfilé le préservatif, j'ai fermé les yeux. Enfin… Emilia m'a accueilli en plantant lentement ses ongles dans mon dos et ça m'a fait mal, mais je n'ai pas protesté parce que j'ai compris que c'était sa façon à elle d'entrer en moi, de me posséder.

— Va doucement, m'a-t-elle murmuré à l'oreille.

Elle a gémi pour m'encourager à continuer, tout en me caressant le dos. Elle passait et repassait ses doigts sur mes cicatrices boursouflées, mais ça ne me gênait pas. Avec elle, je ne me sentais pas monstrueux.

J'adorais sa façon de bouger sous moi. Je trouvais sa peau douce. Nos corps s'ajustaient parfaitement l'un à l'autre. Son vagin était étroit, tiède et humide. On se complétait vraiment bien.

J'ai poussé plus loin, en accélérant la cadence.

— Vicious, a-t-elle crié, en enfonçant encore ses ongles dans ma peau.

Elle allait me laisser des marques et ça m'a fait plaisir. Celles-là, j'aurais pu les exhiber fièrement. Les porter comme des trophées.

J'avais l'impression d'être entré au paradis et d'avoir fermé la porte derrière moi. J'étais parfaitement bien. Je ne voulais plus jamais sortir de ce lit, ni de cette fille. Je me suis hissé sur les coudes, pour y aller encore plus fort.

Encore.

Encore.

Encore.

Une pression familière commençait à grimper le long de mon pénis.

Non.

Je me suis arrêté. Pas comme ça. Pas avec elle.

Comme je ne bougeais plus, elle m'a secoué doucement.

— Vic, ça va ?

Un tic nerveux a secoué ma mâchoire. Non, ça n'allait pas, j'avais peur de jouir trop vite… Comme un puceau…

— Si je bouge, je vais jouir, ai-je dit.

Elle a eu un rire joyeux et je ne me suis pas senti jugé.

— Ne te retiens pas. Ce sera mon tour la prochaine fois.

Je ne me suis pas fait prier. Ça ne m'avait pas pris plus de cinq secondes, alors que j'étais plutôt réputé pour durer longtemps.

Il est vrai que d'habitude je n'allais pas au lit avec mon fantasme d'adolescent.

On a remis ça deux fois, ce qui m'a donné l'occasion de me racheter et de sauver ma réputation.

N'empêche, Emilia connaissait maintenant un secret encore plus terrible que mon passé d'enfant maltraité.

J'étais capable de jouir au bout de cinq secondes comme un puceau.

Mais merde, ça avait valu le coup.

L'air était froid et vif ce matin-là, mais il faisait beau et le ciel bleu me mettait d'excellente humeur.

Les lumières de Noël décoraient les immeubles et les arbres de Manhattan, les rues sentaient la vanille et le café Starbucks. Je me suis acheté une boisson chaude sur le chemin. Emilia était repassée chez elle pour se doucher et s'habiller ; l'idée de lui apporter un café au bureau m'a traversé l'esprit. Juste une seconde, parce que je l'ai vite écartée. Du calme. Elle n'était pas ma petite amie. On couchait ensemble parce qu'on s'entendait bien physiquement, mais ce serait terminé dès que j'aurais réglé mon problème de succession.

Point barre.

J'ai trouvé le bureau presque désert, la plupart des employés ayant quitté la ville pour réveillonner en famille. J'ai apprécié de travailler dans le silence, mais ça m'a rappelé que la fin de mon séjour approchait. Dean allait revenir après Noël pour réclamer le bureau que je lui avais volé.

Mais moi, j'avais encore besoin d'Emilia.

La solution m'a brusquement paru évidente : il fallait qu'elle vienne à Los Angeles avec moi jusqu'à la mort de mon père, comme ça, je l'aurais sous la main pour mon affaire avec Jo. Ça n'allait pas être facile de la convaincre, à cause de Rosie. Mais Rosie avait une infirmière pour s'occuper d'elle et ce ne serait pas la fin du monde si elle était privée quelque temps de sa Millie. Avec le salaire que touchait Emilia, les deux sœurs LeBlanc pouvaient bien faire un effort.

Quand j'ai repéré Emilia sur mon écran de contrôle, je me suis dépêché de finir mon café et de le jeter à la poubelle, tout en lissant ma chemise.

En passant devant mon bureau, elle m'a jeté un regard en biais en m'adressant un discret signe de la main. Bien. Elle ne se croyait pas autorisée à faire irruption dans mon bureau à tout bout de champ sous prétexte qu'on avait passé la nuit ensemble. Un bon point pour elle.

J'ai été absorbé par le boulot pendant quatre heures, puis, brusquement, j'ai vu son nom s'afficher sur l'écran de mon téléphone.

— Oui ?

— J'ai faim. Pas toi ?

— Oui, de ta chatte, ai-je répondu d'un ton pince-sans-rire.

Il y a eu un silence.

— Sur une échelle de un à dix, quelles sont mes chances de te convaincre de venir déjeuner avec moi au McDonald's ?

— Zéro.

— Allez… Tu m'as obligée à quitter mes parents.

— Tu vas me jeter ça à la figure toute ta vie ? Si tu essayes de me culpabiliser, c'est raté. Je n'ai aucun sens moral.

Ce n'était pas entièrement vrai. Plus je fréquentais Emilia et plus je me rendais compte à quel point j'avais été odieux de l'obliger à quitter Todos Santos. Mais je ne pouvais pas remonter le temps et je n'allais quand même pas me laisser étouffer par des remords.

— Vicious, si je vais t'acheter ton sandwich, je serai obligée de manger moi aussi un sandwich, parce que je n'aurai pas le temps de faire deux fois la queue.

— Dommage, ai-je répondu.

— Ou bien…

Elle a hésité. Elle se mordillait la lèvre, j'en étais sûr, et ça m'a causé une érection.

— Tu pourrais m'accorder deux heures de liberté aujourd'hui. Parce que c'est bientôt Noël et tout ça.

— Non, ai-je répondu.

Puis j'ai pensé qu'après tout, puisqu'elle voulait négocier… J'avais justement quelque chose à lui demander, non ?

— Venez immédiatement dans mon bureau, mademoiselle LeBlanc, ai-je ordonné.

Et là-dessus, j'ai raccroché.

Quand elle est entrée, je l'ai empêchée d'avancer jusqu'à moi.

— Reste près de la porte.

— Tu avais besoin de me voir ? a-t-elle demandé d'un ton provocateur.

— Non. De te goûter, ai-je corrigé tout en fermant le fichier *Fusion* et en me levant pour la rejoindre.

Elle est restée immobile, le dos contre le battant, à me regarder approcher avec une expression tendue et inquiète sur le visage. Dès que je me suis trouvé à portée de sa main, elle a plaqué sa paume sur mon entrejambe.

Je l'ai arrêtée en faisant « tss-tss » et en secouant la tête.

— Déjà mouillée et prête pour moi, et pourtant on ne s'est vus qu'à travers une vitre, ai-je ricané. Tu n'as même plus besoin de préliminaires ?

— Je réclame la version gentille et sans moquerie. Et à part ça : objection, ton affirmation est sans fondement. Tu ne peux pas savoir si je mouille ou pas. Et moi je te dis que je ne mouille pas.

Elle mentait, j'en étais sûr.

Ma jolie petite menteuse.

J'ai plongé la main sous sa robe et écarté sa culotte de coton. Oui, Emilia était une fille toute simple, 100 % coton, et je crois que ça ne lui avait pas effleuré l'esprit que je pouvais préférer les dessous en dentelle, comme tous les hommes. Enfin bref, j'ai introduit deux doigts en elle.

Elle était trempée.

J'ai sorti mes doigts et les ai lentement portés à ma bouche pour les sucer, le sourire aux lèvres.

— Je viens de constater que vous mouillez, mademoiselle LeBlanc.

Elle a levé les yeux au ciel.

— On a couché ensemble il y a moins de vingt-quatre heures, alors, oui, je crois que je suis encore mouillée.

— Bien. Seriez-vous disposée à coucher de nouveau avec moi, mademoiselle ?

Elle s'est figée.

— Ça dépend si tu viens ou pas au McDo avec moi.

Je lui ai léché le cou et les épaules, puis je suis tombé à genoux devant elle. Par chance, elle portait une robe, sans legging en dessous.

Je lui ai enlevé sa culotte et j'ai écarté ses grandes lèvres avec mon pouce, tout en embrassant son clitoris et en surveillant son expression.

— J'irai au McDo avec toi si tu fais ce que je te demande, ai-je promis.

— Et tu voudrais que je fasse quoi ? a-t-elle murmuré en jouant avec mes cheveux et en soupirant de plaisir.

J'ai couvert son sexe de baisers, puis j'ai glissé ma langue à l'intérieur, tout en titillant son clitoris avec mon pouce. Elle n'arrêtait pas de geindre, en tirant de plus en plus fort sur mes cheveux et en se trémoussant contre la porte. J'ai calé une de ses cuisses sur mon épaule pour avoir un meilleur accès et pousser ma langue plus au fond. Son vagin s'est contracté, elle a gémi. Tout l'étage avait dû entendre.

Tant mieux. Ils pourraient témoigner qu'elle avait joui et qu'elle était consentante, si jamais elle décidait de me poursuivre pour harcèlement.

Ce dont je doutais.

Elle s'est cambrée pour presser son sexe sur mon visage et, merde, j'adorais son goût et son odeur.

— Vicious ! a-t-elle murmuré. Oui. Encore.

Elle a crié quand l'orgasme a secoué son petit corps et son vagin a tellement serré ma langue que j'ai cru que je ne pourrais plus la sortir de là. Mais j'ai réussi. Je me suis relevé et j'ai déboutonné mon pantalon, tout en déchirant l'enveloppe d'un préservatif avec mes dents.

— Tu allais me demander quelque chose, a-t-elle murmuré.

Au lieu de répondre, je l'ai pénétrée et j'ai commencé à y aller, avec son dos qui cognait contre le battant. Le bruit qu'on faisait ne laissait aucun doute sur la nature de notre activité.

— Viens à L.A. avec moi, ai-je dit en agrippant fermement ses fesses.

— Quoi ? s'est-elle exclamée d'un ton furieux.

Mais elle n'était pas aussi furieuse que ça, parce qu'elle a continué à venir à ma rencontre avec ses hanches chaque fois que je poussais en elle.

— Cette ville n'a rien à t'offrir. Suis-moi à L.A. et viens travailler pour moi jusqu'au décès de mon père. Tu pourras voir tes parents beaucoup plus souvent. On fera l'amour tout le temps. Tout le monde y gagnera.

— Non, a-t-elle gémi d'une voix chantante. Non. Je ne peux pas laisser Rosie.

— Rosie peut se débrouiller.

Merde. Je n'avais jamais eu une fille aussi bonne.

— J'adore New York, a-t-elle haleté.

— Tu ne connais pas L.A. Tu aimeras encore plus.

— Je ne partirai pas d'ici.

— Merde, ai-je crié en donnant un grand coup sur le battant.

Et tout ça en continuant à aller et venir.

Ce n'était pas la peine d'insister, Emilia ne me suivrait pas. Dans trois ou quatre jours, j'allais devoir me séparer d'elle. C'était la dure réalité. Pour mon histoire avec Jo, elle me rejoindrait le moment venu, ça pouvait s'arranger.

Mais à part ça, j'étais vraiment déçu de partir sans elle et je ne comprenais pas qu'elle s'accroche comme ça à New York.

OK. Sa sœur passait avant tout. Soi-disant. À mon avis, c'était plutôt une excuse. Je m'étais bien trompé sur son compte. Elle n'était pas une gentille fille du Sud un peu naïve, mais une sacrée allumeuse et une manipulatrice.

— Tu crois que tu vas pouvoir te passer de ça ? ai-je demandé en lui donnant un grand coup de reins.

De l'autre côté, le couloir était devenu étrangement silencieux. Tout le monde devait nous écouter…

— Je m'en passais très bien avant que tu débarques, a-t-elle protesté.

Elle m'a mordu le menton et a planté ses griffes dans mon dos à travers ma belle chemise.

— Donc, tu verras que je m'en passerai sans problème. Tu m'as obligée à quitter la Californie, Vicious. Tu ne vas pas m'obliger à y revenir.

On a joui en même temps, agrippés l'un à l'autre. Ça nous a pris une bonne minute de nous remettre de cet orgasme. Elle n'a pas ri, ni souri. Moi non plus, je n'avais pas envie de rire. Notre situation n'avait rien de drôle.

Il y avait entre nous quelque chose de plus que le sexe, mais je ne savais pas trop quoi et je ne savais pas quoi en faire.

— Bon…

Elle a repris ses esprits la première et s'est éclairci la voix.

— McDo ?

— Non. Tu n'as pas accepté ta part du deal.

J'ai retiré mon préservatif que j'ai jeté à la poubelle, puis j'ai remis ma chemise dans mon pantalon et redressé ma cravate.

— Allez me chercher mon sandwich à la dinde et à la canneberge, mademoiselle LeBlanc. Et dépêchez-vous, j'ai des dossiers à terminer avant Noël. Je vous veux dans mon bureau dans moins de trente minutes.

Elle est sortie en claquant la porte.

17
Emilia

Quand je suis sortie du bureau de Vicious pour aller lui chercher son sandwich, j'ai bien vu que tout le monde me regardait. Surtout Patty, qui m'a carrément suivie des yeux en haussant un sourcil étonné. J'ai filé le plus vite possible vers l'ascenseur, en lissant ma robe d'une main et mes cheveux de l'autre.

Je marchais la tête haute, l'air digne, mais j'étais folle de rage.

Vicious m'avait encore humiliée. Il avait profité de ce qu'on faisait l'amour pour essayer de m'extorquer la promesse de le suivre à Los Angeles. Et comme j'avais refusé, il avait repris son rôle de patron méprisant et autoritaire.

Pour un peu, il m'aurait appelée Conchita.

Tant pis pour moi, je l'avais bien cherché.

Au propre comme au figuré, j'étais responsable de ce gâchis.

Mais pourquoi j'avais encore craqué pour lui ?

Honnêtement, je commençais à me demander si je n'étais pas attirée par les salauds. Je me séparais des hommes gentils et polis comme Dean. Mais une ordure comme Vicious, je n'avais pas réussi à l'oublier au bout de dix ans. Il continuait à être grossier et imprévisible, mais j'avais quand même couché avec lui – quatre fois en l'espace de six heures, dont plusieurs hors d'un lit, ce qui était une première pour moi.

Il fallait que j'aie vraiment perdu la tête.

Pour être honnête, je devais avouer que j'avais eu un sursaut de joie quand il m'avait demandé de déménager à Los Angeles. Je n'avais pas l'intention d'accepter, ça non… Comme je le lui avais dit, c'était une question de principe : il m'avait chassée de Californie, je n'allais pas y retourner pour ses beaux yeux. Mais ça m'avait fait plaisir qu'il me le demande, parce que ça voulait dire qu'il avait envie de m'avoir près de lui.

Je lui ai monté son sandwich et je suis restée boire un café avec Patty à la réception. Tout en touillant mon breuvage avec un de mes stylos mâchonnés, j'observais du coin de l'œil Vicious qui faisait le va-et-vient dans son bureau, en parlant au téléphone. Comme d'habitude, il avait mis le haut-parleur pour avoir les mains libres.

De son côté, Patty qui voulait partir plus tôt pour préparer son réveillon du lendemain essayait de me convaincre d'entrer dans le bureau du fauve pour lui arracher cette faveur.

— Vas-y, ma belle, a-t-elle insisté. Je voudrais cuisiner des sablés pour mes petits-enfants. Je ne vais quand même pas leur servir les cochonneries qu'on trouve dans les supermarchés.

— Pourquoi tu ne vas pas le lui demander toi-même ? ai-je rétorqué, le visage fermé.

Elle pensait qu'il dirait oui si la requête venait de moi, ce en quoi elle se trompait. Mais je n'avais pas envie de le lui dire.

— S'il te plaît…, a-t-elle gémi en joignant les deux mains en prière.

Derrière ses lunettes de lecture, ses yeux me suppliaient.

— J'aimerais tellement leur faire une surprise. C'est un peu dur, chez eux, en ce moment. Leurs parents sont en train de divorcer.

Je me suis souvenue des Noëls d'autrefois, quand je faisais de la pâtisserie avec ma grand-mère pour le réveillon.

— Bon, d'accord… J'irai quand il aura terminé son coup de fil.

Patty a tourné vers moi l'écran de son ordinateur. Il était déjà 15 heures.

— Il faudrait que je parte maintenant, a-t-elle insisté. Ce sera bientôt l'heure de pointe, le métro sera bondé, il y aura la queue partout dans les magasins…

Je me suis dirigée vers le bureau de Vicious d'un pas lourd de condamnée à mort. Quand j'ai frappé, il m'a adressé un vague signe de tête et j'en ai déduit que je pouvais entrer. Il n'avait pas l'air de m'en vouloir, mais moi je me sentais mal à l'aise. J'ai poussé la porte à contrecœur.

— Tu ne vas pas me dire qu'elle t'a violé pendant que tu dormais ? a-t-il crié dans le téléphone, tout en me faisant signe de l'index de m'asseoir dans le fauteuil face à son bureau.

Je me suis exécutée. De l'autre côté, Patty a levé les bras au ciel. Si elle croyait que c'était facile…

— Non, a grommelé une voix d'homme dans le haut-parleur.

— Tu étais consentant ?

— Oui, a soupiré la voix.

— Elle ne t'a pas non plus volé ton sperme.

— Oh ! ça va ! Arrête de faire de l'esprit.

— Trent, il ne fallait pas coucher avec elle sans préservatif. Si le bébé est de toi et qu'elle ne veut pas avorter, tu seras obligé d'assumer. Je sais que ce n'est pas ce que tu voulais entendre, mais c'est comme ça.

Apparemment, Trent allait être papa et il ne le prenait pas comme une bonne nouvelle. Vicious m'a jeté un regard en biais avant d'appuyer sur une commande à distance. Les volets de son bureau se sont fermés et la pièce s'est trouvée dans le noir.

Merde. De l'autre côté, Patty avait sûrement envie de nous tuer tous les deux.

J'ai ouvert la bouche pour expliquer la raison de ma présence, mais Vicious m'a fait taire d'un geste.

— Elle veut cinq cent mille dollars pour avorter, a grommelé Trent.

J'ai cru que j'allais m'en décrocher la mâchoire. Vicious est venu de mon côté du bureau et m'a prise par le menton en m'adressant un clin d'œil. La détresse de son meilleur ami n'avait pas l'air de l'émouvoir.

— Ça craint, a-t-il commenté posément.

— J'ai les moyens de payer, a déclaré Trent.

Puis il a poussé un gémissement.

— Oui, je m'en doute, a répondu Vicious en glissant ses genoux entre mes cuisses pour les écarter. Mais quand même, c'est moche.

Il a soulevé ma robe et a contemplé ma culotte d'un air émerveillé, comme s'il n'avait jamais vu une culotte en coton.

— La question est de savoir si tu as envie qu'elle avorte.

— Quoi ? Tu penses que je devrais la laisser avoir ce bébé ? Je te rappelle que c'est une stripteaseuse qui carbure à la coke.

Le pauvre Trent semblait au bord de l'explosion.

Vicious a remonté ma robe pour venir coller son visage contre mon sexe. Je me suis agrippée à l'accoudoir pendant qu'il me reniflait avec un sourire carnassier.

— Tu es dans une situation inextricable, mon pauvre, a commenté Vicious.

Puis il a mordillé mon clitoris – toujours à travers la culotte – en me fixant à travers ses paupières mi-closes. Je n'ai pas pu m'empêcher de me trémousser de plaisir.

— Tu m'as appelé pour quoi, en fait ? a-t-il demandé d'un ton vague.

Accaparé comme il l'était par mon entrejambe, il ne pensait plus qu'à se débarrasser de Trent.

— Pour avoir ton avis d'avocat.

— Je ne suis pas spécialisé dans le droit de la famille, mais mon avis, en tant qu'ami, c'est d'utiliser un préservatif et de choisir des filles qui se situent dans la même tranche d'imposition que toi. C'est le meilleur moyen d'éviter les chantages à l'enfant. Et maintenant, je dois te laisser, désolé, on m'apporte mon goûter. Joyeux Noël, mon pote.

Et sur ce, il a reposé le téléphone sur son socle sans se retourner et a replongé la tête entre mes jambes.

— Je ne suis pas dans la même tranche d'imposition que toi, ai-je commenté en haussant les sourcils.

Il a eu un sourire diabolique.

— Tu me détestes trop pour vouloir un bébé de moi. C'est la meilleure contraception.

J'ai levé les yeux au ciel, tout en lissant sa chemise du plat de la main.

— Écoute, Patty voudrait partir plus tôt pour préparer des trucs pour le réveillon de demain.

— D'accord. C'est qui Patty ? a-t-il demandé avec le plus grand sérieux.

— Ta réceptionniste.

— Je n'autorise personne à partir plus tôt, a-t-il répondu d'un ton qui n'admettait pas de réplique.

Puis il s'est repenché sur mon sexe.

— Vic...

Je l'ai attrapé par la cravate pour mettre son visage à ma hauteur et j'ai pressé ma bouche contre la sienne. Il en a profité pour lécher et sucer ma lèvre inférieure. On s'est séparés avec un bruit mouillé.

— Mmm ?

— Sois sympa. C'est Noël.

— Quand on veut avoir de l'autorité, il ne faut pas se montrer trop coulant avec les employés. Crois-moi, je sais de quoi je parle.

— Mais Patty est l'employée de Dean, ai-je contré. Et en plus, elle part à la retraite le mois prochain.

Il s'est écarté de moi pour me regarder. L'argument semblait avoir porté.

— Mais qu'est-ce que ça peut te faire que Patty parte en avance ou pas ? a-t-il demandé en me caressant le clitoris. Pourquoi tu as toujours besoin d'être gentille avec les gens ?

— Et toi, pourquoi tu as toujours besoin d'être méchant ? ai-je rétorqué en me retenant de gémir de plaisir.

— Parce que c'est marrant.

— Tu devrais essayer la gentillesse, c'est encore plus marrant.

— J'en doute.

Il semblait amusé, mais il n'avait toujours pas dit oui. Et moi je n'allais pas tarder à oublier Patty s'il continuait à me toucher comme si j'étais son jouet préféré.

— Je peux dire à Patty d'y aller ?

— Seulement si tu viens ce soir dans mon jacuzzi pour faire tu sais quoi.

— C'est du chantage, ai-je répondu en me mordant la lèvre pour retenir un gémissement.

— Non. C'est marrant.

Ça n'aurait servi à rien d'essayer de lui ôter cette idée de la tête. Et de toute façon, maintenant, j'avais envie de tenter le jacuzzi. Il avait raison, c'était sûrement marrant. Beaucoup plus en tout cas que de manger toute seule chez moi un plat de nouilles Ramen.

— Merci pour Patty, ai-je déclaré en me levant. Je vais lui souhaiter un joyeux Noël de ta part.

Il s'est redressé en poussant un gémissement de protestation et s'est appuyé contre son bureau, avec son sexe dur comme du granit qui pointait vers moi à travers son pantalon.

Arrivée à la porte, j'ai tourné la tête en souriant, la main sur la poignée.

— Ce n'est pas très discret de fermer les volets quand j'entre dans ton bureau. Que vont penser tes employés ?

— Je m'en fous, de ce qu'ils pensent. Et tant mieux si ça leur fait un sujet de conversation. Je suis ravi de mettre un peu de piquant dans la morne vie de Patty et de Floyd.

Il est retourné derrière son bureau et s'est laissé tomber dans son fauteuil.

— Emilia ?

— Oui ?

— Apporte-moi un autre café, s'te plaît.

On a cassé le lit. Un lit en bois de chêne…

On venait de commander une pizza, après avoir descendu deux bouteilles de vin. J'étais ivre et follement gaie, j'ai dû grimper sur Vicious avec un peu trop d'enthousiasme. On a entendu un craquement et le matelas s'est effondré sur le côté. Vicious a tout juste eu le temps de me rattraper par la taille pour m'empêcher de tomber.

— Même ton lit n'en peut plus, ai-je commenté en riant.

J'ai caressé son torse – il ne tressaillait plus quand je touchais ses cicatrices, nous n'en étions plus là.

En attendant la pizza, je suis allée dans la salle de bains prendre une douche. J'avais laissé la porte ouverte et j'ai vu dans le miroir qu'il matait mes fesses, la tête dans la main, appuyé sur un coude.

— Je t'avais bien dit qu'il valait mieux rester dans le jacuzzi, a-t-il commenté.

— Deux fois dans le jacuzzi, c'était déjà trop. Je commençais à avoir la peau ridée comme un pruneau. Vic ?

— Quoi ?

Je me suis retournée et j'ai rencontré son regard. Il avait un vrai sourire et mon cœur s'est mis à battre plus fort, parce qu'un sourire comme ça, venant de lui, ça se méritait.

J'en ai profité un instant, puis je me suis jetée à l'eau :

— Tu serais d'accord pour passer le réveillon chez moi demain soir ? ai-je demandé en rougissant. C'est juste parce que… Comme c'est Noël… et qu'on est seuls tous les deux…

— Bien sûr, a-t-il coupé. 19 heures, ça te va ?

— C'est parfait, ai-je répondu en m'humectant les lèvres.

Je me suis brusquement sentie étrangement heureuse.

Il s'est détourné et a attrapé son téléphone sur la table de nuit – pour vérifier ses e-mails, probablement. Ses yeux étaient toujours rivés à l'écran, quand il a dit :

— Je ne mange pas de champignons. Ni de poisson.

— C'est noté.

— C'est un genre de rendez-vous, non ? a-t-il murmuré.

— Quoi ?

Mon cœur battait aussi fort que si je venais de faire un tour de montagnes russes.

— J'ai dit que c'était un rendez-vous, a-t-il répété, sans quitter son téléphone des yeux. Mais ça ne me dérange pas.

J'ai fermé la porte de la salle de bains en souriant aux anges.

Quand je suis sortie de la douche, il n'était plus dans la chambre. Je suis allée dans la cuisine, enroulée dans ma serviette, mais il n'y était pas non plus. Il n'était quand même pas sorti… J'ai fait le tour des pièces – ce que cet appartement était grand… Surtout pour un simple pied-à-terre…

En tout cas, Vicious n'était pas là. Je me suis habillée en vitesse et j'ai composé le numéro de son portable. Il n'a pas décroché. J'ai commencé à me demander s'il ne m'avait pas fait encore un sale coup.

J'étais sur le point de rentrer chez moi, quand j'ai aperçu ses pieds qui dépassaient de derrière le canapé. Merde ! Mais il dormait… En slip, couché par terre, la tête sur un coussin argenté.

Il avait l'air d'un enfant.

Oh ! Vicious…

J'ai été tentée de le réveiller pour l'emmener jusqu'au lit, mais je me suis ravisée. Je le soupçonnais d'être insomniaque, même s'il m'avait assuré le contraire. Mieux valait le laisser tranquille. Je suis simplement allée lui chercher des coussins et de quoi le couvrir, puis je l'ai regardé dormir un instant.

Comme je n'avais pas envie de me recoucher seule dans son lit, je suis descendue dans mon appartement. Quand je suis entrée dans le salon, mon chevalet m'a fait de l'œil. J'avais un tableau en cours, le portrait d'une femme rieuse, avec des fleurs dans les cheveux, mais ce n'était pas à ça que j'avais envie de travailler. J'ai sorti un châssis et mon pistolet à agrafes pour préparer une toile vierge. Puis j'ai enfilé ma salopette de peintre et attaché mes cheveux.

Je suis restée un long moment devant la toile blanche, à visualiser mon futur tableau.

Quand je me suis mise au travail, le jour se levait. Je ne me suis arrêtée de peindre qu'en début d'après-midi. Je n'avais ni dormi ni mangé. C'est à peine si j'avais respiré. Tout en travaillant, je n'avais cessé de penser à ma relation avec Vicious. Elle avait changé. Vraiment. Autrefois il m'avait fait beaucoup souffrir, mais aujourd'hui il mettait de la couleur dans ma vie.

J'étais de nouveau amoureuse. Complètement mordue.

Je n'avais pas sommeil, je suis sortie faire des courses pour le réveillon. J'étais surexcitée à l'idée de passer cette soirée avec Vicious. C'était tout un symbole, j'en avais conscience, il ne s'agissait pas seulement de réunir nos deux solitudes. Je tenais à lui faire un cadeau et j'ai tout de suite pensé à un disque.

Nous avions toujours eu un goût commun pour le rock punk et le grunge, aussi quand je suis tombée sur un album des Sex Pistols, je n'ai pas hésité une seconde. Je suis sortie du magasin le sourire aux lèvres. Vicious allait sûrement faire une vanne à propos de Sid Vicious qui l'avait sans doute inspiré pour le surnom qu'il s'était choisi.

Il avait quelques points communs avec lui. Même peau très blanche avec des cheveux très noirs, même attitude provocatrice et désinvolte. Il ne me restait plus qu'à espérer que je ne serais pas la Nancy de mon Vicious.

Tout en préparant l'indispensable DVD à regarder après le dîner – pas de Noël sans *La vie est belle* pour digérer dans un état proche du coma –, je pensais aux Noëls d'enfant de Vicious.

Je n'avais passé qu'un Noël à Todos Santos, mais je me suis souvenue que son père et Jo étaient partis en vacances dans les Caraïbes. Vicious avait été invité chez Trent pour le 24 au soir, mais le 25, il était resté seul chez lui toute la journée.

Il nous avait probablement entendus faire la fête. Rosie et moi, on chantait toujours un air de circonstance pour le réveillon. Papa et maman étaient bruyants dans les rares occasions où ils buvaient quelques verres. Nous étions pauvres, mais heureux. Sa maison avait dû lui paraître bien triste et bien vide, à côté de la nôtre, pleine d'un amour dont il n'avait que les échos lointains.

Pauvre Vicious…

Au bout d'une heure et demie à attendre devant une table chargée des plats succulents que j'avais cuisinés tout l'après-midi, je me suis décidée à prendre l'ascenseur pour aller frapper à la porte de Vicious. J'avais fait des macaronis au fromage, du poulet de Cornouailles, du ragoût aux haricots verts et du pain de maïs avec une recette de ma mère.

Mais il n'était pas venu.

Au début, mon ego en avait pris un coup. Il ne manquait pas de culot de me poser un lapin le soir de Noël ! Puis je me suis souvenue qu'il s'était endormi par terre et j'ai tenté de l'appeler, mais il n'a pas répondu au téléphone. Là, je me suis vraiment inquiétée. J'avais peut-être eu tort de l'abandonner la veille. Il avait peut-être eu un malaise et moi, l'idiote, j'avais cru qu'il dormait.

Il fallait que j'aille voir s'il allait bien.

Dans l'ascenseur, je me suis éclairci la voix plusieurs fois pour être certaine de parler normalement quand il m'ouvrirait la porte. Mais quand j'ai frappé, il n'a pas réagi. J'ai tambouriné, j'ai sonné – sans résultat. J'allais repartir, quand une des réceptionnistes de l'immeuble est sortie de l'ascenseur avec un cadeau et des fleurs. Elle est allée droit à son appartement. Elle avait un jeu de clés dans la main.

Elle m'a saluée avec un sourire poli.

— Joyeux Noël.

Je me suis pratiquement jetée sur elle.

— Je suis soulagée de vous voir, ai-je dit précipitamment. Je crois qu'il a un problème. Vous avez les clés ? Il faudrait aller voir s'il va bien.

— Vous parlez de M. Cole ? a-t-elle demandé en fronçant les sourcils.

Quoi ?

— Non, ai-je répondu en bafouillant. De Vic… Euh… M. Spencer.

— M. Spencer a quitté l'immeuble à l'aube avec une valise. Je pense qu'il a dû rentrer à L.A. Il avait déjà séjourné beaucoup plus longtemps que d'habitude dans l'appartement de Dean.

— Dean ?

Elle a rougi.

— Je veux dire, M. Cole. C'est moi qui lui monte ses colis quand il est absent. Il m'a laissé une clé.

J'en ai eu la bouche sèche.

— Cet appartement est celui de Dean Cole ?

Je me sentais complètement idiote. De poser la question. Et pour tout le reste.

La fille a acquiescé, toujours avec son grand sourire.

— Oui, bien sûr.

Elle est entrée chez Vicious, ou plutôt chez Dean, en me lançant d'un ton enjoué :

— Encore joyeux Noël, mademoiselle LeBlanc.

Malheureusement, pour un joyeux Noël, c'était mal parti.

L'ascenseur n'étant plus à l'étage, je me suis engouffrée dans la cage d'escalier pour ne pas être obligée de monter dans la cabine avec la réceptionniste qui n'allait pas tarder à ressortir de l'appartement. Je me sentais au bord des larmes et n'avais aucune envie de me mettre à pleurer devant une inconnue.

Je descendais la première marche, quand mon téléphone a sonné dans ma poche. C'était sûrement Vicious… Mon cœur s'est mis à battre tellement violemment qu'on aurait dit qu'il prenait son élan pour sortir de ma poitrine.

Dehors. Dehors. Dehors.

J'ai prié pour que Vicious ait une bonne raison de ne pas venir. Ou pour qu'il m'annonce qu'il arrivait. Il ne pouvait pas être vicieux au point de m'abandonner le soir de Noël après avoir accepté mon invitation.

Quand j'ai vu s'afficher le nom de Rosie, la déception m'a submergée, puis j'ai eu honte de moi.

Rosie était ma sœur, quand même…

— Joyeux Noël ! ont crié à l'unisson Rosie, maman et papa.

Je me suis mise à pleurer. Sans bruit, pour qu'ils n'entendent pas.

— Salut vous tous ! Vous me manquez ! Joyeux Noël !

— Millie, a hurlé maman. Dis-moi que ce n'est pas vrai que ta sœur sort avec un motard qui s'appelle Rat.

J'ai fait de mon mieux pour émettre un bruit qui ressemblait à un rire, même si le vide qui prenait toute la place dans mon ventre étouffait l'ensemble de mes émotions, même la douleur.

— Rosie, ai-je grondé. Arrête de faire peur à maman.

On a discuté tous les quatre une dizaine de minutes, puis Rosie est allée dans sa chambre pour me parler sans que mes parents entendent.

— Millie, il faut que je te dise un truc à propos de Vicious.

J'ai eu l'impression que mon cœur s'arrêtait de battre. J'étais partagée entre l'espoir et l'angoisse.

— Oui.

— Son père est mort.

J'ai lâché le téléphone.

Jo.

Le testament.

Son père.

J'ai eu l'impression qu'on pointait une arme invisible sur ma tempe. Vicious n'allait pas tarder à se manifester pour me demander de faire pression sur Jo.

Mais moi, je ne voulais plus entendre parler de lui.

18
Vicious

— Ce n'est pas trop tôt, ai-je soupiré en m'installant dans le Range Rover rouge que Trent avait louée pour la semaine.

— Tu n'es pas le seul à en avoir marre, a-t-il rétorqué sèchement en démarrant. Je te rappelle que ton avion avait du retard et que j'ai attendu plus de vingt minutes dans ce foutu aéroport.

J'ai enlevé mes Ray-Ban Wayfarers pour le dévisager.

Avec sa peau de métis, sa gueule d'ange et sa carrure de joueur de rugby, Trent était le plus beau de notre bande de quatre. D'habitude, il soignait son look, mais aujourd'hui il avait vraiment mauvaise mine : les yeux cernés, une barbe de trois jours… Même sa coupe de cheveux était négligée. Cette histoire de bébé le perturbait réellement.

— Je ne parlais pas du voyage, ai-je répondu en déposant ma sacoche Armani en cuir noir sur la banquette arrière. Je parlais de mon père.

N'empêche que j'avais fait un voyage pourri. À partir du moment où j'avais reçu le coup de téléphone m'annonçant la mort de mon père, les galères s'étaient enchaînées. J'étais tellement pressé de filer à l'aéroport pour prendre un avion, que j'avais oublié mon chargeur de téléphone. Et bien sûr, la batterie m'avait lâché. Arrivé à l'aéroport, j'avais découvert qu'il n'y avait pas de place pour San Diego ni pour L.A. avant plusieurs heures. Au moins, ça m'avait permis d'acheter un chargeur pour appeler Trent et lui demander de venir me chercher.

À propos de téléphone… Je l'ai sorti de ma poche pour vérifier si j'avais des appels ou des messages d'Eli Cole. Non. Rien que deux appels manqués d'Emilia. Elle pouvait attendre. Je n'avais aucune raison de la contacter tant que je n'en savais pas plus à propos du testament. Je voulais l'avoir sous le coude quand on me le lirait, prête à fondre sur Jo pour mettre mon piège en action. J'avais une érection chaque fois que je pensais à elle, mais ça, c'était un autre problème.

— Tu pourrais te concentrer une minute sur autre chose que sur ton héritage ? a demandé Trent.

Bon. Il voulait me parler du bébé. J'ai levé les yeux au ciel.

— D'accord. Comment va Valenciana ?

Valenciana, c'était la future maman et stripteaseuse – oui, c'était son vrai prénom, pas son nom de scène. La mère du bébé de Trent allait s'appeler Valenciana.

— Elle va bien. On a décidé que… Mais merde, Vicious, je ne voulais pas parler de ça. Je trouve quand même que ça devrait te faire quelque chose, de perdre ton père.

Il a pris l'autoroute pour Dos Santos. Je me suis demandé si Jo serait déjà sur place. J'aurais voulu la jeter dehors tout de suite, mais mieux valait attendre la lecture du testament.

— Il a mérité ma haine, Trent. Tu peux me croire.

— C'est bizarre. Je ne t'ai jamais entendu dire du mal de lui.

Cette fois, je me suis retenu de lever les yeux au ciel.

— Bon, ça suffit, Trent. Dis-moi plutôt où est cet enfoiré de Dean.

— Chez ses parents, bien sûr. C'est Noël. Et je te préviens, je ne serais pas surpris s'il passait te voir pour régler ses comptes. Il est furieux que tu aies embauché son ex-petite amie. Qu'est-ce qui t'a pris de faire ça, Vic ?

— J'avais besoin d'une assistante, ai-je répondu entre mes dents.

Ça faisait dix ans que Dean était sorti avec Emilia, leur histoire avait duré à peine plus d'un semestre et il faisait toute une histoire parce que je l'avais embauchée, comme si je lui avais piqué sa femme.

— Tu sais à quel point il tenait à elle, a déclaré Trent d'un ton accusateur.

— Elle était à moi, ai-je répondu posément en prenant un joint que j'ai allumé dans la voiture.

J'allais fumer vitres fermées et Trent allait râler. Oui, mais c'était à cause de lui que j'avais besoin d'un joint pour me détendre.

Il a frappé le volant des deux mains.

— T'es gonflé de dire qu'elle était à toi. File-moi une taffe.

Je lui ai passé le joint et il a tiré dessus avant de me le rendre.

— Je te rappelle que…

Un nuage de fumée est sorti de sa bouche.

— … tu passais ton temps à dire du mal d'elle et à la harceler.

— Mais c'est quoi cette conversation ? On dirait une discussion de femmes ! C'est depuis que tu sais que tu vas être père ?

J'ai recraché la fumée par les narines.

— Il arrive quand, Jaime ? ai-je demandé.

— Le jour de Noël. Mais il ne vient pas avec Mel et Daria.

J'ai acquiescé. Je m'en doutais un peu.

— Au lieu de t'occuper de ma vie avec mon assistante, tu ferais bien de te concentrer sur la tienne. Moi, je ne me suis pas mis dans une situation de merde avec une stripteaseuse.

Il a appuyé sur l'accélérateur tout en donnant un coup de volant pour passer sur la bande d'arrêt d'urgence et il a doublé à fond la file des voitures bloquées dans l'embouteillage.

— Je t'emmerde, Vicious, a-t-il marmonné.

— Jo, tu es là ? ai-je appelé en entrant dans le manoir. C'est Baron !

Cette lugubre maison serait bientôt à moi. Et à personne, quand je l'aurais brûlée.

Oui, bon, d'accord… Brûler, c'était une façon de parler, parce que techniquement j'allais plutôt la faire raser par un bulldozer. Mais symboliquement, c'était la même chose. Ensuite, j'avais prévu d'utiliser le terrain pour faire construire une bibliothèque qui porterait le nom de ma mère, Marie Collins. Pas Marie Spencer. Le nom des Spencer n'était pas digne d'elle.

Jo n'a pas répondu, elle n'était pas là. Parfait. Je suis allé directement dans mon ancienne chambre, avec l'intention de prendre les affaires que je voulais emporter. J'avais prévu de séjourner à l'hôtel. Je disais adieu pour de bon à ce manoir où j'avais tant souffert.

Je n'étais pas un sentimental et je ne gardais pas grand-chose, mais en ouvrant mes tiroirs, en plus de mes affaires de foot, j'ai quand même retrouvé les lettres des filles qui me couraient après quand j'étais ado, un vieux pétard que j'avais oublié de fumer et les crayons mâchonnés d'Emilia – réunis tout au fond de mon dernier tiroir. J'étais sur le point de les jeter à la poubelle, mais j'ai changé d'avis au dernier moment.

Après tout, ils pouvaient encore servir. Pourquoi jeter des crayons ?

Pendant que je faisais mon tri, j'ai reçu un appel téléphonique du notaire de mon père. Pas trop tôt. Lui aussi, j'avais passé un temps fou à essayer de le joindre. Ras le bol de tous ces gens qui étaient pris par leur famille pendant les fêtes de Noël. J'ai jubilé intérieurement en pensant que mon père avait rendu son dernier souffle seul comme un chien un soir de réveillon. Il n'avait eu près de lui que Slade, un de ses infirmiers – l'autre avait pris sa soirée. Quant à Jo, elle se trouvait à Hawaï avec une soi-disant copine.

Elle n'avait pas été là pour lui, comme il n'avait pas été là pour ma mère.

Je me suis demandé si Jo l'avait aimé, au moins au début. Je ne savais rien de leur relation, mais quelque chose me disait que la réponse était non. Ma mère avait été assassinée pour satisfaire l'appât du gain d'une arriviste.

— Allô ! ai-je dit en collant mon téléphone à l'oreille.

— Bonjour, monsieur Spencer, j'appelais pour vous annoncer que le testament vous sera transmis le lendemain de l'enterrement, a déclaré sans préambule M. Viteri.

Bien. Je n'aurais pas à attendre trop longtemps.

— À qui d'autre l'envoyez-vous ? ai-je demandé.

— À votre belle-mère et au frère de votre père.

Le frère de mon père avait soixante ans et menait une petite vie tranquille dans un ranch du Texas. Il ne s'intéressait pas à l'argent et ça ne me dérangeait pas de partager avec lui. Mais Jo… Si le notaire lui envoyait une copie, ça signifiait qu'elle était mentionnée dans le testament. J'allais avoir besoin d'Emilia.

— Vous pouvez envoyer mon exemplaire à Eli Cole ? Chez lui, pas à son cabinet.

J'ai entendu crisser son stylo quand il a noté l'adresse.

— Toutes mes condoléances, Baron, a-t-il déclaré, sans doute parce que c'était la phrase de circonstance.

— Merci, ai-je répondu pour la même raison. Ça me touche beaucoup.

Une fois mes sacs bouclés, je les ai emportés avec moi au Vineyard, l'hôtel cinq étoiles le plus proche. Là, j'ai commandé un service de chambre et je me suis soûlé avec ce que j'ai trouvé dans le minibar.

J'avais hâte de voir la tête de Jo quand je lui dirais que je savais pour le meurtre de ma mère. Et quand je l'obligerais à renoncer à l'argent auquel elle prétendait à tort avoir droit.

J'avais aussi hâte d'avoir de nouveau Emilia avec moi.

J'ai pris mon téléphone pour l'appeler.

C'est à partir de cet instant que la situation s'est compliquée pour moi. Emilia n'a pas répondu. Ni à mon appel. Ni à mes textos.

J'ai rappelé plusieurs fois. Ensuite je suis passé aux textos.

Bon, c'est vrai, mes messages n'étaient pas super sympas et peut-être que si j'y avais mis les formes, j'aurais obtenu une réponse. Mais j'étais hors de moi. Elle ne tenait pas sa promesse. Après tout ce que j'avais fait pour elle.

Qu'est-ce qui se passe avec ton tel ? Réponds.

Ça y est. Mon père est mort. J'ai besoin de toi ici. Rappelle.

Tu joueras moins les blasées quand je te baiserai comme une brute pour t'apprendre à ne pas répondre à ton patron.

En plus d'être inquiet parce que j'avais besoin d'elle pour faire pression sur Jo, j'avais vaguement la sensation de lui courir après pour une tout autre raison. Quelque chose de nouveau et totalement insupportable. Il fallait que ça change. Que je me sorte cette fille de la tête.

Je connaissais un bon moyen.

— Laissez ça devant la porte, ai-je crié à l'employé du service de chambre.

Ça ne pouvait être personne d'autre, parce que la seule personne que j'avais invitée à l'hôtel – Georgia, une fille avec qui j'étais vaguement sorti au lycée – se trouvait déjà dans la chambre avec moi. Elle me tapait sur les nerfs avec sa petite voix mielleuse. Physiquement, ça pouvait aller, elle avait un corps musclé et elle portait des vêtements de créateur qui le mettaient en valeur. Mais à part ça, elle était encore plus infecte qu'avant : elle transpirait l'autosuffisance, le surfait, l'exagération.

Je l'avais fait venir pour coucher avec elle, histoire d'oublier Emilia, mais je commençais à le regretter.

Oui, j'avais fait venir une vieille connaissance alors que mon père n'était pas encore enterré. Et après ?

Georgia était installée sur le canapé et moi dans un fauteuil en face d'elle. Elle me racontait les potins du country club de Todos Santos, mais je n'écoutais pas. J'ai allumé un joint.

— ... Et j'étais super choquée, Vic, tu peux me croire. Je veux dire... C'était une chose qu'elle ne veuille pas donner pour mon œuvre de bienfaisance, mais de là à m'accuser d'avoir mis tout ça en place pour préparer les sénatoriales de papa...

— Pourquoi tu avais ouvert le casier d'Emilia LeBlanc ? ai-je coupé brusquement, en dilatant mes narines pour souffler la fumée.

J'étais physiquement incapable de supporter une seconde de plus les conneries dont elle m'abreuvait depuis un moment. En bas, au bar de l'hôtel, là où on avait bu un verre, je m'étais convaincu que sa voix insupportable, son expression insupportable et tout son être insupportable ne m'insupporteraient pas plus que ça. Mais je m'étais trompé. Elle m'insupportait vraiment.

J'envisageais de plus en plus sérieusement de la virer de cette chambre.

— Emilia LeBlanc ? a-t-elle demandé en enroulant une mèche de ses cheveux autour de son index, tout en m'adressant un clin d'œil.

Elle avait mis trop de mascara et ça lui faisait des cils poisseux. C'était repoussant.

— Oui, Emilia LeBlanc, ne fais pas semblant d'avoir oublié.

J'ai soufflé la fumée vers le plafond, en jetant un coup d'œil au cadran de ma Rolex. Ça faisait seulement dix minutes qu'elle était là, mais j'avais l'impression qu'elle me prenait la tête depuis des heures.

— Je me souviens parfaitement d'elle. Je suis juste étonnée que tu t'en souviennes aussi.

Elle a haussé un sourcil.

Je lui ai jeté un regard dénué d'expression en massant ma tempe du pouce avec la main qui tenait le joint.

— Elle avait trouvé son livre de maths dans mon sac, tu te souviens ?

Georgia a pouffé.

— Oui, je me souviens ! Tu avais menacé de me ruiner l'existence si je recommençais !

— C'était vraiment odieux de lui faire un truc pareil la veille d'une interro, ai-je contré sans battre d'un cil.

On a de nouveau frappé à la porte. Mais qui avait engagé l'imbécile qui ne voulait pas déposer le plateau devant la porte ?

— Le plateau devant la porte, ai-je hurlé.

Je n'avais plus faim, plus envie de dîner avec Georgia, aucune intention de la toucher. Ça m'était déjà arrivé de changer d'avis au dernier moment et de virer une fille si je ne me sentais pas d'humeur, mais c'était la première fois que j'étais agacé au point de me jurer de ne plus jamais la revoir.

— Vic, qu'est-ce qui te prend ? a demandé Georgia en essayant de sourire.

Elle s'est levée du canapé pour marcher vers moi.

J'ai pris une taffe de mon joint en la dévisageant posément. Elle s'est assise sur mes genoux, mais j'ai secoué lentement la tête, avec un regard vide.

— Bouge de là, Georgia. Et vite.

Cette fois, on a tambouriné à la porte. Bon, ça ne pouvait pas être le service de chambre. Je me suis levé tellement brusquement que Georgia a tout juste eu le temps de se mettre debout.

— C'est vrai que ce n'était pas sympa de faire ça à Emilia. Mais on était tous des chiens, à l'époque, a-t-elle continué comme si de rien n'était. J'ai changé, tu sais.

— Je ne veux plus jamais te revoir, ai-je déclaré en déposant le joint dans le porte-savon que j'avais apporté de la salle de bains en guise de cendrier. Tu as toujours été une salope et je pense que ça n'a pas changé. J'ai eu tort de te contacter. Je veux que tu dégages.

Je me suis dirigé vers la porte, les bras ballants, les poings serrés. Si c'était encore quelqu'un de l'hôtel qui venait me dire qu'on était dans une chambre non-fumeurs, ça allait saigner. J'ai ouvert le battant, prêt à hurler. Mais je me suis figé.

— Bienvenue en Californie, fils de pute.

Dean m'a poussé à l'intérieur de la chambre avant d'entrer comme s'il était chez lui.

Il était légèrement plus grand, plus costaud, plus séduisant que moi. Il était aussi plus élégant. Sa coupe de cheveux était impeccable. Il portait un costume coloré.

— Salut, Georgie, ça roule ? a-t-il lancé à Georgia en lui adressant un clin d'œil.

— J'allais partir, a-t-elle répondu sèchement.

Elle a ramassé son sac et a filé droit vers la porte. J'ai suivi des yeux son derrière osseux. Non, franchement, j'avais bien fait de m'en débarrasser.

Dean s'était déjà servi dans le minibar et se versait de l'alcool dans un verre en sifflotant, le sourire aux lèvres. Il prenait ses aises.

— Je t'aurais volontiers proposé quelque chose, mais je ne voudrais pas que tu penses que je me soucie de ton bien-être, a-t-il ricané.

Je me suis adossé au mur pour le toiser, les mains dans les poches.

— C'est tout ? ai-je plaisanté. Tu n'es même pas un peu triste que mon père soit mort ?

Il s'est tourné face à moi, a vidé son verre d'un trait, puis l'a pointé vers moi.

— Ne me prends pas pour un imbécile. Je sais que tu as vu régulièrement mon père ces derniers temps. Tu ne penses qu'à l'héritage. Tu détestais ton père et Josephine. D'ailleurs, je crois bien que tu détestes le monde entier. Tu es venu pour l'argent et le manoir.

Tu te trompes, connard. Je suis venu pour me venger.

Il s'est servi un deuxième verre.

— Où est ta petite copine, Millie LeBlanc ?

— Là où elle doit être. À New York. Dans mon lit, ai-je menti. Enfin, techniquement, c'est *ton* lit.

J'ai repris mon joint à moitié fumé pour le rallumer.

— On l'a cassé, au fait. Mais t'inquiète pas, je vais te rembourser.

C'était une manière plutôt brutale de lui annoncer que je couchais avec Emilia, mais il a accusé le coup sans broncher. Je pense qu'il n'était pas étonné. Il avait toujours su qu'elle me plaisait. Jaime et Trent aussi l'avaient toujours su. C'était lui qui me l'avait volée quand on était ados et je lui en voulais toujours pour ça. Trent et Jaime le lui reprochaient encore quand on était ivres. En plus, ils n'avaient jamais vraiment formé un couple, puisqu'elle avait toujours été folle de moi.

— C'est moche, de piquer les ex de ses potes, a-t-il grommelé en vidant son deuxième verre de whisky.

Qu'est-ce qu'il ne fallait pas entendre ! J'ai éclaté de rire. Il ne pouvait quand même pas croire ça.

— Arrête un peu. Elle n'a jamais tenu à toi.

Le regard de Dean a glissé sur mon visage et j'ai senti qu'il n'allait pas tarder à passer à l'action. Bon. Je méritais qu'il me casse la gueule pour ce que je venais de dire, je l'avoue.

— Elle sait que tu es un salaud sans cœur ? a-t-il rétorqué.

J'ai haussé les épaules.

— Elle a été dans notre lycée pendant un an, elle me connaît bien.

Il a descendu un troisième verre. Il ne me restait plus qu'à espérer qu'il ne ferait pas un coma éthylique sur la moquette. J'avais besoin de garder de bonnes relations avec son père.

— Elle a demandé de mes nouvelles ?

— Non. Pourquoi elle en aurait demandé ? Tu as déjà essayé de la retrouver ?

— Elle m'avait fait promettre de ne pas chercher à la retrouver, a-t-il rétorqué en fronçant les sourcils.

— Passons sur les détails, ai-je marmonné avec un vague geste de la main.

Il était venu pour me frapper, alors qu'est-ce qu'il attendait ?

— Tu pourrais au moins me remercier de l'avoir déflorée pour toi.

Merde.

J'ai été le premier à balancer mon poing. En plein sur son nez – en espérant que cette fois le médecin ne pourrait pas le lui réparer. Il m'a attrapé par la chemise et m'a poussé à l'autre bout de la pièce, contre l'écran de télé monté sur le mur. Là, il s'est précipité pour me planter son coude dans l'estomac et me bourrer de coups de poing. J'étais tellement sonné que je ne réagissais même plus.

Il n'a pas voulu me lâcher quand je me suis effondré et on a roulé tous les deux sur la moquette.

— T'as vraiment couché avec ma petite copine ? a-t-il rugi au-dessus de moi, d'une voix chargée de colère et d'incrédulité.

C'était plus difficile de pardonner à un ami qu'à un ennemi. Je ne le savais que trop bien.

Il se sentait doublement trahi. Comme moi quand j'avais découvert qu'il sortait avec Emilia.

De son point de vue, j'avais été un salaud de l'embrasser autrefois et je recommençais maintenant en couchant avec elle.

Mais moi, je voyais les choses différemment : cette fille était mon obsession depuis toujours et c'était lui qui était venu se mettre entre nous.

— Tu peux me frapper tant que tu veux, ce n'est pas ça qui me fera renoncer à elle. Je la veux et elle me veut. Tu n'y peux rien.

Il s'est levé en me balançant un dernier coup de pied. Il saignait beaucoup du nez et il était pressé de partir pour faire remettre sa cloison nasale en place avant que ça enfle. Un sang écarlate tachait la moquette. Ma note d'hôtel allait être salée.

— Lève-toi, a-t-il ordonné.

Je me suis cramponné au lit pour me remettre debout tant bien que mal.

Il a souri, tout en lissant sa chemise ensanglantée.

— T'es bien arrangé, a-t-il fait remarquer.

Je devais avoir les deux yeux au beurre noir et une côte fêlée. J'ai acquiescé.

— Toi aussi, t'es bien arrangé. Tu as autre chose à me dire ?

— Ouais, justement.

Il s'est appuyé au bureau sur lequel était posé mon ordinateur, en imitant l'expression victorieuse que j'avais travaillée pendant des années.

— Tu retournes à Los Angeles et moi à New York, alors, franchement, vous deux, c'est déjà fini. Mais t'inquiète, mon pote, je m'occuperai d'elle dans mon bureau.

Il s'est frappé le torse en me faisant un clin d'œil.

Je me suis mis à trembler de rage, mais j'ai fait un effort pour me calmer. C'était de la provocation, pour me punir d'avoir touché à Emilia, mais il n'allait rien tenter avec elle parce qu'il savait qu'il n'avait aucune chance.

— Va-t'en, Dean, avant que je fasse quelque chose qui nous coûterait des millions dans un tribunal. Sors de cette chambre.

Il n'a pas bougé. Il n'avait plus du tout l'air d'avoir envie de rigoler. J'ai inspiré profondément.

— Vire-la, Vicious, a-t-il rétorqué. Je ne la veux pas dans ma succursale et je ne suis pas non plus d'accord pour qu'elle te suive dans la tienne. Cette fille m'a quitté pour un type rencontré sur Internet et elle est partie en me laissant un mot.

Elle est partie parce que je ne lui ai pas laissé le choix.

— Hors de question, ai-je répliqué. Je ne me sépare pas d'elle.

C'était vite dit. Elle refusait de venir avec moi à Los Angeles et je ne voyais pas comment la faire changer d'avis. Mais ça, il ne le savait pas.

— Tu vas la virer, a répondu calmement Dean.

Il continuait à saigner abondamment du nez sur la moquette. Merde. Il était temps qu'il parte.

— Non.

Je me suis retenu de lui sauter de nouveau dessus. J'aurais bien tiré sur mon joint pour me calmer, mais il était par terre, en train de faire un trou dans la moquette. Je l'ai désigné du menton à Dean qui l'a écrasé avec le talon de sa Monk Strap.

— Ça ne s'est pas passé comme tu le crois, ai-je déclaré. Je lui ai donné vingt mille dollars pour qu'elle parte. En échange, elle a aussi promis de te dire qu'elle s'en allait avec un autre et qu'elle ne voulait plus jamais entendre parler de toi.

— N'importe quoi ! Pourquoi elle t'aurait obéi ?

Ça, ce n'était pas son problème. Le silence est tombé entre nous.

— T'es vraiment un malade, a-t-il murmuré au bout d'un instant.

Il s'agissait d'un commentaire, pas d'une question. Donc je n'ai pas répondu.

— Et de toute façon, ça ne change rien, Vicious, a-t-il poursuivi en se levant.

Il s'est dirigé vers la porte, mais avant de sortir, il s'est retourné pour me regarder dans le blanc des yeux.

— Tu vas dire adieu à Millie et la virer. Sinon je te jure que je te fais exclure du conseil d'administration. Bonne nuit.

19

Emilia

Rosie est rentrée de Todos Santos le sourire aux lèvres, avec tout un tas d'histoires à raconter. Elle m'a parlé pendant une heure de la nouvelle machine à coudre de maman et de la fascination étrange de papa pour l'émission *Toddlers & Tiaras*.

J'avais le moral à zéro, mais je me forçais à sourire en l'écoutant d'une oreille distraite. Je n'avais rien dit de mon réveillon raté. J'avais trop honte. Encore une fois, j'avais perdu les pédales pour Vicious, un mec qui ne cherchait que des histoires d'un soir et qui s'en vantait.

À force d'essayer de me concentrer sur ce que disait Rosie, j'avais la tête qui tournait – pire qu'une danseuse enchaînant une série de pirouettes. Ça tournait, ça tournait, et dans le brouillard qui en résultait, je ne voyais que Vicious. Ses yeux sombres. Son visage fermé. Son air cynique et arrogant.

Il me provoquait même quand il n'était pas là.

— Est-ce que tu as vu Vicious ? ai-je lâché.

Ça m'avait échappé et je m'en suis aussitôt voulu. Même pas capable de me contrôler. J'avais intérêt à me secouer !

Rosie a haussé les épaules.

— Il est passé en coup de vent au manoir le soir du réveillon et il a embarqué des affaires à lui. Je suis allée lui présenter mes condoléances, mais il m'a répondu par un doigt d'honneur. Il avait l'air furieux. Oui, je sais, il a toujours l'air furieux, mais cette fois on aurait dit qu'il allait prendre un fusil et dégommer tout le monde, chats et chiens compris. Tu vois ce que je veux dire ?

— Je vois, ai-je répondu sèchement. C'est son humeur habituelle au travail.

— Mais au fait, pourquoi tu n'y es pas, au travail ? Ah oui, c'est vrai, on enterre son père aujourd'hui… Il t'a donné un jour de congé ? Ou alors, encore mieux, tu as démissionné ?

J'ai baissé les yeux, en serrant les dents.

— J'y réfléchis.

La vérité, c'était que j'avais pris ma décision. J'avais pensé à la démission quand Vicious m'avait annoncé ce qu'il attendait de moi. Mais depuis que j'avais reçu ses textos exigeants et autoritaires, tellement révélateurs de sa personne, j'avais compris qu'il me considérait comme sa chose, exactement comme autrefois. Et ça, je n'étais pas prête à l'accepter.

Sans compter que je lui en voulais terriblement de m'avoir entraînée dans le lit de mon ex. C'était pervers. Et humiliant.

Ça faisait deux bonnes raisons de le laisser tomber.

Rosie a eu un petit rire forcé.

— Dis-moi que tu n'as pas couché avec lui pendant que je n'étais pas là.

J'ai rougi. C'était encore plus clair qu'une réponse.

Rosie devinait toujours tout quand il s'agissait de moi. Je n'avais jamais pu lui cacher la moindre pensée coupable, le moindre secret honteux.

J'aurais probablement fini par lui avouer mes malheurs avec Vicious, mais elle n'a pas eu besoin de mes aveux pour comprendre ce qui se passait.

— Millie, ma chérie…

Elle s'est frotté le front d'un air contrarié.

— Je t'avais dit de ne pas retomber amoureuse de lui. C'est un fou. Et pas un fou sympa comme Justin Bieber. Un fou torturé et nocif, genre Mel Gibson. Il n'était même pas triste que son père soit mort. On aurait dit qu'il était juste pressé de quitter le manoir.

J'ai avalé ma salive.

— Les gens gèrent le deuil comme ils peuvent.

Je ne pouvais pas raconter à Rosie que le vieux Baron avait laissé sa deuxième femme maltraiter son fils. C'était un secret que je partageais avec Vicious et, même si c'était triste à dire, ça me donnait l'impression d'avoir encore un peu d'intimité avec lui.

— Pourquoi tu le défends ? a protesté Rosie en secouant la tête d'un air incrédule. Mais tu t'entends ? Il n'a jamais été correct avec toi. Il t'a fait rompre avec ton petit ami. Il t'a forcée à quitter Todos Santos. Il t'a engagée, soi-disant pour t'aider, mais en fait pour te proposer quelque chose de louche. Il te faut quoi, pour comprendre ?

J'ai acquiescé d'un air piteux et je suis tombée en pleurant dans les bras de ma petite sœur. Je lui ai parlé de l'appartement de Dean, du réveillon de Noël, de notre rendez-vous. De tout, sauf du secret de Vicious, évidemment.

— Mais quel salaud ! a-t-elle commenté en me caressant les cheveux.

J'ai longuement sangloté sur son épaule.

Après m'être vidée de mes larmes, je me suis installée sur le canapé avec des bonbons aux fruits et j'ai regardé non-stop des films avec Gene Kelly. Il me fallait un personnage masculin sympa et joyeux pour oublier le triste sire qui occupait mon esprit.

J'étais très malheureuse. Mais quand je pensais à Vicious, c'était sans haine. Et parfois même avec une certaine tendresse.

Le téléphone a sonné et j'ai été tentée de répondre. Vicious avait des circonstances atténuantes. Son père mort, il n'avait plus de famille. Il était seul au monde, il avait besoin de soutien.

Rosie est intervenue à temps pour m'empêcher de faire une bêtise.

— Non !

— Ce n'est pas facile pour lui, en ce moment, ai-je tenté.

— Mais qu'est-ce que tu racontes ? Il s'en fiche, de la mort de son père.

— Donne-moi ce téléphone.

Je commençais à en avoir marre de répéter cette phrase.

— C'est ridicule, ai-je repris. Je me sens un peu humiliée, mais ce n'est pas une raison pour le traiter comme un chien. Il doit souffrir.

Cette fois, Rosie s'est fâchée.

— Puisque tu me pousses à bout, je vais te dire quelque chose que j'avais décidé de te cacher… Tu ne penserais pas qu'il souffre si tu l'avais vu au bar de l'hôtel Vineyard hier soir. Et avec qui, d'après toi ? Avec Georgia, en train d'enchaîner les verres. Ma copine Yasmine travaille là-bas et c'est elle qui les a servis. Elle les a aussi vus prendre l'ascenseur pour monter dans une chambre.

Mon expression a dû être suffisamment éloquente, parce que Rosie m'a rendu le téléphone sans un mot.

Je me sentais brisée, mais je ne pouvais m'en prendre qu'à moi-même. Avec Vicious, ça se terminait toujours comme ça. J'avais beau le savoir, chaque fois qu'il venait me chercher, je replongeais.

Mais à présent, c'était fini.

Rosie avait raison.

Ce mec était toxique. Un vrai poison. Si je le laissais faire, il finirait par tuer tout ce qu'il y avait de beau en moi. Il était la tempête qui dévastait mon cerisier en fleur.

Cette pensée a achevé de me décider : je devais le faire sortir de ma vie une fois pour toutes et sélectionner « refuser » quand l'écran de mon téléphone s'allumerait. Il ne méritait pas ma pitié.

20
Vicious

Les funérailles de mon père ont été grotesques, comme je m'y étais attendu. Avec son bronzage hawaïen, sa robe Versace et ses larmes de crocodile, Josephine a été le clou du spectacle. Dean est sagement resté près de son père et ne m'a approché que pour me présenter ses condoléances, en évitant de me regarder. Trent et Jaime sont restés à mes côtés, tout en jetant des regards inquiets vers Dean, avec l'air de se demander où on en était tous les deux.

L'état du nez de Dean et mes yeux pochés étaient pourtant suffisamment explicites : on s'était battus. J'ai eu l'impression qu'ils avaient pris son parti, mais qu'ils évitaient de le manifester pour me ménager, puisque j'étais en deuil.

Ou plutôt censé l'être.

Sauf que je ne ressentais aucune tristesse. J'avais bien trop de choses à reprocher à mon père pour le regretter. Quand on a descendu son cercueil, j'ai eu la sensation qu'on enterrait avec lui la tragédie de ma vie. Il me restait encore ma haine – une haine maintenant sans objet et dont je ne savais que faire.

Une fois rentré à l'hôtel, j'ai immédiatement écrit à Emilia pour lui demander de m'appeler. *Tout de suite.*

Elle devait préparer sa valise et monter dans un avion. C'était urgent ! Il fallait aussi que je lui dise de prévoir des affaires pour plusieurs semaines. J'étais prêt à lâcher quelques centaines de milliers de dollars pour faire passer la pilule. Merde, au point où j'en étais, j'étais prêt à lui donner tout ce qu'elle exigerait.

Mais rien. Elle a continué à faire la morte.

Je prenais le lendemain connaissance du testament… J'avais besoin d'elle. Qu'est-ce qu'elle foutait, merde ! Je commençais sérieusement à croire qu'elle avait décidé de ne pas s'en mêler et je me sentais trahi. J'avais un poids sur la poitrine, un goût amer dans la bouche. Et peut-être que ce n'était pas uniquement pour cette histoire de testament.

De rage, j'ai balancé le téléphone contre le mur. Super ! L'écran était explosé, on aurait dit une toile d'araignée. Normalement, c'était le rôle de mon assistante de m'en procurer un autre. Sauf que je n'avais plus d'assistante.

Le lendemain, j'avais rendez-vous avec le père de Cole, qui était aussi mon avocat. Je suis allé chez lui à pied, j'avais besoin de marcher. J'étais dans une sorte d'état second, le temps me semblait comme ralenti. Ou alors accéléré, impossible à dire. J'étais né dans cette ville, j'y avais vécu de longues années, j'allais la quitter.

Je sentais qu'une page allait bientôt se tourner.

Dès qu'on m'aurait lu le testament de mon père.

Son verdict.

Quand je suis entré dans le bureau d'Eli Cole, un mauvais pressentiment m'a assailli. Je ne me sentais pas à ma place dans cette pièce pleine à craquer de livres de droit qui sentait le renfermé, le vieux cuir, le vieillard.

Eli ne s'est pas montré aussi chaleureux que d'habitude et s'est réfugié dans une attitude neutre, strictement professionnelle. Quand il m'a désigné un fauteuil, il ne m'a pas dit « mon petit ». Il n'a pas non plus insisté pour me servir un café ou un thé quand j'ai répondu non la première fois. Il me regardait comme s'il savait que j'avais amoché son fils et ça m'a mis encore plus mal à l'aise.

Quand le coursier a apporté le testament, il a enfilé ses lunettes sur son nez et a posément ouvert l'enveloppe avec un coupe-papier. Crispé dans mon fauteuil, de l'autre côté de son bureau, je l'ai regardé faire dans un silence religieux. J'ai suivi avec angoisse le mouvement de ses pupilles tandis qu'il parcourait le texte. Ça a duré un certain temps. Trop longtemps. C'était mauvais signe. Le sang a commencé à battre à mes oreilles.

Je me suis demandé si Jo n'avait pas manipulé mon père pour me faire un coup tordu.

Maintenant que j'y pensais, elle m'avait snobé pendant l'enterrement.

— Baron…

Eli s'est tripoté le menton comme s'il tirait sur une barbe imaginaire. J'ai tout de suite compris que la suite n'allait pas me plaire et j'ai commencé à sérieusement m'inquiéter.

Il ne fallait pas que Jo s'en sorte.

Hors de question.

Je voulais qu'elle paye pour le meurtre de ma mère.

— Donnez-moi ça, ai-je marmonné en lui arrachant les papiers des mains.

J'ai scanné la lettre le plus vite possible, avec mon pouls qui battait tellement fort que j'ai cru que mon cœur allait exploser. C'est à peine si je comprenais ce que je lisais.

Le testament était manuscrit, rédigé de la main de mon père. Je ne connaissais pas les deux témoins qui avaient signé avec lui, mais ça n'avait rien d'inhabituel. Les hommes de loi demandaient souvent à des employés de servir de témoins.

Et il y avait une clause de déshéritement.

— Il a mis une putain de clause de déshéritement ! me suis-je exclamé en tapant du poing sur le bureau d'Eli.

Josephine était son exécutrice testamentaire.

Et le bouquet : Josephine Rebecca Spencer (née Ryler) héritait de tout.

À moi, il ne laissait que dix millions de dollars – une somme misérable comparée au reste. Et un peu d'argent à son frère.

Quant à la fameuse clause de déshéritement, elle stipulait que si je venais à contester le testament de quelque manière que ce soit, je n'aurais rien. Rien qu'un « va te faire foutre » pour son fils unique.

Je ne tenais pas à figurer en tête de la liste des grosses fortunes publiée par le magazine *Forbes*. C'était une question de justice. Je ne voulais pas que Jo ramasse tout l'argent de mon père.

J'en suis resté sonné. Eli me regardait en silence. Il ne savait visiblement pas quoi dire. Lui non plus ne s'était pas attendu à ça.

J'avais été aveugle.

Ce testament prouvait que mon père avait deviné depuis longtemps que je le détestais. Je ne sais pas comment ni pourquoi, mais sur ce coup-là, Jo avait eu sur moi une longueur d'avance. J'ai ravalé la boule de colère et d'amertume qui était coincée dans ma gorge.

Eli est venu s'asseoir de mon côté en prenant un deuxième fauteuil. Penchés sur le bureau, nous avons lu ensemble le testament dans le détail. Il avait été rédigé dix ans plus tôt, en juin.

Je me suis mis à réfléchir.

Qu'est-ce qui s'était passé dix ans plus tôt ?

— Il y a eu un événement particulier, à cette période ? a demandé Eli, faisant ainsi écho à ma pensée. Quelque chose qui aurait pu inciter ton père à revenir sur les dispositions de son contrat de mariage avec Jo ?

On pouvait comprendre qu'il ait finalement décidé de léguer quelque chose à la femme qui partageait sa vie depuis plusieurs années. Mais pas qu'il lui laisse tout en déshéritant son fils unique. Jo avait réussi à inverser le rapport de force et à prendre le contrôle. Salope de Jo. Elle avait bien manœuvré.

Dix ans plus tôt…

Ça correspondait à la mort de Daryl.

— Oui, il y a bien eu un événement particulier, ai-je répondu en crispant mes doigts sur la page. Jo traversait une période difficile. Son frère venait de mourir. Ça a peut-être attendri mon père. Je…

J'ai pris une profonde inspiration.

— Je crois que je l'ai toujours détesté, mais ça fait quand même mal d'apprendre qu'il me détestait aussi.

— Je n'ai jamais compris pourquoi il consacrait tant de temps à Josephine et si peu à toi, mais… C'est du passé, Baron. Il va falloir que tu oublies, que tu passes à autre chose…

Eli savait depuis longtemps pour la maltraitance. Je lui avais tout raconté un soir de Noël où j'étais ivre, ici, dans ce même bureau. Il m'avait écouté avec attention et il m'avait cru. C'était d'ailleurs pour ça qu'il avait accepté de m'aider à priver Jo de ses droits.

Mais avec un testament pareil, ça risquait d'être difficile.

J'avais l'impression que tout s'écroulait autour de moi. Sans ma vengeance, je n'étais plus qu'un fantôme. Un homme sans but.

— Ne te laisse pas atteindre par ce qu'ils t'ont fait. Trouve une autre raison de vivre.

La voix d'Eli tremblait d'émotion. Il ne pensait plus au visage de son fils que j'avais démoli. Parce que ma vie était bien plus démolie encore.

— Il faut vraiment que tu oublies, Baron. Ne regarde plus en arrière. Et ne reviens plus ici.

Il parlait de la maison que j'avais prévu de brûler jusqu'à la dernière pierre. L'endroit où j'aurais voulu faire construire une bibliothèque à la mémoire de ma mère.

En sortant du bureau d'Eli, je me suis arrêté sur les marches menant au jardin pour allumer un joint. J'ai sorti de ma poche mon téléphone avec son écran explosé et j'ai appelé Emilia. Je n'ai eu que la jolie voix chantante de son message enregistré.

« Salut, c'est Millie ! Pas la peine d'insister, je ne suis pas là, alors laissez un message et je vous rappellerai dès que possible. »

C'était suivi d'un rire, puis d'un bip. J'ai raccroché pour rappeler.

Encore et encore.

Puis j'ai commencé à lui laisser des messages confus et agressifs, que j'allais sûrement regretter.

— Je ne sais pas ce que c'est ton problème, Conchita, mais tu as intérêt à rappeler... Parce que... Parce que c'est moi qui te paye. J'attends ton coup de fil.

« Salut, c'est Millie ! Pas la peine d'insister, je ne suis pas là, alors laissez un message et je vous rappellerai dès que possible. »

— T'es fâchée, c'est ça ? C'est parce que je n'ai pas décroché quand tu m'as appelé le soir de Noël ? Mais merde, mon père venait de mourir ! Rappelle tout de suite.

« Salut, c'est Millie ! Pas la peine d'insister, je ne suis pas là, alors laissez un message et je vous rappellerai dès que possible. »

— Emilia, merde ! Tu fais chier !

Puis, soudain, quand je ne m'y attendais plus, mon téléphone a vibré dans ma main et quelque chose de chaud a envahi ma poitrine. J'ai balayé mon écran du pouce pour répondre sans même regarder le nom qui s'affichait.

— Je vais t'en faire baver, Emilia, ai-je grommelé.

À l'autre bout du fil, quelqu'un s'est éclairci la voix.

— Ça m'étonnerait, Baron.

C'était Jo.

— Je me suis souvenue que tu avais envie qu'on se retrouve plus souvent autour d'un bon vin et d'un bon repas. Je voudrais t'inviter ce soir à dîner, chez moi, au manoir. Tu préfères le rouge ou le blanc ?

Ça m'a mis tellement en rage que j'ai failli balancer le téléphone à l'autre bout du jardin, mais je me suis retenu parce que j'avais besoin de ce foutu appareil pour appeler Emilia. J'ai raccroché et je me suis mis à pleurer à gros sanglots, tellement fort que Keeley, une des sœurs de Dean, est sortie pour voir ce qui se passait.

J'étais dans un tel état qu'elle m'a fait entrer.

Durant les vingt-quatre heures qui ont suivi, je me suis laissé dorloter par les femmes Cole comme un bébé. De temps en temps, je voyais passer Dean qui me jetait des regards assassins.

— Vire-la, l'ai-je entendu chantonner dans sa cuisine, tandis que je prenais le thé avec sa mère dans le salon.

La pauvre essayait de me remonter le moral en me racontant les drames familiaux qu'elle avait vécus au cours de sa longue vie pour me démontrer que ça finissait toujours par s'arranger.

— Vire cette fille, vire-la tout de suite, a-t-il poursuivi, imperturbable.

Il ne pouvait pas s'en douter, mais je n'allais sûrement pas avoir besoin de virer Emilia, parce qu'elle ne me répondait toujours pas. Elle avait réussi à me séparer d'un de mes trois meilleurs amis et en plus elle m'ignorait. J'étais de plus en plus persuadé qu'elle ne m'aiderait pas pour Jo – parce que je n'avais pas renoncé – et que j'allais devoir me battre seul.

Emilia LeBlanc ne se laissait plus manipuler et elle avait raison.

Et moi je me retrouvais tout seul avec mon envie de lui parler. Ça m'était égal qu'elle ne m'aide pas, mais je ne pouvais pas supporter l'idée qu'elle sorte de ma vie. Pas cette fois.

Et c'est quand je me suis mis à sangloter, la tête dans les seins plantureux de la mère de Dean, que j'ai compris que mon cas était grave.

J'avais vraiment besoin d'Emilia parce qu'elle était la seule à me comprendre.

21
Vicious

Après avoir quitté la maison des Cole, je suis parti boire avec Trent et Jaime – il fallait bien ça pour encaisser le coup du testament. Ensuite je suis allé cuver dans ma chambre d'hôtel. J'étais là, enfermé depuis vingt-quatre heures, allongé sur le lit défait en train de fumer un pétard en ruminant mes malheurs, quand j'ai entendu Jaime entrer. Il n'a pas eu besoin de frapper, je lui avais confié un double de ma carte magnétique.

En voyant l'état de la chambre et le sang de Dean sur la moquette, il a fait la grimace.

— Putain ! Mais ça fait combien de temps que tu n'as pas laissé faire le ménage ?

Il a posé sur la table de nuit un sac en papier d'où il a sorti des bouteilles d'eau, des sandwichs, du Tylenol.

Pour toute réponse, j'ai soufflé un nuage de fumée au plafond, mais il m'a pris le joint et l'a posé sur le porte-savon qui me servait toujours de cendrier. Puis il m'a attrapé par le col de ma chemise blanche – laquelle puait, soit dit en passant.

— T'es millionnaire, jeune, riche, en bonne santé. Et tu es là, à te morfondre, parce que ta belle-mère a ramassé la fortune de ton père. Tu ne crois pas que tu exagères un peu ?

Il ne savait rien de rien et je n'allais sûrement pas le mettre au courant. Il pouvait croire ce qu'il voulait.

— Je n'ai pas besoin de toi, ai-je protesté en le repoussant. Je sais ce que j'ai à faire.

— OK. Et tu vas faire quoi ?

Je me suis assis sur le bord du matelas en fourrageant dans mes cheveux.

— Je retourne à New York, ai-je répondu en espérant que le joint n'était pas en train de s'éteindre.

— Je me doutais que tu dirais ça.

Il est venu s'installer près de moi. Il sentait bon. Le savon et la vie.

Moi aussi je sentais bon avant que la vie ne me joue un sale tour.

— Tu ne peux pas retourner à New York. C'est la succursale de Dean. Il est déjà furieux à cause de cette histoire avec Emilia. Tu ne peux pas travailler avec lui en ce moment. Et en plus qui s'occuperait de L.A. ?

— Rien à foutre. Je vais aller à New York et dire que c'est là que je veux bosser.

— Ce n'est pas plutôt pour Millie, que tu veux être là-bas ?

— Non, ai-je menti. Je veux vraiment travailler à New York. J'en ai plus que marre de L.A.

J'ai avancé le menton, comme pour le mettre au défi de me contredire.

Il a renversé la tête en arrière en éclatant de rire. Qu'est-ce qu'il y avait de si drôle ?

— Mais tu t'es entendu parler, Vicious ? Tu es obsédé par cette fille. Tu es amoureux d'elle, tu l'as toujours été. Tu la croises par hasard à New York, tu l'embauches direct, et tu voudrais me faire croire que ce n'est pas pour elle que tu veux aller là-bas ? T'es dans le déni complet, mec. Tu la veux. Mais tu n'as pas besoin de prendre le bureau de Dean pour ça. Parle à Emilia et c'est tout.

J'ai secoué de nouveau la tête. J'avais besoin d'Emilia parce qu'elle connaissait mon secret et qu'il fallait bien que je parle de mes malheurs à quelqu'un qui pouvait les comprendre. Mais ça ne voulait pas dire que j'étais amoureux d'elle.

— Je vais bosser à New York.

— Dean va mal le prendre, a marmonné Jaime.
— Dommage. J'ai déjà réservé mon billet d'avion.
Pour l'instant, je n'avais pas eu le courage d'aller plus loin que la réservation de mon billet.

Il me manquait un plan pour convaincre Dean de me laisser New York. J'avais intérêt à me creuser la cervelle. Et vite.

J'ai commencé par appeler les bureaux des RH de New York pour annoncer qu'Emilia LeBlanc avait pris quelques jours de vacances. J'étais certain qu'elle n'avait plus mis les pieds au bureau, d'autant plus que Dean était sur place. J'en ai profité pour demander l'accès à son dossier d'employée et pour exiger d'être tenu au courant si Dean tentait de la virer.

En consultant ses mails professionnels, j'ai appris qu'elle avait contacté une agence de recrutement pour proposer une remplaçante à FHH. Elle partait, mais elle faisait ça proprement, en s'arrangeant pour ne mettre personne en difficulté. Toujours aussi correcte et soucieuse des autres, ça ne m'a pas étonné.

Bon. Je savais où elle habitait et elle n'avait probablement pas d'autre emploi en vue que son travail de serveuse au McCoy's. Elle n'avait pas disparu dans la nature, c'était déjà ça.

Le jour du nouvel an, j'ai embarqué dans un avion pour New York sans même savoir où j'allais dormir. Dean avait récupéré son appart et Emilia ne risquait pas de m'héberger, vu qu'elle ne voulait pas me voir.

J'ai pris une chambre dans un hôtel, mais je n'ai même pas déballé mes affaires. J'en avais ma claque des hôtels. Ils empoisonnent l'âme. Une chance, la mienne était déjà tellement noire que c'était difficile de faire plus.

Après avoir pris une douche rapide et m'être rasé, je suis allé jusqu'à l'immeuble de Dean et je suis entré avec son passe, bien décidé à avoir une explication avec Emilia.

J'ai frappé trois fois à sa porte et je me suis mis à faire les cent pas dans le couloir en attendant qu'elle ouvre.

Mais rien.

J'ai frappé de nouveau, cette fois en tambourinant du poing contre le battant.

— Merde, Emilia ! ai-je crié. La moindre des choses serait au moins de te montrer. Je suis encore ton patron.

J'ai cru que l'argument avait porté, parce que la porte s'est ouverte. Sauf que de l'autre côté du battant, il n'y avait pas Emilia, mais cette vipère de Rosie.

— Où est ta sœur ? ai-je demandé en essayant de maîtriser le tic de ma mâchoire.

Elle était agrippée à la porte à peine entrouverte, avec son menton qui dépassait.

— Je n'ai pas ouvert pour répondre à tes questions, mais pour te demander de t'en aller. Tu n'es plus le patron de ma sœur. Elle a trouvé un autre travail. On déménage dimanche. Merci pour tout, connard !

Et sur ce, elle a tenté de me claquer la porte au nez.

J'ai dû coincer mon pied entre le battant et le cadre – comme la première fois que j'étais allé voir Emilia. Décidément, les sœurs LeBlanc ne voulaient pas me laisser entrer dans cet appartement que je leur avais pourtant gracieusement fourni.

— Où est-elle ? ai-je répété.

Je ne croyais pas un mot de cette histoire de nouveau travail. Ce n'était pas possible. Emilia n'avait quand même pas laissé tomber une place en or à FHH. Si ?

Merde. Bien sûr qu'elle l'avait fait. C'était Emilia.

— N'insiste pas, a répondu Rosie. Elle ne veut plus te voir. D'abord tu l'obliges à quitter son petit ami et la Californie…

Elle a marqué un temps d'arrêt pour me lancer un de ses terribles regards. Puis sa voix a baissé d'une octave.

— Et dix ans plus tard, pour te venger, tu couches avec elle dans le lit du petit ami en question.

Merde. Emilia savait pour l'appartement de Dean. Ça expliquait en partie son silence…

J'ai poussé la porte d'un coup d'épaule pour entrer dans l'appartement. Emilia n'était pas dans le salon, mais j'ai remarqué des cartons bien fermés.

Rosie n'avait pas menti pour le déménagement.

Elle n'avait peut-être pas menti non plus pour le travail.

— Il faut que je lui parle, ai-je dit.

Rosie a secoué la tête.

— Vicious, s'il te plaît. Laisse-la tranquille. Tu ne trouves pas que tu lui as fait assez de mal comme ça ? Pourquoi tu t'acharnes sur elle ? Trouve-toi une autre victime.

— Je ne vais pas lui faire de mal, ai-je protesté d'un ton furieux.

Mais elle avait raison, j'allais sûrement lui faire du mal, parce qu'il me manquait quelques cases – celles qui servaient à aimer. J'avais besoin de tout détruire autour de moi. Et en particulier Emilia, la personne la plus pure que j'aie jamais rencontrée.

— Où elle est ? ai-je insisté. J'ai besoin de lui parler. Je ne bougerai pas de là tant que tu ne m'auras pas dit où elle est.

Rosie me connaissait. Elle a soupiré.

— Elle est partie à une exposition en nocturne au bord de l'Hudson dans la galerie où elle commence à travailler lundi, a-t-elle répondu en baissant les yeux. Le nom de l'exposition, c'est « Height of Fire ». Une femme à qui elle a vendu une peinture travaillait avant chez Saatchi et comme elle croit à son talent, elle lui a trouvé une pla…

La suite ne m'intéressait pas. J'ai tourné le dos et j'ai filé vers la porte, mais Rosie a essayé de me retenir en s'agrippant à ma taille. J'ai fait volte-face.

— N'y va pas, Vicious. Fiche-lui la paix.

J'ai secoué la tête et je suis parti.

22
Emilia

La nuit était froide et il tombait une sorte de pluie verglacée qui vous fouettait le visage. Heureusement, j'avais eu la bonne idée d'investir dans un vrai manteau d'hiver bien chaud avec la paye de FHH. Je ne me sentais même pas coupable de profiter de cet argent impur. Je l'avais bien mérité.

Brent, mon patron, le propriétaire de la galerie, n'avait pas tout à fait la quarantaine et habitait le même quartier que Rosie et moi. Après avoir pris un verre ensemble, le temps qu'il m'explique ce qu'il attendait de moi, on avait hélé un taxi pour se rendre à la galerie.

Il m'avait embauchée comme stagiaire et ça ne payait pas beaucoup, mais Rosie m'avait pratiquement forcée à dire oui. Elle allait beaucoup mieux et comptait reprendre son emploi de serveuse une fois qu'on serait installées dans notre nouvel appartement. Elle allait toucher de gros pourboires, on avait des économies, je pouvais souffler un peu.

Je m'en voulais encore d'avoir accepté de travailler pour Vicious, mais j'essayais de me trouver des excuses. Entre la santé de Rosie et nos problèmes d'argent, franchement, je n'avais pas eu le choix. Mais je m'étais juré de ne plus jamais lui céder. J'allais le tenir à distance et l'oublier. J'avais hâte de déménager pour passer à autre chose. Hâte de m'extraire définitivement des griffes de mon bourreau.

Ma grande résolution pour la nouvelle année : rayer Vicious de ma vie.

Quand on est arrivés devant la galerie, Brent et moi, il pleuvait encore plus fort que quand on était montés dans le taxi. Je venais tout juste de mettre la tête hors de la voiture, quand j'ai entendu une voix familière qui me hélait. Mon cœur s'est arrêté.

— Emilia !

Mon instinct me disait de ne pas me retourner, d'autant plus que j'étais avec mon nouveau patron. Mais je n'ai pas pu. J'ai fait lentement volte-face. Vicious était là, immobile sous la pluie glaciale. Quand il a remarqué que j'étais accompagnée, son expression a changé. Il a traversé la rue d'un pas de conquérant. J'ai craint le pire.

— C'est qui, lui ? a-t-il demandé en fronçant les sourcils.

Oh là là…

Je suis devenue écarlate. C'était mon premier jour de travail et j'aurais voulu faire bonne impression, mais Vicious allait tout gâcher. J'ai maudit intérieurement Rosie : étant la seule à savoir où je travaillais, c'était forcément elle qui avait vendu la mèche. Ensuite j'ai maudit Vicious, cet idiot qui n'était même pas capable de voir que Brent était homo, pas hétéro.

— Je suis désolée, Brent, ai-je murmuré en me dirigeant vers l'entrée de la galerie. Ne faites pas attention à lui.

Brent a haussé un sourcil, mais il a eu la délicatesse de garder pour lui ce qu'il pensait.

Vicious nous a suivis, avec ses longues enjambées.

— OK, laisse tomber, Emilia, peu importe qui est ce type, a-t-il dit. Il faut qu'on parle.

— S'il te plaît, fais demi-tour et va-t'en si tu ne veux pas que ça finisse par une ordonnance restrictive, ai-je marmonné d'une voix tellement glaciale que je l'ai à peine reconnue. Ça m'ennuierait de briser ta brillante carrière dans la finance.

Ce n'était pas une menace en l'air, je ne plaisantais pas.

Il nous a dépassés pour courir devant nous, les mains dans les poches de son manteau trempé, pour m'obliger à le regarder en face, parce qu'il savait que je serais incapable de résister à son regard. Mais moi aussi je le savais, aussi j'ai soigneusement évité ses yeux.

— C'est important, a-t-il insisté.

— Pas aussi important que ma carrière.

— Je ne partirai pas d'ici tant que tu ne m'auras pas écouté.

À côté de moi, Brent avait l'air affreusement gêné et me lançait des regards inquiets, comme pour me demander ce qu'il devait faire. Intervenir ou pas. Me laisser seule avec cet énergumène ou pas.

Il pleuvait maintenant de petites aiguilles qui me giflaient le visage.

J'ai plissé les yeux.

— Reste là si tu veux. Tu peux même te transformer en glaçon si ça te chante. Moi je rentre travailler.

Les portes nous ont avalés, Brent et moi, et j'ai réussi à ne pas regarder en arrière une fois dans la galerie. Durant les deux heures qui ont suivi, j'ai bu trois verres de champagne et parlé art avec des collectionneurs passionnés. Mais ni ça ni les vigoureux hochements de tête approbateurs dont Brent ponctuait à peu près tout ce que je disais ne m'ont aidée à me sentir mieux. Mon esprit retournait sans cesse vers Vicious : je n'arrêtais pas de me demander pourquoi il était revenu à New York.

J'étais folle de rage. Il avait réussi à me gâcher mon premier jour de travail, un jour de vernissage, et tout en souriant poliment et en vantant les qualités des œuvres exposées, je réfléchissais au meilleur moyen de l'étrangler.

À la fin de la soirée, Brent m'a demandé de nous appeler un taxi pour rentrer. Vingt minutes plus tard, le conducteur a envoyé un texto pour annoncer qu'il attendait dehors. On a passé les portes, je voyais déjà le taxi jaune de l'autre côté de la rue, quand une grande ombre est apparue dans ma vision périphérique.

Vicious.

Il était trempé jusqu'aux os, debout sous la pluie, les yeux rivés aux portes de la galerie, en train de fourrager dans ses cheveux couverts de gel.

J'ai pris une grande inspiration. Est-ce qu'il était resté là tout ce temps ? Ses vêtements étaient imbibés d'eau, il avait les joues bleues de froid, il tremblait, il avait l'air frigorifié.

— Allez-y, ai-je dit à Brent avec un signe de tête, en montrant le taxi. J'en prendrai un autre. Il faut que je règle ça.

— Vous êtes sûre ? a demandé Brent en tirant son capuchon sur sa tête pour se protéger de la neige fondue.

Il n'avait pas l'air d'avoir trop envie de discuter de ma vie amoureuse par ce temps. Et on pouvait le comprendre.

J'ai mis ma main en visière pour protéger mes yeux, tout en hochant la tête.

— Absolument. C'est juste un… vieux copain de lycée.

Copain, ce n'était pas le mot juste, mais rien d'autre ne m'était venu à l'esprit.

— À demain, ai-je ajouté.

Brent a lancé un regard intrigué du côté de Vicious qu'il devait prendre pour un fou. Après une brève hésitation, il s'est engouffré dans le taxi et j'ai suivi des yeux les lumières rouges de sa voiture qui se fondaient dans le trafic de la rue.

Nous sommes restés seuls, Vicious et moi, face à face sous cette pluie glaciale sans échanger un mot. Il me regardait d'un air désespéré, avec une mine de chiot égaré. Il semblait complètement bouleversé. Pour une fois, il ne cachait pas sa souffrance derrière un masque.

— Tu as attendu ici tout le temps ? ai-je demandé, tout en luttant pour ne pas m'attendrir, parce qu'il ne le méritait pas.

Il a haussé les épaules. Oui, il venait bien de poireauter plusieurs heures sous la pluie, en pleine tempête hivernale.

J'avais quand même du mal à croire que c'était uniquement pour mes beaux yeux.

— Je refuse de t'aider, pour ton problème avec Jo, ai-je déclaré.

Je comprenais qu'il ait besoin de se venger, d'obtenir justice. Mais ce serait sans moi. Il avait sûrement d'autres options. Son ancien psy. Eli Cole…

— Elle a hérité de pratiquement tout, a-t-il murmuré d'une voix détachée. Mais je m'en fous.

J'ai à peine eu le temps d'enregistrer cette bombe, qu'il en a lâché une autre.

— Ne démissionne pas, Emilia. Reste.

— Trop tard. J'ai posté ma lettre. J'ai pensé que ce serait mieux comme ça, étant donné que Dean est rentré.

Il a fermé les yeux, comme s'il venait de recevoir un coup auquel il ne s'attendait pas.

J'avais appris le retour de Dean par un post-it collé sur ma porte – un message grossier m'informant que mon partenaire habituel était parti, mais que je pouvais quand même monter au dernier pour un rodéo si je me sentais trop seule.

Immonde.

— Pourquoi tu as démissionné ? a demandé Vicious.

— Pourquoi ?

Pour un peu, j'en aurais ri. Il aurait plutôt dû me demander pourquoi j'avais accepté de travailler pour lui.

— Parce que tu as trop de problèmes, Vicious. Tu traites les gens comme de la merde. Tu couches avec moi dans le lit de mon ex. Tu fais monter Georgia dans ta chambre d'hôtel, la veille de l'enterrement de ton père.

— J'en ai marre que tout le monde me parle de la mort de mon père. Il n'a pas bougé le petit doigt, mon père, quand Jo me maltraitait.

— Alors pourquoi tu t'es précipité là-bas ? Pour l'argent ? Tu ne m'as même pas prévenue, tellement tu étais pressé. Je t'ai attendu, je me suis inquiétée, j'ai cru que tu avais eu un malaise. Tu ne répondais même pas au téléphone.

— On venait de m'apprendre que mon père était décédé, a-t-il lâché d'une voix furieuse, en remuant à peine les lèvres. J'étais à la masse.

Il a fait un pas en avant. Nos poitrines se touchaient presque. Il tremblait comme une feuille.

— Je suis insomniaque, Emilia, et quand ça fait trop longtemps que je n'ai pas dormi, le sommeil me tombe dessus et je ne contrôle plus rien. J'ai été réveillé en sursaut par le coup de fil m'annonçant la mort de mon père et je suis parti immédiatement à l'aéroport. J'étais complètement dans les vapes, je t'assure. J'ai oublié mon chargeur, mon téléphone était en fin de batterie, il s'est éteint. Ça arrive à des tas de gens. Et pour l'appartement de Dean… Ouais. C'était un peu odieux de faire ça, mais ce n'était pas calculé. Tu ne voulais pas aller à l'hôtel, alors on est allés là où je dormais. Et là où je dormais, c'était chez Dean. Ce n'est quand même pas la fin du monde. Tu n'en es pas morte.

Il a haussé un sourcil.

J'ai failli rire. À l'entendre, c'était moi qui faisais des histoires pour rien.

— Et pour Georgia…, a-t-il repris. Toi et moi, ce n'est pas une relation exclusive. On s'était mis d'accord là-dessus.

Mon cœur s'est effondré. La douleur a rempli l'espace entre nous comme un trou noir qui menaçait de nous engloutir tous les deux.

— C'est vrai. Mais j'ai changé d'avis. Ce genre de relation, ça ne me convient pas. Alors je te demande de me laisser tranquille. Tu ne me considères pas comme ta petite amie et c'est ton droit, mais je préfère ne plus te revoir. On ne se fait pas de bien tous les deux. Ce n'est pas nouveau.

Je lui en voulais encore de ce qu'il m'avait fait vivre à dix-huit ans. Je me suis revue, seule et effrayée dans ce bus qui allait de ville en ville, à contempler le paysage qui défilait, à me demander ce qui m'arrivait, comment j'allais faire. J'ai pensé aux lettres que j'envoyais à ma famille pour dire que tout allait bien. À mon chagrin d'être séparée de mes parents et de ma sœur. À la honte d'avoir cédé au chantage. Tout ça à cause de Vicious.

— Tu sais quoi, Vicious…

Je ne sentais même plus la pluie. Ni le froid.

— Tu m'as fait beaucoup de mal, mais c'est fini. Ce que j'ai vécu avec toi, je le vois comme une leçon de vie. Une dure leçon, mais rien de plus. Tu n'as plus les moyens de me faire souffrir.

Je mentais. En vérité, il me faisait encore souffrir. J'étais assaillie par des visions où je le voyais empoigner la robe de Georgia, la même que celle qu'elle portait dix ans plus tôt. Il l'avait caressée après m'avoir caressée, ça, je ne pouvais pas le lui pardonner.

— Je ne travaille plus pour toi. Je ne veux plus de toi. Tu ne peux plus m'imposer ta loi. Cette fois, c'est fini pour de bon, Vicious.

En rentrant chez moi ce soir-là, j'ai sorti ma Boîte à Chaussures. Tout le monde possède une boîte de ce genre, qui renferme des souvenirs précieux. Les miens étaient douloureux, mais je n'arrivais pas à m'en séparer. Parce qu'ils étaient rattachés à Vicious.

Tous les ans, la directrice du lycée All Saints attribuait à chaque élève un correspondant anonyme de sa tranche d'âge. Il s'agissait d'échanger des lettres une fois par semaine, en respectant quelques règles de bases :

— Pas de grossièretés.

— Pas le droit de donner des indices pour révéler son identité.

— Interdiction de changer de correspondant en cours d'année ou d'échanger avec quelqu'un.

Chacun de nous avait donc un ami épistolaire dont il ignorait l'identité et qui pouvait être vraiment n'importe qui. L'échange de lettres se faisait par l'intermédiaire des casiers et c'était un professeur qui se chargeait de les distribuer. Certains élèves tentaient de lui soutirer le nom de leur correspondant, mais ils perdaient leur temps car Mme Followhill était la seule à savoir qui écrivait à qui.

Les lettres étaient tapées à l'ordinateur et signées avec un pseudo, évidemment.

J'ai été séduite par mon interlocuteur dès le premier message.

La morale est-elle relative ?
Black

Je ne m'étais pas attendue à ce que mon correspondant m'écrive une question qui ressemblait à un sujet de philo. Je savais que les autres parlaient du lycée, des devoirs, du centre commercial, des fêtes, de musique – bref, de choses sans importance. En lisant la question de Black, je m'étais dit que j'avais de la chance d'être tombée sur quelqu'un d'intéressant. J'avais répondu aussitôt :

Tout dépend de qui pose la question…
Rose

La plupart du temps, les échanges n'excédaient pas une lettre par semaine, le minimum obligatoire. Aussi, j'avais été tout excitée de trouver une réponse dans mon casier deux jours plus tard.

Bien joué, Rose. (Techniquement parlant, tu triches, parce que rien qu'à ton pseudo, j'ai deviné que tu étais une meuf.) J'ai une autre question pour toi, et cette fois, essaye de te mouiller un peu, quand tu réponds. Peut-on avoir des motifs légitimes de désobéir à la loi, et si oui, dans quelles circonstances ?
Black

J'avais réfléchi à ma réponse tout l'après-midi.

Je ne vois pas pourquoi Rose serait plus révélateur que Black. Toi aussi tu triches, parce que je peux dire rien qu'à ton pseudo que tu es un garçon. Mais passons.

Pour ta question, OK, je vais me mouiller, accroche-toi bien, tu risques d'être surpris : je considère qu'on a le droit, et même le devoir, d'enfreindre la loi en cas d'urgence, de nécessité, et chaque fois que la morale l'exige.

Je pense par exemple à la désobéissance civile. À la « marche du sel » de Gandhi. À Rosa Parks qui a refusé de céder sa place à un Blanc dans le bus. On n'est pas au-dessus des lois. Mais on ne doit pas non plus en être esclave.

Rose

P-S : T'as pas le droit d'écrire « meuf », ce n'est pas un mot correct. J'ai l'impression que tu t'arranges un peu comme tu veux avec les lois de la correspondance. Tu ne serais pas l'anarchiste de service ?

La réponse était venue le jour même, ce qui était un record absolu. Ce Black me plaisait. J'aimais bien aussi le côté anonyme de la chose. Dans la vie de tous les jours, Black me méprisait ou, au mieux, m'ignorait, parce que j'étais fille de domestiques. Mais quand il m'écrivait, étant donné qu'il ne savait pas qui j'étais, il me parlait comme à une amie. Et franchement, ça faisait du bien.

Bravo, Rose, je suis resté scotché par ta réponse. Et elle m'a donné envie de te connaître. Oui, je suis un peu anarchiste et je sens que toi aussi. C'est pour ça que je te propose de transgresser une loi de plus : qu'est-ce que tu dirais de passer chez moi ce soir ? On parlerait philo, mais pas que. Ma bouche peut faire des tas d'autres trucs géniaux.

Black

J'avais jeté ce message à la poubelle. J'étais furieuse. Ce type était drôle et intelligent, mais pas de chance, tout ce qu'il voulait, c'était coucher avec moi. J'avais attendu le dernier moment pour répondre d'un simple :

Non.

Rose

Black avait attendu lui aussi le dernier jour pour se manifester.

Tant pis pour toi.
Black

La fois suivante, j'avais décidé d'arrêter ce petit jeu et d'écrire plus longuement. J'avais passé une semaine pourrie : on m'avait volé mon livre de maths et ensuite je l'avais retrouvé dans le sac de Vicious. Je n'arrêtais pas de penser à lui et je comptais un peu sur mon correspondant pour m'aider à l'oublier.

Est-ce que tu crois qu'on trouvera un jour le moyen de ne pas vieillir ? Moi oui. Dans cent ou deux cents ans, il y aura un remède contre la mort et nos descendants diront en pensant à nous : « Ah les pauvres, ils se sont fait avoir. Nous, on va vivre éternellement. Mouahaha ! »
Je dois être une pessimiste.
Rose

Il avait répondu le lendemain.

Je crois plutôt que dans cent ou deux cents ans, les gens vont avoir des tas d'emmerdes avec la planète polluée qu'on leur aura laissée. Et pour répondre à ta question, non, ça ne me plairait pas de vivre éternellement. Si on n'avait pas une deadline pour réaliser nos rêves, je crois qu'on se laisserait vivre et qu'on ne ferait rien.
À part ça, tu n'es pas pessimiste, juste réaliste. Et aussi totalement bizarre.
Black

Je n'avais pas répondu tout de suite parce que j'avais un examen important à réviser. J'avais prévu d'écrire le lendemain dans la soirée, mais entre-temps, une autre lettre était arrivée.

Quand je dis que t'es bizarre, c'est pas méchant. Ça ne me dérange pas, au contraire.
Black

Je parie que tu essayes encore de me draguer et que tu vas me demander de venir chez toi.
Rose

Je craignais que cette réponse ne le mette en colère et qu'il s'en tienne à la correspondance obligatoire, mais il m'avait écrit au bout de deux jours.

Alors ça non, je ne vais pas te demander une deuxième fois de venir chez moi, tu n'avais droit qu'à une chance. Tu as raté le train, tant pis pour toi. En plus, j'ai l'impression d'avoir deviné qui tu es et si c'est bien ce que je pense, je ne te veux surtout pas dans ma maison.
À part ça, une question :
Une guerre peut-elle être juste ?
Black

J'avais passé la journée en transe. Chaque fois que je croisais un garçon de terminale, je me demandais s'il n'était pas mon correspondant et j'essayais de déterminer s'il me regardait d'un air étrange. Mais je n'avais rien remarqué de spécial. Les plus sympas m'ignoraient, les autres se moquaient de moi, plus ou moins méchamment. À part Dean, bien sûr, qui me draguait. J'étais tentée de lui dire que je craquais pour son copain, mais je me serais ridiculisée en avouant que j'étais amoureuse d'un garçon qui me harcelait et qui me trouvait repoussante.

J'avais décidé d'attendre la date limite pour répondre à Black, mais il s'est manifesté de nouveau.

Je t'ai posé une question, Emilia. Est-ce que tu penses qu'une guerre peut être juste ?
Black

Ce ton… Ça m'avait rappelé quelqu'un. J'avais commencé à soupçonner Vicious d'être mon correspondant. Si c'était lui… j'avais livré un peu trop de moi-même… Mais c'était fait. Trop tard pour regretter. Et comme pour achever de lever mes doutes, au cas où j'en aurais eu, la lettre suivante de Black était arrivée deux jours plus tard, mais pas dans mon casier. Elle m'attendait sur mon bureau, dans ma chambre, dans l'appartement des domestiques.

Pourquoi tu ne te défends jamais ? Je t'ai piqué ton livre. Je te harcèle. Je te déteste. Défends-toi, Conchita. Montre-moi de quoi tu es capable.
Black

Je ne lui avais plus envoyé que des pages blanches parce que j'avais juste envie de l'insulter – mais les insultes étaient interdites. Il avait fait la même chose, évidemment. Il m'arrivait parfois de renifler la feuille blanche que je sortais de l'enveloppe, pour chercher son odeur.

Puis j'avais commencé à sortir avec Dean.

Je n'étais pas amoureuse de lui, mais à cet âge-là c'est souvent comme ça. Pour soulager ma conscience, je me disais que Dean non plus n'était pas amoureux. On s'entendait bien, on passait de bons moments ensemble, c'était sympa. De toute façon, notre relation n'était pas faite pour durer, puisqu'on allait partir chacun de notre côté à la fin de l'année.

Puis, brusquement, Black s'était remis à m'écrire.

Quelle différence y a-t-il entre l'amour et le désir ?
Black

Je n'avais pas pu m'empêcher de lui répondre.

Le désir, c'est quand on veut qu'une personne vous fasse du bien. L'amour, c'est quand on veut lui faire du bien.
Rose

J'avais ouvert sa réponse en tremblant d'émotion. Au fil des échanges suivants, Black s'était fait peu à peu une place dans mon âme et dans mon cœur.

Quand on a besoin de faire souffrir quelqu'un, est-ce que ça veut dire qu'on le déteste ?
Black

Ma réponse :

Non, ça veut dire que ce quelqu'un vous fait souffrir. Quand on déteste quelqu'un, on veut juste l'éviter. Tu me détestes vraiment, Black ?
Rose

Ça m'avait demandé du courage de poser cette question. Il avait mis une semaine à répondre.

Non.
Black

Tu veux qu'on en parle de vive voix ?
Rose

Une semaine s'était encore écoulée.

Non.
Black

On avait continué à correspondre jusqu'à la fin de l'année, mais en parlant uniquement de philosophie et d'art. Je sortais avec Dean, Vicious couchait avec une autre fille. Nous n'avons plus jamais fait allusion à notre véritable identité. Mais à travers ces brefs échanges, je m'étais découvert des affinités avec Black.

Et quand je croisais Vicious dans les couloirs du lycée, avec son harem de pom-pom girls ou ses copains de foot qui le suivaient comme des toutous, je souriais intérieurement en me disant que je le connaissais mieux qu'eux, même s'il ne m'adressait pas la parole et ne m'invitait pas à ses fêtes le week-end.

Même le soir où il avait essayé de m'embrasser, nous n'avions pas évoqué Black et Rose. La semaine suivante, Black m'avait écrit comme si de rien n'était. Comme si Vicious et lui n'étaient pas la même personne.

La seule et unique fois où il avait reconnu être Black, c'était le jour où j'avais quitté Todos Santos. La correspondance était terminée depuis des semaines, mais j'avais trouvé une enveloppe sur ma valise. Je n'avais pas reconnu l'écriture, mais je savais d'où ça venait. Sur l'enveloppe, il y avait écrit :

À lire le jour où tu m'auras pardonné.

Je ne l'avais jamais ouverte.

Mais aujourd'hui, j'étais tentée de le faire. Je ne pouvais pas pardonner à Vicious, mais je mourais d'envie de savoir ce que Black m'avait écrit.

Alors je l'ai ouverte.

On se retrouvera. Parce que tu es à moi.
Black

23
Vicious

J'ai franchi les doubles portes vitrées de FHH New York, sous les regards surpris des employés qui s'étaient crus débarrassés du moi et auraient préféré ne pas me revoir de sitôt. Vicious, le retour… Ils allaient devoir s'y faire. C'était le bazar dans ma vie personnelle, mais j'étais maître de moi-même et probablement toujours aussi impressionnant. Il régnait dans les bureaux l'agitation fébrile caractéristique des retours de vacances. Les téléphones sonnaient, les imprimantes bourdonnaient. Devant leur ordinateur, les employés buvaient du café tiède dans des mugs ridicules qui proclamaient « Incroyable Papa », « Maman je t'aime », ou « Mamie tu es la meilleure ».

Je suis allé tout droit vers le bureau de Dean. Je ne pouvais pas m'y installer pour l'instant, mais je n'avais pas la moindre intention de quitter New York, parce que c'était là que je voulais être et pas ailleurs.

Après avoir vu Emilia devant la galerie, j'avais pris un long bain chaud pour réveiller mes pieds à moitié gelés. J'en avais aussi profité pour réfléchir et j'avais pris une décision : celle de ne pas repartir tant qu'Emilia LeBlanc n'aurait pas accepté de m'accompagner. Même si ça m'obligeait à embarquer aussi Rosie, sa hargneuse petite sœur.

Je ne méritais pas Emilia, mais je la voulais.

Jaime avait raison, je m'étais toujours comporté comme un salaud avec elle, mais ça allait changer. Et cette fois, je ne la laisserais pas filer à cause de mon orgueil.

J'ai ouvert la porte du bureau de Dean sans frapper et suis allé m'asseoir directement dans le fauteuil en face du sien.

Il était en train de parler au téléphone et a continué comme si je n'étais pas là, tout en griffonnant quelque chose sur son papier à l'en-tête de FHH.

— Bien sûr. Je le dirai à Sue et on t'enverra quelqu'un dès que possible.

Avec un grand sourire ironique, il a fait glisser le bloc-notes vers moi sur le plateau de verre, en me montrant du doigt ce qu'il avait écrit.

T'as une sale gueule.

Je lui ai pris le stylo et le bloc-notes des mains pour griffonner une réponse que j'ai brandie sous son nez.

Toi aussi. Sue n'est pas un bon coup ?

Il a eu un rire silencieux, ce qui ne l'a pas empêché de poursuivre sa conversation avec le plus grand sérieux.

— Il se trouve que j'ai justement une personne-ressource à Los Angeles, un des P-DG de FHH, Baron Spencer. Sue te laissera ses coordonnées avec notre offre. Est-ce que ça te convient ?

Je lui ai tendu le bloc-notes et le stylo, il a griffonné à son tour, a arraché la page et me l'a plaquée sur le torse. Je l'ai prise pour la lire.

Je refuse d'échanger nos places.

C'était à mon tour d'écrire.

Pas de problème. Je travaillerai ici avec toi. Je vois qu'il y a de la place sur tes genoux.

Il m'a jeté un regard interrogateur auquel j'ai répondu par un clin d'œil.

On avait retrouvé le ton de notre relation d'ado, celle qu'on avait avant qu'Emilia ne débarque à Todos Santos pour tout gâcher entre nous.

— Écoute, Stephen, désolé, mais je vais devoir raccrocher. J'ai un appel important sur une autre ligne, un truc personnel à régler. Est-ce que je peux te rappeler dans dix minutes ? Merci. Oui, d'accord. Merci. Toi aussi. À tout de suite.

Il a raccroché. J'ai remarqué quelques têtes qui nous observaient avec intérêt depuis l'aire de la réception et j'ai eu envie de fermer les volets automatiques, mais je me suis retenu : ce bureau n'était plus le mien et Dean était pire qu'un chien question territoire – ça ne m'aurait pas étonné de le voir pisser aux quatre coins de la pièce.

— Emilia a démissionné, a-t-il annoncé d'une voix tendue, tout en ouvrant un tiroir et en sortant une lettre qu'il a lancée dans ma direction.

Je n'ai pas fait un geste pour la ramasser.

— Je sais, ai-je répondu en haussant les épaules. Elle peut faire ce qu'elle veut. Je n'irai nulle part sans elle, Dean. J'ai besoin d'un peu de temps ici pour la convaincre de me suivre.

— Dis-moi, Vicious…

Il s'est penché vers moi en nouant ses deux mains.

— Tu aurais réagi comment, si je t'avais fait la même chose ? Si j'avais obligé ta petite amie du lycée à quitter notre ville pour l'empêcher de sortir avec toi et que j'avais ensuite couché avec elle dix ans plus tard, dans ton bureau, dans ton appart, dans ton lit, pratiquement sous ton nez. Qu'est-ce que tu aurais pensé, hein, Vicious ? Parce que moi, je commence à croire que tu es un sociopathe qui n'a même pas conscience de m'avoir trahi. C'est vrai que tu étais plus proche de Jaime que de moi, mais quand même on était quatre frères.

Je me suis penché en avant, moi aussi.

— Je suis un salaud, Dean, mais sois honnête, je ne suis pas le seul. Tu te souviens de votre premier rendez-vous, quand elle est venue te chercher à ma fête ? Tu savais que ça me rendrait jaloux que tu sortes avec elle. Mais tu l'as fait quand même. Je t'en ai voulu pendant des années, mais maintenant je comprends. C'était parce qu'elle en valait la peine. On ne peut pas résister à Emilia. On la veut, tant pis pour les conséquences.

Il n'a pas répondu. J'avais marqué un point, je me suis empressé d'enchaîner.

— C'était moi qui aurais dû sortir avec elle. Tu le savais. Tu avais forcément remarqué qu'elle me regardait tout le temps, en cours, à la cafétéria, quand on se croisait dans les couloirs. Elle ne venait assister aux matchs que quand je jouais. On l'avait tous remarqué. Trent. Jaime. Toi. Moi. Je crois que la seule personne à ne pas le savoir, c'était elle. Et pour ce qui est d'aujourd'hui…

J'ai marqué une pause.

— Tu t'en fous, en fait, d'Emilia. Tu as besoin de changer de fille. Tu ne pourrais pas te contenter d'une seule.

Il a pris le temps de réfléchir, puis il a hoché la tête.

— Possible, mais tu ne peux pas rester ici. Le bureau de L.A. est trop important pour être négligé et si on travaillait ensemble à New York, ça finirait par un gros clash. Écoute, Vic, je t'en veux tellement en ce moment que je préfère ne pas te voir. Pas seulement à cause de ce que tu m'as fait quand on avait dix-huit ans, mais pour ce que tu as fait dans mon lit. Dans mon appart. Avec elle.

J'ai serré les dents, mais je n'ai surtout pas détourné les yeux. Je l'ai regardé si durement que j'ai cru qu'on allait encore se battre. Mais ça n'aurait pas été raisonnable : j'avais encore des marques sous l'œil gauche, et le nez de Dean n'avait pas tout à fait désenflé.

Il a été le premier à ouvrir la bouche.

— Sauf si tu me démontres que ça vaut le coup pour moi de disparaître à Los Angeles, pendant que tu essayes de convaincre Millie de pardonner au petit enfoiré que tu es.

— Donne ton prix.

Dean était coriace en affaires et il n'allait pas me louper, mais j'étais prêt à faire des concessions.

— Tu vas me vendre 10 % de tes actions, a-t-il déclaré en haussant les épaules. En échange, je ferai ma valise et je t'attendrai à L.A. pendant six mois.

— Ça fait sept millions de dollars, ai-je protesté.

On possédait chacun 25 % des parts de la société. Lui vendre 10 % des miennes revenait à lui donner un sacré pouvoir. C'était vraiment audacieux de me demander un truc pareil. J'ai eu envie de lui rire au nez, mais il n'avait pas l'air de plaisanter, aussi je me suis retenu. Il avait une main crispée sur son téléphone et l'autre tapotait nerveusement sa lèvre. Merde, il ne déconnait pas.

— Tu pousses un peu, Dean. Je n'ai quand même pas baisé ta sœur.

— Je te soupçonne aussi d'avoir baisé Keeley, mais ce n'est pas le sujet et je ne préfère même pas te poser la question parce que ça risquerait de dégénérer. Tu m'as demandé mon prix, Vicious, c'est fait. À prendre ou à laisser.

— 5 %, ai-je rétorqué.

— 10 % pour six mois, a-t-il insisté. Et si tu essayes encore de marchander, je retire mon offre et tu sais ce que ça veut dire.

En effet, je le savais. Ça voulait dire qu'il appellerait Jaime et Trent pour trancher notre différend. Jaime me ramènerait de force à Los Angeles, comme un gamin capricieux. Et je perdrais Emilia pour toujours.

Elle était à moi. Je n'étais pas allé aussi loin pour faire machine arrière et renoncer à elle une fois de plus.

— Très bien, ai-je lâché. 10 %. Je rédige le contrat aujourd'hui.

— Pas besoin. Je vais demander à mon avocat de s'en charger, a rétorqué Dean. Je ne te fais pas confiance. Oh ! et tu garderas Sue comme assistante. Tu as raison, ce n'est pas un bon coup et en plus elle veut absolument me présenter à ses parents. Débarrasse-moi d'elle.

— Comme tu voudras.

J'ai fermé les yeux. C'était un véritable cauchemar.

Mais Dean a continué, imperturbable :

— Et tu ne mettras pas les pieds dans mon appart. Je ne veux plus que tu couches avec mon ex dans mon lit. Tu prendras celui que tu avais attribué à Millie, il est toujours vide.

J'enregistrais tout sans un mot, mais je devais avoir l'air effondré parce que le sourire de Dean n'arrêtait pas de s'élargir.

— Mec ! s'est-il exclamé. Tu vas vraiment le faire ? Je n'y crois pas !

Il m'a lancé une balle en mousse que j'ai rattrapée au vol. Merde, je venais vraiment de vendre 10 % de mes parts à ce guignol…

Il s'est levé de son fauteuil et s'est penché vers moi.

— Jusqu'où t'es prêt à aller pour cette fille, Vic ?

Je me suis passé la main dans les cheveux.

— Je n'en sais trop rien. Je verrai bien.

J'ai été très occupé les jours suivants. J'ai signé le contrat avec l'avocat de Dean – un petit idiot fraîchement sorti de la fac de droit qui avait pondu un document truffé de failles et de voies de sortie qui me seraient utiles le moment venu. J'ai emménagé dans l'appartement récemment occupé par Emilia. Dean devait partir à Los Angeles à la fin de la semaine. Nous avons dit à son personnel qu'il s'y rendait pour recruter deux avocats pour la branche de New York et que moi je restais ici pour les briefer. Ce truc-là était effectivement prévu depuis des mois, sauf que j'aurais très bien pu briefer les deux nouveaux depuis Los Angeles.

Tout le monde y a cru. De toute façon, je ne voyais même pas pourquoi il fallait leur donner une explication. Ils travaillaient pour nous, ils n'avaient pas leur mot à dire.

Jaime est resté sans voix quand il a appris que je n'avais plus que 15 % de parts dans la société.

Trent s'est marré et a déclaré que c'était bien fait pour moi. Il se vengeait parce que je m'étais moqué de lui quand il m'avait parlé de son histoire de bébé avec la stripteaseuse.

J'ai attendu deux jours avant de me manifester de nouveau auprès d'Emilia. Comme je préférais éviter de me montrer à la galerie, je suis allé chez elle. Notre chef du personnel avait sa nouvelle adresse et nous devions lui remettre un chèque. J'ai sauté sur l'occasion.

J'allais lui apporter ce chèque en main propre, parce que j'étais un garçon serviable.

Franchement, je ne savais pas où ça me mènerait. Je me rendais compte que je lui courais après, que j'avais sacrifié pas mal de choses pour rester à New York, que je ne m'occupais pas de Jo comme prévu et que j'avais mis pas mal d'objectifs personnels de côté. Mais je ne cherchais pas à voir plus loin, ni à mettre un nom sur ce qui me motivait. Je préférais ne pas creuser la question. Je suivais mon instinct. J'étais mû par une pulsion sauvage à laquelle je ne pouvais pas résister.

Emilia avait déménagé dans un quartier pourri du Bronx.

Sa rue était jalonnée de vieilles voitures aux vitres et aux pare-brise explosés. Le caniveau était jonché de papiers sales et détrempés. J'aurais compris qu'elle choisisse un quartier moyen pour ne pas payer un loyer trop élevé, mais de là à s'installer dans celui qui avait le taux de criminalité le plus élevé de la ville, il ne fallait pas exagérer. Ici, Rosie et elle étaient des proies toutes désignées. Deux femmes seules, petites et menues, belles et naïves… Il ne pouvait que leur arriver des emmerdes.

Son appartement se trouvait au-dessus d'un petit restaurant chinois qui empestait la graisse, avec des murs carrelés. Je ne voulais pas monter, pour ne pas tomber sur Rosie, alors j'ai attendu en bas de l'immeuble – pendant deux heures, que j'ai occupées comme j'ai pu en lisant mes mails et en passant des coups de téléphone. Je faisais vraiment tache dans ce quartier. Les passants me regardaient d'un drôle d'air.

Quand Emilia est enfin arrivée, elle n'a pas manifesté sa joie, c'est le moins qu'on puisse dire.

— Va-t'en, Vicious, a-t-elle soupiré en levant les yeux au ciel. Et arrête avec cet air de chien battu.

Elle a plissé le nez.

Je ne lui ai pas fait l'honneur d'une réponse, j'ai simplement sorti son chèque de ma poche de poitrine pour le lui tendre. J'ai cru un instant qu'elle allait me le lancer à la figure, mais elle a dû se souvenir qu'elle n'en avait pas les moyens.

— Merci, a-t-elle marmonné en le glissant dans sa sacoche.

— Ça ne me plaît pas que tu vives dans ce quartier.

J'ai fait un pas vers elle. Elle a croisé les bras.

— Et qu'est-ce que ça peut te faire ?

— Depuis quand tu es devenue méchante ?

— Depuis que tu as fait irruption dans ma vie et que j'ai été assez sotte pour t'y faire une place. Je me suis juré qu'il n'y aurait pas de troisième fois. Qu'est-ce que tu cherches, Vicious ?

C'était une bonne question. Je me suis mordillé la lèvre inférieure, tout en balayant du regard son petit corps enveloppé dans un manteau jaune et rouge.

— J'ai envie de coucher avec toi, ai-je avoué d'une voix rauque.

— De coucher avec moi, ou de m'utiliser pour te venger de ta belle-mère ?

— Non, ce n'est pas pour ma belle-mère. Je me fiche d'elle et de l'argent.

Je me suis rendu compte en le disant à quel point c'était vrai. Tout ça ne comptait plus. Je risquais de perdre Emilia.

Je l'avais peut-être déjà perdue.

— Je ne te crois pas.

— Oublie ma belle-mère. Tout ce que je te demande, c'est de m'accorder un peu de ton temps, pour que je puisse m'expliquer.

— C'est sympa de vouloir t'expliquer, mais non merci.

Elle a mis la clé dans la serrure et est entrée dans l'immeuble en fermant le battant derrière elle – et cette fois je n'ai pas eu le temps de glisser mon pied. J'ai essayé d'ouvrir la porte, mais elle n'a pas bougé d'un millimètre. Elle était en métal et elle avait l'air solide. C'était déjà ça.

— Je sais à quelle heure tu sors du travail, ai-je crié. Je t'attendrai tous les jours à la sortie du métro pour te raccompagner jusqu'à cette porte. Je n'ai pas envie que tu te fasses égorger.

Elle m'a répondu par un rire méchant qui ne lui ressemblait pas. J'ai eu le cœur serré en pensant que ce rire, c'était à cause de moi, à cause de tout ce que je lui avais fait subir.

— C'est ton problème si tu as du temps à perdre. Je ne te pardonnerai pas. Et même si j'avais envie de te pardonner, tu ne m'intéresses plus.

— On verra ça, ai-je ricané.

J'ai entendu ses pas s'éloigner dans le couloir. Elle était partie. Je contemplais toujours la porte, quand un homme maigrichon aux dents pourries et aux yeux explosés – un camé, il ne manquait plus que ça – est sorti de l'immeuble.

— Vous vivez ici ? ai-je demandé.

Il a acquiescé.

— Troisième étage. Tu cherches de la dope ?

— Non, connard. Je suis ton cauchemar. Ne touche pas aux deux filles du premier et passe le mot à tes copains junkies et à tous ceux que tu connais dans ce trou à rats.

Je lui ai fourré cinq cents dollars dans la main.

— T'en auras cent de plus pour chaque jour qu'elles passeront sans problème, compris ?

Il a ouvert des yeux incrédules. Je crois bien que ça faisait un moment qu'il n'avait pas vu un aussi gros billet.

— Ouais, mon pote, a-t-il bredouillé. Tu peux compter sur moi.

Je me suis détourné et je suis parti.

Maintenant, il ne me restait plus qu'à espérer qu'Emilia finisse par se laisser attendrir.

24
Emilia

À ma grande surprise, Vicious avait tenu parole. Il venait m'attendre tous les soirs à la sortie du métro pour me raccompagner devant ma porte. Je passais devant lui en le saluant à peine et il m'emboîtait le pas.

Au début, il avait essayé de me parler de ma journée, de mon nouveau travail, de mon nouveau patron – de me soutirer des informations sur ma vie. Mais je ne répondais pas. Je ne pouvais pas l'empêcher d'être là, mais il était hors de question que je lui adresse la parole. On marchait en silence, sans échanger un mot. Quand on arrivait devant la porte de mon immeuble, il me regardait sortir ma clé de mon sac et au moment où j'allais m'engouffrer dans le couloir, juste avant que je disparaisse, il me posait la même question.

« Tu veux bien m'écouter ? Dix minutes, c'est tout ce que je te demande. »

Je répondais non.

Et c'était tout.

Au bout de quelques semaines, il a légèrement varié son texte et les dix minutes sont devenues « cinq minutes ». Mais de mon côté, c'était toujours non. J'aurais dû insister pour qu'il ne vienne plus, mais le quartier n'était vraiment pas sûr et ça me rassurait d'avoir un garde du corps pour m'escorter jusque devant chez moi.

Tant de détermination à poursuivre une fille avec qui il n'avait couché que deux ou trois jours, ça ne lui ressemblait pas. Je le soupçonnais de jouer encore la comédie pour me convaincre de participer à sa guerre contre Josephine. Parce que même s'il prétendait ne plus penser à elle, je n'en croyais pas un mot. Vicious était mauvais perdant. Ou plutôt, il n'admettait pas de perdre. Il m'avait dit qu'il ne voulait pas laisser un centime à Josephine et elle avait hérité de tout : je n'osais même pas imaginer ce qu'il lui réservait.

Il n'était sûrement pas là par amour pour moi. En tout cas pas seulement. Mais peut-être un peu quand même.

Je reconnais que ça flattait mon ego de le trouver tous les soirs sur mon chemin avec sa mine de chiot perdu. Parfois je me demandais si je n'étais pas un peu trop dure avec lui, mais quand je pensais à Georgia, ma colère refaisait surface, intacte. Je ne pouvais pas lui pardonner ça.

Un mois après notre déménagement, Dean est venu me rendre visite dans mon nouvel appartement. Je ne l'avais pas vu depuis dix ans, mais je l'ai tout de suite reconnu. Il n'avait pas beaucoup changé. Il était plutôt pas mal, à condition d'aimer le genre séducteur américain à la Bradley Cooper – et moi je préférais les ténébreux passionnés à la Colin Farrell. C'était un samedi et je m'apprêtais à sortir pour aller à la supérette du coin. Mais en ouvrant ma porte, je l'ai trouvé sur le seuil, avec son grand sourire et ses cheveux ondulés de star hollywoodienne.

— Dean ! Je n'y crois pas ! me suis-je exclamée en m'agrippant au battant.

Au fond, c'était presque une bonne surprise. Puis je me suis souvenue du mot infect qu'il avait laissé sur ma porte.

— Qu'est-ce que tu viens faire ici ? ai-je demandé sèchement. Tu ne vas pas proposer de m'accompagner dans le quartier tous les week-ends, j'espère ? J'ai déjà Vicious en semaine. Ça suffit.

— Millie, a-t-il répondu d'un ton désapprobateur en faisant claquer sa langue.

Il a poussé le battant pour entrer d'un pas de conquérant.

Il portait un col roulé blanc, un jean noir et un manteau en tweed gris – et bien sûr il arborait le sourire suffisant qui était la marque distinctive des Hot Heroes. Il s'est arrêté en voyant Rosie assise sur le canapé, qui lisait sur un vieil iPad fourni par son école. Il l'a dévisagée d'un air approbateur. Oh non ! Je connaissais bien ce regard... Il était en train de se dire qu'elle avait bien changé et qu'il la mettrait volontiers dans son lit.

Pas question.

Je lui ai jeté un regard assassin, mais ça n'a pas eu l'air de le démonter.

— Salut, Rosie. Dis donc, tu es devenue à croquer en grandissant.

Il lui a adressé un clin d'œil, j'ai failli m'étrangler.

— Salut, Dean, a-t-elle répondu du tac au tac. Tu es devenu un gros prétentieux en grandissant.

Puis elle lui a rendu son clin d'œil. Avec elle, il avait trouvé à qui parler. Elle ne se laissait pas faire.

— Je plaisante, a-t-elle ajouté. Tu as toujours été un gros prétentieux.

— Qu'est-ce que tu es venu faire ici, Dean ? ai-je répété en le prenant par les épaules pour le faire pivoter face à moi.

J'avais hâte qu'il s'en aille. Surtout quand je le voyais draguer ma petite sœur. Il y avait tout à coup de l'électricité dans l'air, un peu comme quand je me trouvais dans la même pièce que Vicious. Je n'étais pas d'accord... Rosie méritait mieux que Dean.

Je m'étais souvent demandé ce que ça me ferait de le revoir, mais à présent que je l'avais devant moi, je me rendais compte qu'il m'était tout simplement indifférent. S'il m'inspirait quelque chose, c'était seulement de la colère et une sorte d'agacement. Je crois que c'était réciproque, parce qu'il me regardait comme si j'étais une étrangère, pas son ex.

Dans un sens, j'étais les deux.

— Je suis venu plaider la cause de Vic. Pour une fois dans sa vie, il a l'air sérieux, Millie. Il me fait de la peine. Il m'a viré de New York pour rester près de toi, tu sais. Je précise que ce n'est pas lui qui m'envoie. Je tenais à ce que tu saches que ça ne me dérange pas que tu sortes avec lui.

J'ai haussé un sourcil en croisant les bras. J'avais quand même du mal à croire à son discours de bon copain.

— Ah oui ? ai-je lancé d'un ton ironique.

Il a secoué la tête en souriant, l'air très détendu. Et cette fois, je l'ai cru.

— On était des gamins. Il était jaloux et toi tu…

Il s'est humecté les lèvres, comme s'il butait sur le mot suivant.

Il restait mon premier. Mon premier véritable amoureux. Mon premier petit ami. Mon premier partenaire sexuel.

Il a baissé les yeux, tout en finissant sa phrase d'une voix douce :

— Tu t'étais trompée de mec. Je n'aurais jamais dû me mettre entre vous deux, mais bon, je l'ai fait et je mentirais en disant que je le regrette. C'était sympa entre nous, Millie, mais Vicious et toi…

Il a marqué de nouveau un temps de pause. À côté de nous, Rosie écoutait en silence. Ça m'a étonnée qu'elle n'intervienne pas pour le virer ou pour le faire taire. Apparemment, elle était sensible à sa démarche. Dean avait toujours eu un don pour convaincre les gens de sa sincérité et peut-être était-ce simplement parce qu'il était sincère.

— Vous êtes faits l'un pour l'autre, a-t-il ajouté. Au début, quand j'ai su qu'il sortait avec toi, j'ai cru qu'il voulait prendre sa revanche. Mais Millie, non, ce n'est pas ça. Donne-lui encore une chance, il le mérite.

On est restés silencieux tous les trois un instant. En peu de mots, il avait tout dit. Sans en rajouter, sans tomber dans le pathos. Ma relation avec Vicious ne le dérangeait pas et il pensait que notre couple avait une chance.

— Tu veux un café ? a proposé Rosie, sans lever les yeux de son iPad.

— Non, merci, je dois y aller, a-t-il répondu.

Puis il m'a serrée contre lui à m'étouffer et j'ai senti qu'il avait pour moi une véritable affection, qu'il était mon ami.

— Si je restais, je ne pourrais pas m'empêcher de baiser ta sœur, m'a-t-il murmuré à l'oreille. Et je crois que tu ne serais pas contente.

Le charme était brisé, mais je ne lui en ai même pas voulu.

Mon travail à la galerie me plaisait énormément. Brent connaissait beaucoup de monde dans les milieux artistiques new-yorkais et il était très cultivé. On parlait d'art toute la journée et j'apprenais des tas de choses avec lui. On préparait une nouvelle exposition sur le thème de la nature et de l'amour, avec vingt tableaux d'artistes différents.

Dont un de moi.

J'étais folle de joie.

Rosie avait repris son boulot de barmaid et elle allait bien. On mangeait beaucoup de pâtes, mais il nous arrivait quand même d'acheter de la viande de bœuf pour faire des boulettes. Elle comprenait ce que cette exposition représentait pour moi et elle me laissait peindre jusque tard dans la nuit en s'enfermant dans notre chambre. J'ouvrais toutes les fenêtres pour aérer, même s'il faisait encore froid, et je fignolais le tableau que j'avais choisi de présenter.

Vicious continuait à m'accompagner tous les soirs, mais mon attitude vis-à-vis de lui n'avait pas changé, en dépit de la visite de Dean. J'avais envie de lui poser des questions, bien sûr… Combien de temps allait-il rester à New York ? Qu'est-ce qui s'était passé exactement avec le testament ? Quels étaient ses plans pour Jo ?

Mais chaque fois que j'apercevais à la sortie du métro sa grande et large silhouette enveloppée d'un manteau chic, je me mordais la langue. Il me saluait d'un signe de tête et m'emboîtait le pas sans un mot.

Au bout de deux mois et demi de ce petit rituel, il s'est produit ce que je redoutais.

Un beau jour, je ne l'ai pas vu à sa place habituelle.

Ça m'a fait un véritable choc. Je suis restée d'abord saisie, à contempler l'endroit où il aurait dû m'attendre. Puis j'ai enlevé mon manteau – le temps s'était un peu radouci – et je me suis mise à marcher, en espérant qu'il serait à l'épicerie turque dont il adorait le café amer.

Tout en avançant, je regardais partout autour de moi en scannant la foule du regard, dans l'espoir de reconnaître son manteau.

Mais je ne l'ai pas repéré parmi les piétons qui circulaient sur le trottoir délabré. Il n'était pas non plus à l'épicerie turque.

Il n'était pas venu.

Mon cœur s'est serré. Je m'étais pourtant douté qu'il finirait par se lasser. Que sa constance aurait une date de péremption. J'avais refusé de lui accorder dix minutes de mon temps. Puis cinq. Il avait fini par se décourager.

La pilule était dure à avaler. Ça faisait mal.

J'ai mis mes écouteurs et je suis repartie en direction de mon immeuble. En passant devant les junkies qui faisaient la manche sur le trottoir, j'ai fouillé comme d'habitude dans mes poches pour donner un peu de monnaie à ceux qui avaient des chiens.

J'étais presque parvenue à ma porte, quand je l'ai vu arriver au loin, en courant. Il venait du métro, rouge et essoufflé. Je l'ai attendu et il s'est arrêté à quelques mètres de moi, en ajustant sa cravate. J'ai enlevé mes écouteurs.

— Salut, a-t-il dit.

Il était tout décoiffé et ça lui allait bien. Très bien, même.

Je me suis souvenue de mes mains dans ses cheveux quand il s'était agenouillé devant moi dans le bureau de Dean. Avant de parler, j'ai dû m'éclaircir la voix.

— Ça va ? ai-je demandé.

— Oui. Je voulais juste te dire que je ne pourrais pas venir jeudi. Mais je t'appellerai un taxi pour que tu rentres du travail.

— Pas besoin, ai-je répondu. Tu ne me dois rien. De toute façon, jeudi j'ai une exposition en nocturne. Je vais rentrer tard.

Il m'a jeté un drôle de regard, puis il a détourné les yeux pour fixer l'immeuble derrière moi.

— Tu m'accordes cinq minutes ?

— Non. Salut, Vicious.

J'ai tourné les talons et je suis entrée dans l'immeuble en lui claquant la porte au nez.

Je n'éprouvais aucun plaisir à le repousser. Au contraire, je m'en voulais de lui infliger ça, parce que en dépit de tout ce qu'il m'avait fait, je n'arrivais pas à le détester.

Mais il fallait bien que je protège mon cœur. Et tant pis pour le sien.

Le surlendemain, mes parents m'ont appelée. Jo venait de les renvoyer et ils étaient complètement paniqués. J'ai dit à Brent que je devais m'absenter pour raisons de famille et j'ai pris le métro. Quand je suis arrivée dans l'immeuble de FHH, la réceptionniste du rez-de-chaussée qui m'avait connue en tant qu'assistante de Vicious m'a laissée monter sans problème. Mais la remplaçante de Patty, une jeune et jolie fille qui ne m'avait jamais vue, a carrément refusé de m'annoncer.

— J'ai besoin de parler à M. Spencer, ai-je insisté en tambourinant sur le comptoir.

J'étais hors de moi et je n'avais pas de temps à perdre à discuter avec cette idiote.

Elle a battu des paupières.

— Je suis désolée, mademoiselle, il ne reçoit que sur rendez-vous.

— Je n'ai pas besoin de rendez-vous ! me suis-je exclamée. Je suis sa… sa…

Qu'est-ce que j'étais pour Vicious, en fait ? Une amie ? Non. Sa maîtresse ? Non plus… Sa petite amie ? Encore moins. Je n'étais rien de tout ça et beaucoup plus. Mais ce n'était pas le moment de réfléchir à ce que je représentais pour lui.

— Il sera d'accord pour me recevoir. Dites-lui qu'Emilia est là.

— J'ai bien peur de ne pas pouvoir, a-t-elle déclaré d'un ton blasé en se replongeant dans son magazine.

J'avais l'impression d'être un grain de maïs sur le point de se transformer en pop-corn.

— Il ne veut pas être interrompu quand il travaille.

— Écoutez…

Je me suis penchée sur le comptoir, en me retenant de l'attraper par le col de son beau chemisier blanc.

— Je sais qu'il est insupportable et que vous avez peur qu'il vous pulvérise si vous ne respectez pas ses consignes. Mais je vous préviens : s'il apprend que je suis venue ici et que vous ne m'avez pas laissée entrer, il va vous virer. Sans préavis. Comme ça.

J'ai fait claquer mes doigts.

— Alors s'il vous plaît, dites-lui que je suis là et que je l'attends.

Elle m'a regardée d'un drôle d'air, puis elle a pris son téléphone. Enfin !

— Monsieur ? Une certaine Emilia demande à vous voir. Elle dit que c'est important.

Elle a attendu quelques secondes en murmurant des « mmm, mmm », ponctués de hochements de tête, puis elle a levé les yeux vers moi.

— Il dit qu'il ne connaît pas d'Emilia et il demande si vous êtes Conchita.

Fais attention, là, Vicious. Ce n'est pas le moment.

J'ai posé mes deux coudes sur le comptoir.

— Répondez-lui qu'il a intérêt à arrêter de faire son salaud, parce que c'est important et que je n'ai pas envie de rire.

Elle a ouvert la bouche en me regardant comme si je venais de lui proposer de la recruter à la CIA.

J'ai insisté calmement.

— Dites-lui ça.

Elle s'est exécutée du bout des lèvres. Une employée de Vicious en train de le traiter de salaud… C'était une grande première et j'avoue avoir jubilé.

Quelques instants plus tard, Vicious a ouvert sa porte et s'est planté sur le seuil en me dévisageant, le sourire aux lèvres. La réceptionniste m'a fusillée du regard quand elle a compris que j'étais une rivale – évidemment, elle était dingue de lui.

— Je te manquais ? a-t-il demandé avec un petit sourire.

— Pas du tout.

Je l'ai poussé à l'intérieur de son bureau.

Il a adressé un clin d'œil complice à la réceptionniste, sans chercher à me résister. J'ai claqué la porte, je l'ai obligé à reculer jusqu'au canapé, où il s'est assis, puis je me suis accroupie pour mettre mon visage à hauteur du sien. Il continuait à sourire. Ma parole, il pensait que j'étais venue pour coucher avec lui.

— Ta belle-mère a appris que j'avais travaillé pour toi et elle vient de virer mes parents, ai-je déclaré tranquillement.

Son sourire s'est effacé, il a froncé les sourcils.

— Quelle salope, a-t-il marmonné. Mais comment elle l'a su ?

J'ai soupiré, les larmes aux yeux.

— C'est ma mère qui le lui a dit, probablement. Écoute, Vicious, ils n'ont nulle part où aller. Ça fait dix ans qu'ils travaillent pour ta famille. Je vais aller voir sur place ce que je peux faire pour eux, mais j'ai cette exposition… Je veux dire… Je vais y aller, mais…

J'ai secoué la tête.

Vicious a réfléchi un instant, tête baissée, puis il m'a regardée droit dans les yeux.

— Je prends le prochain vol pour San Diego. Fais-moi confiance, je vais régler le problème.

J'ai écarquillé les yeux.

— Tu es sûr que tu peux t'absenter ?

— Sûr.

J'ai hésité. Est-ce que j'avais le droit de lui demander de s'occuper de mes parents ? Je ne cessais de le repousser. D'un autre côté, après tout ce qu'il m'avait fait, il me devait bien ça.

— Merci, ai-je dit simplement. Tu me tiendras au courant ?

Il a haussé un sourcil, ce que j'ai interprété comme : « Évidemment, pour qui tu me prends ? » L'espace d'un instant, j'ai eu l'impression qu'il était mon ami et ça m'a transportée. Puis je me suis souvenue qu'il n'était l'ami de personne et qu'il s'agissait encore d'une manœuvre pour m'amadouer. Vicious ne faisait rien de manière désintéressée.

— Autre chose ? a-t-il demandé en retournant s'asseoir dans son fauteuil.

J'ai fait non de la tête, un peu surprise. Il n'en profitait pas pour exiger en échange les cinq minutes qu'il me réclamait depuis des mois. Bon…

— Sue, réservez-moi une place sur le prochain vol pour San Diego et apportez-moi mon sandwich à la dinde et à la canneberge. Et dites à la fille de la réception d'arrêter de m'envoyer des petits mots pour me souhaiter une bonne journée : dans cette ville déprimante, je ne peux pas passer une bonne journée.

Il a raccroché en me regardant d'un drôle d'air.

— Tu veux reprendre ton poste d'assistante ?

J'ai secoué la tête.

— Je n'arrive pas à comprendre comment tu peux être à la fois aussi gentil et aussi infect, ai-je murmuré.

Il a souri.

— Ce n'est pas évident. Mais il faut bien quelqu'un pour assumer ce rôle.

25
Vicious

Le moment était venu pour moi d'affronter Jo.

J'en avais besoin. Pas pour passer à autre chose, comme aurait probablement dit un abruti de psy, mais parce que je voulais qu'elle paye pour tout ce qu'elle avait fait. Elle avait manipulé mon père. Elle avait chargé son frère de tuer ma mère. Et maintenant, elle virait les parents d'Emilia.

Il fallait arrêter cette salope.

J'avais suffisamment ruminé ma colère.

Il était plus que temps de passer à l'action.

Pendant le vol pour San Diego, j'ai rattrapé du travail en retard. J'avais dormi tellement longtemps l'avant-veille que j'avais bien failli rater mon rendez-vous quotidien avec Emilia. J'étais quand même arrivé à temps pour échanger quelques mots avec elle devant son immeuble. Elle avait vraiment eu l'air soulagée et heureuse de me voir arriver.

J'en avais déduit qu'elle tenait à notre rituel, même si elle ne m'adressait pas la parole. Contrairement aux apparences, je n'étais pas complètement grillé. Parfait. J'allais pouvoir accélérer le mouvement, comme prévu.

Je n'avais plus à ma disposition la voiture du manoir et son chauffeur, j'ai dû prendre un taxi pour aller à Dos Santos... Pendant le trajet, j'ai appelé Dean. On était toujours en froid, mais depuis qu'il était devenu actionnaire majoritaire de FHH, il se montrait plus aimable avec moi. Il ne faisait plus semblant d'avoir le cœur brisé parce que j'avais couché avec son ex et il avait arrêté de se plaindre de Los Angeles.

— Tu connais un bon restaurant mexicain, dans cette ville ? a-t-il lancé en décrochant le téléphone.

Je l'ai entendu bâiller. Il était 7 heures du matin pour lui, donc je le réveillais. Dean n'était pas un lève-tôt.

— Le Pink Taco. Écoute, Dean, j'ai besoin d'un service.

— Encore ? a-t-il grommelé.

Cette pique m'a tapé sur les nerfs, mais j'ai pris sur moi de ne pas le montrer.

— Oui, Dean. Encore.

— Crache le morceau, a-t-il soupiré.

J'ai entendu une fille qui lui demandait de la laisser dormir. Et une deuxième a renchéri.

Merde, deux filles à la fois…

Dean… Tu déconnes…

— Je serai chez toi ce soir vers 22 heures. Il faut que tu organises une grosse fête avec au moins cinquante personnes.

— Et pourquoi je ferais ça ?

— Dean…

Il commençait à m'énerver sérieusement.

— Fais-le et puis c'est tout.

— D'accord, petit con.

Quand le taxi est arrivé devant la propriété, j'ai craint un instant que Jo n'ait changé le code de la grille, mais non, c'était toujours le même. Elle n'avait apparemment pas peur que je revienne la harceler – grave erreur… D'un autre côté, elle ne pouvait pas se douter que je savais pour ma mère : elle avait toujours cru que je la détestais parce qu'elle m'avait volé mon père. Malheureusement pour elle, ça n'était pas aussi simple.

Je suis d'abord passé chez les parents d'Emilia, dans le bâtiment réservé aux domestiques. J'ai frappé à la porte et je suis entré dans leur appartement. Ils étaient en train d'emballer leurs affaires. Sa mère, Charlene, rangeait des photos de famille dans un carton. Son père balayait. Comme si Jo méritait qu'ils laissent un appartement propre en partant.

— Je vais vous aider, ai-je déclaré sans préambule.

Je ne leur ai pas demandé comment ils allaient parce que la réponse était évidente. Je ne me suis pas non plus excusé : ce n'était pas ma faute si Josephine se comportait comme une ordure avec eux.

— Je vous ai réservé une chambre dans un hôtel et j'ai loué un box pour entreposer vos affaires. Ça, c'est pour l'urgence. Ensuite, on verra. Un taxi vous attend devant la grille, il faut partir tout de suite. Je me charge de terminer d'emballer vos affaires.

La mère d'Emilia a été la première à réagir. Elle a marché jusqu'à moi et elle m'a donné la gifle que sa fille aurait dû me donner depuis longtemps.

Puis elle s'est mise à pleurer.

— Qu'est-ce que vous avez fait à Emilia ? a-t-elle demandé d'une voix tremblante.

Elle avait l'air épuisée et abattue.

— C'est une histoire compliquée, mais je vous promets de prendre soin d'elle à partir de maintenant. Si elle est d'accord, évidemment.

C'est à ce moment-là que le père d'Emilia s'en est mêlé et j'avoue que mon cœur s'est mis à battre plus fort quand il s'est avancé vers moi. Je ne m'étais jamais inquiété de ce que pouvaient penser de moi les parents d'une fille, mais à cet instant j'ai eu envie de supplier cet homme de me donner une seconde chance.

— Je ne vous ai jamais apprécié, Baron, a-t-il dit avec un tic nerveux de la paupière.

J'ai acquiescé.

— Je comprends.

— Je ne veux plus que vous approchiez ma fille. Vous ne lui faites pas de bien.

— C'est là que nous ne sommes pas d'accord, monsieur.

J'ai attrapé deux grosses valises.

— Je vais vous trouver du travail, ne vous en faites pas. Mais d'abord, vous devez quitter les lieux.

Ils n'avaient vraiment pas le choix et sans doute aussi qu'ils considéraient que je leur devais bien ça, après toutes les années qu'ils avaient passées au service de ma famille. Ils ne m'ont pas remercié, mais ils m'ont suivi dans l'allée de gravier, jusqu'au taxi qui attendait de l'autre côté de la grille. J'avais réservé pour eux une chambre au Vineyard, l'hôtel où j'avais l'habitude de descendre, mais comme je me doutais qu'ils n'avaient jamais dormi dans un hôtel – ils étaient bien trop pauvres pour ça –, j'ai donné deux cents dollars au chauffeur pour qu'il se charge des formalités d'enregistrement.

Il ne me restait plus qu'à m'occuper de Josephine. La porte du manoir n'était pas verrouillée, je suis entré tranquillement, sans sonner, comme si j'étais chez moi. Je suis d'abord allé voir du côté de la piscine. Il était tôt et on était à peine à la mi-mars, mais je me suis souvenu que Jo préférait le bronzage naturel à celui des UV ou des autobronzants. Elle profitait donc du moindre rayon de soleil, quitte à claquer des dents.

Et en effet, elle était bien au bord de la piscine à se dorer la pilule sur une chaise longue, avec une énorme paire de lunettes de marque et un tout petit bikini qui hurlait « je suis encore jeune » – elle prenait décidément ses désirs pour des réalités.

Je me suis installé sur la chaise longue près de la sienne, tel que j'étais, en costard.

— Tu essayes de faire fondre la couche de glace que tu as autour du cœur ? ai-je demandé d'un ton égal.

Elle a fait un tel bond qu'elle a failli renverser le parasol derrière nous.

— Qu'est-ce que tu fais là, Baron ? s'est-elle écriée en arrachant ses lunettes d'un geste brusque. Tu n'es plus chez toi. Je vais appeler la police !

Elle pouvait en effet appeler la police, mais… Et après ? Pour dire que son beau-fils était entré chez elle ?

Je ne m'étais pas introduit ici par effraction et je ne me montrais pas agressif.

Pas encore.

Je me suis allongé sur ma chaise en croisant les jambes, le regard perdu vers la piscine haricot. Jo adorait nager dans cette piscine, mais c'était parce qu'elle ne se doutait pas que tous les couples du lycée y avaient baisé pendant mes fêtes.

— Je croyais que tu voulais qu'on se retrouve plus souvent pour dîner et partager un bon vin, ai-je fait remarquer d'un ton calme.

Des tas de matelas inutiles flottaient à la surface de l'eau et ça m'a fait penser à un livre de Bret Easton Ellis qui parlait de la triste vie des riches, vide de sens. Dans mon cas, il fallait rajouter la méchante belle-mère. Je ne me cherchais pas d'excuses, mais tout dans ma vie avait contribué à faire de moi celui que j'étais devenu.

— Laisse tomber, Vicious. Je crois que je devine ce que tu vas me demander et la réponse est non. Je ne veux plus de ces gens-là dans ma propriété. De toute façon, ils sont trop âgés pour ce travail.

Elle a pris le verre d'eau fraîche posé près d'elle et a porté la paille à ses lèvres avec affectation, genre grande dame.

C'était drôle de lui entendre dire ça, parce que les parents d'Emilia avaient le même âge qu'elle. Sauf que les LeBlanc avaient besoin de travailler pour gagner leur vie. Ils n'étaient pas des nantis totalement inutiles. Comme elle.

— Non, je ne suis pas là pour plaider leur cause. J'ai des projets pour eux. Je vais employer Charlene à la cantine de la succursale de L.A. Quant à Paul, il aurait dû prendre sa retraite depuis deux ans.

Dean serait sûrement d'accord pour qu'ils aillent à L.A. Il ne me restait plus qu'à leur trouver un logement.

— En fait, j'ai un petit secret à te confier, ai-je poursuivi en lui adressant mon plus beau sourire.

Elle a cessé de suçoter sa paille et a haussé un sourcil.

— Ah oui ?

— Je sais ce que vous avez fait, Daryl et toi. Avec la bénédiction de mon père. Je sais comment ma mère est morte. Je sais tout.

Ça a été un vrai plaisir de la voir pâlir. J'ai cru qu'elle allait s'évanouir, mais elle a simplement lâché son verre qui s'est explosé par terre. J'ai contemplé les petits bouts de verre et les glaçons sur le carrelage de la piscine. Comme ce verre, la vie de Josephine n'allait pas tarder à voler en éclats.

Elle a ouvert la bouche, pour nier probablement, mais je ne lui en ai pas laissé le temps…

— Je t'en prie, Josephine. Un peu de franchise, pour une fois. Si je ne t'ai pas dénoncée pendant tout ce temps, c'était uniquement pour ne pas avoir à subir un procès. Je ne le méritais pas.

Je l'ai regardée droit dans les yeux.

— Mais quand même, il faut que tu sois punie.

Elle n'avait plus de mari.

Plus de frère.

Plus de famille.

Il ne lui restait plus que son argent.

Pas pour longtemps.

— Pendant mon séjour à New York, j'ai réfléchi à ce que j'allais faire. Et je crois avoir enfin trouvé une solution.

Je parlais calmement, d'une voix douce, mais elle a compris que j'allais frapper fort. Son visage a changé du tout au tout et elle s'est agrippée des deux mains à la toile de sa chaise longue, en me regardant d'un air à la fois choqué et horrifié. Elle paraissait vieillie, tout à coup.

— Baron…

Ses lèvres déformées par le Botox se sont mises à trembler.

— Je ne sais pas ce qui peut te faire croire que j'ai pu être mêlée à la mort de ta mère…

— Arrête ton cinéma.

Je l'ai regardée fixement en secouant la tête.

— J'ai surpris une conversation entre papa et toi, avant la mort de maman. J'ai aussi vu Daryl sortir de sa chambre le jour de sa mort. Alors ne te fatigue pas. J'ai toujours pensé que tu le payerais un jour, j'attendais simplement le bon moment.

— Je ne sais pas de quelle conversation tu parles, mais tu as dû mal comprendre. Je vais reprendre les LeBlanc, si tu y tiens, et pour le testament, on peut discuter. C'est vrai que ce n'est pas normal que ton père m'ait tout laissé. Je suis prête à envisager un compromis financier. Je pourrais…

Je n'écoutais plus. Même après ce que je venais de lui dire, elle croyait que mon problème c'était l'argent. Franchement, elle était lamentable. Je me suis penché vers elle pour prendre son visage entre mes mains. Sa respiration s'est accélérée, elle a écarquillé les yeux. J'étais tout près d'elle, nos genoux se touchaient. Un goût de bile m'est monté à la bouche, mais j'ai réussi à lui sourire calmement. Comme le psychopathe qu'elle avait toujours vu en moi.

Elle avait peut-être réussi à me détraquer et à faire de moi un psychopathe, après tout…

— Je vais te donner un petit conseil, Jo. Quitte cette maison dès ce soir. Et ne parle à personne de cette conversation. Tu as eu le courage de proposer à mon père d'éliminer ma mère. Mais je ne suis pas certain que tu aurais celui d'affronter la police et un procès. Bien sûr, tu pourrais t'en tirer, mais à ta place je ne prendrais pas le risque.

Je l'ai balayée du regard des pieds à la tête.

— Profite bien de ton bain de soleil, ai-je ricané en lui tapotant la joue. Parce que c'est le dernier.

Enfant, je rêvais régulièrement que je mettais le feu au manoir de mon père. Et quand je me réveillais, je rêvais de le faire pour de bon. J'avais l'impression que mon malheur était concentré dans cette maison et qu'il aurait suffi de la faire disparaître pour que tout aille bien. Ensuite, quand j'ai grandi, j'ai compris que ce n'était pas si simple. Anéantir le manoir ne suffirait pas à me débarrasser des souvenirs qui y étaient rattachés – les coups de Daryl, la conversation de Jo et de papa, et tout le reste. Mais au moins, ce serait un premier pas dans la bonne direction.

Restait le problème technique : cette bâtisse faisait plus de 3 000 mètres carrés et elle était en pierre. Pour la brûler, ça n'allait pas être facile, mais je devais essayer. Si ça ne marchait pas, il me resterait le bulldozer.

L'appartement des domestiques ne se trouvait qu'à quelques dizaines de mètres du bâtiment principal et Jo n'y mettait jamais les pieds. C'était l'endroit idéal pour faire démarrer l'incendie.

Je suis entré dans la chambre d'Emilia en fredonnant *Nightcall* de Kavinsky – sa chanson préférée – pour emballer ses photos encadrées, ses souvenirs de lycée, ses bottes roses et noires.

J'ai passé les trois heures suivantes à charger un SUV du garage avec les cartons des LeBlanc que j'ai transportés à l'entrepôt – sauf celui des affaires d'Emilia que j'ai gardé avec moi.

De temps en temps, j'apercevais Jo à travers les doubles portes vitrées de la cuisine. Elle m'observait en faisant les cent pas, un verre de vin à la main. Elle avait l'air de craquer. Avant de partir, j'ai ouvert les quatre plaques de la cuisinière à gaz de la cuisine. Et voilà.

J'avais prévenu Jo qu'elle avait intérêt à quitter le manoir sur-le-champ. Si elle voulait rester pour brûler avec lui, c'était son problème, pas le mien.

Il me restait encore une mission à accomplir avant de retourner à New York : faire la conquête des parents LeBlanc.

26
Emilia

— T'es au courant ? a demandé Rosie en se laissant tomber sur le canapé.

Oui, on avait un canapé, trouvé sur place, pas très grand ni très confortable, mais c'était sympa de regarder la télévision assises, plutôt qu'affalées sur notre lit. Rosie a appuyé sur les boutons de la télécommande pour sélectionner une chaîne d'information. Et là, j'ai vu apparaître à l'écran un manoir qu'on connaissait bien. Il était en feu. Complètement. Le toit était en train de s'effondrer.

J'ai compris tout de suite.

Vicious avait autrefois mis le feu au yacht *La Belle* à cause d'une sombre histoire de rivalité entre équipes de football. Le feu, c'était son truc. L'incendie du manoir, ça ne pouvait être que lui.

Rosie m'a tout de suite rassurée à propos de mes parents : elle les avait eus au téléphone et ils étaient en sécurité à l'hôtel Vineyard. Un cinq-étoiles ? C'était forcément Vicious qui avait payé la chambre. Je l'ai aussitôt appelé et il a répondu à la quatrième sonnerie.

Il y avait du bruit autour de lui. J'entendais des rires et des voix. Il était à une fête. Je ne sais pas pourquoi, mais ça m'a fait mal.

— Salut, ai-je lancé d'une voix rauque. Est-ce que tout le monde va bien ? J'ai vu qu'il y avait un énorme incendie au manoir.

Je suis restée vague parce que je me doutais qu'il n'allait pas tout me raconter – et surtout pas au téléphone. J'ai repoussé mes cheveux derrière mes épaules et agrippé ma nuque d'une main, tout en faisant les cent pas dans l'appartement.

— Tes parents sont au Vineyard, a-t-il répondu.

Je me suis promis de le remercier plus tard pour ça, et aussi pour le taxi qui était venu m'attendre aujourd'hui à la sortie de la galerie.

— Ils emménagent demain à L.A., a-t-il poursuivi. J'ai besoin de quelqu'un à la restauration de la société. Le travail conviendra parfaitement à ta mère.

J'ai fermé les yeux en soupirant de soulagement.

— Merci, ai-je murmuré du bout des lèvres. Je vois que tout va bien, je te laisse retourner à ta fête.

— De rien, a-t-il répondu simplement.

Comme s'il ne venait pas une fois de plus de me sauver la vie.

— Quand est-ce que tu rentres à New York ?

— Tu ne pourrais pas plutôt avouer que je te manque ? a-t-il demandé avec un sourire dans la voix. C'est quand même pas si difficile que ça !

Oui, il me manquait.

— Je suis prête à t'accorder cinq minutes, ai-je lâché d'une traite.

— Dix, a-t-il tenté.

Bien sûr, il recommençait à marchander.

— Huit.

— Tu es une mauvaise négociatrice, a-t-il dit en faisant claquer sa langue. J'aurais facilement cédé pour cinq. Bonne nuit, Em.

Em. J'ai esquissé un sourire. C'était lui, le mauvais négociateur. Avec ce « Em », il aurait pu décrocher plusieurs heures de mon temps.

Le grand jour du vernissage est enfin arrivé. J'ai enfilé la longue robe dos nu blanche et dorée que Brent m'avait louée pour l'occasion – il savait à quel point cette soirée comptait pour moi et avait tenu à me faire ce cadeau. J'avais passé la nuit à stresser. Et si personne n'achetait mon tableau ? J'allais exposer dans une galerie prestigieuse, avec des artistes new-yorkais cotés. J'avais un trac fou.

Avant de partir, j'ai appelé mes parents. Ils étaient déjà installés à Los Angeles, dans le même immeuble que Vicious, à Los Feliz.

Maman était encore bouleversée par l'incendie du manoir.

— Le pire, a-t-elle commenté d'une voix émue, c'est qu'ils pensent que le feu a pris depuis notre cuisinière. Je ne laisse jamais la cuisinière allumée. Tu le sais. Je vérifie trois fois tous les soirs avant de me coucher. Ça ne vient pas de nous, Millie, je t'assure.

— Je le sais, maman, ai-je répondu, tout en me regardant dans le miroir.

Les cheveux lâchés, c'était mieux. Surtout avec cette robe…

— Peut-être que Josephine est entrée dans l'appartement après votre départ, ai-je proposé.

Je me suis bien gardée de mentionner le nom de Vicious. Et pour cause…

Maman a soupiré.

— Il ne faudrait pas qu'on nous accuse d'avoir mis le feu par vengeance.

— Est-ce que quelqu'un sait qu'elle vous avait donné votre congé ?

— Non. Il n'y avait encore rien d'officiel, ni papiers ni rien.

— Alors ne vous en faites pas. Elle ne cherchera pas à vous accuser. Si on vous interroge, vous ne dites rien non plus.

— Ton petit ami nous a donné le même conseil.

— Vic n'est pas mon petit ami.

Je commençais à être fatiguée de répéter ça à tout le monde, d'autant plus que j'aurais bien voulu qu'il soit mon petit ami.

— Millie, je dois te laisser. Dean nous emmène acheter des meubles. Notre appartement est grand et lumineux. Tous nos voisins sont des jeunes gens, l'immeuble est luxueux. On se sent un peu décalés, mais on est vraiment contents.

Dean les aidait ? Je me suis mordillé l'intérieur de la joue, mais je n'ai rien dit. Ça ne m'étonnait pas vraiment, au fond. Les Hot Heroes pouvaient se montrer infects, mais ils avaient finalement bon cœur.

— Amuse-toi bien, maman, je dois y aller, je crois que c'est Brent qui sonne à la porte.

Je suis arrivée à la galerie comme dans un rêve. Mais ce n'était pas un rêve, mon tableau était là pour en témoigner. J'ai pris un verre de champagne avant d'aller me poster près de lui. Rosie aurait voulu venir, mais elle avait accepté de remplacer une collègue malade. Elle savait ce que c'était que d'être malade…

Ce n'était pas grave. Je n'avais besoin de personne pour être heureuse ce soir. Et puis j'avais Brent pour me soutenir.

Une femme est venue vers moi avec un sourire rouge carmin. Elle portait une robe du soir et un magnifique collier de perles.

— Simple portrait, ou allégorie de l'amour ? a-t-elle demandé en regardant mon tableau.

C'était une manière comme une autre d'engager la conversation, parce qu'elle ne pouvait pas se douter que j'étais l'ELB – Emilia LeBlanc – qui avait signé cette œuvre.

— Allégorie de l'amour, ai-je répondu en haussant un sourcil. Il me semble que ça crève les yeux.

Elle a ri à gorge déployée, comme si je venais de dire un truc vraiment comique, puis elle a bu une gorgée de son vin.

— Ça crève les yeux pour vous, en tout cas.

— Oui. La personne qui a peint ce tableau est de toute évidence amoureuse de son modèle.

— Et pourquoi pas l'inverse ?

Elle s'est tournée vers moi avec un sourire coquin.

— Regardez ce visage.

Elle a souligné le portrait du bout de son doigt manucuré – à quelques centimètres de la toile.

— Il respire le bonheur. C'est peut-être lui qui est amoureux de la personne qui a peint ce portrait. Ou alors, ils sont amoureux tous les deux.

J'ai rougi.

— Peut-être.

— Je suis Sandy Richards, a-t-elle déclaré en me tendant la main.

Sandy avait l'assurance tranquille des gens qui n'ont jamais eu à se battre pour survivre. Elle me rappelait un peu celui qui m'avait servi de modèle pour ma toile.

— Emilia LeBlanc.

— Je m'en doutais.

Elle a montré mes initiales au bas du tableau.

Je n'avais aucune raison de nier. Ce tableau était magnifique et je pouvais en être fière. J'avais hésité à le mettre en vente, puis je m'étais dit que ça valait mieux. Je voyais déjà le visage de Vicious dès que je fermais les yeux, je n'allais pas en plus accrocher son portrait chez moi. Sans compter que je l'avais commencé la veille de Noël et que je préférais ne plus penser à cet épisode déplorable.

— Il est très beau, ce garçon…

— Oui, il est très beau.

Beau comme un cerisier en fleur…

— Vous êtes sûre de vouloir le vendre ? a demandé Sandy en appuyant son verre frais contre sa joue.

J'ai acquiescé.

— Tout à fait sûre, oui.

— Dans ce cas, je l'achète, a-t-elle conclu en haussant une épaule.

J'en ai eu la bouche sèche.

— Vous voulez vraiment l'acheter ?

— Oui. Ce portrait dégage quelque chose de particulier. Pas tellement à cause de la beauté du modèle… Il y a autre chose. Dans le regard, surtout. Vous avez su capturer son tourment intérieur, ça le rend mystérieux et intéressant.

— Il est en effet mystérieux et intéressant, a lancé une voix derrière moi.

Vicious.

Mon cœur s'est mis à battre plus fort. Il portait un de ces costumes sombres qui lui allaient si bien et me regardait avec son petit sourire en coin.

Il était venu à mon exposition ! Et en plus il mijotait son coup depuis un moment : il m'avait annoncé quelques jours plus tôt qu'il serait pris le jeudi soir.

Il contemplait son portrait d'un air ému et rien n'aurait pu me faire plus plaisir.

Mais qu'est-ce qu'il tenait dans sa main ? On aurait dit une sorte de ticket. Je me suis demandé s'il avait acheté un tableau – le mien ? Mais non, impossible, il venait d'arriver…

J'avais envie de lui sauter au cou, de l'embrasser, de le remercier d'être là, mais entre nous, ça ne se passait pas comme ça. Pas en ce moment et sans doute jamais. La dernière fois que je lui avais demandé ce qu'il attendait de moi, il m'avait répondu qu'il avait envie de me baiser. Cette fois, j'allais ménager mon pauvre petit cœur sensible.

Il s'est détourné du tableau pour venir vers moi avec un grand sourire. J'ai eu l'impression que tout s'arrêtait autour de nous – les conversations, les gens. Mais ce n'était peut-être pas qu'une impression parce que Vicious ne passait jamais inaperçu.

— Demande-moi ce que je veux, a-t-il murmuré en me regardant dans les yeux.

Cette démonstration publique de tendresse m'a totalement bouleversée, mais j'ai tenté de résister à la vague d'espoir qui me submergeait. J'avais trop peur d'être déçue.

— Qu'est-ce que tu veux ? ai-je demandé en cherchant son regard.

Et soudain, on n'était plus à New York dans une galerie bondée, mais dans ma chambre d'adolescente, seuls au monde, indifférents à tout ce qui n'était pas nous.

— Toi, a-t-il répondu simplement.

Dans un soupir douloureux, il a fermé les yeux.

— Merde, Emilia. Tout ce que je veux, c'est toi. D'accord ?

Dans un film, ç'aurait été le moment du baiser passionné, mais on était au vernissage d'une exposition où je présentais une toile, alors je me suis contentée de le serrer contre moi en respirant à pleins poumons cette odeur qui m'enivrait tant et en m'efforçant de contenir les émotions qui me submergeaient – le soulagement, la joie, un reste de crainte, l'amour. Surtout l'amour.

Quand on s'est enfin écartés l'un de l'autre, j'ai baissé les yeux vers son poing fermé.

— Tu as acheté un tableau, Vic ?

Il a ouvert son poing.

C'était un reçu pour *ma* toile. Mon cœur a fait un bond.

— J'ai pensé qu'elle serait parfaite dans ma chambre. En plus, je pourrai me regarder quand je ferai l'amour. C'est impérial. Je vais me sentir aussi puissant que Napoléon.

Il est resté jusqu'à la fin de l'exposition, en me suivant partout, un verre de whisky à la main. De temps en temps, il prenait une photo de moi avec son téléphone. Bref, il se comportait en amoureux. Venant de lui, c'était énorme.

Mais ça ne me suffisait pas. Je n'allais pas lui céder aussi vite. J'avais besoin de prendre mon temps, d'être certaine qu'il s'intéressait vraiment à moi et qu'il ne pensait pas uniquement à me mettre dans son lit.

À la fin de la soirée, quand je lui ai annoncé que je rentrais seule chez moi, il n'a pas protesté.

En guise de réponse, il m'a planté un baiser sur le front et m'a appelé un taxi. Au moment où la voiture allait démarrer, il m'a fait signe de baisser ma vitre.

— Je parie que tu as changé d'avis et que tu voudrais me raccompagner, ai-je déclaré d'un ton taquin en haussant un sourcil.

— Pari perdu. Je ne veux pas de ta chatte ce soir. Je tiens d'abord à gagner ton cœur.

OK. Il avait encore des progrès à faire, au moins en vocabulaire.

— Dors bien, Emilia… Je suis fier de toi. Je passerai te chercher demain pour t'emmener déjeuner. Bonne nuit.

Il a frappé le toit du véhicule du plat de la main pour donner au taxi le signal du départ.

27
Vicious

Depuis que ce foutu manoir avait brûlé, tout semblait me sourire. Dean avait arrêté de jouer au con et se comportait enfin comme un vrai pote. Il avait organisé une fête chez lui, comme je le lui avais demandé, avec des tas de gens qui pourraient témoigner que je me trouvais loin du manoir à l'heure de l'incendie – au cas où Jo essaierait de me le mettre sur le dos. Il m'avait aussi aidé à installer les LeBlanc en les emmenant faire des courses pour meubler leur appartement. Il avait même conquis Charlene, laquelle ne se gênait pas pour me faire comprendre qu'elle aurait préféré l'avoir pour gendre plutôt que moi. J'appréciais moyennement. De toute façon, ce n'était pas à elle de choisir.

Josephine n'était pas sur les lieux quand le manoir avait pris feu. Pour deux cent mille dollars, j'avais dégoté un motard qui était passé dans la nuit jeter une bombe incendiaire du côté de l'appartement des domestiques. Avec le gaz que j'avais laissé ouvert, ça avait fait une belle explosion.

Et ensuite tout était parti en fumée.

La propriété des Spencer n'était plus qu'un tas de ruines sur un terrain calciné.

Le lendemain, ma belle-mère m'avait envoyé un texto pour m'informer qu'elle comptait s'installer à Maui. Je lui avais rétorqué qu'elle n'avait pas intérêt à s'envoler avec mon argent.

Elle n'avait pas répondu, mais son silence était suffisamment éloquent. J'avais gagné. Elle avait perdu.

Pour rentrer à New York à temps pour l'exposition, j'avais dû racheter le billet d'un voyageur – en le payant le double de son prix. Quand je suis arrivé à la galerie, le vernissage avait déjà commencé. Je m'inquiétais un peu de l'accueil que me réserverait Emilia. Ce soir-là, je comptais jouer le tout pour le tout. Je réfléchissais à la stratégie à adopter, quand je l'ai vue.

À côté d'un portrait de moi...

Et c'est là que j'ai compris que je n'avais pas à m'inquiéter. Emilia était toujours à moi.

Elle m'avait peint avec un joint à la main, un léger sourire aux lèvres. J'ai été saisi par la force de mon regard. J'avais vraiment ces yeux tristes et sombres ? Je portais un T-shirt noir sur lequel était inscrit le mot « Black » en lettres blanches. Je me détachais sur un fond rose en à-plat.

Black sur fond de Rose.

C'était limpide. Comme déclaration d'amour, on ne pouvait pas faire mieux.

Emilia ne m'avait pas encore repéré et elle était en train de parler avec une femme qui semblait très intéressée par son tableau.

Non ! Ce portrait qui parlait de Black et de Rose n'allait pas partir chez une étrangère. Je le voulais pour moi.

J'avais fondu sur Brent, le directeur de la galerie – lequel était homo, au fait, heureusement ! – pour acheter le tableau. À présent, il m'appartenait. Je prévoyais de l'accrocher chez moi, à Los Angeles, et de commander à Emilia un autoportrait où elle porterait un T-shirt rose sur fond noir. Pour que ce soit vraiment Black et Rose.

Quand je suis venu la chercher à la galerie le lendemain, elle m'attendait devant l'entrée dans une robe à col marin bleue et blanche, avec des escarpins orange. Elle m'a souri. Et brusquement tout m'a paru simple entre nous... Je me suis demandé pourquoi j'avais compliqué si longtemps la situation en niant les sentiments que j'avais pour elle.

Je suppose que j'étais trop perturbé pour accepter d'être heureux. Il me semblait qu'un malade comme moi n'avait pas droit à une fille équilibrée.

J'ai avancé lentement vers elle, en prenant mon temps, parce que c'était merveilleux de la voir de l'autre côté de la rue, le sourire aux lèvres.

Puis, brusquement, elle s'est mise à courir vers moi. On s'est arrêtés à quelques centimètres l'un de l'autre. J'avais envie de l'embrasser, mais ce n'était pas encore le moment, alors je me suis contenté de caler une mèche de ses cheveux derrière son oreille.

— Allons-y, ai-je dit.

On a pris un taxi. C'était le printemps et il faisait un temps magnifique.

— On va où ? a-t-elle demandé en se mordillant la lèvre inférieure.

— Faire du patin à glace, ai-je répondu d'un ton pince-sans-rire. Ensuite j'irai me faire tatouer le mot « débile » sur le front, parce que j'en suis un.

Elle a eu ce rire de gorge qui me faisait un effet de dingue.

— Si tu veux, je dessinerai le modèle, a-t-elle proposé avec un clin d'œil.

— Bonne idée.

Le taxi s'est arrêté sur Central Park West. J'avais parlé la veille de déjeuner, mais Emilia n'a rien dit quand je l'ai entraînée dans Central Park.

Elle me faisait confiance.

Quand on est arrivés en vue du cerisier en fleur, elle m'a pris la main. On s'en est approchés sans un mot et on l'a admiré longuement en silence.

Succès total.

J'avais préparé mon coup en vérifiant sur Internet l'emplacement du cerisier et s'il était en fleur. Je ne voulais plus commettre une seule erreur avec Emilia.

Elle s'est tournée vers moi.

— Tu aimes les cerisiers en fleur, maintenant ?

J'ai haussé les épaules.

— Je crois que j'ai compris pourquoi cet arbre t'obsède.

On s'est assis contre le tronc.

Mais je n'étais pas venu ici uniquement pour montrer son arbre préféré à Emilia. J'avais l'intention de tout lui raconter. Absolument tout. Baron l'avocat me déconseillait de le faire, mais en présence d'Emilia, il n'avait plus son mot à dire. La preuve : il n'avait pas pu m'empêcher de la sauter dans mon bureau.

Elle m'a jeté un coup d'œil interrogateur, comme si elle attendait quelque chose de précis, puis elle a lâché :

— Écoute, tu n'es pas obligé de te justifier. Tu es ce que tu es. J'étais au courant avant d'accepter de travailler pour toi. Je savais que tu essayerais de coucher avec moi et j'avais compris que tu avais quelque chose de glauque à me demander. Je ne peux pas dire que j'ai été prise en traître. Et pour Georgia… Tu as raison, on n'avait jamais parlé d'une relation exclusive. Même si ça m'a fait mal, tu avais le droit de coucher avec elle.

— Tu crois que j'ai couché avec Georgia ? l'ai-je interrompue d'un ton incrédule. Georgia, je ne l'ai pas touchée. Je l'ai invitée dans ma chambre, c'est vrai, mais elle en est ressortie au bout de dix minutes.

J'ai haussé les épaules.

— Je ne t'ai pas emmenée ici pour te parler de Georgia…

Je prenais un risque énorme. Après tout, elle pouvait décider de me dénoncer à la police. Mais il fallait quand même que je lui dise tout.

Le silence est tombé entre nous quelques instants, puis je me suis mis à parler, tête baissée, en contemplant l'herbe verte sous nos pieds. C'était plus facile comme ça.

— Après l'accident qui a rendu ma mère tétraplégique, tout a changé dans ma vie. On a cessé d'être une famille. On ne mangeait plus ensemble. On ne partait plus en vacances. Mon père n'était presque jamais là. Il se noyait dans le travail. Il a pris une maîtresse... Le coup classique : son assistante, Josephine. Au bout d'un moment, c'est devenu sérieux entre eux, mais il n'osait pas divorcer d'une femme handicapée... Alors Jo a proposé d'envoyer quelqu'un pour la tuer. Ce quelqu'un, c'était son frère, Daryl Ryler.

Emilia a poussé un cri et a pris mes mains dans les siennes.

J'ai poursuivi :

— Je le sais parce que j'ai surpris une conversation entre mon père et Jo... Je n'avais que neuf ans et je n'ai pas compris de quoi ils parlaient. Quelques semaines plus tard, je suis rentré de l'école en plein milieu de la journée parce que j'étais malade et j'ai vu Daryl sortir en courant de la chambre de ma mère. Elle est morte le jour même, son respirateur s'était bouché. Tu vois le genre ? Josephine et mon père se sont mariés un an plus tard.

Ça me faisait mal de me replonger dans tout ça. Je n'avais pas encore digéré le fait que mon père me haïssait au point de m'avoir déshérité.

— Daryl était très souvent chez nous, un vrai parasite. Il était alcoolique et accro à la cocaïne, ça le rendait violent. Il m'emmenait dans la bibliothèque pour me frapper, mais ça, tu le sais déjà. Je n'avais personne à qui me plaindre. Mon père ne croyait que Jo.

— C'est terrible, Vic, a murmuré Emilia en reniflant bruyamment et en me broyant la main.

Elle avait les yeux remplis de larmes.

— Vers l'âge de douze ans, après coup, j'ai compris le sens de la conversation entre Jo et mon père. J'ai pensé à dénoncer Daryl à la police, mais j'ai eu peur qu'on ne me croie pas, peur de me retrouver seul contre le monde entier. Mon père était impliqué, je risquais de me retrouver orphelin, j'ai préféré me taire et ruminer ma vengeance. Je suis devenu renfermé, dur, aveugle à la douceur et à la beauté qui m'entouraient.

Et puis Emilia LeBlanc était entrée dans le tableau et elle avait changé peu à peu le cours de mon existence. Je m'apprêtais à lui confier un secret qui revenait à mettre ma vie entre ses mains. Il ne me restait plus qu'à espérer qu'elle n'en profiterait pas pour m'abattre.

— Quand tu es arrivée à Dos Santos, Daryl ne venait pratiquement plus à la maison. Mon père avait demandé à Jo de le mettre dehors à cause de ses addictions. Il n'était qu'un vieux junkie et il ne me touchait plus. Quand je t'ai trouvée derrière la porte de la bibliothèque, j'ai cru que tu avais compris que je m'étais laissé maltraiter pendant des années. Pour moi, c'était insupportable. En plus, tu me rappelais Jo physiquement. À part ça, tu me plaisais. J'aimais ton esprit rebelle et indépendant. Tu n'étais pas à mes pieds comme les autres filles et ça me faisait du bien. J'aurais voulu te haïr, mais je n'y arrivais pas. C'est pour ça que j'étais si dur avec toi.

Elle a essuyé des larmes silencieuses du revers de la main et elle est venue caler sa tête au creux de mon épaule. J'ai été tenté d'arrêter là mes confidences, mais je me suis forcé à continuer. C'était maintenant ou jamais.

— L'année qui a suivi notre terminale, je n'allais pas très bien. Tu étais partie, les Hot Heroes étaient dispersés dans différentes universités. Je me sentais très seul et... J'avais toujours pensé que je me vengerais un jour de Ryler, mais là, ça a commencé à m'obséder. Je voulais le tuer. Le faire disparaître de la surface de la terre. Je suis allé chez lui. Je n'ai même pas eu besoin de défoncer la porte. Il était dans le jardin, dans son jacuzzi, les yeux fermés.

Je m'étais tranquillement approché de Daryl et je m'étais assis sur le rebord du jacuzzi, puis j'avais allumé son téléphone avant de le lâcher dans l'eau.

D'après l'autopsie, Daryl s'était électrocuté en utilisant son téléphone dans un jacuzzi. Défoncé comme il était, c'était plausible.

C'était le moment où Emilia aurait dû partir en courant ou me traiter de monstre.

Mais elle n'a rien fait de tout ça.

Elle est restée silencieuse, la tête sur mon épaule, et elle m'a caressé le bras pour m'inviter à poursuivre. J'ai lâché l'air que je retenais dans mes poumons.

— Je me suis vengé de mon père en lui annonçant sur son lit de mort que je savais tout et que j'avais l'intention de détruire ce qu'il avait créé. À commencer par ce manoir que je détestais.

— C'est toi qui as mis le feu, a-t-elle dit doucement.

J'ai acquiescé, le menton contre sa tempe. Je craignais un peu qu'elle ne se serve de ces confidences quand on se disputerait tous les deux – ce qui ne manquerait pas de se produire, vu nos tempéraments explosifs. Mais je me sentais soulagé, parce que je n'avais plus rien à lui cacher.

— C'est terrible, ce que tu as fait pour venger ta mère, a-t-elle murmuré.

Une larme a roulé sur sa joue.

J'aurais pu dire que je regrettais, mais ça aurait été un mensonge et elle ne méritait pas que je lui mente.

— Pourquoi tu me dis tout ça ? a-t-elle enfin demandé.

— Parce que j'ai confiance en toi. Parce que j'ai besoin d'être sûr que même en sachant qui je suis vraiment, tu pourras quand même…

Je n'ai pas osé dire « m'aimer », mais c'est le mot qui m'est venu à l'esprit.

— … être avec moi, ai-je achevé.

— Je veux être avec toi, a-t-elle répondu sans hésiter. Je sais qu'ils t'ont abîmé, mais je te veux quand même. Je te prends tel que tu es. Brisé et incompris. Ça m'est égal.

Là, j'ai senti que c'était le moment de l'embrasser.

Alors je l'ai fait. Sous le cerisier en fleur. Puis je me suis levé et je lui ai tendu ma main.

Elle l'a prise.

Elle savait tout, mais elle m'acceptait. Tranquillement. Sans hésiter. Cette indépendance d'esprit, sa capacité à juger par elle-même de ce qui était juste ou pas, c'était sa force.

Ça m'a rappelé la réponse de Rose. On n'était pas au-dessus des lois, mais on n'était pas non plus leur esclave.

Autour de nous, le parc était plein de New-Yorkais venus profiter du printemps. Les gens se promenaient à pied ou à vélo, en couple, en groupes, seuls ou avec leur chien. Pour la première fois de ma vie, j'ai trouvé que la diversité des êtres humains avait quelque chose de merveilleux. Je ne haïssais plus mes semblables.

— Qu'est-ce que tu vas faire, pour Josephine ? a demandé Emilia en cherchant mon regard.

J'ai souri.

— Je vais l'atteindre là où ça lui fait le plus mal. En lui prenant son argent.

On arrivait au bout des six mois de mon échange avec Dean. Je dois reconnaître qu'il avait été réglo et qu'il avait respecté notre deal. Il avait même aidé les parents d'Emilia à s'installer à Los Angeles, pendant que j'étais occupé à séduire leur fille à New York.

J'avais proposé à Emilia de revenir à Manhattan dans l'appartement que j'occupais provisoirement, celui dans lequel elle avait vécu quelque temps avec sa sœur. Il y avait largement de la place pour trois, mais elle avait refusé et je n'avais pas insisté.

Pour une fois, je ne cherchais pas à la plier à ma volonté. J'étais prêt à tous les efforts pour lui montrer que j'avais changé. On sortait ensemble, on se voyait tous les jours, on passait nos week-ends ensemble – sans coucher ensemble. Rosie s'incrustait un peu trop souvent à mon goût, mais je la tolérais. On allait au musée et au cinéma. On se promenait. On est même allés une fois jusqu'à Coney Island. De temps en temps, Rosie emmenait son nouveau copain, un type bizarre nommé

Hal, et ça me laissait quelques heures pour peloter en douce Emilia dans un coin.

Comme Rosie n'arrêtait pas de me réclamer un « week-end de riche au bord de la mer », pour reprendre ses mots, j'avais fini par louer une maison à Long Island, dans les Hamptons, pour un week-end – en la prévenant qu'elle avait intérêt à venir avec Hal si elle ne voulait pas que je l'abandonne quelque part sur le chemin.

Parce que j'espérais passer sérieusement à l'action avec Emilia à cette occasion, je l'avoue.

La semaine avant ce week-end à la plage, on est retournés sous le cerisier de Central Park. Il avait perdu toutes ses fleurs et ça m'a complètement déprimé. L'été approchait, il ne me restait plus beaucoup de temps pour convaincre Emilia de me suivre et je n'étais pas sûr d'y arriver.

Elle a dû sentir que j'étais à bout parce que c'est ce jour-là qu'elle a accepté de passer la nuit avec moi.

Bon, c'est vrai que Rosie m'avait donné un petit coup de pouce en demandant à sa sœur de lui laisser l'appartement pour passer la nuit avec son Hal. Emilia voulait aller à l'hôtel, mais j'ai sauté sur l'occasion pour lui proposer de dormir chez moi et elle a dit oui. Je ne lui ai pas fait le coup du dîner aux chandelles et je ne lui ai pas non plus offert des fleurs, parce que ce n'était pas du tout mon style. J'ai commandé vietnamien et j'ai acheté une bouteille de vin. Elle est venue directement après son travail et elle a commencé par se débarrasser de ses chaussures à talons – celles-ci étaient jaune citron à pois verts – en marmonnant un truc sur le fait qu'elle ne supportait plus de porter des talons et qu'elle allait finir par mettre des baskets avec ses robes, comme toutes les New-Yorkaises branchées.

J'ai souri, tout en lui versant un verre de vin.

— Ah non, franchement, pas ça. Les femmes en robe et baskets, ce n'est vraiment pas bandant.

Elle m'a lancé une de ses chaussures à la tête en faisant exprès de me manquer.

— Je te trouve agressive, en ce moment, ai-je plaisanté en lui apportant son verre. Tu ne serais pas un peu frustrée sexuellement ?

Sans attendre sa réponse, je suis allé préparer nos assiettes.

Elle a bu une gorgée de vin. Je sentais ses yeux sur moi.

— Tu dors bien ces temps-ci, Vic ? a-t-elle demandé.

— Comme un bébé. Merci de t'en inquiéter.

Je dormais de mieux en mieux depuis l'incendie du manoir, mais j'avais encore un problème à régler : Jo.

Emilia est venue me rejoindre près de l'îlot de cuisine et a incliné la tête de côté en me contemplant d'un air rêveur. J'ai adoré ça.

Merde. J'ai *adoré*.

Elle m'a pris mon verre des mains et l'a posé sur le comptoir, puis elle a passé ses bras autour de mon cou. Je crois que c'est à ce moment-là que j'ai compris que j'étais amoureux d'elle depuis le jour où je l'avais trouvée sur le seuil de la bibliothèque.

Depuis tout ce putain de temps.

J'ai compris ça dans cette cuisine blanche et impersonnelle de New York.

Ce que j'éprouvais pour Emilia, c'était de l'amour.

Un amour qui me consumait déjà dix ans plus tôt.

— Demande-moi encore ce que je veux, ai-je dit doucement.

Elle a souri, en pressant ses lèvres contre mon torse à travers mon T-shirt.

— Qu'est-ce que tu veux ? a-t-elle murmuré.

C'était devenu un jeu entre nous, cette question.

Ses cheveux sentaient la fleur. Et bientôt mon oreiller aussi…

— Rien. J'ai tout ce que je désire. Demande-moi comment je me sens.

— Comment tu te sens ?

— Amoureux.

Le visage enfoui dans ses cheveux, j'ai respiré leur odeur.

— Je me sens amoureux. De toi. Comme un dingue.

On a oublié de dîner. Je l'ai emportée jusqu'au lit – celui-là, Dean n'y avait jamais dormi – et l'ai déposée sur le ventre pour admirer son joli petit cul en forme de cœur et ces drôles de cheveux mauves qui balayaient son dos et mes oreillers. Tout en me penchant sur elle pour embrasser son tatouage, j'ai glissé ma main entre ses cuisses, délicatement, pour la caresser d'un doigt.

Cette fois, j'allais prendre mon temps, lui montrer qu'elle n'était pas pour moi une simple fille.

J'ai commencé à la lécher avec application, du bout de la langue, depuis la nuque jusqu'à la taille. Arrivé là, je me suis arrêté et lui ai plié les genoux, de manière à la mettre à quatre pattes. Elle m'a jeté un coup d'œil inquiet par-dessus son épaule.

— Tu ne me fais pas confiance ?

— Si, mais c'est nouveau, tu sais, alors il m'arrive encore d'hésiter.

Sans répondre, j'ai mis deux doigts dans son vagin. Merde, elle mouillait déjà. J'ai retiré mes doigts, ils étaient chauds et humides, juste ce qu'il fallait pour caresser son petit bouton, que j'ai effleuré doucement, en cercles. Elle a commencé à remuer contre ma paume, mais je l'ai arrêtée en posant une main sur son dos.

— Tu ne bouges pas.

— Toujours à donner des ordres, a-t-elle gémi.

Mais elle a obéi. Cette fois, je n'ai pas oublié de mettre un préservatif et je l'ai pénétrée par-derrière, tout en continuant à m'occuper de son clito. C'était bon d'être en elle de nouveau, mais ce qui était encore plus beau, c'était que ça avait du sens.

Au début, je suis allé très lentement. Histoire de la pousser à bout.

— Vicious, a-t-elle supplié en laissant retomber sa tête sur un coussin en soupirant. Je t'en prie.

— Quoi ?

— Ne me torture pas.

J'ai accéléré la cadence, mais sans lui donner tout ce qu'elle voulait. Emilia aimait parfois que ce soit brutal et rapide. Limite violent. C'est pour ça qu'on s'entendait si bien, tous les deux.

— Je crois que tu aimes être torturée, lui ai-je murmuré à l'oreille en me penchant sur elle. T'as toujours adoré ça, en fait.

Quand la première vague de plaisir l'a emportée, elle s'est effondrée à plat ventre, mais j'ai continué mes va-et-vient et je n'ai pas lâché son clito. Je ne pouvais pas m'arrêter. Normal, j'avais longtemps été privé d'elle.

— Redresse-toi, ai-je ordonné en revenant d'instinct à ma froideur habituelle.

— Je ne sais pas si je peux, a-t-elle protesté.

Elle semblait sur le point de s'évanouir.

Je l'ai mise à genoux, le dos collé à mon torse et j'ai attrapé un de ses seins pour le caresser, tout ça en continuant à la baiser par-derrière et en suçant son tatouage.

— Tu sais ce que tu m'as donné de plus beau ? ai-je grondé contre sa nuque.

J'étais sur le point d'avoir l'orgasme du siècle.

— Du plaisir ? a-t-elle répondu.

— Non. Le plaisir vient en deuxième position.

Elle était en sueur et ça donnait à sa peau un goût délicieux. Ça m'a encore plus excité.

Je lui ai écarté une jambe, en accélérant mes va-et-vient, et elle s'est mise à geindre encore plus fort. Elle était en feu.

— Ton pardon. Et tu sais comment je trouve ça ?

Je me suis retiré, le temps de la retourner face à moi, et je suis revenu dans la place. Elle a eu de drôles de spasmes et je me suis demandé si elle n'avait pas un deuxième orgasme.

— Non, je ne sais pas. Dis-le-moi…

— Je trouve ça super. Aussi super que toi.

J'ai poussé violemment en elle une dernière fois en sentant mon sperme jaillir.

Après ça, j'étais complètement vidé. J'avais l'impression de m'être battu avec un grizzly, tellement je m'étais donné.

Quand on est retombés sur le lit, elle a roulé sur moi.

— Je t'aime, a-t-elle murmuré.

— Je sais.

Je n'avais aucune raison d'en douter, parce que pour accepter toutes mes conneries, il fallait vraiment m'aimer.

— Ça me fait peur, a-t-elle ajouté.

— N'aie pas peur. Je te promets de te protéger de tout. Y compris de moi-même.

Une heure plus tard, on a remis ça, cette fois sur la terrasse – on était presque en été et il faisait chaud dehors. Je l'ai installée nue sur la table, en lui écartant les jambes avec mes épaules. J'ai glissé ma langue entre ses cuisses et mordillé son clito. C'était bon de sentir de nouveau sa peau contre la mienne. Je n'avais pas loué pour rien la maison des Hamptons : ce week-end allait être mémorable.

— Les gens pourraient nous voir, a-t-elle gémi.

On était au vingtième étage, mais dans Manhattan on n'était pas les seuls à habiter à cette hauteur.

— Rien à foutre, ai-je répondu en fourrant ma langue et mes doigts dans son vagin.

Je l'ai fait jouir avec ma langue et ensuite je l'ai prise sur la table.

Après ça, on avait faim et on est rentrés à l'intérieur pour se jeter sur notre repas vietnamien.

J'ai été pris d'un scrupule : elle ne savait pas encore que je devais bientôt repartir. Il était temps de le lui dire.

— J'ai vendu 10 % de mes parts de la société à Dean en échange de ces six mois à New York, ai-je annoncé.

Elle a laissé retomber bruyamment ses couverts et il y a eu un temps de silence.

J'ai continué :

— C'était en janvier. Il ne me reste plus que trois semaines à passer ici. Je dois retourner à Los Angeles, je n'ai pas le choix. Je ne te demande pas de tout lâcher, je sais bien que tu as ta vie ici et que tu aimes ton travail, mais… Je voulais que tu le saches.

Elle a levé les yeux vers moi, en avalant péniblement sa bouchée de dim sum. Ses yeux brillaient, mais j'étais encore trop idiot pour comprendre ce que ça signifiait. Tout ce que j'ai retenu, c'est qu'elle n'avait pas l'air en colère.

— Trois semaines ? a-t-elle répété.

J'ai hoché la tête d'un air grave.

— Je pourrais essayer de vendre encore 10 % pour gagner six mois de plus, mais Trent et Jaime s'y opposeraient – ça donnerait trop de pouvoirs à Dean.

Elle a terminé lentement son vin, puis elle m'a regardé.

— Merci de m'avoir prévenue, a-t-elle murmuré en faisant la grimace.

J'ai été déçu. Je crois qu'au fond j'avais espéré entendre qu'elle était prête à me suivre.

Mais pourquoi aurait-elle sacrifié sa carrière à la mienne ?

— C'est normal, ai-je répondu. Tu ne veux plus de dim sum ?

J'ai montré son bol du bout de mes baguettes. Au moins, la bouche pleine, je n'étais plus obligé de parler.

Mais j'avais toujours devant les yeux son air triste.

28
Emilia

— Vraiment, Brent, je suis désolée. Et je te suis très reconnaissante de tout ce que tu as fait pour moi.

C'était au moins la douzième fois que je prononçais cette phrase. Je me sentais comme une enfant qui a fait une grosse bêtise et qui a peur de se faire gronder.

Comme je n'osais plus regarder Brent en face, mon regard s'est égaré vers les toiles colorées qui décoraient son bureau tout blanc.

Un champ de fraises.

Des hommes nus portant des chaussures délirantes.

Un pistolet qui pleurait.

Un cerisier en fleur – signé par moi, évidemment.

Brent a contemplé mon tableau un instant, puis il a soupiré en repoussant ses lunettes sur son nez.

— Je ne vais pas essayer de te retenir, Millie… Mais je crois vraiment que tu fais une grosse erreur.

Je n'ai pas répondu parce qu'il avait raison. Quelle fille aurait tout abandonné – la ville qu'elle adorait, le travail de ses rêves et sa sœur – pour un homme qui n'avait pas arrêté de la faire souffrir. Aucune. À part moi.

C'était totalement déraisonnable, risqué, fou, irrationnel… Mais j'étais persuadée que je ne le regretterais pas.

— Et Rosie ? a demandé Brent.

Nous étions devenus amis : il savait tout de ma situation et de celle de Rosie. J'aurais préféré qu'il n'aborde pas ce sujet. C'était douloureux de laisser Rosie, j'avais l'impression de la trahir.

— Elle pourrait me suivre, mais elle a rencontré un garçon et elle veut rester ici, à New York. Pour lui et pour ses études d'infirmière.

Brent m'a lancé un drôle de regard qui signifiait « toi aussi, tu ferais mieux de rester », mais j'ai détourné les yeux vers le tableau des hommes nus pour éviter d'y répondre.

— Je suis désolée de te décevoir, ai-je murmuré.

Ce qui était vrai.

— Tu ne me déçois pas du tout, a soupiré Brent. J'espère simplement que lui non plus, ne te décevra pas.

Après avoir donné ma démission à Brent, je suis allée directement au bureau de Vic. Dans le métro, je me suis amusée à compter le nombre de démissions que j'avais données depuis le mois de décembre. Franchement, je n'avais jamais démissionné autant en un si bref laps de temps. Mais j'étais sûre de mon choix : je voulais déménager à Los Angeles. Je n'y avais jamais mis les pieds, mais ça m'était égal. C'était là que vivait Vicious. Et depuis peu mes parents.

Donc, c'était déjà chez moi.

Je me suis approchée du bureau de la réception. La réceptionniste allait encore m'en vouloir. J'étais venue plusieurs fois rejoindre Vicious dans ce bureau et les bruits qu'on faisait à l'intérieur ne laissaient aucun doute sur nos activités.

Patty me manquait. Je n'avais travaillé avec elle qu'une semaine, mais ça ne m'avait pas empêchée de m'attacher à elle – j'avais d'ailleurs gardé contact.

— Salut, ai-je lancé en passant devant la réception.

— Mmm, a répondu la réceptionniste, sans cesser de feuilleter les pages d'un magazine qui montrait en couverture une Selena Gomez revue et corrigée par Photoshop.

Puis elle a levé le nez et, en voyant que c'était moi et que j'allais entrer dans le bureau de Vicious, elle a fait un bond.

— Non, non, il ne vaut mieux pas.

J'ai haussé un sourcil.

— Et pourquoi ça ?

Elle a secoué la tête.

— Il est… Il est avec cette femme, sa belle-mère je crois. Ça fait une demi-heure qu'ils crient.

Elle plaisantait ? Qu'est-ce que Jo serait venue faire ici ?

— Sa belle-mère ?

Je me suis sentie pâlir, mais j'ai tourné la poignée et je suis entrée sans frapper – nous n'avions plus de secret l'un pour l'autre, Vicious et moi.

À l'intérieur, l'ambiance était en effet très tendue.

Jo se tenait debout devant le bureau, ses longs ongles vernis agrippés au plateau. Vicious était assis dans son fauteuil et l'écoutait en silence, le menton posé sur une main, parfaitement immobile. Ses yeux se sont posés sur moi quand je suis entrée et il m'a adressé un petit sourire complice, accompagné d'un clin d'œil – les deux voulant dire respectivement : « Ravi de te voir » et « T'inquiète, je ne vais pas tarder à t'enlever ta culotte. »

Josephine a fait volte-face vers moi.

— Tu ne vois pas qu'on est en pleine conversation, Emilia ? a-t-elle demandé entre ses dents.

J'ai marché vers elle et je l'ai giflée de toutes mes forces.

Je suis de celles qui considèrent que la violence n'est jamais une bonne solution, mais qu'est-ce que ça m'a fait du bien de gifler la femme qui avait tué la mère de mon mec !

Un silence choqué a suivi le claquement sec de la gifle, puis Jo a levé la main pour frotter sa joue rougie.

— Je vous déteste, ai-je dit, en la fixant à travers des larmes que je ne cherchais pas à retenir. Et je le protégerai de vous. Par tous les moyens.

Elle en est restée saisie, elle était trop sonnée pour réagir.

— Ne t'inquiète pas, Emilia, je gère, a commenté Vicious avec un vague geste de la main.

Il s'est levé de son fauteuil pour venir vers moi et m'a embrassée.

— Emilia sait tout dans les moindres détails, tu peux parler librement devant elle, a-t-il ajouté en s'adressant à Josephine.

Je n'arrivais toujours pas à détacher mon regard de cette femme et plus je la regardais, plus elle se décomposait.

— Qu'est-ce que vous venez faire ici, Josephine ? ai-je demandé. Vous avez envie d'aller en prison ?

Elle a accusé le coup, puis elle s'est reprise et m'a toisée avec une expression méprisante. Évidemment, elle portait une robe Prada et des chaussures de marque, tandis que moi j'étais comme d'habitude habillée de vêtements dégotés dans des fripes. Elle devait se demander où je trouvais le culot de lui adresser la parole dans une tenue pareille.

— Ça m'étonne de te voir ici, Emilia, a-t-elle lâché d'un ton méchant. Je te croyais en train de nettoyer des toilettes quelque part, comme tes parents. Tu n'es qu'une ingrate. C'est grâce à moi que tu as eu un toit et une bonne éducation. C'est comme ça que tu me remercies ?

— Josephine, si j'étais toi, je ne provoquerais pas ma petite amie, a prévenu Vic. Sauf si tu as envie d'être taillée en pièces.

— Si elle me taille en pièces, j'appelle la police, a-t-elle rétorqué. Quant à toi, tu ferais bien de te mettre dans le crâne que je ne vais rien te donner.

— Au contraire, tu vas tout me donner, a-t-il ricané en desserrant sa cravate. Sauf si tu veux courir le risque d'être inculpée de meurtre.

J'étais rivée au sol, trop choquée pour dire quoi que ce soit. Lui, il était très calme, comme toujours. Mais je savais qu'à l'intérieur, il saignait. Comme durant toutes ces années où je l'avais cru insensible et où il avait souffert en silence.

— Baron, j'ai l'impression que tu me prends pour une idiote. Tu dis que tu es au courant pour ta mère. Eh bien, moi, je suis au courant pour mon frère.

Elle a battu des paupières.

— J'ai toujours dit à ton père que tu n'étais pas net. Un peu dingue.

Vicious a haussé les épaules.

— Tu es touchante… Ton opinion ne vaudrait rien dans une cour, tu le sais. Il te faudrait une preuve de ce que tu avances. Tu peux fournir une preuve ?

— Non, mais…

Il ne l'a pas laissée poursuivre.

— Tandis que moi… Mon corps est couvert de cicatrices. Réfléchis un peu.

Il a marqué une pause, les mains derrière le dos, en respirant profondément. Puis il a repris :

— Pour le meurtre de ma mère, tu avais un mobile et ton junkie de frère aurait fait n'importe quoi pour de l'argent. Et pour le testament… Il est louche. Mon père m'a déshérité sans raison, sans m'en informer. J'étais quand même son fils unique. Viteri se demande si ce testament n'est pas un faux. Il a été découvert dans son coffre après sa mort et les deux témoins qui l'ont cosigné sont décédés.

— Et alors ? C'est une coïncidence. Quant à tes accusations de maltraitance, elles ne tiennent pas debout. Si on t'avait maltraité, tu en aurais parlé à quelqu'un. Or, ça vient de sortir. N'importe quel jury comprendrait que c'est une invention pour récupérer ton héritage.

Elle était pâle et elle avait le front couvert de sueur. Au fond, elle n'en menait pas large.

— Tu n'as aucune preuve contre moi, a-t-elle conclu. Ni aucun témoin.

Si, il avait un témoin.

Moi.

J'ai agité la main pour attirer son attention.

— Vous vous trompez, Josephine. En terminale, il était mon correspondant secret et il m'a parlé plusieurs fois de son passé d'enfant maltraité. Les registres du lycée pourront témoigner de cette correspondance et j'ai encore les lettres.

J'ai haussé les épaules.

— Mes parents aussi le savaient.

C'était sorti tout seul. Je venais de mentir pour Vicious, en impliquant en plus mes parents dans mon mensonge. J'en ai été la première surprise.

Vicious a réagi aussitôt. Il n'était pas avocat pour rien.

— Tu vois, Jo, j'ai des témoins et des preuves. Avec ça, je peux t'enterrer vivante. Je suis prêt à passer les deux années à venir à te regarder transpirer dans le box des accusés, s'il le faut. Je ne lâcherai pas le morceau.

On n'entendait plus dans la pièce que le ronronnement de la clim et ma gorge qui faisait de drôles de bruits parce que j'essayais de déglutir sans y arriver. Jo semblait complètement déstabilisée.

Et cette fois, elle a changé de ton.

— Tu ne peux pas me laisser sans rien. Donne-moi au moins deux millions.

— Pas un centime, a répliqué Vicious. Et n'essaye pas de me rouler, parce que je me suis procuré le détail de tous les biens de mon père. Je vais te donner deux mille dollars pour disparaître, c'est tout. Tu ferais bien de t'inscrire tout de suite à l'agence pour l'emploi d'Hawaï, parce que tu ne vas pas tarder à manquer de liquide. Je sais que ça ne va pas être facile parce que tu n'as rien fait de tes dix doigts depuis que tu t'appelles Spencer, mais ce n'est pas mon problème.

À présent, Josephine était blême, à tel point que j'ai cru qu'elle allait s'évanouir. Elle a poussé un cri de frustration qui a résonné entre les murs et a couru vers Vicious pour lui marteler la poitrine de coups de poing.

Il l'a laissée faire.

Puis elle s'est effondrée et il l'a rattrapée. On aurait dit qu'il la serrait dans ses bras. Toute cette scène était complètement surréaliste. De l'autre côté de la vitre, les employés jetaient des regards intrigués en passant. On devait avoir une drôle d'allure, tous les trois.

— Je ne peux pas, a-t-elle murmuré contre son torse.

Son maquillage tachait la chemise bleu clair de Vicious, mais ni lui ni elle n'avaient l'air de s'en apercevoir.

— Je ne veux pas redevenir pauvre. Baron, je t'en prie. J'en mourrais.

— Chuuut, a-t-il murmuré en lui tapotant la tête d'un geste presque paternel. C'est fini, Jo. Tu as fait un beau bout de chemin, mais c'était dans une voiture volée. Tu croyais vraiment que tu t'en sortirais comme ça ? Mais pourquoi je pose la question… Bien sûr que oui, tu le croyais… Tu n'as rien dans le crâne. Mais c'est terminé, faudra t'y faire. La guerre est finie et les gentils ont gagné…

— Tu n'es pas un gentil, a-t-elle reniflé.

Il a souri.

— Je parlais pour ma mère.

Ce soir-là, je suis allée dormir chez Vicious. Après le départ de Jo, je n'avais pas pu lui annoncer que je démissionnais parce qu'il s'était mis à donner des coups de téléphone dans tous les sens – à Eli Cole, à M. Viteri, à tous ceux qui seraient chargés de préparer la paperasse que Jo allait signer pour renoncer officiellement à l'héritage de Baron Spencer père.

Il s'était assuré qu'elle rendrait aussi ses bijoux et tous les vêtements qu'elle avait emportés avec elle avant l'incendie. Il était tellement acharné à la dépouiller de tout, que j'ai été étonnée qu'il ne contacte pas les prêteurs sur gages de la côte Ouest pour leur demander de ne pas traiter avec sa belle-mère. Il était tout à sa vengeance. Je ne l'ai pas dérangé.

Le soir, il m'a fait l'amour avec une passion affamée, presque brutale. Il était comme absent, mais je m'en fichais. Je savais qu'il reviendrait bientôt à lui-même. Et c'est ce qui s'est produit.

Le lendemain matin, quand je me suis réveillée, mon petit déjeuner m'attendait. Café, yaourt grec, fruits et jus de fruits frais, Vicious avait une nourriture de riche – saine et pauvre en protéines.

— Où sont mes œufs au bacon ? ai-je protesté.

Il avait même épluché et coupé les fruits, pendant que je ronflais.

Il m'a jeté un regard amusé depuis la cuisine, en haussant un sourcil.

— Merde. Mais tu as dormi ici ? Je ne t'avais pas appelé un taxi ?

J'ai fait semblant de rire, puis j'ai attaqué le yaourt.

— Il faut que je te dise quelque chose, ai-je déclaré, la bouche pleine.

— Si tu veux, mais moi d'abord, parce que j'ai aussi quelque chose à t'annoncer.

Il s'est retourné pour s'avancer vers la table, sa tasse de café à la main, avec ce tic nerveux de la mâchoire qui trahissait son émotion.

— Je vais faire un autre deal avec Dean. J'aurais voulu prolonger mon séjour de six mois, mais je t'ai déjà expliqué que je ne peux pas lui donner encore 10 %, Jaime et Trent s'y opposeraient. Sauf si…

Il a pris un air rêveur.

— Je pourrais peut-être essayer de convaincre Dean de leur vendre un peu de ses parts.

Je l'ai arrêté d'un geste. Dean n'aurait rien vendu aux deux autres et de toute façon, je n'aurais pas permis que Vicious se déleste de 10 % supplémentaires pour quelques semaines avec moi.

— Pas la peine, j'ai démissionné.

Il m'a jeté un regard éperdu d'espoir, comme s'il n'arrivait pas à y croire.

— Qu'est-ce que tu dis ?

— J'ai démissionné. Je viens avec toi. Rosie reste ici avec Hal. Je lui ai proposé de nous suivre, mais elle veut absolument vivre à New York. Alors j'ai insisté en lui disant que…

Il m'a interrompue.

— Emilia, on s'en fout de ta sœur. Reprends depuis le début. Tu viens avec moi à Los Angeles ?

Je me suis levée de ma chaise. J'avais les jambes qui tremblaient.

— Surpris ? ai-je demandé avec un sourire timide.

Il m'a attrapée et m'a lancée en l'air comme si j'étais une petite fille, avec sur le visage une expression heureuse que je ne lui avais encore jamais vue. Entre deux baisers, j'ai réussi à placer la suite.

— À une condition, ai-je dit.

— Tout ce que tu voudras.

— Il faut que tu laisses Rosie revenir dans cet appartement. Je ne veux pas qu'elle reste dans le Bronx. Je pense qu'elle va s'installer avec Hal. À deux, ils auront les moyens de payer le loyer.

— Bien sûr qu'elle peut rester ici. Et ils n'auront pas de loyer à payer. Peut-être quelques centaines de dollars, symboliquement, pour que je puisse leur faire un bail – c'est mieux pour eux. Mais pas plus. Je te le promets.

J'ai acquiescé.

— Alors je vais vivre à Los Angeles.

On s'est regardés en silence en souriant.

— Je t'aime, a-t-il murmuré.

— C'est moi qui t'ai aimé la première, ai-je rétorqué.

Mais je savais qu'il m'avait toujours aimée, lui aussi.

— Impossible.

Il m'a embrassée longuement, puis il s'est écarté.

— Je t’aime depuis l’instant où tu m’as dit que tes amis t’appelaient Millie. Et je crois que j’ai tout de suite su que je ne t’appellerais jamais comme ça. Parce que tu n’allais pas être mon amie. Tu allais être la femme de ma vie.

Épilogue
Vicious

Deux mois plus tard

— C'est quand même dingue, ai-je soupiré.

On attendait depuis des heures dans le couloir d'un hôpital de Chicago que la copine de Trent accouche. Ça n'en finissait pas.

Je détestais Chicago autant que New York. De toute façon, je ne me sentais bien qu'à Los Angeles – ou dans le vagin de ma fiancée.

— Ça peut prendre encore un bout de temps, a soupiré Jaime en se frottant les yeux et en faisant les cent pas. Quand elle a eu Daria, Melody est restée dix-huit heures en salle de travail.

— Dix-huit heures ! s'est exclamée Emilia.

Elle a levé les yeux du carnet à croquis posé sur ses genoux et a balayé du regard le petit corps de Melody – ex-professeure de littérature, et maintenant épouse de Jaime, qui lisait un roman sur son Kindle.

— Eh oui…, a répondu Melody avec le petit sourire supérieur de celle qui a déjà eu des enfants. Il a fallu finalement déclencher l'accouchement. J'en ai bavé.

Emilia en est restée bouche bée.

— Je n'aurai jamais d'enfants, a-t-elle enfin conclu en secouant la tête.

Elle portait un jean bleu clair, un débardeur vert, et elle avait mis des fleurs dans ses cheveux mauves.

J'ai haussé un sourcil en avançant ma lèvre inférieure d'un air dépité.

— Merci de m'en informer. La prochaine fois que tu auras à m'annoncer un truc perso, passe plutôt par une chaîne d'info nationale.

Mais au fond, ça m'était égal, qu'elle ne veuille pas d'enfants. Je n'avais aucune envie de partager ma future femme avec une bande de pleurnichards qui m'auraient privé de sa présence. Dans quelques années, peut-être... Mais pour le moment, il n'en était pas question.

Elle m'a adressé un sourire espiègle.

— On en a déjà parlé. Tu détestes les enfants.

— Détester... Le mot est un peu fort. Je ne ressens pas le besoin d'en avoir, c'est tout.

J'ai haussé les épaules.

— En tout cas, je n'arrive pas à croire que Trent va être papa. C'est dingue, putain !

Un médecin en combinaison verte – ou bleue – m'a fusillé du regard en passant devant moi. Apparemment, on ne disait pas « putain » dans un putain d'hôpital.

— C'est plutôt inattendu, a approuvé Jaime. Tiens, voilà Dean.

En effet, Dean arrivait en courant avec une nouvelle copine. J'ai pensé au pauvre Trent, qui était aussi dragueur que lui. Il allait devoir changer radicalement ses habitudes de vie.

— J'ai raté quelque chose ? a demandé Dean en haletant.

— Rien du tout. On attend et on discute pour tuer le temps.

Jaime lui a jeté un regard sévère, puis il a dévisagé la fille qui l'accompagnait.

— Je n'ai rien contre cette demoiselle, mais tu crois vraiment que c'est une bonne idée d'emmener ta dernière conquête ?

— Fous-lui la paix, est intervenue Emilia en bâillant.

Elle a continué à dessiner. Un cerisier en fleur. Son arbre préféré. Le mien aussi.

— Tout le monde s'en fiche, à part toi.

Mon téléphone a sonné dans ma main, j'ai poussé un gémissement exaspéré.

— Il faut que je réponde.

Emilia a adressé un sourire chaleureux à la copine de Dean et s'est présentée. Elle était toujours sympa avec les filles que Dean ou Trent traînaient avec eux dans nos sorties, même si elle savait qu'elle ne les verrait qu'une fois. C'était Emilia. La plus douce et la plus gentille. Et elle était toute à moi.

Je me suis bouché une oreille avec mon doigt pour m'isoler du bruit ambiant, tout en m'adossant au mur.

— Allô ?

— Bon, a lancé M. Viteri, qui était toujours aussi direct. J'ai parlé à votre conseiller financier. Il paraît que vous voulez investir six millions de dollars dans une galerie de Venice Beach ?

— Oui, je vais faire une offre ce soir, ai-je confirmé.

— À votre nom ? a demandé Viteri d'un ton prudent, limite aimable.

J'ai secoué la tête, même s'il ne pouvait pas me voir.

— Au nom de ma fiancée, Emilia LeBlanc.

— C'est bien ce que j'avais compris, a commenté sèchement Viteri. Cette fiancée que vous voulez aussi épouser sans contrat de mariage. Est-ce que je dois encore vous dire ce que j'en pense, monsieur Spencer ?

— Non.

J'aimais Emilia. Je l'aimais tellement que j'étais certain que rien d'autre que la mort ne pourrait nous séparer. Sauf si elle se levait un beau matin en m'annonçant qu'elle avait décidé de coucher avec tous les mecs de la liste de contacts de mon téléphone. Et encore, je crois que même ça, j'aurais pu le lui pardonner.

J'avais toujours pensé que les benêts qui refusaient de faire un contrat de mariage et qui finissaient par se faire plumer l'avaient bien mérité. J'appelais ça la sélection naturelle des classes supérieures. Mais maintenant, je les comprenais.

Ils refusaient de croire qu'on pouvait cesser d'aimer.

Et ils avaient raison.

J'avais demandé à Emilia de m'épouser au cours de notre voyage au Japon – sous un cerisier en fleur, évidemment. À l'instant où j'avais posé mon genou à terre, j'avais eu la certitude absolue que je passerais avec elle le restant de mes jours. Elle n'irait plus nulle part sans moi.

Accepter d'être amoureux de quelqu'un prenait du temps et demandait un certain courage. Mais une fois que j'avais pris ce temps et trouvé ce courage, quand j'avais enfin laissé tomber mes barrières, j'avais entrevu des perspectives merveilleuses.

Je voulais créer un monde et le remplir de la voix rauque d'Emilia et de ses sourires. De ses yeux rieurs d'un bleu de paon et de son invraisemblable garde-robe. Elle était ma pilule de bonheur… et le meilleur remède contre mes insomnies.

Grâce à elle, j'étais enfin heureux.

J'ai éteint mon téléphone et je suis allé rejoindre les autres. La copine de Dean s'était assise près d'Emilia et s'extasiait sur son dessin. J'ai bombé le torse. De fierté.

Dean m'a poussé du coude en les désignant du menton.

— Ce sera bientôt votre tour, non ? D'avoir des enfants ?

— Je t'emmerde, ai-je répondu.

Comme s'il venait de me souhaiter le pire. Et pas le meilleur.

Il a ri, puis il m'a regardé droit dans les yeux.

— Au fait, j'ai réfléchi et je me suis dit que j'allais te revendre tes parts. Je trouve que tu as fait assez pour t'excuser.

— Combien ? ai-je demandé en me tournant vers le mur pour me rouler discrètement un joint.

J'avais besoin d'un truc pour calmer mon stress. Trent qui allait devenir papa, ça me mettait un coup.

Je m'inquiétais pour le bébé et je me suis promis de demander aux services sociaux de vérifier une fois par mois qu'il était correctement traité. Avec Valenciana et lui comme parents, c'était quand même plus sûr. J'ai déposé du tabac et de l'herbe dans le papier à rouler et j'ai étalé le mélange du bout de l'index.

— Sept millions et demi, plus des excuses, a répondu Dean en haussant une épaule.

— Huit, sans les excuses.

— Huit avec les excuses, pour t'apprendre à marchander.

J'ai ri.

— Sept et demi et les excuses… Tu veux que je me mette à genoux devant toi ?

— Seulement si tu me prêtes ta copine, a-t-il répondu en remuant les sourcils.

Je lui ai filé un coup de poing dans le bras.

— Merde ! a-t-il protesté en faisant la grimace.

— Je vous ai entendus, a lancé Emilia depuis son fauteuil.

Sa voix douce m'a apaisé.

— Il ne peut pas me prêter, je suis sa fiancée, a-t-elle ajouté en agitant son annulaire pour montrer sa bague.

Une grosse bague, avec un diamant rose. Pour ma Rose.

— Tu viens avec moi faire un tour sur la terrasse du toit ? ai-je proposé en glissant le joint dans ma poche.

Elle a acquiescé et m'a suivi, en abandonnant son carnet à croquis sur son siège. Quand les portes de l'ascenseur se sont refermées derrière nous, je l'ai plaquée contre la paroi pour l'embrasser. Elle a gémi contre ma bouche en enfouissant ses doigts dans mes cheveux. C'était reparti. Ça nous prenait tout le temps. N'importe où.

— Qu'est-ce que tu veux ? m'a-t-elle demandé.

C'était notre petit jeu. Il fallait que je trouve le plus vite possible quelque chose à répondre.

— Je veux des murs noirs.

— Des murs noirs ? a-t-elle répété en haletant.

J'ai glissé mes mains dans son jean pour caresser son clitoris à travers sa culotte – en espérant que l'ascenseur n'était pas équipé de caméras.

— Pour ta galerie de Venice Beach.

Elle a cessé de m'embrasser et de s'agripper à mes cheveux. Puis elle a levé vers moi un regard méfiant.

— Ma galerie… ?

— Oui, ta galerie. Celle que je vais t'offrir. Je n'ai jamais compris pourquoi les murs des galeries étaient blancs.

— Vic…

Ses lèvres se sont mises à trembler. Des larmes ont perlé à ses yeux. Des larmes de bonheur. Parce que je la rendais heureuse.

— Je t'aime tellement qu'il m'arrive de me demander si je ne suis pas en train de rêver, a-t-elle murmuré.

Je voyais très bien ce qu'elle voulait dire.

— Tu ne rêves pas. On s'aime.

J'ai fumé mon pétard, pendant qu'elle dansait sur la terrasse avec un sourire ravi – à cause de la galerie. Je la regardais d'un air béat. La vie était belle. Et elle serait encore plus belle quand on serait mariés.

J'avais découvert qu'il pouvait y avoir de la beauté dans ce monde pourri.

Et aussi que la justice finissait toujours par triompher. Mon père était mort, Daryl était mort, Jo vivait dans un studio de la banlieue de San Diego et travaillait comme serveuse pour gagner sa vie. Elle aurait bien voulu retourner à Hawaï, mais elle n'avait pas les moyens de se payer le voyage. De temps en temps, elle m'envoyait un message pour me supplier de lui accorder un prêt. Je ne répondais même pas.

On n'est pas restés plus de dix minutes sur le toit, mais quand on est redescendus, on n'a trouvé personne dans le couloir. Ils avaient tous disparu.

— Tu es sûr qu'on est au bon étage ? a demandé Emilia, en regardant autour d'elle d'un air déboussolé.

Il me semblait bien pourtant que c'était le même couloir que tout à l'heure, mais dans les hôpitaux tous les couloirs se ressemblent.

On venait de repérer le carnet à croquis d'Emilia dans un fauteuil, quand une infirmière dodue est sortie d'une salle de travail, avec un porte-documents à la main.

— Vous êtes des amis de Mlle Vasquez et de M. Rexroth ?

On a fait signe que oui.

— C'est une fille. Vous pouvez venir la voir.

On s'est précipités derrière elle. Elle a frappé à une porte.

— Oui ? a fait la voix de Trent.

On est entrés main dans la main. Trent avait l'air heureux. Sincèrement. Il tenait dans ses bras un petit être minuscule enveloppé dans un linge blanc, avec un bonnet de laine bleu et rose sur la tête. À demi allongée dans son lit, Valenciana parlait en portugais avec sa mère, laquelle était venue assister à l'accouchement.

— Brésilienne, afro-américaine et allemande, a déclaré Trent en nous montrant fièrement le bébé.

Emilia m'a pressé la main.

— Ce n'est pas un peu long, comme prénom, ai-je commenté en haussant un sourcil. On ne pourrait pas plutôt garder uniquement les initiales et l'appeler Baaa ?

Trent a éclaté de rire.

Si cette petite était aussi belle que ses parents, elle allait faire des ravages dans la population mâle. Elle avait une peau marron clair et des yeux gris. Comme son père. Pour les traits, impossible de dire à qui elle ressemblait.

— Je parlais de ses origines, connard ! a répondu Trent.

— Trent !

Tout le monde a protesté et je n'ai pas pu m'empêcher de jubiler.

— Tu n'as pas le droit de parler comme ça devant ta fille, Trent. Va falloir surveiller ton langage. Elle s'appelle comment ?

Trent a tendu le bébé à Emilia qui l'a pris dans ses bras avec un air à la fois craintif et ravi.

Puis il a échangé avec Valenciana un regard qui m'a rassuré sur le sort de leur enfant. Je n'avais pas à m'inquiéter, ils s'occuperaient bien de lui. Ils ne l'avaient pas désiré, Trent était un dragueur incorrigible et il avait pris avec l'argent des habitudes incompatibles avec une vie de famille, mais il ferait tout ce qu'il fallait pour cette petite fille – peut-être plus que certains pères bien rangés.

— Luna, ont-ils répondu ensemble.

— Luna, a murmuré Emilia d'un air extasié en berçant la petite. C'est un prénom qui te va très bien.

Melody a réclamé le bébé. Elle aussi voulait le tenir dans ses bras. Emilia le lui a tendu à regret.

La pièce bourdonnait d'excitation et de rires. Je suis allé m'asseoir à côté d'Emilia. Je me sentais merveilleusement bien.

Dans cette chambre d'hôpital, entouré de ma fiancée, des Hot Heroes et de leurs copines plus ou moins de passage, je me suis senti en famille pour la première fois depuis longtemps.

— J'ai changé d'avis, à propos des enfants, m'a déclaré tout bas Emilia en se penchant vers moi. Pas tout de suite, mais dans quelques années, ça me plairait bien. Qu'est-ce que tu en dis ?

J'ai eu du mal à retenir un sourire. Emilia LeBlanc de Richmond, en Virginie, venait de me demander de lui faire un enfant.

— Ne t'inquiète pas. Tu auras ta ration de spermatozoïdes. Même quand tu seras enceinte.

Elle a ri.

— Marché conclu ? ai-je demandé.

— Marché conclu.

Playlist

Bad Things, de Machine Gun Kelly, Camila Cabello
With or Without You, de U2
Unsteady, des X Ambassadors
Fell in Love With a Girl, de The White Stripes
Baby It's You, de Smith
Nightcall, de Kavinsky
Last Nite, de The Strokes
Teardrop, de Massive Attack
Superstar, de Sonic Youth
Vienna, de Billy Joel
Stop Crying Your Heart Out, de Oasis

Remerciements

Tant de personnes m'ont aidée à mener ce livre à bien que j'ai bien peur d'en oublier, mais je vais quand même tenter de rendre hommage aux talentueuses femmes qui m'ont accompagnée tout au long du chemin.

Merci à Sunny Borek, un vrai trésor, l'une de mes meilleures amies et la seule capable de me faire enrager et de m'apaiser tout à la fois. Merci d'avoir accepté de lire les premiers jets de *Vicious*. Merci de l'avoir aimé. Merci d'avoir toujours été là quand j'en avais besoin. Et par-dessus tout, merci d'être celle que tu es.

Merci à mes bêta-lectrices. Amy, merci d'avoir lu les versions successives de ce roman, de m'avoir donné des conseils sur les procédures judiciaires et de m'avoir fait rire quand je craquais. Lilian, Paige, Josephine, Ilanit, Sabrina, Rebecca Graham, Ava Harrison et Ella Fox, vous êtes formidables. Vous n'imaginez pas à quel point j'ai apprécié les moments que nous avons passés ensemble, votre patience, votre dévouement. Chacune de vous a contribué à améliorer ce roman en y apportant sa touche.

Merci aux fans qui ont donné de leur temps pour la promotion de *Vicious*. Pour n'en nommer que quelques-unes : Julia Lis, Lin Tahel Cohen, Kristina Lindsey (qui s'est également occupée du lancement et de la fête de lancement, parce que oui, elle est capable d'aller jusque-là. Merci pour ces longues et éreintantes heures à t'occuper de ma pub. Tu es une fée !), Sonal, Jessica, Brittany, Sher, Tamar, Avivit, Tanaka, Oriana et tant d'autres. Où que j'aille, vous êtes là pour me soutenir. J'ai une chance folle de vous avoir.

De grands mercis à mon équipe de professionnelles. À mes relectrices, Karen Dale Harris et Vanessa Leret Bridges, qui améliorent tellement le style de mes livres. À Stacey Ryan Blake pour sa superbe mise en page et à Letitia Hasser pour sa magnifique couverture.

(Je m'apprêtais ici à remercier mon mari et mes fils, puis je me suis souvenue de toutes ces fois où ils m'avaient suppliée d'abandonner mon bureau pour leur préparer à dîner, les accompagner à une sortie, regarder la télé, faire des courses. Non, vous ne méritez pas des remerciements, mes chéris, mais sachez que je vous aime plus que tout au monde.)

Un grand merci aux blogueuses qui ont soutenu ce roman et qui se donnent régulièrement la peine de rédiger des critiques sur ce que j'écris. Je suis toujours flattée et étonnée de l'attention que vous portez à mon travail. J'espère que vous continuerez, parce que vous êtes importantes pour moi. Merci également à mes lecteurs, vous qui achetez mes histoires : c'est grâce à vous que mon rêve est devenu réalité. Je me lève tous les jours le sourire aux lèvres en pensant que je vis de ma passion. Ce privilège, c'est à vous que je le dois.

Enfin, j'aimerais remercier ceux qui ont lu ce roman. Que vous l'ayez aimé ou non, sachez que vos avis sont toujours appréciés. Aussi, n'hésitez pas à vous exprimer avant de partir pour de nouvelles aventures littéraires.

Love à tous,

L.J.

Édité par HarperCollins France.
Composition et mise en pages
Nord Compo à Villeneuve-d'Ascq

Imprimé en février 2025
par Rotolito S.p.A.
Dépôt légal : mars 2025.

FSC
www.fsc.org
MIXTE
Papier | Pour une gestion forestière responsable
FSC® C005461

Pour limiter l'empreinte environnementale de ses livres, HarperCollins France s'engage à n'utiliser que du papier fabriqué à partir de bois provenant de forêts gérées durablement et de manière responsable.

Imprimé en Italie.